勾結共謀的殖民權力

Collaborative Colonial Power

們重新思考歐洲殖民主義餘緒對今日世界的影響，更可以讓我們反思以民族國家為基本分析單位的局限。本書的一個重要論題，就是希望在「殖民主義 vs 國族主義」的二元框架之外，另尋殖民權力分析的進路。這種嘗試，亦與筆者在另外一些文章，提出需要重新以殖民城市的視角，審視香港的殖民經驗有關。簡單來說，要更全面地掌握香港，我們更要把香港放在東亞及東南亞大大小小殖民城市在歷史上相互關聯的角度，來重新書寫這區域的殖民故事。這種以城市及城市網絡為單位的殖民故事，會有助於我們了解今日全球化/ 後民族國家年代新的空間文化政治動力。

這幾年來，關於亞洲和中國通商口岸城市 (port cities) 的研究相繼面世，東南亞的海洋連帶關係被更多研究者關注，更突顯出過去國族主義分析架構的不足。事實上，在廣義的後殖民世界，民族解放運動和獨立後的民族國家政權，往往將自己的正當性建基在解殖承諾之上。國族政權每每針對殖民時期建立的城市，宣稱要實施一些去殖民化政策，象徵性地擺出反帝的姿態。可是，在發展主義的邏輯支配底下，城市與城市賴以生存的腹地之間的不平等關係不單沒有被消除，反而得以強化。城市在協助組織資本累積所需的新的全球分工，它們之間也以全新的條件互相競爭。因殖民而建成的城市，也就快速地成為新殖民主義政經權力再度復活的溫床，使去殖民化政策流於空談或姿勢。這些城市今日以既非國族所能劃定的方式，亦非舊殖民宗主能掌控的方式，衍生出新的城市生活面貌，塑造新的城市政治經濟體系和城市間競爭的格局。

在這些城市當中，它們的殖民過去不單為這些城市留下了它的地貌、城市規劃的制度、充滿歷史風味的建築和各種基礎設施，也為居住在這些城市的市民們留下豐富的文化記憶、生活習慣、思考方式、舉止談吐和美學品味等等。這種種國族文化改革大計未能全面整頓清除過去痕跡的地方，殖民過去 (無論是真實的還是想像的) 雖屢經驅魔解咒的批判風浪，但總能乘時勢而回返，縈繞不斷。而在香港，更因為它的殖民權力行使方式在過去一百多年來受到各方的「呵護」，免於受到歷次戰亂和革命的直接衝擊。所以，此城的殖民過去亦難免成為九七之後各方懷戀的對象。這也是香港新近出現的「戀殖」現象的直接原因。

事實上，能夠被「戀殖」者看上的，自必然是殖民城市帶來「殖民現代性」的一面，例如文官制度、法治、廉政、專業主義、城市規劃，以及市民的「文明教養」、寬容、自律、衛生、禮貌、端莊舉止，甚至優雅品味等。不過，另一批同樣地有「戀殖」情懷的，他們所戀的更多其實是香港「殖民傳統主義」的那一部份 (見本書第五章)。他們當然不是那些拿着「龍獅旗」、「港英旗」在街上揮舞的青年，甚或不是那些要求香港重新「回歸」英國統治的那些「歸英派」。不過，他們同樣懷緬殖民地時代大部分人都甘願當順民，社會沒有爭執，沒有甚麼人為民主權利、自由權利呼喊或爭吵的殖民黃金歲月。而在社會管有政治權力的上層，他們的「戀殖」心思就更為赤裸。他們會公開嘲弄、質問那些執持改革信念的人，為甚麼過去一百多年來不見他們來要求民主？黑人花了數百年才爭到投票權，為甚麼現在的香港人要急不及待？……諸如此類。不過，最坦白的還是那些稱「中央」為我們的「宗主國」的，他們不用如學者周蕾那樣去將香港九七過渡描繪為「從一個殖民者到另一個殖民者」，因為他們自有一套語言，無縫無礙地將

「回歸祖國」演譯為「從一個宗主國到另一個宗主國」。

事實上，中文世界對殖民主義、殖民經驗並不顯得太過陌生，例如英國「殖民地部」(colonial office) 往往被優雅地翻譯為「理藩院」，說明中國歷來對殖民關係有一套對應的詞彙。原因在於中國也有極為豐富的帝國經驗。過去，這些詞彙和思考被掩藏在現代民族國家的政治正確用辭下，被遮抹被遺忘。今天，隨着中國關於自身的帝國形象被各式「天下主義」/「天朝主義」重新整裝打扮後再粉墨登場，帝國技術和殖民概念的互通互換就愈顯得順理成章。

其實，魯迅在1927年到訪香港曾經寫下他對香港的觀察，佐證了在勾結共謀的殖民關係下殖民經驗的互通性。他寫道：

> 香港雖只一島，卻活畫中國許多地方現在和將來的小照：中央幾位洋主子，手下是若干頌德的「高等華人」和一伙作倀的奴氣同胞。此外即全是默默吃苦的「土人」，能耐的死在洋場上，耐不住的逃入深山中，苗瑤是我們的前輩。

逃入深山的苗瑤，是受不了中原歷代朝廷的壓迫和歧視，並非西歐列強欺凌的結果。魯迅在香港一眼看到的「洋人主子」、「高等華人」與「奴氣同胞」共同組成的殖民結構，立即聯想到前代吃苦的土人，和中國其他地方的現在與將來，顯見英式殖民與過去朝廷理藩，其實都是壓迫底層/土著的權力結構。英帝國和清帝國給予香港的是兩套其實可以互相交換的象徵權力秩序。畢竟，殖民治理和羈縻治理縱有分殊但其實骨子裏還是可以互通，可以共謀，可以勾結的。今天，「洋人主子」歸西而去，「高等華人」換裝為「高等港人」，「奴氣同胞」不是去積極逢迎就是消極認命，皆因位居「中央」的「主人」結構仍在，勾結共謀的殖民權力體制仍在。

最後，本書中文版的面世，如非得林道群先生大力鞭策，實難短期成事。謹此致謝。

2015年5月

導言：殖民性與香港的中華性

1842年奪佔香港之後，直到不久之前的1997年為止，英帝國主義勢力長期統治着香港，賦予它自由港和殖民地的雙重身份。然而，不管是在大眾話語當中，還是在學術話語當中，人們幾乎忘記了香港的殖民地身份。自由主義–現代主義歷史著述通常會衍生一個關於香港繁榮的浪漫化故事，將香港描繪為一個自由經濟的烏托邦。此類敍述對殖民統治滿懷同情，欣然承認香港是一個「脱胎於不毛島礁的資本主義天堂」(Endacott 1964; Woronoff 1980; Ngo 1999: 120)。按照這種説法，英國人到來之前的香港不過是座荒島，是殖民政府的善政和良策把這塊不毛島礁變成了一個資本主義大都會。自由主義–現代主義敍述極力鼓吹香港的成功之道，論説的前提則是香港是個獨立的經濟體。它篩去了一個最重要的因素，那便是香港逾150年殖民統治的影響。這種選擇性的信息過濾粉飾了香港的殖民統治，似乎後者只是一套允許資本主義蓬勃發展的開明框架。此外，在大多數情況下，同一種敍述都把殖民政府説成了一種奉行不干預原則的權力：英國人從未對香港實行經濟剝削，香港一直是東西文化藉以交會的一片中立土壤，從不曾成為帝國主義者的屬地。

過去二十年中從大陸來到香港的馬克思主義史家，如今正在撰寫九七之前的香港史。諷刺的是，他們中的大部分人也喜歡與自由主義–現代主義史家為伍，不假思索地把香港的繁榮歸功於英國殖民統治下的自由市場經濟。作為「回歸」時刻的意識形態依據，他們的著作在九七之前迅速出爐，始終都在毫不含糊地申說香港自古屬於中國的愛國主張。他們急不可耐地揪出英國人的幾樁惡行，抨擊過往的一些種族主義政策，同時稱頌中國大陸對香港的貢獻(Yu and Liu 1994; Liu 1997)。由於他們的政治任務僅僅是為香港在「一國兩制」方針下「回歸」中國找依據，他們的反英挺中論斷便只能局限於一種極不全面、極其膚淺的殖民史觀。由此而來的則是一些權宜折中的文本，將關於香港的自由主義–現代主義敍述移入預先擺好的中華國族主義框子，儘管這種敍述充斥着對英國殖民統治的辯解和維護。*

囿於同一個自由主義–現代主義框架，這些關於香港的歷史著述都是在幾近一成不變地重複那個奇蹟般的成功故事。也就是說，雖然受了日本佔領、中國革命和內戰的打擾，香港依然秀出群倫，成為了資本主義發展的典範，擁有啟動自由市場增長快車的獨門秘笈(Endacott 1964; Miners 1981; Rabushka 1973, 1979)。

重新思索殖民主義

前述的香港成功故事雖然膾炙人口，我們卻找不到甚麼證據來證明，香港是由一批以中國為基地的新興資產階級所具備的創業精神，就推動了自生性的資本主義增長(Choi, A.H. 1999)。同樣經不起嚴格事實考驗的說法是，香港的經濟增長是獨立的，沒有受到地區政治及經濟形構的影響。新近的修正主義歷史著述已經擯棄這些無憑無據的論斷，轉而聚焦於殖民政

* 針對中國大陸作家香港史著述的詳細評述，可參見王宏志《歷史的沉重》(Wong 2000)及文基賢著述(Munn 2001)的導言。

府的重要角色、它與香港社會的關係，以及地區性經濟網絡的形成。舉例來説，人們曾普遍認為，以往統治香港的是一個中立的行政型政府，這個政府奉行不干預的原則。吳德榮和蔡幸強都對這種觀點進行了批駁(Ngo 1999; Choi 1999)，並且認為，另外一些説法也不一定站得住腳，比如説香港是一個原子化社會，香港民眾漠不關心，其心態天然適合官僚式殖民管制(例見Lau 1982)，如此等等。概言之，關於香港的修正主義歷史著述挑戰了這些幾近老生常談的觀點，並且認為，脱離了殖民主義，人們就無法理解香港社會。這類歷史著述首先假定，香港是一個獨特的殖民城市，繼而提出，應該對相應的殖民制度進行詳盡的考察。這類歷史著述認為殖民主義本質上是一種以政治手段強加的統治，藉此凸顯殖民政府的強烈干預，進而辨明旨在維繫支配地位的各種統治策略。比如説，這類著述已經表明，殖民政府曾一再漠視產業升級的呼籲，由此讓親英的貿易界及銀行界獲得了優勢(Choi 1999; Ngo 1999)；與此相類，文基賢認為，香港的刑事司法制度是殖民政府及歐洲統治者管制下層華人居民的手段(Munn 1999, 2001)。簡言之，這類歷史著述的作者都在思考殖民政府的角色，重新解讀香港的過往，進而復現港英殖民統治不斷變化的政治理性。根據這些修正的歷史著述，香港並不像看上去那麼自由。除此而外，英國對香港的統治絕不是注定會帶來如此程度的和諧與成功，絕不是注定會讓香港成為一個例外，從充滿野蠻壓迫和猛烈反抗的漫長殖民歷史中脱穎而出。

一方面，我非常贊同這一類修正香港殖民歷史的嘗試，尤其贊同它們挑戰自由主義–現代主義敍述的霸權、為香港研究開闢一個批判性學術領域的努力。另一方面，我也想在此強調，除了揭示殖民統治的政治內涵之外，我們還需要做更深入的研究。針對殖民的政治批評基於一種狹窄的權力觀念，這種觀念會把人們的注意力局限於揭露殖民統治的多變策略，這樣一來，政治批評往往會把殖民權力認定為殖民者任意壓迫被殖民者的工具，忽略殖民權力的其他內涵。我們需要引入一個新的視角，這樣才能揭示，作為一種非人格的力量，殖民權力如何依託多種多樣的場所和渠道存在並運作。有了這些場所和渠道，即使沒有明白可見的殖民者，這種非人格的力量仍有可能繼續存在。如果不能認清殖民權力的關係網性質，針對殖民的政治批評就有可能助長一種籠統單一和普世通行的殖民主義定義，可是這種定義既不能解釋相關的轉變，也不能解釋潛在的反抗空間。

易變的殖民性與中華性的構建

之所以亟需建設一個不囿於政治批評的批判性學術項目，還因為關於殖民歷史的敍述會深刻影響香港民眾的自我身份認同，以及香港華人對自身中華性的認識。上世紀九十年代，所有人都在密切關注英帝國主義的完結篇，關注中英之間的香港主權交接，那時候，新起的文化研究學者對中華性的概念做了詳盡的探討。舉例來說，基於離散的視角，周蕾力圖重塑中國研究(可想而知，是美國的中國研究)這個學科，稱「我們不能再把中華性當做一個綁定於神話故土的整一常數，必須把它理解為一個暫定的『開放意符』」(Chow 1998b: 24)。周蕾認為中華性具有多種形態，只有借助她所說的「意指錯置樣式」才能得到重估，進而呼籲對中華性歷史建構的各種形態展開考察。

與周蕾相呼應，洪宜安(Hunter 1998)進一步釐清了離散範式的作用，認為它不僅造成了中華性的多重性，還允許人們拒絕以中華性來界定自身的族群歸屬，以便對「中華性的差異政治」進行更為情境化的評估。得益於周蕾和洪宜安的中華性批評，香港文化研究，尤其是在它快速興起的九十年代，為針對中華國族主義潮流的各種文化批評提供了支持。離散文化研究批評了中華國族主義話語的簡單化傾向，極力提倡一種兩線作戰的後殖民政治：也就是說，這些研究力圖捍衛香港作為認同空間的地位，這個空間可以同時遏制英國的殖民主義和各種沙文式的中華國族主義。

然而，在為後九七文化政治提供批判性視角方面，中華性的離散批評顯然不敷應用。一方面，整體擯棄被放在中華國族主義大旗下的反殖民批評，可能會阻斷對香港殖民經驗的反思；另一方面，如果過度運用反本質論的方法原則，還可能妨礙意在為香港確立清晰文化身份的文化抵抗。比如說，保存香港文化遺產和集體記憶的興趣正在增長，要為這種興趣找到依據，人們興許不能局限於以離散者視角出發的反本土主義批評。原因在於，以離散者視角出發的反本土主義往往包含着不接地氣的世界主義，後者無益於香港市民歷史意識的覺醒，更不能幫助社會抵禦全球主義–發展主義意識形態對本地文化及社群的侵蝕。由於沒能提供踏實在地的知性追求計劃，這種立場模糊的「後身份」政治，往往也無法提供有利的制高點去批判性地重溫或重估香港殖民歷史。簡言之，關於香港的這些文化研究有所缺失，缺失的恰恰是對香港歷史過去，尤其是殖民歷史的認真考量，但正是這些香港的殖民歷史過去，塑造了今時今日香港華人的自我表達和身份認同。

解構中華性的過程當中還有一個難點，使得學者們無法對香港的殖民經驗展開充分全面的探討，那便是他們傾向於把國族或亞國族認同，理解為與殖民主義相對立。由此而來的是一種不言而喻的二元框架，就連反本土主義的解構努力也仍然以之為依託。也就是説，接受了後殖民批評人士的拷問之後，中華性仍然被人視為一種可以與殖民主義及殖民歷史分開探討的東西。這當中的方法論錯誤在於，國族主義和殖民主義本來在地區歷史語境中緊密交纏，現在卻都被抽離了這個語境。有鑑於此，一種具有真正批判性的後殖民研究方法，必須擺脱用狹隘的「族裔」觀念來理解中華性，將中國的[或中華的]看成僅僅是某種特定的先在歸屬。與此相反，我們必須了解華人身份如何在殖民權力運作的各種場所和渠道，不斷遭到剝離原位，又不斷被重新併合整理的連續過程，因為正是這些連續不斷的過程造就了斑駁複雜的香港文化。我們需要認清，在這些漫長過程的每一個轉折關頭，殖民權力(無論它屬於英國殖民者還是其他西方勢力)如何無所不在是非常重要的，因為它限制了人們領受、感知及體認華人身份的方式。原因在於，相互勾連的各種殖民權力總是在劃定話語或非話語的範圍和界限，制約了各種華人主體性的構建與交涉爭持。

本書同時涉及殖民權力的無所不在和香港華人的身份爭議，它既不想止步於刻劃香港文化的混雜特色，也不停留於記述已由一些香港史家點出過的某些華洋合謀史實。與此相反，本書打算處理香港的中華性和殖民歷史如何互相交錯，以便推翻殘留在後殖民文化研究當中的觀念二元論。有鑑於此，本書將以勾結共謀關係為關鍵，藉此拓展認識香港權力形構的分析框架。這不是説香港是殖民統治依賴勾結共謀關係的唯一地方，而是把無所不在的勾結共謀關係的存在，用作為一個便利卻遭人們忽視的切入點，通過它來探究香港這種形態特異的文化景觀。本書將述及與此相關的多種利益和勢力，以便展示這些多樣的殖民文化形態(亦即眾數的殖民性)所呈現的流動性和可變性。

有鑑於後九七時代權力政治的快速重組，我以為，能否從學術上把握此類易變卻持久的殖民性，實在是一個事關重大的問題。原因在於，它關係到我們能否避開反帝國主義邏輯設下的方法論陷阱，這種邏輯經常與民族國家形成共謀。貫串本書的是幾個提綱挈領的問題，這些問題指引了我對香港殖民性的考察：

- 從歷史角度來看，這種殖民權力形構是如何產生的？(第一章)
- 殖民時代早期，與這種權力形構有關的主要文化機構是哪些？(第二、三章)
- 運作過程當中，這種權力形構扮演的角色不光是英帝國主義政府強加給華人土著的一個政治上層建築，還是英人和華人共同設立的一個文化製造場所，它是如何做到這一點的？(第三、四章)
- 這種特殊的殖民形構是如何與[當年]冒升中的中國國族主義及中國民族國家[構想]的幾種不同計劃互動的？(第四、五章)
- 這種形構如何形塑了香港作為政治及文化新實體的組構？(第五、六章)
- 最後，直至回歸前夕，這種文化及權力組構，如何持續

地影響着組構當中民眾的自我認識——這種自我認識直到回歸前夕，都在搭建着香港文化政治的舞台？(第七、八章)

本書第I部分(第一至三章)，聚焦於勾結共謀式殖民主義在殖民時代早期的初起形構，時間是從第一次鴉片戰爭(1840–1842)到1911年的辛亥革命。我將仔細審視各種文化及教育機構，以及它們在勾結共謀式權力形構當中扮演的角色。第II部分(第四至六章)，論述香港關於其中國屬性的文化政治，時間跨越民國和冷戰，直至九七之前。我將探討香港居間性的各種表現形式，藉此展示圍繞香港中華性的爭議性文化及政治建構產生的各種動向。第III部分(第七至八章)，探究的是九七主權交接之前的意識形態及文化轉變，以及殖民主義在香港持續存在的程度。結論部分涉及殖民權力的理論化，還會對相關的一些方法論問題進行反思。

I

勾結共謀與各式機構

第1章　勾結共謀殖民主義的社會經緯

維多利亞時代有個說法：佔據了香港，大英帝國就在中國的軀體上打開一個缺口，就跟伐木工人在他要砍倒的大橡樹上面劈開一個缺口一樣。第一次鴉片戰爭期間，英國海軍攻佔了香港。作為一道「缺口」，香港的價值不能以一般領土擴張來比較。英國的打算是找個地方來建設獨立的商業及軍事基地，規避把外貿限制在廣東範圍之內的清政府官僚和行商制度。之所以選中香港，是因為它雖然只是個人煙稀少、土地貧瘠的島礁，但卻靠近大陸。英帝國主義者的目標是倚仗英國海軍的保護來建立一套自己的司法系統，藉此管理本國商人的活動(Endacott 1964a, b, c; Norton-Kyshe 1971)。出於這樣的考慮，英國決意把香港變成比澳門更獨立的地方，小小的澳門半島雖然由葡萄牙人正式管理，中國政府卻依然把它當成自己的土地。與此不同，英國人對香港實行了真正意義的殖民統治，香港也成為了後來一些通商口岸的樣版。

中國在第一次鴉片戰爭中敗給西方，此事沉重地打擊了大清帝國的尊嚴，也打擊了中國的士紳階層。繼起的各種國族主義運動都把這場戰爭視為中國的奇恥大辱，並且堅稱，通過他們眼中的不平等條約，是英國人把香港從中國人手上強行吞併了。毫無疑問，因為佔據了這個小小的通商口岸，英國確實獲得了巨大的利益；然而，在香港作為戰爭賠償遭到割讓之後的一百多年裏(至少是到二十世紀八十年代為止)，幾朝中國政府卻採取了一模一樣的態度，都無意把收回香港列為國家要務。由此看來，儘管中國國族主義修辭總是在哀嘆「香港已失」，中國人卻依然從香港獲得了巨大的利益。

不過，現時的香港研究主導範式，從未對中國從香港獲得的利益進行適當的梳理，因為這個範式很少走出描述香港特質的窠臼。這一潮流衍生的著述無一例外，一開篇就是作者對香港的大聲讚美，這樣的讚美帶着些許獵奇心理，關注的通常是香港不間斷的繁榮和持久的政治穩定；接下來，政治分析人士會探討香港的地緣戰略優勢，社會學者會大肆論述華人不問政治的特性，經濟學者則會抓住香港「幾近完美的」市場大做文章(例見Lau, S.K. 1982; King 1972; Rabushka 1979)。這些研究總是把香港假定為一個獨一無二的實體，力圖解開關於它的假定謎題。它們共有的一種傾向是把香港孤立出來，使它脫離它的歷史地理語境，尤其是它的殖民背景。它們要麼把香港的殖民統治當做一個特例，要麼把殖民主義視為一個完全正面的因素，要麼就徹底無視它的存在。歸結起來，它們提出了一個把香港列為特例的範式，試圖藉此規避那些重大的理論挑戰，這些理論挑戰要求學者一絲不苟地對待香港的殖民主義問題。這些研究者認為香港的殖民政府格外良善，或者認為香港的市場格外完美，或者認為香港的華人格外馴順，因此便很少從殖民主義本身的角度探究香港的殖民主義。簡言之，這些研究者假定，香港的殖民主義不過是一個歷史的偶然。正因如此，阿巴·阿巴斯(Ackbar Abbas 1997)對香港文化的「逆向幻覺」論——亦即觀者「對眼前事物視而不見」——可謂一針見血。此類學術著作當中的大多數，都是在一邊剖析香港這個殖民地，一邊又想把它的殖民歷史含糊帶過。

以我之見，這種學術上的權宜做法代價慘重。具體說來，例外範式總是錯失良機，不光沒能認清香港的特殊性其實是香港殖民統治的固有矛盾，也沒能認清，那些所謂的特異之處其實是對相關學科各自主導的範式提出了認識論上的挑戰。舉例來說，在這些研究者當中，很少有人會把香港用作一個絕好的出發點，通過它來剖析殖民研究的理論性或經驗性問題，或者從整體的亞洲政治經濟學着眼，通過它來剖析殖民者和被殖民者之間的支配性共識。除此而外，關於這種特殊殖民形構對中國及中國國族主義的影響，這些研究者也沒有做過詳細的探討。

不過，近些年來，與前述潮流不合的聲音赫然出現在了一些學者的著作當中，比如約翰．卡羅爾(Carrol 2005)、文基賢(Munn 2001)、許寶強(Hui P.K. 1999)和鍾寶賢(Chung 1998)，這些學者都在另闢蹊徑，試圖修正香港研究的範式。在這些學者當中，有的人着重點出了勾結共謀的現象，這是前述香港研究涉及較少的一個維度；舉例來說，約翰．卡羅爾(Carrol 2005)強調指出了英國殖民者和華人精英之間的勾結共謀關係，由此闡明了香港華人精英為何會在十九世紀晚期崛起為一個羽翼豐滿的資產階級；文基賢(Munn 2001)也利用了勾結共謀的視角，強調的卻是殖民管制在割讓之後前三十年裏的高壓手段。這些學者呈現並使用了新的史料和解析觀念，意在轉變香港研究的方法。從七十年代末開始，相關研究開始留意亞洲地區性經濟體的歷史形成，實在說來，有興趣的學者都可以借用由此而來的新成果。舉例來說，移民研究業已表明，東南亞快速發展的海濱城市對地區貿易網絡的形成具有重大的意義，這個網絡的形成遠在歐洲人到來之前(Chang, P. 1991; Reid 1996; Mackie 1989; Brown 1994; Wang, G. 1981, 1991)。這些研究都有助於揭示香港的發展歷程，說它們為當代中國研究開闢了新路也不為過(Steinberg 1987; Tate 1979)。大致瀏覽一下這些新的圖景，我們就可以看出，在歐洲人擴張到亞洲之前，華商(尤其是來自廈門、汕頭等南方城市的華商)確實佔據着經濟上的主導地位。他們積極參與了中國、爪哇、暹邏、馬六甲和琉球王國之間的朝貢貿易和私人貿易。他們或為客商，或為坐商，在這些口岸城市之間建立了緊密的商業聯繫，並且控制着華南、香港和東南亞的巨大貿易網絡。鴉片戰爭之前很久，許多沿海華人已經與前來販運茶葉、瓷器、絲綢和食品之類的貨物的歐洲人有了密切接觸(例見Jansen 1992;Carroll 1997, 1999; Hui 1999)。隨着商業活動在沿海華人的區域網絡、東南亞各經濟體以及歐洲人主宰的新世界蓬勃興起，一個跨越國界的精英階層出現了在香港周邊，並且擁有了可觀的經濟影響力(Mackie 1989; Wang, G. 1981a, b, 1991; Uchida 1959)。

地方與區域共同鑄就的殖民主義

歐洲勢力在東南亞興起的過程，恰與歐洲人與華人的共謀關係齊頭並進。握有軍事強勢的歐洲人遲至十九世紀晚期才大舉進入這個地區，他們很快就認識到，必須支持由華人牢牢掌控的地區貿易。要想實現在東南亞地區的經濟和政治擴張，歐洲人只能依靠華人的商業網絡，更何況，歐洲勢力往往會導致該地區原有的貿易群體遭到摧毀(Hao 1970; Brown 1994; Reid 1990)。按照許寶強的記述，與晚來的歐洲人相較，華人的優勢在於會講當地語言，而且熟悉當地的民間習俗和商業習慣。許寶強認為，歐洲人之所以選擇與華商合謀，原因在於：

> 海外華人……是大清帝國宮廷的「棄兒」，又在東南亞貿易中居於邊緣性的少數地位。他們不但不構成嚴重的政治或軍事威脅，殖民列強還把他們視為一件工具，既可以轉移本可能撲向殖民權力的怒火，又可以控制被征服民眾的反殖民運動。東南亞的本地政府失去獨立，意味着本地商人不光失去了貿易活動所需的軍事和政治支持，而且無法獲得胡椒等關鍵性貿易商品，以及長途貿易所需的武器，與此同時，華人卻被看成了合適的夥伴。
>
> (Hui 1999: 32)

十九世紀的歐洲殖民擴張在東南亞地區造成了一個總體效應，那便是把華商納入了新興的全球網絡；然而，歐洲人對華人的依賴也使部分華商更有能力主導亞洲貿易，包括與中國內地的貿易。等到晚清政府實行貿易壟斷，並將中國商人與歐洲人的貿易限制在幾個沿海口岸之後，這些華人同謀的作用就變得更加突出。如果沒有華人同謀的幫助，歐洲人幾乎不可能進入龐大的中國內地市場。英國人能從歐洲各國的競爭對手當中脫穎而出，原因就是他們更有效、更成功地利用了華人網絡(Carroll 1997, 1999)。

羅賓遜認為，華人和歐洲人的共謀只是一個構件，屬於一個更為宏大的進程，該進程啟動了「產業帝國主義的外部階段，或者說非正式階段」。在這個階段，「自由貿易和基督教義把奧斯曼帝國的異教臣民、黎凡特的貿易商、滿清官員、印度婆羅門和非洲酋長」逐漸變成了歐化的同謀(Robinson 1972: 126–130)。羅賓遜着力探究歐洲人和非歐洲人之間的勾結共謀體系，旨在揭示「歐洲帝國主義的非歐基礎」，後者為歐洲擴張的一個特異階段做好了鋪墊。簡言之，一旦認清勾結共謀殖民形構的存在，就可以造成重大的理論效應，幫助我們理解帝國主義和殖民主義的全球歷史。

不過，我已把本書的探究目標大幅收窄，只關注香港一地的勾結共謀關係，以及由此而來的特異性地區及本地權力形構的特徵。對於香港研究而言，這樣的本地視角相當重要，因為它可以生發一系列少人提及的新問題。其中的一些關鍵性問題涉及中國國族主義史家描繪的慣常圖景，在這些圖景當中，華人居於臣屬地位，與西方官長相對應。這種受害敘述的副作用之一恰恰是它的反面：沙文主義。舉例來說，慣常的現代中國國族主義史學傳統脱胎於慣常的東西對峙範式，按照這種範式，香港是中國的一部分。這樣一來，相較於中國的國族復興鬥爭，香港的一切際遇都不過是插曲而已。按照這種中國中心論的敍述，香港永遠是邊緣，中國永遠是中心。此外，這種敍述無視複雜的地區歷史動態，因此就會助長關於殖民主義的偏狹政治性定義，以及關於香港特殊論的無益視點。

無論如何，區域性視角可以幫助我們更好地理解一個事實，這個事實具諷刺性而又關鍵：鍾寶賢曾言簡意賅地説過：「諷刺的是，作為英國殖民地的香港遭到了華南移民的『殖民』」(Chung 1998: 21)。這個諷刺必須從至少兩個層面來理解：第一，華人在香港的大規模定居正是以香港的殖民化為前提；第二，部分華人其實是英國殖民事業的積極擁躉。不過，如果我們透過地區視角來考量華人和英國勢力在整個東南亞地區的長期勾結，部分華人受益於英國擴張的事實也就不值得大驚小怪了。英人對土著家園的征服與華人移民的大量湧入相伴隨，實際上是貫穿十八世紀及十九世紀上半葉的一種慣常模式。

鴉片與苦力；建造與承包

英國對中國的鴉片銷售大幅飆升之際，大多數與英人合作經商的華商都在做鴉片生意(Beattie 1969; Trocki 1990, 1999; Brook and Wakabayashi 2000)。中英戰爭期間，華商與英人的勾結共謀形式多種多樣，從為英國海軍供應物資起步，直到為英國的軍事目的充當間諜。這些同謀在鴉片戰爭中扮演了十分重要的角色，以致英國駐華商務總監義律提出，英國有責任留住香港，「以便讓當地民眾獲得公道和保護，因為我們曾長期依賴他們的協助和供給」(CO 129/1, Elliot to Auckland, June 21, 1841, 轉引自Carroll 1999)。

除了鴉片貿易之外，東南亞華僑還積極向英人提供勞力，參與住宅建設之類的項目。按照卡羅爾的說法，在當時的歐洲殖民地，承攬大型建築工程的通常都是華人承包商、建築商和勞工。香港剛剛割讓，一大批華人就湧了過去，實實在在地幫着英人建起了這個新殖民地(Carroll 1999, 2005: Ch. 1;另見Smith 1985: 114–116)。割讓數年之後，一些英國官員仍然把香港視為一塊不毛島礁，儘管如此，在華人的協助之下，香港還是在割讓後的十年裏經歷了一個歷史性的建造大潮。麇集香港幫英人建設殖民地的不光是廣東地區的華人，一些華人甚至從東南亞地區的其他歐洲殖民地趕了回來，參與這個英國殖民地的濱海項目。歸根結底，這些返回的移民還是把香港當作自己的故土，並且通過地產投機在香港發了財。按照許寶強的說法，華人勞力和資本大量湧入香港，這股極具投機性的迅猛浪潮僅僅是眾多事例當中的一個，這些事例構成了海外華商出入中國的通用模式。這些華商移民在東南亞的所有重要口岸安家，歐洲人擴張到哪裏，他們就跟到哪裏(Hui 1999: 31)。為數只有幾千的香港原住民分散在島上的幾條村子裏，他們完全有理由給這些從別處跑來幫助英人的華人群體打上「侵入者」的標籤。有鑑於此，黎必治寫道，「海外華人的一個新定居點由此創生，從許多方面來説，它都與中華帝國本身不同，倒與東南亞的其他華人社群更為相似」(Lethbridge 1978)。

儘管華人與英人的勾結是受了利益的驅使，但就一部分華僑移民而言，取得物質利益的前景還不足以解釋他們的熱情。這些另類移民希望利用英國的佔領來逆轉自己身為社會邊緣人的命運。舉例來説，這些同謀當中的顯要人物包括著名的華人鴉片走私販盧阿貴和郭亞昌，以及早年非法移居新加坡、又從新加坡跑來香港的承包商譚亞財。盧阿貴和郭亞昌都是蜑家(船民)，這個群體早已遭到內地漢人的斥逐(Smith 1985)。一千多年的時間裏，蜑家一直被視為蠻人或海盜，遭受陸上居民的歧視(Ward 1954; Kani 1967; Hayes 1977; Hung 1997)。他們享受不到陸上居民的權益，沒有資格參加文官考試(科舉)、擁有陸上產業或是與內地居民通婚。作為一個無法自給自足的漂泊族群，蜑家只能與陸上的漢人做生意，參與各種合法或非法的海上貿易及走私活動。他們與其他海外華商一起，構成了勾結英人殖民香港的華人中堅力量。與西方人的勾結帶給他們的不只是經濟利益，還有更高的政治和社會地位。為了回報他們的幫助，英人給了他們土地，他們由此得以投機地產，發家致富(Carroll 1999)。為了逆轉自己作為政治局外人的命運，在英人治下取得成功的一部分華人承攬了地方士紳領袖的職責，作用相當於傳統的士人。後面我會講到，他們與傳統士人的區別僅僅是，在英人治下，他們無須應舉就可以取得華人士紳的地位。

在這種關係形成的頭十年裏，歐洲人和華人都是通過土地投機或鴉片貿易來發財的，儘管英國政府的初衷並不是把香港變成一個以容留這門下流生意為首要功能的新殖民地。倫敦的政府大臣曾有嘗試，打算通過法律禁止和重稅來控制通過香港出口鴉片的活動——至少在清政府認同鴉片貿易合法之前是如此。支持鴉片戰爭和這個新殖民地的人士普遍聲稱，只要能與中國開展更廣泛的商業往來，英商很快就會放棄對鴉片的依賴，憑藉發達的英國工業轉向更為健康的營生。然而，在這個世紀剩餘的大部分時間裏，運往中國的鴉片依然是香港經濟的關鍵組成部分(Trocki 1990, 1999; 另見Brook and Wakabayashi 2000; Miners 1983)。據估計，到1840年代末期，印度所產鴉片有四分之三都經由香港流轉(Munn 2000: 107)；到任之後不久，第二任港督戴維斯(1844–1848)就報稱，未受政府聘用的資產者幾乎都在做鴉片生意。文基賢如是描述鴉片與香港之間的關係：

> 鴉片貿易與香港之間的緊密聯繫一目了然，以致人們不可能拋開這種毒品來考察香港的早期歷史：這個殖民地因鴉片才得建立；靠着鴉片才捱過早期的艱難歲月；它的首要商家憑藉鴉片致富；它的政府也是依靠鴉片貿易促成的高額地租和其他收入才得存活。來這個殖民地的華商先行者是為了做鴉片生意；這種毒品還變成了通用貨幣，香港華人用它來向大陸的家鄉匯款；遭到搶掠或歸屬不明的鴉片貨物是許多司法訴訟的主要標的；這個殖民地的眾多當鋪都塞滿了鴉片球。
>
> (Munn 2000: 107)

實際上，鴉片貿易在1840年代的持續增長反倒遏制了中英正常貿易的發展。一些人曾經以為，香港的割讓會把此前由廣州壟斷的貿易引來此地，給香港英人帶來額外的好處；然而，諷刺的是，中國沿海同時開放了幾個通商口岸，這個殖民地由此變得不適於合法的正常貿易。香港只能充當鴉片的中轉站，或者為普遍預計會有的第二次中英戰爭(1858–1860)充當軍事基地，此外就沒有甚麼作用。香港是一個安全的貨棧，可以接收從散佈沿海各處的非法煙館運來的貨物，若非如此，不等1840年代結束，英人可能已經放棄了這個殖民地。各路「煙梟」阻止了此類放棄，他們始終認為香港是鴉片貿易的專屬場地，並且在土地和建築方面投了巨資(Munn 2000: 107–8)。1850年代的繁榮幫助香港確立了對華走私鴉片首要基地的地位。到1880年，流入中國的鴉片有大約45%是經由香港走私的。香港成為了鴉片生意的化身，這個形象在十九世紀的剩餘時間裏持續存在，到1909年才告消亡(Munn 1999)。

香港之所以能超越鴉片中轉站的地位，真正的動力是它迎來了被經濟危機和戰爭趕來的第二波華人移民。西方強加給中國的所謂自由貿易導致上海、寧波、福州、廈門等通商口岸紛紛開放，對華南地區造成了巨大影響，損失最為慘重的則是廣州(廣東)(Hao 1986: 14–33; Tsai 1993:21; Ng 1983)。武備精良的外國快船紛紛加入中國的沿海貿易，迫使許多廣東舢板退出這個行當，與此同時，外國進口的工業品也使當地的手工業捉襟見肘、分崩離析(Feuerwerker 1969)。經濟困境之外，太平天國起義又於1850年在鄰近的廣西爆發，並且迅速蔓延到廣東及其他華南省份。這樣的亂局持續了將近二十年，引發了廣東人的大逃亡；為了躲避大陸的混亂，他們逃到了秩序相對井然、安全較有保障的香港。當時的濱海地區出現了大量的剩餘勞力，這些潛在勞工有許多都在嘗試移居東南亞，有時還嘗試加入地下社團、匪幫或海盜團伙(Tsai 1993)。逃出中國的巨大社會壓力不但讓香港獲得了大量的人口，還讓它有機會染指另一門油水生意：苦力貿易(Campbell 1923; Arensmeyer 1979; Sinn 1995; Yen 1985)。倫敦傳道會的理雅各將1850年代形容為「香港發展的轉折點」(Legge 1971)。1855至1900年間，有將近一百八十萬中國移民在香港登船前往國外(Sinn 1995; Coolidge 1909; 另見Tsai 1993)。這一時期的殖民擴張高潮催生了對契約勞工的巨大需求，工作的地點則是東南亞的大型橡膠種植園和錫礦，北美的鐵路建設工地，以及北美和澳洲的金礦。這樣一來，香港的經濟基礎就通過苦力貿易的衍生需求得到了擴展，比如運輸、造船和船舶修理；苦力向中國家屬匯款的需求也提振了香港的金融產業(Mei 1979; Tsai 1993: 26; Yen 1985)。由此而來的結果是，繼鴉片貿易之後，苦力貿易成為了香港殖民地早期經濟的又一根支柱。

隔離統治與華人社群形構

殖民者在官方措辭中大肆鼓吹，香港應當成為「對華貿易的大商棧」；港督寶靈(1854–1859)則信誓旦旦地宣稱，要把香港變成「英國善政的典範」。作為殖民者心目中「英治中華」計劃的一部分，香港的預定角色是「歐洲文明的一件鮮活展品，東西方的一個交匯點，兩種文化的風俗、制度和技術將在此地進行有益的建設性接觸」(Munn, 2001: 2)。然而，殖民地頭十年的混亂局勢使得前述的政治及文化願景變成了空談，或者説是殖民主義者的陳腔濫調。香港缺少一個穩定的殖民計劃，重要原因之一是英國和清政府對這個殖民地的政治地位各執一詞，最大的分歧是清廷駐港官員能否行使和清廷駐澳門官員同等的權力(Ting 1989)。清政府千方百計維繫自身對華人民眾的統治，就香港而言，這樣的維繫還可以象徵大清皇帝對這個島嶼的主權。但是，英國殖民地部死活不讓香港套用澳門模式，堅稱英國對香港擁有不可分割的主權，英殖民政府可以據此行使完整的行政權和司法權。《南京條約》(1842)簽訂前後的多輪外交角力留下了許多未得解決的爭議性問題，致使這些問題在一百多年的時間裏一再浮出水面。不過，大體説來，歷屆港英殖民政府都遵循了義律在1841年2月2日提出的主張：

> 港島本地人士，以及來至港島之一應華人，均應依中國法律及習俗治理；留居或來至港島之一應英國臣民及外國人士，均應依英國法律原則及慣例享有充分保障及保護。
>
> (Norton-Kyshe 1971: 4–6)

然而，義律提出的原則缺少操作性的細節。最初的幾年裏，《南京條約》尚在等待英國議會的修改，條約的細節還須與中國政府協商，那時候，義律的原則成為了英方各個陣營激辯的話題。許多人都對這種辦法的可行性和實用性提出了質疑，因為它把香港民眾分成了幾個類別。一些人建議，華人永久居民享有的官方待遇應當與華人暫住居民有所區別；另一些人則提出，如果英方接受清政府的強烈要求，允許後者保留行政權和司法權，香港就應該允許華人居民自由選擇中國臣民或英國臣民的身份；還有些人提出設想，能不能在香港設置華人官長，讓他們來處理涉及華人的司法事宜(Endacott 1964b: 27–35; Munn 1999: 47)。

1844年，港督戴維斯數次拒絕清朝官員，不讓後者干預涉及香港華人居民的罪案，此舉表明他決意行使英國對香港的主權。不過，他也曾嘗試施行間接管治的方針，方法則是參照中國的傳統保甲制度擬訂一個條例，設置由本地華人充任的無薪民選「治安官」(保長和保甲)，讓他們協助警方維持治安(Endacott 1964a: 57)。1853年，戴維斯的繼任文咸(1848–1854)提議創設一種本地華人有限自治的制度，聘用有薪的治安官(地保)來解決華人之間的民事糾紛(Endacott 1964a: 84–85)。這些方案旨在構建一種制度性機制，使本地華人逐步實現有限自治，最後卻都以失敗告終。文基賢指出，最初幾十年裏，英國殖民者未能與華人社群的任何領袖建立起穩定有用的政治聯繫，這方面的成就與他們在新加坡的類似實踐無法相比(Munn 2001: 2)。結果則是殖民政府總體上對華人社群放任自流，儘管史家們錯誤地把這一時期說成了英國對香港施行間接管治的典範。文基賢認為，如果過分強調華人社群的自治狀況，那便會掩蓋這樣一個事實，亦即英國官員其實沒甚麼能力管理難以駕馭的華人社群，由此便總是訴諸政治和法律措施，乞靈於頭重腳輕的直接管治。實際上，對本地華人的這種高壓直管有一個非常明顯的標誌，也就是說，早期殖民政權維持着一支規模居大英帝國前列的警察部隊。

相較於其他的英國殖民地，間接管治方針在香港並不那麼好用。1844年，香港庫務司對香港缺少「體面」華人領袖的狀況表示了憂慮，並把這種狀況歸咎於心懷敵意的中國政府所採用的政策。他寫道：

> 實實在在地說，三年半的不間斷殖民過程之後，本島還是連一個體面的華人居民都沒有……附近海濱滿清官員的政策是不讓任何體面華人定居香港；他們控制着這些人的家眷，因此可以十分有效地做到這一點。與此同時，據我看，他們還提供鼓勵和便利，以便將所有的竊賊、海盜、遊民及無賴從大陸驅來香港……下層華人從不會把他們的妻小帶來香港。島上的店東都是待幾個月就走，然後就由另一批人接手；實際上，島上有的僅僅是一群不斷變動的游牧民，他們居無定所，巧取豪奪，放蕩好賭，因此完全不適合從事穩定的營生。對於殖民地建設來說，此類臣民不但無用，而且極其有害。
>
> (Endacott 1964c: 96–8, 轉引自Smith 1985: 111)

香港總登記官塞繆爾·費倫也對香港的法律和秩序憂心忡忡。他於1845年寫道：

> 英國艦隊抵埠之後，大批船民聞風而至，他們向艦隊供應軍需及生活用品，由此而來的利潤立刻讓許多人脱離貧賤，大發其財。艦隊提供的庇護很快就把我們的海岸變成了盜匪和鴉片走私販的天堂，實際上，這個天堂適合於所有為中國法律所不容、並且有辦法逃離中國的人。隨着時間推移，對勞力及公私工務的需求已經把數千人引來此地，其中大多數都是客家，亦即遊民；這個種族的習俗、品性和語言都與其他華人不一樣。他們漠視故鄉的紐帶和道德，儘管人們認為，遵守這些道德對於保持民族氣節至關重要。他們不安於法律的約束，生活方式也不檢點，由

> 是便毫不猶豫地拋棄家庭和家族神靈，拋棄天生權利和先人廬墓，以可恥的方式四方逐利。香港的混亂狀況，以及開埠初期的眾多罪案，都為這個群體的敗壞效應提供了充分的證據。
>
> (CO 129/12, 24 June, 1845, 轉引自Smith 1985: 108)

無論這些評論包含着怎樣的偏見和種族自大心理，它們似乎確證了中國官方於1841年發表在《廣東記錄報》上的預言：在英國管轄之下，流氓無賴會對香港更加青睞；「香港會成為所有華人走私販的港灣和淵藪」；「煙館和賭場會迅速蔓延；帝國境內那些心懷不滿的歹人都會湧向這些場所」(*Canton Register* 23 February, 1841; 轉引自Smith 1985: 107)。實際上，除了國際性的鴉片和苦力貿易之外，香港「新富」能在島上興辦的商業不過是賭場和妓院而已。* 不過，香港之所以缺少「體面」華人領袖，最重要的因素還是，當時香港的大部分華人都是男性外來移民，或者是與島上村落無關的寄居者。英人無法贏得村社長者的配合，僅僅是因為香港的村社長者少之又少。實際上，外來移民很快就接管了島上村落，殖民政府很難得到傳統地方領袖的合作，得到了也沒甚麼用。

殖民時代香港華人精英的(自行)崛起

香港缺少一個界定清晰、威望卓著的本地華人群體；這樣一來，英人的雙重管治設想很快就演化成了一種體制上集中、

* 1845年，香港的妓院數目與戶數持平：25戶人家，26家妓院。直到1840年代末期，香港的戶數才增長到100，超過了妓院的數目(Smith 1985: 113)。

操作上卻自我克制的治理。殖民政府把幾近獨裁的權力保留在港督手裏；華人居民承受着粗糙的高壓手段，比如宵禁、繁複的登記手續以及其他的監視及管制措施。歐洲人和華人之間的緊張關係相當明顯，尤其是在一系列事件導致第二次鴉片戰爭(1856–1860)的1850年代中期。1890年代，傳教士及港督秘書歐德理寫道，華人和歐洲人之間有一道「沒有津梁的鴻溝」(Eitel 1895)。兩個社群在事實上彼此隔離，這對殖民政權產生了持久的影響，其中之一便是殖民政權未能將政府權力下放到市政層面。舉例來說，殖民中央政府必須自行徵稅來支付警察薪資，因為由常理可知，將權力下放給地方機構很容易觸發歐洲人和華人的衝突。由此看來，早期香港殖民地的運作方式似乎是一種非正式的隔離統治，而不是慣常的間接管治。

然而，兩個社群的空間隔絕其實是相互隔離的產物。隨着一種新型的勾結共謀關係逐漸成形，這樣的隔絕最終為一種更為穩定的間接管治奠定了新的基礎。依靠鴉片貿易和英人頒授的土地，譚亞財和盧阿貴之類的華人戰爭同謀迅速發家；華人「新富」階層逐漸形成，其成員無一例外地有意於土地及地產投機。此外，殖民政府想把價值更高的海邊地產留給歐洲人，於是便鼓勵華人遷往遠離海邊的指定區域。華人集中在太平山附近一個名為「唐人街」的專屬區域，這樣的情形使當地華人領袖有可能拋開英人的管治程序(Evans 1970; Chan 1991)。以前的戰爭同謀漸漸變成了地方領袖，因為他們十分富有，有能力向知名的慈善機構捐款；此外，這些人與勢力強大的地下社團聯繫緊密，由此便在華人當中擁有可觀的政治影響力。

確立華人社群領袖地位的一個里程碑式事件——這一事件還把這些「不體面的」華人變成了「社會賢達」——是盧阿貴

和譚亞財於1847年興建文武廟之舉；到後來，這間廟宇擔負的功能不光是宗教場所，還是華人實行有限非正式自治的社群中心(Lethbridge 1978: ch. 4; Ting 1989)。總體説來，英人並不把文武廟的興建者看作體面人士，清政府更把他們視為賣國賊，但他們還是成為了香港華人社群的第一代領袖，主要的政治功能是在殖民政府和華人之間居間調停。* 除此而外，文武廟還是香港華人和廣東當局之間的一個非正式連接點。按照歐德理的形容，文武廟「秘密控制着華人事務，發揮着商業仲裁人的作用，為途經香港的滿清官員安排適當的接待，還負責協調向清朝買官的事宜」(Eitel 1895: 282)。

在傳統的中國鄉村，精英或説士紳通常會充當本地民眾和官府之間的中介；官府從士人當中聘任這類人物，這些士人一般都有科舉功名。科考優異的人會得到官職，官職又可以成為聚斂財富的機會。由於士紳依舊是所在村落的成員，地方領袖和官府通常保持着緊密的聯繫。然而，香港農夫當中沒有出現士人，有也是鳳毛麟角；香港的華人漁民也與士紳階層沒有親緣關係。這樣一來，殖民管理機構就無法運用那種簡便易行的方法，通過古老的士紳階層與普通華人建立聯繫。但是，鴉片和苦力貿易帶來了1850和1860年代的經濟繁榮，為這種小規模華人精英群體的湧現創造了有利條件，這個群體包括承包商、貿易商、買辦、官吏和傳教組織的基督徒僱員(Smith 1985)。再加上新近遷來的廣東富商，這個士紳群體漸漸躋身於新起的華人精英隊伍，按約翰·卡羅爾的説法則是第一批本地資產階級(Carroll 2005)。他們的出現為即將成形的新型勾結共謀殖民關係

* 黎必治認為，在東華醫院成立之前，三合會之類地下社團的成員才是華人領袖(Lethbridge 1978: 54–5)。

做好了鋪墊。1860年代中期之後，香港法律體系中的種族歧視政策有所減少，而且不像以前那麼顯著；此外，由於港督麥當奴爵士(1866–1872)較為「人道」的治理，華人精英和殖民當局之間的新型夥伴關係有了可能。通過這些本地精英實施間接管治的做法漸漸穩定下來，標誌便是東華醫院的成立。冼玉儀著有關於東華醫院的《權力與慈善》一書，對這種新型勾結共謀關係進行了精彩的總結(Sinn 1989)。

作為勾結共謀機構的慈善事業

東華醫院創立於1872年，是這種新型勾結共謀殖民主義的核心機構。成立這個醫院是為了滿足華人的福利及醫療需要。由於殖民時代早期的許多香港窮人都是從大陸來的旅居者，這些人在來港途中死亡的情形便成了一個問題，因為華人習俗要求死者必須歸葬故鄉。1851年，殖民政府批給華人一塊土地，以便安放這些死者的祖先靈位，因為他們在香港沒有家人。這個地方無人管理，經常遭到垂死華人的破壞，人們由此發起了一場募捐，要求建立一所管理得當的華人醫院。醫院的倡建董事全部都是華人顯要，其中大多數要麼是供職於歐洲公司的買辦，要麼就是南北行之類行會的商人(Nam Pak Hong 1979)。其他一些董事則是自命的街坊領袖，有個分析人士曾把他們形容為一群「思想開明、追求地位的家長式市民」(Lethbridge 1978)。然而，儘管成立東華醫院的初衷是服務於慈善，其功能卻從來不是純粹的醫療。它不光發放中藥，還擔當在華人中間主持公道者的角色，並且受到政府的鼓勵，就各種政府政策提供建議。發展壯大之後，醫院又開始處理瑣細的民事糾紛，管理廟宇，興建學校，偶爾還向政府請願，要求糾正社會不公。殖民政府樂見醫院董事局以有助於管理華人的方式行事，甚至允許曾接受士官生訓練、通曉中文的總註冊官參與他們的工作——簡言之，殖民政府賦予了東華醫院準官方的地位。*

實在說來，東華醫院是士紳管治架構的一個奇特乃至有點怪異的版本，而在英人抵埠之時，香港幾乎不存在甚麼士紳管治架構。儘管如此，在融合中英傳統方面，它還是效仿了之前那個典範性的混合機構，亦即團防局(1867年設立)。港督軒尼詩執政期間(1877–1883)，東華醫院的影響和權威達到了新的高度：從醫院董事局的行事方式來看，它儼然繼承了傳統滿清小吏的官長職能。更有甚者，醫院的非體制地位使得它可以從文化和政治上鞏固自身，程度遠遠超過英人的預料。根據黎必治的記述，「1872年，醫院正式開張之際，由七八十人組成的董事局全體穿上了滿清官服，有些人的頂子上甚至有孔雀花翎」(Lethbridge 1978: 61)。與此相似，1878年，來自社群各階層的三百名本地勢要列席接受港督視察，其中大約五六十人身穿滿清官服，有的戴藍頂子，有的戴水晶頂子，有的戴金頂子，有幾個還簪有格外榮耀的孔雀花翎(Lethbridge 1978: 61)。在清朝，朝服上的頂子和花翎表明了官員的品級。我們很難確定，這些身穿滿清官服的人是不是通過正常途徑獲得這些品級標誌的，他們穿戴官服的行為又是不是純屬冒充。** 但是，官服很有效果，可以向殖民當局和本地居民同時表明，穿官服的人無論如

* 職級訓練是一個常規培訓項目，旨在幫助英國派出的殖民地管理人員瞭解中文和中國文化，相關細節可參見(Lethbridge 1978: ch. 2)。

** 中華帝國晚期，從清政府購買功名的行為是得到官方認可的，許多海外華人都花費了巨額金錢來購買此類榮耀。在馬來西亞和新加坡，這種做法尤為常見。參見(Yen 1970)。

何都得到了在華人社群中有效的長官權力。英人港督列席此類典禮，與其說是向華人展示他們正被強加的異族殖民統治着，不如說是增強了他們對帝國大權延續性的體認，不管這種權力屬於大英帝國還是大清帝國。新起的香港華人精英雖然不曾得到任何人的授權，但卻急於扮演這個角色。這種極具儀式性的行為表明，東華醫院董事局，換言之就是崛起的香港華人精英，迫切希望確認一件事情：自己已經在英國的殖民統治之下實現了中國意義上的社會升遷。

即使這些新晉精英在英國法制下扮演的自封士紳角色只具有象徵意義和儀式意義，這種姿態仍然為他們提供了方便，有助於他們在中國贏得真實的地位。究其實，醫院董事局感興趣的不僅是香港華人民眾的總體福利，還想插手鄰近中國省份的事務。醫院積極參與組織香港及海外華人的活動，還參與為中國洪災募捐之類的慈善活動，由此逐漸贏得了中國皇帝的些許正式認可。此類活動還使醫院更有機會接觸中國政府的正式權力機構。著名的改革派官員張之洞一度利用了東華醫院的關係，試圖接觸影響越來越大的海外華人社群，從後者那裏收集情報。他向東華醫院下達指示，彷彿把醫院當成了中國的一個行政部門(Sinn 1989: 137–149)。

1890年代後期，所有這些政治權勢的誇示似乎開始繞開英國對香港的主權，由此招致了歐洲人社群的敵意。這種敵意的爆發形式是一樁重大醜聞，幾個歐洲人指控東華醫院是一個地下社團，從事着顛覆殖民政府的活動。港督隨即啟動正式調查，打算平息針對華人精英的指責。調查的公允程度雖然存在疑問，終歸還是證明了東華醫院董事局的清白。這一事件之後，香港政府對東華醫院特殊地位的認可有所削弱，儘管如此，醫院董事局依舊承擔着香港士紳階層的角色(Sinn 1989: 150–156)。

在香港的語境下，個體自行承攬並重新確立士紳角色的舉動意義重大，因為它恢復並改變了傳統中國地方管治的文化及政治格局。這個精英階層並沒有遵循以科舉為代表的傳統途徑，憑藉對於中國典籍的精深學識獲取士紳地位，而是展現了他們利用帝國權力的能力，這種權力源自英國王室而非大清皇帝。英國殖民官員，尤其是負責華人事務的官員，都樂於看到有個群體來幫助他們「以華治華」。儘管港督堅尼地(1872–1877)駁回了醫院董事局的激進提議，不同意設立一個華人市政會來單獨管理華人事務，醫院依然獲得了就一切華人事務向政府提供建議的重要地位，儼然成為了英國殖民統治下唯一的華人喉舌(Eitel 1895: 507)。

醫院董事局承攬代理士紳角色的舉動，反映的是根深蒂固的文化抱負和政治算盤。中國官員曾給許多後來取得成功的商人打上賣國賊的標籤，或者是因為他們在帝國政府禁止出境的時期離開了中國，或者是因為他們在先後數次外國入侵期間幫助了英人。然而，事到如今，這些商人擔當了士紳階層的角色，並且獲得了兩個帝國政權的認可。為了彌補文化聲望的欠缺(這種欠缺體現在他們不熟悉膾炙人口的中文經典)，這個新士紳階層的成員自行制訂了定期舉行的儀禮，與中華帝國士人官長的儀禮一模一樣；這些新士紳會去文武廟，參加春季和秋季的祭孔典禮。他們還創辦孔學會，興建教授孔子學說的學校，並且聲稱，是孔子的學說賦予了他們華人身份(Lethbridge 1978: ch. 3; Sinn 1989)。

對於儒學的愛好，以及更為籠統的傳統主義傾向，在十九世紀晚期的海外華人社群中表現得格外明顯。實際上，檳榔嶼和新加坡等東南亞殖民地也有相似的情形。到了世紀之交，海外華人的這種傳統主義立場便與席捲中國大陸的革命情緒發生了摩擦，因為後者更傾向於破除偶像。不過，在1870年代，對於這個香港華人精英階層來說，傳統主義仍然具有真正的重要意義：在一個日益受到西方觀念影響的地方，它為宗法體系裏的精英利益提供了辯詞。這樣的狀況引領我們去探究保良局的故事，後者是東華醫院的姊妹機構。

勾結共謀殖民主義的宗法元素

十九世紀後期，廣泛開展的廢奴運動在新世界結出了碩果，新世界對廉價勞力的需求由是急劇攀升，進而激起了對廉價華人勞工的巨大需求。在香港，只有少數商人不曾染指這門利潤豐厚的苦力貿易。如前所述，販賣契約勞工是殖民早期啟動香港經濟發展的一門核心生意。然而，苦力貿易的厚利導致了酷虐的做法，比如綁架活動，以及用空口許諾來誘騙移民的欺詐行為；據稱，規模龐大的非正常強迫移民現象遍及中國的沿海地區。國際社會的壓力與日俱增，要求制止強迫移民，清政府卻依然無力管制移民活動(Irick 1982; Yen 1985; Tsai 1993: ch. 4)。迫於壓力，英國也對殖民地的苦力貿易進行了限制，試圖撲滅這些地方的綁架活動及其他犯罪行為。香港華人精英急於展示自己的善心，於是便幫助殖民政府剷除非法的人口買賣。這些精英主動揭露移民貿易當中的酷虐行為，不但表現出了合作的態度，還在此類事務當中充任帶頭人。東華醫院很快擔起了相關職責，僱了兩名探員來舉報並制止與移民相關的罪行；

院方還負責協調英國政府和中國政府的撲滅行動，不管這些行動的真實成效如何有限。

有關人權的擔憂逐步加劇，國際壓力愈來愈大，廢奴的呼聲最終納入了不得將女童賣為妓女的要求。這門特殊生意成為遭到禁止的奴役形式，嚴重地威脅到了一種名為「妹仔制度」的華人宗法習俗，亦即從貧苦人家購買女童，養大之後充作家奴(Haslewood 1930)。香港的華人精英(其中大多數都是東華醫院的董事)提議設立保良局(香港婦女兒童保護協會)，以便保護這些受害人，使之逃脱猖獗酷虐的移民貿易。這些精英要求當局僱請探員，開列緝拿賞格，並將受害人送回故鄉。不過，保良局不光提供保護措施，包括實施備受爭議的「譴嫁」受害人的措施，它還是一個勢力強大的遊説團體，試圖減小「女童販賣」新條例的衝擊。該局多次組織人員去倫敦請願，抗議針對「妹仔」的禁令(Smith 1981; Sinn 1989: 113–117)。簡言之，該局為華人習俗進行了辯護，援引了義律關於隔離管治的主張，並且要求為購買「妹仔」的富人提供法律豁免。該局拋出了「文化保存」的論點，把「妹仔制度」詮釋為一點也不酷虐的正常「社會習俗」。他們拒絕承認「妹仔」是奴役兒童的一種形式，要求法律止步於區分合法販賣和非法販賣。憑藉自身對某些政府官員的強大影響力，以及在香港權力形構當中的深厚根柢，保良局堅持抵抗英國及香港社會反「妹仔」倡導人士的猛烈壓力，時間達數十年之久(Smith 1981, 1995)。經過許多次漫長而艱難的鬥爭，殖民地部、國聯、各種基督教團體、本地傳教團體、工運人士和婦女活動人士都施加了壓力，「妹仔制度」才在1920年代遭到廢止。

在世紀之交的中國，社會改良和不斷追求進步的潮流迅速高漲，如此背景之下，圍繞「妹仔」的鬥爭充分暴露了香港的間接管治相當反動的一面。然而，儘管殖民地社會和宗主國的倡導人士不斷施加壓力，殖民地華人精英的保守主義還是得到了殖民體系的庇護。早期的勾結共謀殖民政權之所以能夠實現華英共謀，必不可少的條件是堅尼地和軒尼詩等幾任港督的幫助，他們對華人精英照顧有加，以此換取後者對一些事務的支持，比如與香港福利有關或無關的籌款計劃。例言之，原籍愛爾蘭的軒尼詩與香港華商關係十分融洽，因為後者格外慷慨地為愛爾蘭救災基金提供捐助，手筆比香港的歐洲人還要大(Sinn 1989: 119)。香港華人精英和英人殖民官員之間的密切勾結共謀既主導了本島政治權力的形式，也主導了詮釋華人文化價值的方式。這樣的勾結共謀關係是一種政治權力，其中的演員可以借慈善事業和慈善機構搭台，以文化差異的名義行使社會權力。

文武廟代表着早期分治的散漫階段；保良局和東華醫院之類的準官方慈善機構卻表明，勾結共謀式殖民主義已經在香港殖民地扎下根來。這些機構雖然因殖民者在二十世紀的大力干預而黯然失色，但卻為英殖民者和華人精英之間的合作設下了基本的參數。香港華人精英穿梭在兩個帝國的邊疆，取得了以往在中國治下無法想像的社會及政治地位，並且依據中西兩種文化的具體觀念夯實了一種雙重文化，由此為自己確立了獨特的身份。卡羅爾指出，由於這個精英階層的顯著壯大，香港逐漸出現了一個羽翼豐滿的資產階級(Carroll 2005, ch. 4)。

不過，我想對卡羅爾的結論做個限定。並沒有證據表明，當時香港的社會版圖中已經有一個具有階級自覺的華人資產階級。在十九世紀後期，香港華人精英的選擇是扮演代理士紳的角色，向中國大陸的士紳看齊。科大衛(2003)也曾告誡，不能把精英和士紳混為一談，因為這兩個詞分別來自英國文化語境和傳統中國文化語境，含義雖有交集，但卻仍有清晰的差異。科大衛認為，士紳如果得以分享所在地方的中國王朝政府權力，就會為王朝統治提供合法性。就香港的情況而言，由於島上精英的構成相對複雜，此類合法性就成了問題，即使存在，那也只是混淆西方精英觀念和中國士紳觀念的學者們製造的一種效應。此外，我仍然認為，香港華人精英想像之中的傳統社會角色復興，充分地揭示了這個雜合權勢階層承繼的政治文化和遺產。一方面，他們是憑藉財富才躋身顯要的；另一方面，他們又努力尋求殖民者的官方認可，正如中國大陸的鄉紳向皇帝尋求認可。這種對傳統士紳角色的重新演示，先決條件是此地特殊的殖民形勢，因為殖民者希望更為便利地管治被殖民者，由此便不得不允許這些共謀的華人「重新發明傳統」。華人以慈善之名重塑宗法機構的做法造成了深遠的文化影響，因為香港藉由鞏固代理士紳的權力來維繫文化保守主義，由此便更與後來在中國發生的五四運動(1919)背道而馳。因為後者所代表的現代中國國族主義運動，具有打倒偶像，追求進步的雄心。

在晚近得多的時期，香港這種勾結共謀式殖民形構的餘響依然存在，其表徵不光是香港顯著缺少政治進步的資產階級，還包括香港市民社會軟弱無力的事實。資產階級領導社會追求改良的階級計劃，在香港並不存在。與此相反，精英階層十分傾向於與任何當權政府勾結以至通謀。從他們的行為來看，他們似乎始終需要尋求以往帝國當局或殖民主子的認可。無論如何，香港的華人權勢階層從未制訂任何能使本階層實現自主的政治計劃；換句話說，香港華人精英沒有在市民社會中構築自己的社會權力，而市民社會是一個獨立於乃至對立於當權政府的競技場。殖民歷史興許為當代香港留下了一些富可敵國的華人大亨，但這些人並不構成強大的資產階級。他們抱持着揮之不去的宗法觀念，遵循着保守的生活方式，以及在政府權力和「市民社會」組織之間建立勾結共謀關係的傳統。原因在於，在漫長的香港殖民歷史當中，勾結共謀行為始終是香港資產階級成長的先決條件，也是香港民間組織成長的先決條件，後者體現的通常只是殖民權力的無所不在。由此看來，香港華人精英的勾結共謀傳統，利害不僅是他們和歐洲統治精英之間相比，與政權有多強的密切夥伴關係，而更是在於，繼後而出現的香港大多數民間組織所具有的準政府部門性質。

勾結共謀關係是個關鍵，可以引領我們拋開殖民者與被殖民者之間的虛假對峙，認清華人士紳–精英在香港殖民時代早期的代理權力。不過，如果不考慮這些人身上的殖民印跡，我們就會犯下巨大的錯誤。原因在於，正是在這個早期階段，我們看到，香港雖然出現了與歐洲相似的自主性資產階級發展進程，但由於香港的勾結共謀權力碰巧形成於殖民背景之下，這一進程既得到了促進，又受到了阻滯。我認為，要理解過去及現在的香港政治文化，關鍵在於同時探明這種權力形構的勾結性質和殖民性質。

第2章　文化殖民性：英語與教育

詩人及教育家克里斯．希羅曾經寫道，「縱觀帝國主義的四百年歷史，英語一直是一股極其龐大的力量，是一種服務於壓迫和殘酷剝削的工具……它被用來奚落它意欲取代的各種語言，並且曉諭遭受殖民的各個民族，必須對這個語言霸主進行摹仿，以此標明他們的社會流動性，同時標明他們持續蒙受凌辱和奴役的事實……英語生來就是主子的語言，是主子傲慢態度和殘忍手段的載體」(Searle 1983: 48)。在後九七香港的「母語」教育爭議之中，堅持主張以中文為授課語言的香港教育者並不見得都同意希羅這種激情洋溢的激進觀點，不過，他們中的大多數人都認為，從偏重英語向強調中文的體制轉換是結束香港殖民主義的緊要步驟。實在說來，關於英語的主宰地位，香港華人當中有兩種普遍流行的看法：一種看法認為，英國殖民者之所以把英語定為香港的主要官方語言，是因為這是強行實施殖民統治的必要條件；另一種看法則以功能主義為出發點，認為英語的主宰地位源自其商業價值。這兩種常識性看法分別為授課語言之爭的兩個陣營提供了支持：前者支持國族主義的觀點，呼籲在英國殖民統治於1997年結束之後糾正權力不對稱的格局；後者卻認為，即使殖民主義已經不復存在，華人仍然應當側重於英語教育。顯而易見，這兩種觀點對於語言「去殖民化」的立場截然不同；究其實，兩者不過是同一種殖民話語形態的不同變體：要麼是草率地簡化了香港的殖民關係，要麼就簡單化地掩藏了殖民時代香港的權力不對稱格局。

關於英語與籠統的殖民主義之間的關係，新近的研究展現了一幅遠為複雜的圖景。舉例來說，彭尼庫克(1998)考察了依附於英語作為一種語言的各種不同話語，藉此剖析了殖民主義的漫長歷史與英語之間的聯繫。他告誡我們，如果按照殖民者壓迫並剝削被殖民者的簡單套路來歸納殖民主義，實際上會使我們忽視殖民主義持續不斷的文化及微觀政治運作，儘管還有多種多樣的複雜情形，永遠伴隨着日常的簡單二分法。我在本章的分析將跟隨彭尼庫克的線索，從複雜性和簡單性兩個方面來把握英語與香港殖民主義之間的聯繫。不過，我的側重點既不限於狹義的殖民話語，也不限於香港本身，而是把香港及中國勾結共謀式殖民權力的複雜形構用作背景，藉此探討殖民主義與英語的關係。我想闡明的是，英語教育在香港的特權地位更有可能產生於政策與社會導向的不規則變動，而非帝國主義的題中必有之義；我還想説明，這種特權地位現在不是，過去也從來不是，僅由商業需求造成的結果。實際上，英語應用和英語教育包含着許多歷史細節：英語可以通過多種方式助長帝國主義霸權，但是，也有一些時候，英語成為了華人內部社會分化的工具。我把這些細節視為香港多層殖民性的例證。此外，我使用「多層」這個術語，意思是這種殖民性超越了通常的二元殖民關係，並對矛盾重重的香港身份形構產生了巨大的影響。

挾戰艦之力傳教

放棄老套的隔離管治方針之後，香港殖民政府在十九世紀後二十年採取了一些重大舉措，試圖對教育領域進行干預。一些人認為，香港殖民當局始終對本地華人社會的社會及文化事務持自由放任態度，與這種開明神話相反，全面監管學校的制度在香港推行的速度比英國本土還要快。為了瞭解此類強烈干預的起因，我們需要倒退到很久以前，以便回溯：一，基督教傳教團體如何與殖民政府結成了矛盾重重的關係；二，傳教的教育如何讓位於世俗教育；三，英語如何為華人精英提供了方便，幫助他們維持自己的種族及社會特殊地位。

基督新教在中國的宣揚福音活動可以追溯到1807年，也就是倫敦傳道會把馬禮遜派往中國的時候(Latourette 1929; Ride 1957; Cohen 1978)。那時候，此類活動是與清政府1724年頒布的禁止基督教法令相抵觸的。有鑑於此，傳教團體通常會把總部設在華人移民為數眾多的東南亞(Harrison 1979)。傳教士在東南亞學習中文，開辦印刷所，並且培訓華人教士，培訓內容包括英語。當然，這些傳教士絕不滿足於只在中國周邊活動：他們的最終目的地是整個中國。中國官僚集團對基督教傳教活動懷有敵意，阻礙了這些傳教士的手腳，不過，英國商人配備了迫使中國接受自由貿易的武力，他們取得的進展推動了這些傳教士的傳教工作，還可能推動了相關的逐利行為(Miller 1974)。為了傳教，這些傳教士越來越深地參與了英國政商兩界的政治和軍事行動。*

中國海軍在第一次鴉片戰爭中遭遇恥辱性失敗之後，《南

* 舉例來說，馬禮遜曾擔任東印度公司的翻譯，後來還當過英國駐華商務總監律勞卑的秘書(Chan 1988: 435)。他的兒子J.R.馬禮遜曾是首任港督砵甸乍的中文秘書(Endacott 1964: 43)，英國控制香港之後不久，他就把原本設在馬六甲的英華書院搬到了香港。郭實臘牧師於1845年倡議撥款興辦村學，曾在怡和公司的鴉片船上工作，後來又接替J.R.馬禮遜擔任砵甸乍的中文秘書(Endacott 1962: 106–107)。此外，郭實臘還曾擔任英國艦隊的秘書和譯員，參與了第一次鴉片戰爭期間的許多次行動(Lutz 1987)。

京條約》於1842年簽訂，清政府把香港割給了英國。英國的基督教人士大多對這場以可恥鴉片貿易為名的戰爭表示了憤慨，儘管如此，他們很快就開始為《南京條約》歡呼喝彩，原因是他們認為，軍事及外交勝利會迅速鋪平道路，使得基督徒可以更自由地打進中國人的土地和心靈——直到第二次鴉片戰爭之後，他們的這種預想才變成現實(Beattie 1969; Lodwick 1996)。在這些基督教人士看來，這是上帝在顯示神威，讓惡行結出了善果。舉例來說，裨治文宣稱：

> 這些偉大時刻以人為媒介，主導的力量卻來自神。萬邦之主借英格蘭之手懲戒了中國，迫使她懂得了謙卑。但願在不久之後，祂就會借中國之手，把基督教文明和自由交流的福佑傳給她的億萬子民。
>
> (*The Chinese Repository*, 1842, 11: 628)

理雅各曾宣稱，中英各項條約「極大地推動了中國的傳教事業」，他這句話反映的遠不只是他個人的看法(Legge 1859)。事實上，許多新教派別，再加上羅馬天主教會，全都急匆匆地湧進這道敞開的大門，爭先恐後地加入了中華帝國的傳教事業。

原先在東南亞華人社群工作的傳教士，以及在澳門居住的傳教士，大多數都是先湧到香港，然後再繼續前往中國的其他通商口岸；不過，也有一些傳教士留在香港，在這裏建起了教堂。這些傳教士辦教育的深層目的主要是培訓教士，日後好去中國傳播福音。為了繼續這項工作，傳教士在香港興辦了許多教會學校和書院。* 在香港的工作剛剛啟動，他們就向殖民政

* 最著名的學校包括倫敦傳道會的英華書院、聖公會的聖保羅書院以及馬禮

府提出建議，應當為學校提供土地和財政資助。港督戴維斯(1844–1848)是宗教教育的堅定倡導者，因此就支持傳教士的要求，倫敦殖民地部卻決定啟動資助華人村學的計劃，該計劃並不包括教會學校。許多人都認為，這項政策表明英國政府無意捲入敏感的宗教紛爭，因為各路宗教團體業已在這場紛爭當中泥足深陷(Ng 1984: ch. 2)。這樣一來，傳教士沒有得到任何政府資助；不過，政府允許他們在新成立的教育委員會裏佔有席位，由此賦予了他們行政權力(Lobscheid 1859; Ng 1984: 26–31)。該委員會負責監管一切教育事務，實際上控制着香港所有的華人村學；教士主宰香港教育格局的時代由此開始。

在這些傳教士的祖國，市民已經對公共教育責任表露了越來越多的關切，並且質疑教會對教育的掌控。而在殖民時代早期的香港，教士卻掌控了教育，幾乎把它變成了一項宗教事業。* 憑藉資助分配權和後來獲得的學校監管權，教育委員會把聖經課程推進了村學——文惠廉主教的《教義問答與聖經》赫然出現在了必備課本目錄當中(Lobscheid 1859: 25–28)。由於教士們施加的強大壓力，維多利亞主教當上了教育委員會的主席，由此成為了所有學校的總督學。簡言之，政府不僅縱容教會掌控了香港教育的制度化進程，這樣的縱容還發生在眾多世俗人士及宗教異見人士正在質疑英國宗教教育的時期(Wong 1996: 50–52)。港督戴維斯希望，村學最終會由本地的基督徒教師負責，後者將「接受新教傳道團體的引領」，由此「獲得勸

遜教育會的馬禮遜學堂。

* 圍繞政府的教育職能，聖公會和非聖公會派別之間屢次出現矛盾和衝突。後者試圖消除聖公會的一切潛在影響力，前者則拒絕交出控制權。英格蘭圍繞教會掌控和國民教育的紛爭可參見(Best 1956)；(Curtis and Boultwood 1966)；(Curtis 1967)；(Wardle 1976)。

諭本島民眾皈依的最理想前途」(轉引自Eitel 1895: 247)；不過，英語教學並沒有壓制中文典籍課程，也沒有取代後者。香港的華人學生以漢語方言為媒介，同時學習聖經和中文典籍。到後來，理雅各在幾所官立學校開設了英語課，即使是在那個時候，學生們對英語也不是特別熱衷。宗教教育的推行也不像預想的那麼順利，許多教會學校都是沒辦多久就關了門。教士們本想在香港找到一個福音可以深入人心的華人社會，結果卻大失所望地發現，香港與其他華人教區大不相同。

十六世紀，耶穌會士利瑪竇開始在中國傳教，從那時起，基督教各派的傳教活動大多採用了同一種對華傳教策略：向士紳佈道(Gu 1991)。* 然而，殖民時代早期的香港並沒有一個土生土長的華人士紳階層，前述傳統策略由此遇上了巨大的障礙。馬禮遜教育會和理雅各的倫敦傳道會成功地為新教拉到了第一批華人信徒，就連它們也不能讓大量華人基督徒持續投身於宗教事業(Wong 1996: 64–67)。** 最為常見的情況是，教會學校的學生後來變成了譯員、買辦或英華之間的其他居間角色，

---

* 基督教傳教士早就認識到中國人沒有體制化的宗教，並且據此認為中國人都是世俗主義者，沉溺於祖先崇拜，後者可歸因於中文典籍的漫長詮釋傳統。十六世紀的基督教傳教士很快發現，掌控這一詮釋傳統的關鍵人物是中國士紳，這些人不僅有學問，而且是皇帝與鄉民之間的政治鏈環。有鑑於此，這些傳教士大多認為，如果能為中國士紳階層推崇的中文典籍加上宗教詮釋，藉此勸說他們皈依，那就可以大大提高自己在整個中國傳教的能力。這種策略一直都沒有甚麼改變，改變發生在十九世紀，也就是清帝國開始衰落的時候：無論是否借助了戰艦的力量，多數傳教士都覺得，應當直接向民眾佈道。

** 據黃文江(1996)和梁元生(1983)記述，英華書院幾個華人學生皈依受洗的事情曾經引起英國社會的關注，因為理雅各把這些新信徒帶到了英格蘭。新信徒引起了報章的強烈興趣，甚至得到了維多利亞女王的接見。但是，回到香港之後，他們都沒有持續從事基督教活動(Leung 1983: 55–9; Wong, M. K. 1996: 64–67)。

用教會學校教的英語來做世俗行當。由此看來，宗教教育的影響更多體現在改變華人社會的政治和經濟結構，而不是改變華人的心靈。

理雅各：遷就主義者還是世俗主義者？

基督教義與香港華人格格不入，致使教會學校在1850年代日漸式微。1856年的亞羅號事件導致了第二次鴉片戰爭，並且再次引發了中英之間的敵意。香港發生了「麵包投毒」恐慌，折射了本地華人仇視歐洲人的社會氛圍(Tsai 1993: 52–53)。然而，清朝海軍一再敗於英人之手，香港的殖民者由此樹立了一種趾高氣揚的自信。正是在這樣的背景下，理雅各啟動了一個影響深遠的教育改革計劃。為其博雅學者的形象所掩，理雅各對香港教育的貢獻從未得到系統性的梳理。在接下來的討論中，我將嘗試把他的神學觀念和漢學成就與他的教育活動聯繫起來，探究三者之間彼此交纏的關係。

理雅各的傳教生涯始於馬六甲，當時他任教於倫敦傳道會開辦的英華書院。此後三十年裏，他一直在香港和中國東南部活動，擔任牧師，為殖民政府效力，並且大量翻譯及註釋中國典籍。從香港的職務上退休之後，他成為牛津大學的第一位漢學教授，以漢學家的身份贏得了不衰的盛名(Wong 1996)。理雅各與利瑪竇之類的耶穌會先行者頗有神似，採用的傳教策略在同時代傳教士當中獨一無二。在充滿大英帝國驕矜的氛圍之中，理雅各一反常規，選擇了一種明顯帶有遷就主義色彩的立場。也就是說，他的大部分學術成就都產生於他的遷就嘗試，亦即使基督教信仰遷就儒家精英的經籍傳統。為了實現這個目的，他把英文著作譯成中文，又把中文著作譯成英文，將聖經介紹給華人讀者，又將中國典籍介紹給西方人。他特地指出，華人傳統當中有一種古老的一神教，並且把這個觀點用作自己的神學依據。* 在他看來，如果主導社會的中國士人能夠把自己對基督教的認識看成與自家經籍傳統相似的東西，不把它視為異類，那麼，整個中國很容易就會接受基督教。然而，理雅各的觀點在當時的傳教士當中屬於少數。就連殖民政府的官員也認為，華人可能不傾向於接受基督教義。舉例來說，談到爪哇華人的時候，港督寶靈宣稱：

> 中國佬[原文如此]總是認為祖國偉大，祖國的學問、文學和體制都優於外界的任何地方，你很難去除他們心裏的這類誇張觀念。
>
> (Pomerantz-Zhang 1992: 16 n.31)

理雅各獨自抱持着遷就主義的觀點，由此而被孤立，並負上帶有貶義的「投敵主義」的惡名(Pfister 1990, 1991, 1993, 1998)。** 但是，因為他畢生耕耘留下的浩繁著述，也因為他對古代中國典籍的高度稱揚，中國學者常常把他形容為一位迷戀

---

* 這種說法有爭議，影響卻十分深遠。例子之一是他那個著名譯例，即將「God」譯為「上帝」。他指出，「上帝」這個詞見於兩部儒家經典的最古老篇章，一部是《書經》，另一部則是《詩經》(Spelman 1969; Lee 1991: 160–74; Wong 1996: ch. 5)。1852年，這種譯法在神學界引起了激烈的辯論；理雅各的反對者堅稱，「上帝」指的其實是一些道家神靈，會造成華人讀者對聖經的誤解。無論神學界如何非難，理雅各堅持認為，古代中國就存在帶有一神教特徵的皇家祭禮，而他的譯法也很有價值，因為它可以成為中國傳統和基督教之間的一座橋樑。

** 理雅各曾在1877年的在華傳教士上海大會上向一群華人闡述自己的觀點，「投敵主義」的標籤隨即開始流傳。

中國的學者，對中國文化懷有罕見的真誠崇敬。在理雅各於1867年事實上退出傳教工作之後，他的中國迷形象變得愈益鮮明。然而，這種形象往往掩蓋乃至模糊了對他早期傳教工作及他在殖民政府工作的評估。*

1860年，理雅各向教育委員會提交了自己的計劃，其中包括幾項極具爭議性的提議。他反對普遍存在的教會掌控，建議採用全面世俗化的方針，由此招致了宗教界的敵意。** 督學歐德理極力反對改革，把整個舉措形容為「一個非聖公會自由化計劃，將聖公會教義置於世俗主義之下」(Eitel 1895: 392)。儘管如此，憑藉港督寶靈和同樣反對宗教教育的港督羅便臣(1859–1865)的支持，理雅各的世俗主義最終佔了上風。隨後出現的一個因素是，英語教育和政府掌控成為了當務之急。理雅各制訂了一個大膽而具體的計劃，將香港城區的幾所學校合併為中央書院，書院的學生需要學習英語。理雅各把英語教學放在優先位置，反對香港的鄉村學堂，這些村學雖然數目有所增長，學生人數也有所增多，但卻一直在抱怨條件欠佳(Ng 1984: 47–54)。理雅各在報告中抨擊了整個中文教育體系，認為它瀰漫着一種品行低下的氛圍；他還抱怨，下層民眾對學校教育漠不關心。他把中國的傳統教學法列為攻擊目標，說它過分強調

* 關於理雅各在對華傳教工作和所謂世俗地位之間的「搖擺」，論述早期香港教育的著作多有提及。可參見(Ng 1984); (Sweeting 1990); (Wong 1996)。

** 港督寶靈執政時期(1854–1859)，理雅各的改革遭遇了巨大的阻力。不過，不久繼任的港督羅便臣賞識理雅各的計劃。在羅便臣的支持下，理雅各奪取了教士們的權力：政府用新設的教育局取代了教士掌控的教育委員會，督學直接對港督負責。教士擁戴的督學羅存德牧師剛剛提交辭呈，教育局就被政府教育署所取代。這一番全面洗牌之後，聖公會主教被擠出了行政架構，節節敗退的教士們不得不重新開辦教會學校。一些史家把這次改革歸功於年輕實幹的港督羅便臣；不過，理雅各才是所有這些重大改革的策劃者(Ng 1984)。

記誦，並且頑固不化。據歐德理所說，中央書院校長史釗域是理雅各的門徒。史釗域對當時狀況的悲觀描述比理雅各還要直白。他在1866年的一份報告中說，「目前看來，幾乎不可能讓華人對子女教育產生更大的興趣。把子女送進官立學校的家長都覺得自己只是在幫幫政府的忙」(Stewart 1866: 139)。簡言之，在英方專家看來，中文教育幾乎無藥可救。*

正如我在本章前文所說，幾乎是在同一時期，英國出現了呼籲政府負責公眾教育的運動。(Curtis and Boultwood 1966; Curtis 1967; Wardle 1976)。不過，理雅各並沒有通過類似的行動來爭取華人大眾對教育的支持，只是為香港的華人兒童創製了一種新穎的集中化英語教育模式。他聲稱，他的計劃是把中央書院變成一所「模範學校」，藉此「自然而然地影響那些鄉村學堂」。然而，香港那些人煙稀少的村落顯然不會有效仿模範的資源，由此而來的結果便是，村學的式微在所難免(Ng 1984: 47, 70–77)。無論如何，當英國的教育世俗化運動正在鞏固民本主義–平等主義觀念的時候，理雅各在香港推行的理念卻體現了集權主義和精英主義的特徵，以及對中文的歧視。作為教育政策制定者的理雅各給一些史家出了一道難題，因為這些史家崇敬作為中國迷–學者–傳教士的理雅各，覺得這兩種顯然對立的形象很難調和。舉例來說，著名的香港教育史家吳倫霓霞認

* 司徒胡君麗在關於皇仁書院的論文中指出，此類貶斥措辭時常出現在視察村學的政府報告當中。她寫道，為了防止英國讀者為華人村學的這類場景露出過於自得的笑容，必須指出的是，百來年之前，許多英國兒童也是在類似的學堂或其他場所，在破敗骯髒的小屋裏學習初等課程，他們的老師沒有受過訓練，只懂得一些最基本的知識。跟中國兒童一樣，英國兒童也是靠死記硬背，經常得不到任何講解。死記硬背當然是中國的古老傳統，但卻不是中國獨有的事物。童年的孫逸仙在翠亨村初入學堂的時候，因為向老師請教《三字經》的含義就挨了打，然而，英國無疑也有遭遇與他相似的兒童(Stokes 1962: 8–9)。

為，「理雅各的觀點和態度與在印度的那些英國東方主義者十分相似，兩者都『對本地文化讚賞有加』」；然而，說到理雅各的教育計劃，她卻表示，理雅各是個「實用主義者」，「看到了英語知識對於華人的商業價值」(Ng 1984: 41, 着重後加)。與此相類，司徒胡君麗也說理雅各是個「現實主義者」，但她與吳倫霓霞不同，並不認為英語在當時具有商業價值。她寫道：

> 因為是在香港生活，負擔得起學費的中產華人似乎對西方學問無甚興趣。此外，對於不那麼仔細的觀察者來說，學習英語的「變現價值」在當時並不明顯。
>
> (Stokes 1962: 12)

司徒胡君麗宣稱，那個年代的華人並不熱衷於英語學習，如果此說屬實，我們便不能機械地認定，理雅各的「實用主義」反映的要麼是他對香港商業導向的屈從，要麼就是他對自身傳教使命或教育理念的背叛。誠然，鑑於鋪天蓋地的濫調都說香港是一個只由重商主義驅動的城市，我們確實有必要探究，英語在香港的霸權地位究竟是怎麼來的。在我看來，臨時打在理雅各身上的「實用主義」或「現實主義」標籤恐怕更適合關於香港的前述濫調，並不能反映理雅各的真實形象。* 此外，容我冒昧指出，吳倫霓霞關於香港教育發展的記述本來可謂既精彩又有益，她之所以在其中加入前述的生硬闡釋，或許是因為她太過機械地搬用了大衛．考普夫的東方主義–盎格魯主

* 吳倫霓霞幾乎完全仰仗於一種特殊的闡釋，認為理雅各莫名其妙地「放棄了借助文字傳教的策略」，由此便破壞了理雅各思想的連貫性(Ng 1984: 40–41)。

義分類方法(1969)，後者依照對待本地文化的態度(讚賞或輕蔑)對印度的殖民者進行了分類。

東方主義還是盎格魯主義？

十八世紀中葉，東方主義者和盎格魯主義者開始相互爭論，究竟該如何使用教育資源：東方主義者認為，英屬殖民地的殖民政府應該把更多資源投入當地人的東方教育，盎格魯主義者則提倡英語教育，理由是東方學問低人一等，而且混亂過時。關於殖民的一類歷史著述，包括考普夫的著述在內，認為這些爭論揭示了兩種水火不容的殖民統治手法。東方主義者與盎格魯主義者相互對立，前者以博雅學者的面目出現，既擁有淵深的「東方學問」，又對當地人充滿同情，後者則是一些傲慢自大的英國人，相信西方文明的優越性。供職於印度最高委員會的英國殖民者馬可尼曾宣稱，印度的英式教育應該培養出「這樣一個階層，他們擁有印度的血統和膚色，同時又擁有英格蘭的品味、觀點、道德和智識」(Macaulay 1835: 249)。作家們經常引用這句狂妄宣言，認為它集中體現了盎格魯主義者的自負。

然而，在關於印度英式教育的著名論文《征服的面具》(1990)當中，高瑞·維斯瓦納珊卻煞費苦心地指出，實際上，東方主義者和盎格魯主義者之間有許多共同點，數量比大多數史家樂於承認的多得多。她認為，「更準確的說法是，東方主義和盎格魯主義並不是對立的兩極，而是關於本地治理手法和形式的立場連續軸上的兩個點」(Viswanathan 1987: 30)。即使是在東方主義–盎格魯主義之爭最為激烈的時候，爭論的焦點也從來不是應否尊重殖民地印度土著的古老文化。事實上，兩個陣營都認為，東方學問始終是「嚴謹妥貼的管理方針」的組成部分，也是殖民地管理者手裏的一種「有益」學問，這些管理者希望在殖民官員和被殖民土著之間建立一個較為廣泛的等級關係網絡(1987: 8)。有鑑於此，印度總督沃倫．黑斯廷斯(1774–1785)寫道：

> 所有的知識積累，尤其是通過與我們憑征服權利統治的民眾進行社會交流獲得的知識積累，對政府來説都是有用的：它意味着人性的進益。
>
> (*Letter of Hastings to N. Smith*, 轉引自Viswanathan 1987: 6, 着重後加)

諸如黑斯廷斯之類的殖民地管理者之所以對東方學問產生興趣，是因為他們意識到，本地學問可以增強殖民政府的權威；後來的印度總督韋爾斯利勳爵(1798–1805)則把東方學問傳統視為一項引人入勝的文化任務，因為它「既有用又客觀」，可以服務於一種不依賴直接管治、通過土著官吏實施管治的殖民治理方法。這類管理者認為，如果簡單地把一個外來架構強加給當地人，那就無法創立這樣的新型治理架構。新型的政治社會要想得到成長，必須依靠本地傳統文化提供的土壤。針對這種信念，維斯瓦納珊如是評論：

> 盎格魯主義需要依靠東方主義來推行其意識形態綱領……以「人性進益」為名的東方主義學術研究為盎格魯主義者提供了正中下懷的物證，後者可以據此擬訂一套比較評估的體系，將一種文化分離出來，與另一種文化進行對比。
>
> (Viswanathan 1987: 7)

彭尼庫克(1998)也認為，盎格魯主義和東方主義都是殖民治理的同謀，並且地位相等。他進而批駁了一種簡單化的觀念，亦即任何具有明顯盎格魯主義偏執特徵的殖民主義必然以盎格魯主義為母本：由於這種觀念，「當今的自由派、左派和守舊派都可以輕而易舉地與殖民勾結劃清界限」(Pennycook 1998: 93)。據我看，對漫畫式盎格魯主義的隨意譴責，以及對東方主義同情的過度推崇，恐怕是同一枚硬幣的正反兩面。有鑑於此，我認為，為理雅各的中國之愛唱讚歌的學者可能會遮蔽某種殖民性，而理雅各的東方主義漢學成就其實是這種殖民性的一部分。

從事實上看，理雅各比黑斯廷斯和韋爾斯利晚了將近一個世紀。而在十九世紀後期，東方學問與歐洲人帝國擴張之間的關係已經更加緊密，東方主義學術的快速勃興也遠比以前國際化和體制化。1874年，第二屆東方學國際大會在倫敦舉行，塞繆爾·伯奇在開幕辭中公開地把「文明的傳播」和「東方學問的進步」聯繫在了一起。與此同時，伯奇還認為，東方學問的這一進步有賴於大英帝國自身的進步，因為帝國的進步為學者們帶來了「更好的研究條件」，以及可供分析的「浩如煙海」的新材料和新文本(轉引自Girardot 2002: 147)。1892年，馬克斯·繆勒公開鼓吹，英格蘭的天授使命是挺立在「整個世界的中心」，因為英格蘭不光懂得如何征服，還懂得如何統治，把亞歷山大關於東西方聯姻的夢想變成了現實。繆勒宣稱，為了使「統治者和臣民」和平共處，需要達成一種「知識親睦」；他還聲言，在實現人類理解和人類團結的未來戰役中，東方學學者應該集結「歷史事實」，以便擔當「勇將」的角色(轉引自Girardot 2002: 483)。

吉瑞德的理雅各評傳《朝覲東方》(2002)以傳主的後半生為側重點，煞費苦心地嘗試為理雅各辯解，使他脱離這種深受馬克斯．繆勒比較宗教學影響的日益專橫、日益冒進、日益好鬥的東方主義學術；吉瑞德力圖把理雅各描繪為一位審慎的朝聖者，「傳教士、學者與漢學教師的複合體」，描繪為一個典範性的人物，體現了更富同情的東方主義學者與那些追逐權力的武斷東方主義之間的差異。* 偏重理雅各中國迷學者身份的視角如今已成常例，儘管如此，我們不應讓這種偏重掩蓋一個事實，亦即在以學者身份退隱牛津之前，理雅各確實是殖民地知識–權力紐帶的一部分，這樣的紐帶極大地利用了他關於中國文化的東方學問，在他向香港殖民官員提供的士官生訓練中表現得尤為明顯(Lethbridge 1970; Wong 1996: 42–43)。事實上，其他許多位港督或殖民官員，比如梅含理(1912–1918)和金文泰(1925–1930，我將在第五章評述此人)，都曾在殖民生涯之初接受士官生訓練，對華人事務十分了解(亦見Eitel 1877)。正因為此，許多傳教士和殖民官員都是業餘漢學家，這一事實絕非偶然：他們為《中國評論》之類的刊物撰寫學術文章；他們成立皇家亞洲學會香港分會，會址設在最高法院的辦公樓裏；他們還曾把幾任港督選為分會主席(Hayes 1985)。** 傳教士、漢學研究與殖民管制的這種交錯重疊是香港殖民性的重要組成部分。

---

* 吉瑞德試圖將愛德華．賽義德對東方主義的看法定性為一種過度寬泛的概括；吉瑞德駁稱，關鍵是要分清各種類型的東方主義，探明跨文化交流進程究竟在何種程度上衍生於某種由西方主導的單一模式。他以理雅各和漢學東方主義為例證，認為特定的精英亞洲傳統可以影響乃至超越式地借用西方的東方主義模式。

** 舉例來説，1842至1851年間的港督秘書郭實臘既是語言學家，又是譯員；港督戴維斯(1844–1848)是著名的中國研究學者。更多例子可參見(Endacott 1962)。

實際上，理雅各那些著名的中國典籍譯本都是由若瑟．渣甸和約翰．顛地贊助印行的，這兩人是當時最大的鴉片商。

理雅各對於自己的中國之愛並無感覺，只是覺得自己幫助中國融入了一種「高等」文明，並為此深感自豪。與同時代的其他教士一樣，理雅各把自己的基督教信念和英國的帝國擴張聯繫在一起，具體的是他把「中國」一詞譯為基督教經典(以賽亞書49: 12)當中的「Sinim」。* 關於理雅各的新教傳教事業如何完美地融入了西方的「開化使命」，費樂仁如是論述：

> 這背後的動力是他所倡導的千禧年後論學說。該學說聲稱，基督教使徒將成為向「蠻族」展示「高等」文明的媒介，由此將成為聖靈的工具，負責勸諭包括傳統華人在內的所有民族，使他們**更徹底**、**更普遍地皈依**基督教信仰和基督教文明。
>
> (Pfister 1998: 80, 着重後加)

理雅各在香港傳教數十年，遭遇了諸多挫折，但卻依然為傳教士和殖民勢力之間的殖民地合作事業感到自豪。1872年，也就是他永遠告別香港的前一年，他在一次公開講演中表示，他仍然激動萬分，因為「不列顛妮亞屹立峰巔」，「滿懷自豪地」俯視着「由祂的子民建造的偉大巴比倫市」(轉引自Girardot 2002: 54)。

* 同樣，R. G.米憐也把「sinim」一詞用為典籍依據，以此證明基督教傳教團體參與英國對華帝國擴張的正當性。他宣稱，我們是在等待中國嗎？不！是中國在等待我們！神已經藉由商業打開了整整五個口岸，容許我們走進那個偉大的國度，並且藉由征服為我們提供了便利，容許我們這些神光信使和福音使徒走進它的子民之中。

顯而易見，即使理雅各的遷就主義使他有別於其他以東方主義[作為一種主義]來徹底秉持的東方主義者，我們也不能把他混同於利瑪竇，後者的耶穌會式遷就主義是基於一種真誠的尊重，把中國視為一個同樣偉大的文明。為了接近十六世紀的中國士人學者，利瑪竇曾穿用儒生的服裝。但與利瑪竇不同，理雅各從未穿用中國服裝，在衣着、禮節、建築等各個方面都徹底偏向英國品味(Pfister 1998)。實際上，理雅各在早年傳教生涯當中野心勃勃的福音主義，並沒有為他留下很多利瑪竇式的平等文化接觸空間，甚至還令他變成一個晚景因重重挫折而顯得淒涼的悲劇性人物。

服務於啟蒙和政府的教育

看清殖民時代的知識–權力紐帶之後，我們不妨重新檢視理雅各對香港教育的影響。理雅各與香港的傳教圈子相當疏遠，不得不求助於掌握世俗權力的港督，讓後者為自己倡議的教育改革提供支持。他那個計劃的綱領性理念不僅適用於香港，實際上也適用於整個中國，因為這些理念對第二次鴉片戰爭之後的中國政治全局進行了仔細而富於遠見的考量。1860至1861年，對現代中國史和香港史來說都是一個具有里程碑意義的時期。理雅各為旨在推廣香港英語教育的新教育體系擬訂計劃的時候，太平天國的叛軍在南京打敗了清軍。不過，清軍在西方軍隊的幫助下平定了叛亂，並在六年之內徹底剷除了反抗勢力。就在遭受前述沉重打擊之前，大清帝國政府被迫接受了西方在《北京條約》(1860)中提出的要求，將九龍半島割讓給英國，後者將這個半島歸入了香港殖民地的管轄範圍。通過1858

年簽訂的《天津條約》，以及在上海關稅會議上達成的協議，英國和美國取得了掌控中華帝國海關的權力。這兩份外交條約給英人提供了一系列便利條件，殖民勢力由此得以擴大在華商業活動(Bredon 1909; Wright, S.F. 1950)。據理可知，英國必然會重視香港，視之為在華商業活動的延伸地帶。事實上，理雅各呈交立法局的報告反映了他的欣喜心情：

> 本計劃將使英語教育在官學教育中佔據逾於從前之突出位置。而我懇請諸位垂注，此事理當如此。此事理當如此，乃因本殖民地司法事務皆以英語辦理。**此事理當如此，以便其影響越出本島，流佈中華各地，啟蒙並造福眾多中華黎庶**。
>
> (*Minutes of the Legislative Council Meetings* (*special summons*) on March 23, 1861; 轉引自Ng 1984: 78, 着重後加)

英屬殖民地政府用英語辦理司法事務，並不是香港獨有的情形。依照租界的治外法權原則，外國法律很快在中國的一些口岸城市得到施行，中國政府的司法權受到限制。既是如此，理雅各本可辯稱，由於英國的司法權同時延伸到了香港和中國，英語既是一種必需，又具有啟蒙的功能。不過，「啟蒙」一詞在十九世紀的確切含義與印度的早期盎格魯主義者所想的不同，並不是指個體借助文學達成的道德轉變。有志於啟蒙中國的香港華人學生，需要的絕不僅僅是英語知識。中央書院不光教他們英語，還教其他的一些海關考試必考科目(Ng 1984: 78)。

太平天國叛亂促成了漢族官員在清廷的崛起。曾國藩之類的漢族將領率領得到漢人鄉勇和外國僱傭兵支持的自組軍隊，主導了對太平天國運動的強力鎮壓。由於他們的成功，清朝的統治延續了五十年。不過，漢族將領借重的西方僱傭兵和武器僅僅是外國干預中華帝國晚期政治事務的開端。始於太平天國叛亂平息後不久的「同治中興」得到了外國勢力多種多樣的協助(Wright, M. 1966)。在名為「洋務運動」的一系列改革當中，改革派官員採納了西方的科學知識、軍事技術和外交人員培訓方法；這場運動的口號側重中國的「自強」，要求中國「以夷制夷」。翻譯館及教授外語和科技的新型學校紛紛問世，顯著地改變了中華帝國的文化及知識版圖(我將在第四章評述洋務運動的意識形態影響)。然而，此類舉措並沒有促使官員們產生更遠大的抱負，他們只滿足於引進或摹仿外國的知識、制度和科技；這些改革都不涉及帝國政府的古老政治架構，也不涉及中國的傳統信念和文化。

對於這場史無前例的帝國復興運動，香港殖民地的權勢階層寄望甚高。中央書院的課程改革引起了一些騷動，原因是有人認為，不該拿香港的錢來培養華人學童去為中國大陸服務。儘管如此，港督軒尼詩和督學歐德理等官員都對這一政策予以全力支持(Ng 1984: ch. 5)。中央書院首任校長史釗域雖然看到了維繫中文教育的必要性，但也認為，課程改革的開支會為英國政府帶來持久的益處。與中國的官僚和士人不同，他們的視域遠遠超出了學習西方科技的狹窄範圍。香港的新聞界也附和他們的看法。主要報紙《香港孖刺西報》發表了如下觀點：

> 帝國海關的絕大多數華人文員都出身於中央書院，實屬喜人之事。這或許會讓本殖民地暫時遭受直接損失，將來卻會帶來巨大的間接利益，此外，中央書院正在放手培養通曉英語、觀念進步的後備華人官員……**我們希望**，**事實終**

將證明，這群通曉英語的華人青年會成為推動中國實行改革、步入進步時代的渠道。

(*Hong Kong Daily Press*, April 3, 1884, 着重後加)

按照這種信念，學生講英語的能力直接關係到他們能否具備進步觀念。這樣的信念驅使香港的馬可尼式人物採取行動，力圖實現那個盎格魯主義的夢想，亦即培養出「這樣一個階層，他們擁有[中國的]血統和膚色，同時又擁有英格蘭的品味、觀點、道德和智識」。實際上，在十九世紀後期，殖民顯貴並不覺得這樣的帝國主義願景需要掩飾。世俗教育的著名批評人士歐德理曾在《歐洲在中國》一書中清楚表明自己的觀點：

管治亞洲是歐洲的使命。大不列顛走在文明的最前沿，業已佔領印度、緬甸、海峽殖民地和香港，着手履行她在亞洲的個人使命。通過駕馭香港華人的五十年實踐，大不列顛業已向世人表明，華人是多麼樂於接受歐洲人政權的嚴格管制，這塊不毛島礁迅速變成了當今世界的一個奇蹟城市和商業都會，證明了華人勞力及工商業在英國統治下的潛能。

(Eitel 1895: iv–v, 着重後加)

作為英籍德裔傳教士、漢學家、港督軒尼詩的私人秘書，以及任職逾二十年的香港督學，歐德理洩露了英人通過援華來改革清政府的意圖，並未掩飾自己的帝國主義傲慢態度。事實上，這種全新的對華方針出自審慎的算度。1860年，英國駐華公使卜魯士爵士曾經警告，中國政府的崩潰會對英國的非領土利益造成災難性打擊(Ng 1984: 82)。維多利亞時代晚期的帝國理念絕不限於領土征服，1850年，某位作者在《愛丁堡評論》上闡明了這一點：

> 讓英格蘭在未名的河岸和未知的地域落腳顯形，憑藉對野蠻事物及僵化翳障的心智勝利來實現征服，不乞靈與對低等種族的暴虐壓制，可稱是高尚的工作。更高尚的工作則是，將阿爾弗雷德的法律、莎士比亞的語言以及人類的最後一宗偉大遺產——基督教——傳遍上帝造就的幾個大陸。
>
> (*Edinburgh Review*, 62/XCI/1850, 轉引自Eldridge 1973: 238, 着重後加)

這樣一來，到了十九世紀末期，許多英人都在為殖民地事務貢獻改革意見，為正式華人機構創設的現代制度充當顧問或導師，哪怕他們並不擁有正式頭銜——與此同時，香港的中央書院一直在教授莎士比亞著作(So 1950; Bennett 1967; Spence 1969; Fairbank 1978: ch. 10)。* 傳教士成群結隊地湧入中國，自行開辦學校。來自英國或美國的大清皇家海關總稅務司不光在沿海口岸的租界施行阿爾弗雷德的法律，還從香港招募通曉英語的華人學生來執行這一任務。

「師夷」成為了清朝改革派官僚的新政治口號，同時也提供了各式各樣的場所，使得受過英式教育的香港人可以在中國沿海施展拳腳。作為前文所說的洋務運動的一部分，經濟改革推動外國公司在通商口岸設立分支機構，也使一些受過英式教育的香港精英得以進入幾位自命開明的清朝官員(比如李鴻章和曾國藩)的幕府，充當後者的私人顧問，左右後者的幕府格局。(我將在第四章再次闡述這個智庫式知識政治問題。)西學日益

* 中央書院從1888年開始教授莎士比亞文學作品(Stokes 1962: 55)。

成為寶貴的文化資本，並為一個影響不限於香港的華人精英新階層奠定了基礎(So 1950; Bennett 1967; Chung 1998)。

從多元文化主義到精英主義

迄目前為止，我一直在以十九世紀後期的英帝國主義為背景，逐步梳理香港英語教育理念的演變。然而，如果僅僅把中央書院視為一種創立之初就羽翼豐滿、與征服中國的帝國目標無縫銜接的官方機構，我們就有可能誤讀香港勾結共謀式殖民主義的意識形態格局。至少是就理雅各的情形而言，關於「高等」文明(亦即日益擴張的英國商業及政治力量)的信念還摻雜着「彌合鴻溝」的抱負，亦即消弭兩個種族之間的敵意，因為在兩次鴉片戰爭的間隙，這樣的敵意一再高漲 (Stokes 1962: 14)。

作為一種承載帝國使命的機構，中央書院不光傳遞了英人優越的觀念，還為兩個種族的融合提供了第一個真正的熔爐。事實上，書院彷彿是一個微縮的多文化社會，多少打破了香港早年的種族隔離。秉持世俗主義的辦學理念，書院在開初的幾年裏把聖經課程列為選修(Stokes 1962: ch. 2)。需要講授聖經的時候，用的也是中文譯本。與此相似，英語並不是書院的必修課，因為書院的各位創始人認為，華人學生最終會自願學習英語(Stokes 1962: 23)。他們已經預見，隨着英語能力「變現價值」的迅速增長，學生們很快就會轉變態度。越來越常見的情形是，初等的英語知識都足以幫助書院學生找到商行的工作，能教一點英語的華人教師也總是會在商行裏兼職。

但是，重商主義並不是促成英語教育勃興的唯一因素；香港殖民政府的擴增也起了很大的推動作用，因為港督寶靈曾在1860年抱怨，各所學校都不去培養通曉英語的公務員。1865年，英語最終成為了必修課，其時理雅各提議，要讓中央書院直接接受港督的領導；這一變動實實在在地把書院變成了政府部門。不過，英語教學雖然成為了書院的主要目標，中文卻依舊是核心科目之一(Ng 1984: 65–68)。在港督麥當奴的支持下，中央書院迅速改弦更張，從只收華人男生變成對所有種族的男生開放。書院此後一直保持着多種族的特色，以及(在中文於1889年成為選修課之前)兼顧中英文的雙重心政策。此外，中央書院的學生也有着多種多樣的背景和年齡。比如説，已婚男性和青少年一起學習的情形屢見不鮮(Stokes 1962: 27)。書院的一名校友曾在一次晚宴致辭中如是形容這種情況：

> [中央書院]一直是所有民族、所有宗教的學生聚會的場所；佔大多數的雖然是華人學生，但[原文如此]也有一些來自印度、英國、葡萄牙和日本等國的學生。通過日常交流，這些學生瞭解並領會了彼此的看法和人生觀，具備了互通有無的意識和對於人類各個種族、各種宗教信仰的認識，這些素質必將使他們在書院之外的廣大世界取得成功。
>
> (轉引自Stokes 1962: 17)

中央書院第二任校長胡禮曾經提及，書院的男生來自多達十二個國家。據司徒胡君麗估計，所有男生都必須遵從各自種族的社會或宗教習俗——穆斯林在齋月只能缺課，華人學生必須在清明等眾多節日告假，猶太學生則不能在住棚節上課，如此等等(Stokes 1962: 28)。對於殖民時代早期的香港來説，這樣的多文化成就絕非無足重輕，因為在那個時候，香港的情形和其他地方一樣，種族歧視都很嚴重。根據克利斯維爾和沃森的記述(1982)，當時有一所教印度及華人警員講英語、同時又教英國警員講中文的警察語言學校，即使是在這所學校裏，職銜更高的印度和華人學員也不可以和歐洲學員坐在一起，因為後者認為，這樣會使他們在印度人和華人心目中的地位有所降低(Crisswell and Watson 1982: 53)。由此看來，中央書院的另一項功績是它的多文化特色，這一特色培育了一定程度的跨種族友誼和寬容。然而，到了最後，書院終究躲不過政府與教會之間的權力競爭。

英國於1870年頒布《福斯特教育條例》，標誌着英國開始正式承認政府對大眾教育的責任——而在五年之前，香港的中央書院業已成為政府機構。為了回應宗主國的政策變動，順應世俗主義人士的指引，港督堅尼地和中央書院校長史釗域提出了一個爭議性的新型補助制度。這一制度前所未見，以至於重新引燃了世俗教育倡議者和宗教教育倡議者之間的敵對情緒(Ng 1984: 54–59)。根據補助則例的初步草案，每天都要有連續四個小時的規定科目世俗課程。為數眾多的新教派別，再加上羅馬天主教會，都對這一提議表示強烈反對。在隨之而來的激烈爭吵當中，反世俗主義者抨擊了中央書院的「無神教育」(Stokes 1962: 31)。

中央書院的捍衛者點出了這樣一個事實，亦即書院學生國籍多樣，強制性的宗教教育根本不可能實行。爭議持續數年，直到反世俗主義的港督軒尼詩到任之後，權力的天平才倒向教士一邊。隨後，中央書院成為了另一種批評的目標——人們認為書院學生的英語能力有問題。關於中央書院「劣等英語」的醜聞鬧得沸沸揚揚，就此展開的「作秀式」調查結束之後，中文變成了選修科目，以便書院把更多的課時投入英語教學(Stokes 1962: 35–41; Ng 1984: ch. 4)。

軒尼詩以所謂的親華立場聞名，他對這個語言教育問題的干預造成了深遠的影響；此外，這一事件充分説明，勾結共謀式殖民統治的全新治理策略越來越依賴於馬可尼的盎格魯主義方針。在呈送倫敦的公文當中，軒尼詩明白指出，「我們應該在這裏培育一個講英語的華人社群」。他還認為，華人「[不]會太在意他們中國臣民身份的損失」(CO/129/181/p. 8)。他關於砍削中文課時的提議得到了富商及教育慈善家庇理羅士的贊同，後者表示，「我不明白，英人政府為甚麼要操心中文教育」，「英人政府應該促使臣民英國化」。值得注意的是，由軒尼詩聘任的首位華人立法會議員伍廷芳也支持砍削中文課時，認為這是「浪費時間」(Pennycook 1998: 113)。1878年，軒尼詩的高調干預終結於一次各方參與的教育大會，殖民政府在會上拋出了一項偏重英語、十足精英主義的政策。《補助則例》於1879年遭到修改，放鬆了有關世俗教育的規定；教士的勝利還使政府把加強英語教學定為了基本目標(Ng 1984: ch. 5)。史釗域辭了職，部分就是為了抗議政策導致的中央書院中文科目邊緣化。從此以後，傳教士欣然分擔了政府的職責，向新興華人上層階級提供精英主義教育(Ng 1984: 69, n. 20)。偏重英語的政策雖然原則上是所有官立學校的共同特徵，對大多數中文學校來説卻完全不現實，後者如今被稱為「地方書館」，學生主要來自窮人階層。地方書館的式微至此已經不可避免。

顯而易見，前述爭議神似於中國的盎格魯主義–東方主義辯論；但在香港，整個歷程其實是教士和世俗主義者之間的一場鬥爭，只不過打着英語水準的旗號。最後的結果是香港有了一個以英語為主導的教育體系，中文教育遭到削弱；這一體系一直延續到1911年，其時港督盧吉(1907–1912)組建了漢文小學教育委員會，為的是應對中國的政治動盪(見第三章)。

精英主義英語教育的本地化

整個爭論過程當中，教士們始終在表露一種與印度的盎格魯主義者相似的勝利主義情緒；但我們應該謹慎從事，不能把英語與中文之間的不對等地位簡單地歸因於英國殖民主義者把英語強加給華人的舉措。事實上，就連唯一的華人立法會議員伍廷芳也沒有提出反對意見，沒有為中文教育進行辯護。他留下的只是一句輕蔑的評語，中文教學屬於「浪費時間」。非常諷刺的是，針對中央書院的中文科目邊緣化問題，起而抗議的反倒是英國人史釗域。不過，如果你意識到管治香港的是一種勾結共謀式殖民主義，這一點也就不值得大驚小怪了：既然港督軒尼詩能夠在頑固堅持盎格魯主義立場的同時奉行親華政治策略——後者使他在香港的其他西方殖民者當中臭名昭著，那麼，華人議員伍廷芳反對加強中文教學的舉動自然不足以使他成為華人當中的敗類。兩人都在奉行看似不符合各自種族歸屬的主張。然而，這種情形完全可以理解，因為在勾結共謀式殖民形構當中，兩人都需要對方。軒尼詩需要華人同謀者的協助，華人富裕階層也希望賦予英語教育特權地位。盎格魯主義政策可以促成並維持洋務運動背景下英語對中文的優越地位，符合華人富裕階層的最大利益，儘管它意味着把中文進一步推入低等地位，助長這種大多數參與勾結共謀的華人社群領袖，並無意逆轉這趨勢。

香港新興華人精英支持英語教學的舉動，可算是一種極具階級意識的行為。在這種行為當中，英語既是一個種族對另一種族實施文化宰制的工具，又是在被宰制種族內部促成階層分化的文化資本。華人內部這種蓄意的階層分化，最有力的證據是1902年的請願行動。行動期間，一些地位顯赫的華人社群領袖——其中包括著名的「改革派愛國華人思想家」何啟，我將在第四章進一步評述此人——呈交了請願書，要求設立一所只對富人開放的新學校(Ng 1984: 87, n. 71; Baker 1996: 7–11)。這次請願的結果是聖士提反男子中學於1903年問世。請願書的部分內容是：

> 皇仁書院[即中央書院]及庇理羅士女子中學本身都是絕佳的官立學校，但這些學校的學生數目過於龐大，英語教員為數稀少，**學童出身於社會地位及道德觀念千差萬別的家庭**，**不擇品流地親密共處**，致使這些學校完全不適合於體面華人家庭的子女，也不受他們的歡迎。
>
> (*Report of the Committee on Education 1902*, Enclosure No. 2, 着重後加)

請願書的簽署者還一絲不苟地闡明了華人藉由英語學習獲得社會流動性的方式：

> 人們日益覺得，亟需設立一所教授精深英語知識的學校，這樣的學校可使學童在適當的年紀走出校門，繼而前往英格蘭，立即開始學習父母為他們選擇的職業所需的專門課程。
>
> (*Report of the Committee on Education 1902*, Enclosure No. 2)

請願書的結尾是一個直截了當的呼籲，對象則是英帝國主義的自豪感，這樣的自豪感絕不可以簡單地歸結為英語的實用性工具價值：

> 目前有一種司空見慣的怨言，也就是說，接受了官立學校教育的華人仍然不具備任何英國情懷和觀念，總是怯於響應公共責任的號召。但我們深信，我們在此倡議的相關深度教育很快就會根除此類怨言。這樣的教育不僅能讓我們的青年男女擁有更開放的胸懷和更強烈的公共意識，還能促成英華之間更融洽的合作和更密切的交流。優越的公共教育體系是國民投入的最佳方式之一。從工商業效率來說，從更強的市民責任意識來說，最重要的是，從道德文化和宗教感情的廣泛流佈來說，國民都會為這樣的投入獲得豐厚的回報。
>
> (*Report of the Committee on Education 1902*, Enclosure No. 2, 着重後加)

在這份請願書上簽名的華人自稱為「本殖民地的上流華人居民」。然而，一群歐洲人簽署了一份類似的請願書，要求為歐洲人設立單獨的英語學校，其中使用了更為字斟句酌、更具種族主義色彩的措辭：

> 歐洲人和亞洲人混雜一處，歐裔兒童不得不與大批亞洲人同班共讀，此種情形嚴重損害了歐洲人的子女教育……然而，學校裏的華人兒童數以千計，需要注意的是，其中許多都來自大陸，與本殖民地毫無關連；無可否認，關於真理、榮譽和道德，華人大眾的通常標準與我們歐洲人的標

準相去甚遠……在課堂和操場上與華人長期接觸，必將影響歐洲兒童的品性培養。

(*Report of the Committee on Education 1902*, Enclosure No. 2, 着重後加)

在請願書裏的其他地方，這些歐洲請願者毫不含糊地宣稱，「道德污染」的源頭是「大陸」，「我們最體面的華人街坊最近為自己的子女辦了一所學校，因為他們不願意讓自己的子女被迫與皇仁書院[原名中央書院]的學童長期接觸」。

關於殖民時代香港的歷史研究經常聚焦於種族歧視，強調香港華人和歐洲人之間的衝突。然而，只需要把前述的歐洲人請願書和香港華人精英請願書擺在一起，我們就可以看出，這兩個截然不同的人群——殖民者和被殖民者——都贊成在香港實行隔離教育。香港華人精英心目中的「他者」是「大陸華人」；歐洲人群體心目中的他者也是「大陸華人」。換句話說，香港的兩個特權社群——本地富人和外國殖民者——都認為，要依照大英帝國的「英國情懷和觀念」來進行「品性培養」。在向殖民地部說明這一事件的時候，港督卜力(1898–1903)如是解釋華人的請願行動：

上流華人的焦慮不亞於任何歐洲人，他們不願讓子女與下層兒童接觸，認為與下層兒童的密切交往會對子女的品性造成不利影響。

(*Report of the Committee on Education 1902*, Enclosure No. 2)

香港的教育者一度促成了一個多種族、多民族的學生群體，為他們提供兼顧中英雙語的平等主義教育，然而，中央書院的多元文化時代在二十世紀曙光初現之際一去不返。理雅各的夢想是填平兩個種族之間的鴻溝，到了1900年代初期，這樣的夢想卻讓位於這樣一種現實：出於品性方面的擔憂，歐洲人和部分華人精英開始提倡隔離教育。從華人請願者的訴求當中，我們只能看到一個特別之處，那便是他們深信不疑，排斥道德他者——亦即大陸華人——的適當途徑是以英語為媒介的隔離教育。這種語言成為了新的文化資本乃至道德資本的象徵。

十九世紀晚期，西方帝國主義的特徵是帝國主義者堅信本族優越，不承認被壓迫民族的自治能力。上文中的華人請願者明明白白地把「道德文化」、「宗教感情」和「公共責任」聯繫在了一起，正如這個例子顯示的那樣，關於道德的話語從未與政治權威和政府撇清關係，至少在十九世紀晚期的帝國主義語境下是如此。身為被壓迫種族的成員，這些華人精英一直試圖把自身呈現為一個強有力的證據，以便消弭關於自治的顧慮。但對英國殖民者來說，香港華人精英的抱負反倒助長了他們的盎格魯主義自信，促使他們據此斷言，英語是實施權威導向的嚴格道德教育的高效工具；此外，這樣的抱負也助長了香港殖民政府的盎格魯主義自信，促使他們決定用這種類型的道德教育取代宗教教育，後者由港督軒尼詩推行，在之前的幾十年裏佔據着主導地位。正因如此，港督卜力批准了設立精英華人學校的請求，並向殖民地部如是解釋他批准的理由：

> 如果能保證上流華人的子女入讀這所學校，如果學校辦得成功，許多上流華人的子女就會從中國前來就讀，其中一部分多半會躋身未來的官僚階層，由此而來的影響可能相當深遠，我國也會從這一計劃所需的小小投入當中收穫巨大的回報。
>
> (*Report of the Committee on Education 1902*, Enclosure No. 2)

歐洲人也好，香港華人精英也好，都把希望寄託於這個「從大陸前來」的「未來的官僚階層」。港督卜力心裏想的絕不會是普通的大陸移民，只可能是得天獨厚的上流華人子女。這個事實本身就揭示了一種新的勾結共謀關係，從這種關係出發，歐洲人和香港華人精英的目標不僅是管治小小的香港殖民地，還打算把遠遠大於香港的中國納入大英帝國的宏偉藍圖。前引報告花了不少篇幅來解釋，許多香港居民並不把自己視為香港市民，因為「許多人仍然傾向於把子女送回中國上學」。基於這種狀況，報告的結論部分堅決否定了香港應當「為轄區內所有兒童提供教育」的主張。不過，這些人之所以否定普遍教育，深層邏輯的體現是相關文件宣稱，對香港殖民政府而言，更實際的做法並不是「強迫大眾接受新觀念」，而是「消除上流華人的蒙昧」(*Hong Kong Government Gazette*, April 4, 1902: 518)。

十八世紀晚期和十九世紀早期，許多人都意識到，其他英國殖民地的英語教育遭遇了一個遠為廣泛的危機。其中的一些人認為，危機的緣由是這些英國殖民地毫無策略地強迫當地人接受英語教育。此種教育潮流的批評者將這次屢見報端的危機歸咎於馬可尼(我將在下一章評述此人)之類的盎格魯主義者。與一片嘩然的其他英國殖民地不同，香港的英國殖民者並不覺得，他們向香港華人特定階層提供的特殊英語教育會導致此類危險(Chirol 1910)，因為在香港，英國的殖民政治已經變身為中國的階級政治。大清帝國搖搖欲墜，眼看着就要崩潰。日益強勢的香港華人精英力圖影響中國的未來走向，結果是鞏固了英國殖民者關於英語優越的信念。他們目光長遠，準備教育未來的中國官僚階層。

然而，偏袒香港華人精英、排斥其他華人居民的香港教育體制造成了一個略帶諷刺的結果。只要香港仍然抱持着英語可以培養道德的盎格魯主義信念，只要英國殖民者仍然支持香港華人精英專享英語教育的要求，英語就始終是一套香港華人大眾無法識認的聲響和亂碼。其中的諷刺之處在於：華人精英與邊緣華人之間的文化隔離導致了種種壓力，日益作用於歐洲人和華人之間已有的種族鴻溝。英語促成階層分化的作用遠遠大於促進文化交流以至融合的作用，由此便沒能把香港殖民地團結成一個足以與他者——中國大陸——抗衡的統一實體。不但如此，香港內部還出現了一個他者，也就是貧窮的大陸移民階層。這樣一來，儘管許多人都斷言，香港在殖民時代就有了一個清晰的身份，我的結論卻是，香港沒有嘗試把英語變成所有居民的通用語言，這一事實諷刺性地注定了香港無法形成清晰獨特的身份。歐洲人和富裕華人的子女不再在學堂裏打成一片，儘管他們都接受英語教育；富裕華人則為自己的子女配備了一項文化資本，加劇了他們與貧窮華人之間的不平等，後者永遠都擺脫不了新移民的身份。

歷史上的香港究竟有沒有形成一個獨特的文化身份，一直是史家關注的問題。一些人強調香港人由民族決定的「中華性」，堅持認為前述香港身份在1960年代之前並不存在，即使有也很不清晰。與此不同，卡羅爾(Carroll 2005, ch. 4)認為，清晰的香港身份在十九世紀晚期即已完整存在，那時候，香港的華人精英已經開始發揮成熟資產階級的職能。其他許多學者也從多元身份或交疊身份的觀念出發，認為這種清晰的香港身份確實存在，只不過是與中華身份並存，後者是許多香港人同時效忠的對象。但是，要探究像香港這麼複雜的身份形構所承載的問題，多重身份觀念無濟於事。不過，對於殖民時代香港英語教育的歷史分析可以表明，香港的勾結共謀殖民形構早已把語言注定為一個身份形構的角力場。一方面，香港的勾結共謀殖民形構鞏固了英語業已獲得的特權；另一方面，它又無比堅定地將香港的「中華性」牢牢植入了大英帝國的懷抱。這些事實告訴我們，香港勾結共謀統治的形式在二十世紀之初發生了變化，同時也讓我們看到，清晰的香港身份為何未能從語言層面確立自身。換句話説，我不會把香港資產階級的出現視為清晰香港身份形成的象徵，我要問的是，香港資產階級藉以成長的殖民環境為何及如何阻礙了獨立於中華身份的完整香港身份走向成熟。

我之前的分析已經表明，香港歐裔人士想要的種族隔離與香港的華人精英不謀而合，後者也希望實現社會階層的隔離。殖民種族政治變身為本地階層政治之後，殖民者和香港華人精英之間的勾結實際上啟動了一個逐漸遠離盎格魯主義立場的過程。英國的文化和文學日益局限在一個狹小的精英階層之內，沒有給英語增添文化理想和價值。這就意味着，英語雖然在香港佔據了主導性的官方地位，但卻從未成為日常生活中的大眾通用語言。香港從未施行將所有香港華人融入殖民者文化的計劃，仍舊是一個允許中華文化及語言存在並發展的地方。然而，香港華人將英語僭用為劃分階層的文化資本，雖然沒有逆轉不對稱的文化等級秩序，但卻使殖民計劃無從措手。殖民權力的這一本地化進程只會造成社會分化，無助於鞏固一個獨立的身份。

在九七之前的香港，語言使用和語言教育的社會及政治分化作用留下了一份痛苦的遺產，後九七的「母語」教育計劃並不能輕易地將它化解(Chan 2002)。其一，對於多語言的香港來說，「母語」的定義十分模糊；其二，香港的大多數華人家長都覺得中文學校質素較差，因此就避之惟恐不及。1970年代，香港的反殖民主義運動一度高舉中國國族主義的旗幟，迫使殖民政府賦予中文官方地位(我將在第六章再次討論這個問題)。但是，英語的主宰地位至今難以動搖。後九七的教育改革往往被標榜為秉持「母語教育」的方針，實際上卻鞏固了隔離方針，因為它只允許少數幾所指定學校以英語授課。此種區別政策激起的怨恨和失望比以往還大得多，因為在英國殖民勢力業已離去的情況下，家長更加急於給子女貼上受過英語教育的階層標籤，家長之間的競爭正在變得更加激烈。

我在本章的分析表明，香港之所以形成對於英語教育的物神崇拜，很大程度上是因為香港華人社群的階層隔離願望。由此我們很容易理解，在香港的日常生活並沒有受到強制性英國文化影響的情況下，英語為何依然取得了主宰地位。人們經常把這個矛盾隨口說成某種工具主義的後果，但我們應當揭示它在勾結共謀殖民背景當中的種種根源，因為這些根源具有深遠的歷史意義。一方面，英語的主宰地位從不意味着英國文化在精英華人同謀的狹小圈子之外取得了顯著的文化霸權。廣東方言在香港的日常生活中得到了基本不受限制的廣泛應用，事實上還幫助香港逃脫了民國及共產黨政權推行的國族主義文化計劃，比如強行用普通話(或者說國語)替代方言。由此看來，十分諷刺的是，香港的殖民統治反倒為廣東方言和文化留下了空間，使之能夠實現且的確實現了在整個二十世紀的持續發展。另一方面，香港人由此沒能擁有自己的通用語言(漢語和英語都不是)，如今便發現自己很難不屈服於另一種潛在的殖民處境。在這種處境下，大多數社會成員都把普通話視為新主子的語言，甚或是「主子傲慢態度和殘忍手段的載體」(Searle 1983: 48)。由於無法確立在語言使用方面的清晰身份，香港的態度模糊不清，對英語的現有霸權是如此，對鞏固中文地位的國族主義欲求也是如此。從這個角度來看，後九七香港「母語」教育計劃的失敗既驗證了反殖民主義二元邏輯的困境，也驗證了香港勾結共謀殖民主義獨有的複雜殖民性——後者的影響至今揮之不去。

第3章　帝國主義教學法：間接管治與香港大學

十九世紀晚期，香港見證了本地英語教育的快速發展。同樣是在這個時期，其他許多英國殖民地卻在大聲警告，所在地方的英語教育體系面臨危機。舉例來說，姬樂爾(Chirol 1910)報稱，馬可尼1835年撰著的名作《印度教育備忘錄》促成了一個十分成功的英語教育體系(尤其是在最初的三十年裏)，培養了「一些學問精深、品性高尚的人」；然而，學生參與的政治動亂遍及印度各地，人們由此發現，印度的英語教育體系其實是滋生不滿的溫床。按照姬樂爾的說法，提供英語教育的學校和學院不再培養「模範的英語學者、模範的基督徒和女王的模範臣民」，轉而變成了「通往油水職業的門徑」，靠的「僅僅是強行灌輸死板的知識」(Chirol 1910)。盎格魯主義者對英語教育寄望甚高，希望它成為「抑制政治不滿和違法行為的萬應靈藥」，幫助造就「一個在我們[英人]和我們治下的億萬民眾之間牽線搭橋的階層」(Macaulay 1835)，與此不同，在姬樂爾看來，對英語文學的研習似乎只造就了一群平庸的「印度紳士」，這群人都是些「學問稀鬆、脫離本族傳統的西方文化拙劣模仿者」(Chirol 1910)。

任何西方勢力都不曾把中國變成徹頭徹尾的殖民地；儘管如此，西方的思想還是憑藉西方的帝國主義霸權在中國廣泛傳播，由此而來的政治及智識不滿情緒絕不遜於出現在英國殖民地的危機。西方的政治理念啟發了中國的改良主義者康有為和梁啟超，兩人在1898年發起了立憲維新；這次維新運動以失敗告終，致使激進主義思想迅速滋長，新思想的倡導者呼籲發動推翻清朝的革命。動盪局勢一步步導致了1900年的義和團叛亂，叛亂的結局則是以英軍為首的八國聯軍佔領了北京。義和團叛亂及其後果重創了大清帝國和西方列強在洋務運動期間培養的夥伴關係。以推翻滿清貴族統治為目標的漢人國族主義情緒猛烈高漲，大清帝國走到了徹底崩潰的邊緣。與此同時，中國年輕士人的仇外情緒與日俱增。前述動向，以及中國境內的其他動向，使得大清帝國面臨主動改革的巨大壓力。在二十世紀的第一個十年裏，這樣的壓力漸漸催生了一些具體的改革措施，儘管康有為和梁啟超之前提出的改革倡議遭遇了失敗。清政府擬訂了幾個方案，準備在將來實行憲政；最激烈的措施之一最終成為了現實，科舉於1905年遭到廢除(Franke 1960; Wang 1979)。事實很快證明，作為對清政權社會及意識形態基礎的一次幾近徹底的洗牌，廢除科舉的措施推行得過於匆促，因為它加劇了不滿情緒。傳統的上升渠道已經消失，又沒有有效的新體制來替代它，失望的學生便很容易倒向激進思想和革命運動(Sang 1991, 1995)。

中國的這些迅猛變化對香港的殖民管治造成了幾方面的不同影響。一方面，中國國族主義的高漲激發了香港華人的仇外意識，間接地威脅到了英人的統治(Tsai 1993)。另一方面，鑑於清政權的崩潰已經近在眼前，革命黨開始接近西方列強，要麼是為了尋求潛在的政治盟友或其他形式的支持，要麼就是為了尋找新的智力資源，以便展望並把握後帝國時代的中國。儘管仇外言論甚囂塵上，外國列強在歷次戰爭中帶給中國的恥辱仍然沒有遏制住中國學生對西學的熱情。舉例來說，在二十世紀的第一個十年裏，留學日本的學生數目大幅增長，因為許多亞洲人都認為，日本成功地複製了西方的經驗；諷刺的是，就在短短數年之前，清朝海軍剛剛在日本人手裏遭受了恥辱性的失敗，儘管中國人長期傲視日本人，認為後者不過是彈丸之地的島夷(Shu 1927; Lin 1976; Saneto et al. 1982)。身處方向各異的政治潮流之中，香港出現了兩個值得注意的動向：第一，英人加強了對學校的監管，目的是加大殖民政府對教育的控制，抑制可能危及殖民管治的國族主義思潮；第二，香港對英語教育的需求繼續增長，因為瞬息萬變的晚清政局助長了華人學習西學的願望。在這樣的背景下，勾結共謀的殖民主義有了一種新的形式。

本章我將討論，出現在許多殖民社會的普遍性教育危機如何影響了英帝國主義當局在香港和中國推行英語教育的方法。我將重點關注港督盧吉設立香港大學的計劃，藉此分析英語教育如何演化為一種新的殖民治理術，後者既是為了應對當時的危機態勢，即關於英語體現道德優越性的盎格魯主義古老信條日漸式微，同時也為教育管理主義的崛起提供了機會。我還會闡明，如果沒有中港兩地華人同謀的熱情支持，帝國「開化使命」的這一嬗變絕不可能成為現實。兩地的華人同謀都參與了清亡之後中國政治秩序的塑造，也參與了英國在新興的中華民國繼續履行帝國使命的過程。

西學及面向中國的帝國大學

兩次鴉片戰爭之後，英國的政策有了一個一以貫之的目標，那就是在中國境內創辦面向中國的現代化英式教育機構，以便把中國納入大英帝國的宏圖。香港設立中央書院的同一年，清政府設立了一個培養初級外交譯員的學校，名為京師同文館。那時候，廣東已經有了一個類似的同文館(Fairbank 1978: ch. 9)。大清皇家海關總稅務司赫德爵士曾勸說清政府設立此類機構，由此便有權為此類機構聘任教習，甚至派他手下的海關吏員去講課(Bredon 1909; Wright 1950; Bennett 1967; Spence 1969)。1867年之後，在京師同文館的重組過程當中，人們開始倡議把它變成一所西式的大學(擬議的名稱包括帝國大學、京師大學、西方文理學院，如此等等)。與此相似，1872年，英國海外傳道會的赫清臣牧師提出，應該在香港設立一所大學(Endacott 1962; Harrison 1962; Ng 1984)。1880年，港督軒尼詩聘請歐德理來主持把中央書院升格為大學的計劃。這一計劃最終被認定為不夠成熟，但為香港華人創辦高等教育機構的呼聲卻一直延續下來，儘管它時或遭遇英國一些政府部門的反對。

然而，此後二十年裏，英人指導的中國教育改革並不像預期那麼順利。由於清朝保守派官員的反對，整個洋務運動局限在少數幾個領域，只向學生提供實用的軍事及工業知識培訓。人們多次倡議將力學及數學列為官方考試科目，就連這樣的倡議也未能得到採納(von Gumpach 1872; Mellor 1980)。不過，在英屬殖民地香港，華人居民對西醫的認同度正在逐步提高。

1887年，在香港華人西醫書院的開幕致辭中，首任校長白文信沒忘了提及中國。他為一些情況表示了惋惜：

> 二十年前，清朝平定了太平天國叛亂。當時，我們這些身在中國的人都認為，新時代必將從此開啟；日復一日，年復一年，我們等待這個國家實行所謂的門户開放政策。按

> 照[我們的]想像，鐵路和電報網絡會迅速覆蓋全國；醫院和科技學校會在各個城鎮紛紛湧現；公共工程會到處開展；會有更好的政府、更好的食品、更好的衣物和更好的住宅，所有人都會更加安全、更加舒適。一切都會仿照外國模式得到匡正……在我們看來，這些事情的好處顯而易見，因此我們無法理解，它們為何沒有立即付諸實施。
>
> (Mellor 1980: 9–10, 着重後加)

多年之後，時任謝菲爾德大學校長的著名東方主義者儀禮趁假期訪問中國，其間抨擊了：

> 關於改革和代議政府的……種種空談。他們任命了委員會和專員來研究外國的制度、軍隊和教育體系。人人都在匯報這樣那樣的事情，帝國的官員也似乎要變成活生生的英國政府報告了……我不知道，所有這些情形能不能體現有所作為的真實願望，因為我自己也做過官，心裏非常清楚，官員要求就某個問題拿出報告，目的通常是撇開這個問題。
>
> (Eliot 1907; 轉引自Mellor 1980: 10, 着重後加)

不過，儀禮的抱怨在發表當年就過了時，因為港督盧吉(1907–1912)宣佈了相關計劃，準備在香港創辦一所面向中國的大學。儀禮最終成為了這所大學的首任校長。

進一步學習西方

若不是中國的局勢迅速惡化，在小小的香港殖民地創辦大學的想法絕不可能死灰復燃。垂死的中華帝國抵制西學的阻力快速衰減，到了世紀之交，中國人對西學的渴求已不再局限於官僚集團內部的一個改良派小圈子：這樣的渴求激起一波又一波知識分子運動，對古老的政權構成了威脅。慈禧太后以政變扼殺百日維新之後，中國的知識分子分化成了三個派別：極端保守派、流亡改良派和革命派，各個派別都在宣傳自己的主張。康有為和梁啟超之類的改良派要求實行君主立憲，革命派則鼓吹西式的共和國，與此同時，兩派都援引西方的理論和經驗來支持自己的呼籲。清朝在西方人手裏遭受了接二連三的軍事失利，一方面使得中國社會開始崇拜一切外國事物，一方面卻維繫了中國社會總體上的仇外心理。那些年月，由於留學海外還是件罕有的新鮮事情，中國士人甚至會把關於西方國家的散漫遊記當成學術著作來研究(Kang 1985; Liang 1985)。西方觀念經由譯著、報紙和學術刊物得到傳播，並且被鼓吹為幫助中國走向復興的現成良策(Fairbank and Liu 1980: ch. 5)。在這樣的形勢下，曾在西方學習的中國人成為了知識界的新生力量。舉例來說，嚴復完成了大量的譯著，把實證主義、達爾文主義、亞當·斯密的政治經濟學和密爾的自由主義介紹到了中國，這些理論都是他在留學英倫的幾年當中學過的東西(Schwartz 1964)。

依靠政府或私人的資助，一批批中國學生很快前往日本、比利時、德國、法國、俄國和美國之類的國家進行深造(Lin 1976)。中國社會不再歧視西學，也不再將西學局限於政治集團內部的小圈子；事實上，中國知識分子對西學大加讚賞。中國學生帶回祖國的遠不止是科技知識：他們還給中國帶來了各種進步導向的意識形態和充滿希望的願景，同時帶來了染有西方色彩的焦慮和恐慌。留學日本的的中國學生比例比留學歐美的大得多，其中很多學生都從席捲日本的激進思想當中得到了啟發(Reynolds 1993)。在這些激進思想的刺激之下，中國的革命派加入了各式各樣的地下政治社團，就連普通的中國留學生也被人們形容為「將外國作風拙劣拼接於中國框子的雜種歐洲人，他們懷抱新知返回中國，公開蔑視自己的祖國和出身」(Mellor 1992: 35)。西學洪流湧入中國，促使傳統的道德約束分崩離析，情形很像是那些十足殖民地爆發的道德危機。不過，恰恰是因為把歸國留學生看成了教育危機的源頭，人們才認定，這一危機並非由某個外國勢力造成，而是因為這些留學生脱離了祖國的土壤。除了送學生出去留學的高昂成本之外，人們還擔心外國的環境會使中國出現一個無法無天的的新生代，這樣一來，在中國本土創辦西式教育機構的氣候越來越有利。那個時候，外國列強都想在中國創辦大學，簡直達到了爭先恐後的地步。其中以美國人最為積極，他們利用數目巨大的庚子賠款，在中國各地鋪開了各式各樣的教育計劃；英國人、法國人、德國人和意大利人也仿效了美國人的做法(Mellor 1992: ch. 4)。

作為共謀事業的「真正帝國使命」

1905年，中國的教育改革以廢除科舉的形式見諸實施，同一年，在香港創辦大學的想法出現在了《中國郵報》的社論裏。該社論的開頭是，在日本學習的一些中國學生向日本政府提出了抗議，因為後者遵照北京政府的請求，嘗試對學生施加管制。學生們威脅稱，他們準備集體退學，在上海辦一所由歐洲教授講課的新大學，要不就到歐洲或美國去繼續學習。該報編輯因此發問，香港何不承攬這件事情(*China Mail* December 19, 1905)。一場小規模的辯論隨即展開，論題則是香港充當新大學校址的建議，該報編輯認為這一建議是「一項真正的帝國使命」。皇仁書院(前身為中央書院)第二任校長胡禮斥責了這名編輯，稱新大學會成為一個「地方的大白象」；他反對花費巨額金錢來教育「外族帝國的兒女」(Mellor 1992: 39–40)。然而，1907年到任的港督盧吉幾乎是到任伊始就撿起了這個想法。香港本地的印度巨商麼地捐出了一筆資金，辦學計劃迅速啟動。盧吉雖然是這一計劃的首要推動者，但卻做得非常謹慎，沒有把它說成是正式的政府計劃。他小心翼翼地主導辦學計劃的推行，把它列為一項應當由私人捐助者支持的社群事業。他認為這一計劃是英國、中國、本地及海外華人社群之間的一次合作，因此便向諸多方面求取支持和資助，求助的對象包括國務大臣、印度總督、兩廣總督、英國駐華公使、上海工部局、前大清皇家海關總稅務司赫德爵士，如此等等。剛開始，盧吉的熱情並沒有得到殖民地部的熱烈響應。不過，他得到了何啟的擁護，後者幫助他爭取本地華人精英的支持，這些精英從本地及海外華人社群籌來了資金(Harrison 1962; Mellor 1980, 1992; Ng 1984)。克服最初的停滯局面之後，辦學計劃獲得了華人圈子的大力襄助，支持者包括兩廣總督張人駿，粵籍香港人與他管轄的廣東省及廣西省有很深的淵源。

盧吉堅持把辦學計劃列為一項華洋共謀的事業，甚至把它下放到了社群層面，但這並不意味着他把它當成了一個業餘的追求，或者是一件常規的行政事務。同樣，他的支持者也心領神會地把辦學計劃看成了一個重要的政治及政府舉措，因為中國人一方面表露了對西學的需求，一方面又對西學熱潮的副作用顧慮重重。他們雖然沒有要求西學為「綱紀敗壞」的局面承擔責任，但卻能夠意識到，中國青年學生對西方知識的新渴望已經危及中國的現行政治秩序。被部分保守派人士目為「過於進步」的一些觀念本來就已經傳播得過於迅速，引起了中國當局的深切擔憂。有鑑於此，自命為病弱中華帝國救主的英國人開出了一張新藥方，既可以滿足中國人對西方知識的渴求，又可以消除這種渴求的首要副作用，亦即社會動盪。1907年，慈禧太后匆匆頒布在中國實行普遍教育的諭旨之後，《中國郵報》主筆端納在社論中寫道：

> 如果她試圖在不借助外國人的情況下改革一個持續了千百年的體系，那便是愚蠢至極。目前的中國擁有許多為她服務的外國導師，這些導師既有能力又有熱情……去日本留學的學生，至少是其中的很大一部分人，回來的時候都帶着大量半生不熟的知識和政治觀念，由此便產生了革命傾向。這些學生一到東京，立刻就會受到反王朝思想的影響。如果中國擁有高效的中學、技術學院和大學，這些學生就能在祖國完成學業，不受這種思想的侵襲。
>
> (*China Mail* October 2, 1907;轉引自Mellor 1992: 52)

然而，人們無法就這劑世俗主義萬靈藥物達成共識；反對之聲紛紛響起，尤其是在英國的宗教圈子裏。全中國基督徒大會於1906年在上海舉行，會議的結論是，教育危機意味着「拜物教與基督教義之間的一場衝突」；姑且不論是否屬實，這種觀點總歸認為，中國即將到來的教育改革熱潮造成了緊急的局勢。教士們在倫敦成立了在華傳道緊急委員會，呼籲基督教傳教團體合力在中國創建一個自治的本地教會。這一倡議後來演變為「聯合大學計劃」，準備在中國創辦一所植根於基督教道德的新大學(*Christian Education in China* 1922; Mellor 1992; Perham 1968: 341)。就連英格蘭的伊頓公學也計劃對這頭拜物教惡龍(換言之就是據稱威脅着中國的道德危機)發起一場聖戰，提議在成都設立一個伊頓宣教團，以便讓大清帝國享受到「頂尖教育及學習基督教義」的福祉(Mellor 1992: 39)。

物質主義與道德的聯姻

顯而易見，教士們認為，中國的教育危機可以證明，他們先前對世俗主義趨向的批駁確有道理。與他們大相徑庭的是，多年供職於殖民政府的盧吉拿出了自己從中獲得的管理主義經驗，力圖挽救帝國的教育使命。他提議放棄中國，轉而在香港創辦大學。在盧吉看來，校址具有至關重要的意義，因為他認為，只有在英人的全盤掌控之下，大學才能擁有適當的制度和穩定的政策，由此維持所頒學位的高水準。他點出了華人追求「正統」西方教育的願望，並且質疑，「不以當地法律為成立依據的教會大學所頒發的學位能否贏得華人的信任」(Mellor 1992: 105)。然而，與英國殖民政府在印度推行的英語教育不同，香港的新大學所提供的西學既不應該促使學生皈依基督教，也不應該以文學研究為重點。有鑑於此，盧吉放棄了先前的抱負，不再致力於創建「遠東的牛津和劍橋」(Perham 1968: 339)，轉而把「伯明翰和利茲」作為辦學的榜樣(Mellor 1992: 172)。新的大學將會採取世俗的實用路線，只給華人學生提供工程學和醫學之類的學位，並且會始終處於英人的嚴格管控之下。

在人們看來，盧吉的計劃是對教士們的一種威脅。為了捍衛自己的主張，盧吉與威廉．塞西爾展開了激烈的辯論，後者的計劃是在中國開辦一所基督教大學。塞西爾警告盧吉，説他的世俗大學會助長「無宗教的教育和無信仰的道德」，還可能「培養出沒有原則、不信真理、不講誠信的人……使『西方』一詞成為仁人志士心目中的臭名」(Mellor 1992: ch. 11)。盧吉則反駁稱，塞西爾的計劃不着邊際，因為英人不可能對設在中國的大學施加有效的質量控制，中國人也不會對此種大學的宗教性質表示歡迎。這場辯論火藥味十足，內容也遠遠不限於兩個計劃的可行性對比。* 塞西爾心目中的大學應該提供所有學科的西方知識，包括那些「與物質無甚關聯的西方思想學科」；盧吉則特地拈出了印度的例子，稱大批受過教育的印度人之所以表示不滿，恰恰是因為學校教授了這類學科。兩人都擔憂「道德危機」，應對的方法卻截然相反。

兩人的爭論無疑摻雜着私人的敵意和現實政治的考慮，但卻使我們對香港教育發展史上的一個重大時刻有了深刻的認識。從某種程度上説，塞西爾和盧吉的計劃都帶有共謀事業的色彩，因為兩者反映着同樣的企圖，都打算以創辦高等教育機構為手段，使西方文明在中國內部實現體制化。盧吉計劃與塞西爾計劃的相異之處在於前者強調殖民模式，側重點不光是也許只在殖民地可行的英人全盤掌控，還包括所授西學的正統性，因為盧吉認為，這是華人特別想要的東西。他的計劃符合

* 塞西爾甚至説，「據我看，你辦的大學多半會充斥着兩種觀念——其一，中國屬於中國人，外國人都該消失；其二，人人平等，以及由此衍生的社會主義和無政府主義觀念……我們能攤上的最壞情形不過是不寬容的罵名，與此同時，要是在自己身邊培養出了一群亂扔炸彈的愛國者，倒是件糟糕之極的事情」(Mellor 1992: 113)。

中國知識界當時的主流觀念，即「西方文明」是一個無所不包的詞彙，指的則僅僅是物質財富和力量。正是基於這樣的觀念，而不是借助衝突頻發的傳教活動，傾向各異的英人和華人之間的共謀合作關係才得以生根發芽。當然，中國的一些家長和官員肯定會對西學造成的華人身份丟失感到擔憂。但按照盧吉的說法，跟在中國的基督教學校裏教育華人學生的做法相比，在香港教育華人學生的做法危害較小，不太會使學生進一步「去民族化」(Perham 1968: 349)。

品性培養：尋找新的殖民治理術

間接管治發揮着兩個關鍵性的作用：它可以重申某種殖民模式的優越性，又可以重點照顧殖民地的一個實際需要，那就是避免造成土著身份的去民族化(Lugard 1906, 1923; Fitzpatrick 1924; Perham 1934; Crocker 1936; Mamdani 1996; Hechter 2000)。* 由此看來，不足為奇的是，盧吉在一些場合表現得像個頑固不化的帝國主義者，在另一些場合又表現得像個文化相對主義者。盧吉的確算得上直言不諱，竟至於承認「純世俗西方教育

---

* 在研究非洲的歐洲人殖民活動的時候，間接管治是爭論最多的一個概念。希利勳爵曾將間接管治劃分為「行政工具」、「政治原則」和「宗教信條」三個層面(Hailey 1939)。儘管間接管治形式眾多，評價各異，學者們還是一致認為，盧吉為這一概念提供了最清晰的定義，並且是這一概念及相關實踐最有影響的倡導者。大多數關於間接管治的殖民研究都側重於其原則及實踐如何影響了非洲的殖民統治，不過，學者們越來越關注針對東南亞及太平洋地區的研究，後者也涉及間接管治信條的影響。例見(Emerson 1964); (Lawson 1996); (Kershaw 2001)。我無意參與間接管治對被殖民者是否有害的政治學辯論，只是把間接管治視為與勾結共謀式殖民主義權力形構密不可分的一個概念，其影響遠遠超出了盧吉執政的時代。此外，我還打算在本章着重闡明間接管治在教育層面的表現。

對東方人的衝擊……容易使學生失去本族的宗教，同時又得不到相應的替代品」(Mellor 1992: 172)。不過，他拒絕將「道德危機」歸咎於從西方教育中剔除宗教教義的做法，更加不肯承認，宗教教育家或許能用統一的基督教義或是某一套具體的基督教信條來替代古老的本地信仰，藉此為華人提供一套道德準則。在他看來，「道德危機」僅僅是一個「品性培養」問題。在寫給大英帝國各大學聯席會議的一篇論文中，他直截了當地提出了這個觀點：「在香港創辦大學的過程中，我們面臨的問題是如何培養品性」(Mellor 1992: 173)。他辯稱，人們應該重新定義「道德危機」，把它視為一個屬於政府職責範圍的問題，教育機構可以解決它，手段則是「培養」而非教條，是實踐而非講義，是實實在在的制度，而不是空洞的準則。他援引並肯定了G.克拉克爵士的觀點：

> 受過教育的歐洲人也許可以拋開宗教的約束，但卻不得不生活在以基督教道德為基礎的社會環境當中，無法擺脫自身良知各個組成部分的影響……完整或部分接受西方思想教育的東方人卻沒有這樣的環境，與此同時，古代哲學的約束也已消失，並且沒有任何替代品。
>
> (Mellor 1992: 175)

作為土著缺乏自治能力的又一個證據，盧吉的言論實際上是殖民主義話語的一個有趣變體。盧吉大聲宣佈的不是基督教的至高地位，而是土著面對着不正宗的西方優越力量時，會如何無力分辯。在他看來，歐洲人可以在拋開日常約束的情況下，仍能維持自身的道德，但土著種族要是遇上了半生不熟的西方學説，那就只能走上歧途，因為他們接觸不到「經由1900年基督教歷史而被各民族事先吸納消化的觀念」(Mellor 1992: 173)。盧吉在此表明的是一種典型的法農式焦慮，針對的則是仿擬行為引來的那些無法説清的後果，法農曾用一句頗堪稱引的妙語來總結這種分辨不清的狀態：「白，但不太夠」(Fanon 1968)。在二十世紀初期，不少殖民者都擔心，不徹底的殖民主義會使土著社群遭受可怕的破壞。這樣看來，更徹底的殖民主義才能保護某些土著免於自戕，因為這些土著的西學水平和文化發展水平尚未達到開化事業的要求。這項事業到底是甚麼呢？表面看來，它似乎要求殖民主義培育出有能力自行組建「負責政府」的土著。殖民者對於更徹底殖民主義的強調，正好解釋了盧吉為何固持己見，一定要把面向中國的大學設在已經完全淪為殖民地的香港，不設在只是半殖民地的中國。只有在徹底殖民的條件下，殖民政府才能對宿舍規章、課本揀選和教師聘用之類的教學細節進行適當的微觀管理。

對被殖民者的開明治理

伊恩·亨特已經為我們闡明，在1830年代，大衛·司多和詹姆斯·凱–沙特沃思之流如何為「心靈的治理」重新配置技術，以便最終實現「眾人的治理」：這類人物發明了教室和操場之類的施設，其功能首先是保障紀律、培養道德(Hunter 1994)。盧吉和英國殖民地的大多數教育者都明白，學校如果指望教師來充當現代的精神導師，其實是靠不住的。在殖民背景下，課堂教學在培養高尚土著方面的慘敗促使教育者質疑課本，向課堂之外尋求改進，並且求助於一類更易評估的品性培養機制(宿舍、操場、體育館、點名制度、用餐制度和衛生制度)(Lugard 1923: 433)。按照許多殖民者的看法，教室是個危險的場所，它起到的作用並不是向土著灌輸西學，而是像盧吉總結的那樣，「破壞東方信念，由此使社會生活大面積解體」，「使學生失去本族的宗教，同時又得不到相應的替代品」，以及「使喜歡幻想的種族產生更多的幼稚幻想」。盧吉還指出：

> 對於西方哲學思想、政治經濟學和西方歷史的學習，以及西方歷史中被壓迫民族獲得解放的突出事例，都會……驅使他們得出一些結論，這些結論會破壞作為社會體系主要基礎的家庭影響，還會破壞一切的既有權威。
>
> (Perham 1968: 172, 着重後加)

換言之，土著應該譴責西學，因為它蘊含的危險遠遠大於利益。那麼，這種二難處境的出路在哪裏呢？作為當代「公民教育」的先行者，盧吉援引了關於教育政策的1904年印度總督決議，強調指出，「要尋找救治邪惡傾向的良方……不能指望任何以道德課本為媒介的正式教學方法」，而應當使學生「持續」處於由「精挑細選、訓練有素的教師，嚴明的紀律，管理妥善的宿舍制度」構成的環境：這樣的環境可以促使學生尊重並踐行遵章守紀、忠誠及合作的精神(Perham 1968: 172)。盧吉還告誡，殖民地的寄宿學校應當遠離土著城鎮的「污穢環境」。只要對英國公學的管理方法有所了解，任何人都不會對此表示驚訝。

作為多元文化主義先驅，盧吉認為宿舍和寄宿學校可以為一種教育制度提供支撐，形形色色的宗教團體都可以借助這種制度，把教義植入被殖民者的心靈。又或許，在這種制度下，宗教的角色不大不小，剛巧相當於一種培養並修正品性的文化技術。無論如何，盧吉總歸認為，沒有理由不實行最大限度的宗教寬容。他甚至建議，如果願意的話，華人「可以在大學裏興建一座宿舍，向華人學生灌輸中國的宗教信條，其地位與基督教信條平等」(Mellor 1992: 173)。宿舍是英國人的發明，對任何中國宗教組織來説都是完全陌生的事物，不過，這一點無關宏旨。在盧吉看來，容許多種宗教並存的宿舍是一張新藥方，有了它之後，世俗的西方教育就不會使學生脱離「宗教約束提供的大力幫助」(Mellor 1992: 173)；這樣一來，強制性的宗教課程基本上成了畫蛇添足的東西。盧吉把宿舍擺在他那個新教學框架的中心，精心地達成了世俗教育和道德培養之間的平衡。憑藉這些努力，盧吉為自己的傳記增添了一個輝煌的章節，由此不但擁有將軍的履歷，還有了教育家的頭銜。此後不管他走到哪裏，他都可以宣稱，自己藉由香港大學實現了物質主義與道德的聯姻，使香港成為了其他殖民地的榜樣。

英人對盧吉的試驗看法不一。不過，與英人相較，盧吉的一些華人支持者更為急切，更希望看到中國出現一種不會進一步危害垂死王朝的西學。其他華人也支持盧吉的計劃，理由則與此不同：他們希望未來的共和政府以香港大學為樣版，實現物質主義與道德的聯姻。儘管政治傾向各有不同，華人都為盧吉的計劃提供了亟需的助力。盧吉的計劃最終得到採納，香港大學於1911年創立——這項「真正的帝國使命」完成之時，中國剛好步入了民國時代。* 香港大學是一項華洋共謀合作的計

* 意味深長的是，有關清帝遜位的談判雙方是伍廷芳和唐紹儀，前者代表民軍，後者代表清廷。不過，兩個人都出身於香港，都是受過英式教育的粵籍精英(Chung 1998: 43)。

劃，得到了香港傳統社群和新興社群的共同支持，並且得到了一個東方政權和一個西方政權的共同支持。盧吉由此在殖民史上的一個重大時刻留下了自己的印記，在這個時刻，間接管治不僅是一個政治理念，很大程度上還是一個文化及教育理念。擔任殖民地總督期間，盧吉還以同樣的熱情昭告世人，教育——更確切地說是「品性培養」的行當——從此便僅僅是一項政府事務，可以跨越不同的文化和宗教。不過，對盧吉來說，最重要的事情莫過於證明他的計劃合乎道德。使盧吉欣喜萬分的是，1921年在中國召開十年年會的時候，基督教教育委員會最終正式承認，盧吉創辦的大學是一個合乎道德的機構(Mellor 1992: 170)。

作為教育哲學的間接管治

盧吉向整個殖民世界清楚申明了間接管治的原則，由此聞名遐邇。他早年的士兵探險家生涯，以及他在亞非各地鎮壓土著騷亂的豐富經歷，預示了他後期在尼日利亞和香港的執政風格。他敏鋭地意識到，成功的殖民統治離不開教育，後者可以為間接管治奠定基礎。盧吉的傳記作者佩勒姆寫道：

> 他把治下民眾的生活視為一個整體，並把自己的政策視為對民眾需要的全面回應。有人認為，教育再怎麼重要，終歸也只是民眾需要的一個部分。盧吉的觀念與此大相徑庭，他認為，教育必將決定治下民眾整個的前途。
>
> (Perham 1968: 489)

當然，盧吉心目中的重要事物既包括每個土著「整個的前途」，也包括「作為整體」的土著民眾的前途。從這個觀念出發，後來在談及尼日利亞教育的時候，他相當清楚地闡明了自己的教育哲學：

> 在我看來，教育的首要功能是使平凡個體適於在所處環境中充任利人利己的角色，確保優異個體將自身能力用於社群進步，不用於損害社群或顛覆既有權威……我們這個新制度的目標應該是培育出這樣一代人，他們會用友好合作的態度取代這種刻毒的敵意，有能力認清並實現自己的理想，不會對歐洲人進行奴才式的模仿，並且為自己那個目標清晰、前途遠大的民族身份感到自豪。
>
> (Lugard 1914: 4, 着重後加)

馬可尼和盧吉都不是學者，兩人卻都曾為英國的殖民教育史奠定基礎。盧吉是一個非常晚近的後維多利亞時代殖民主義者，他與馬可尼等早期盎格魯主義者的不同之處在於，他認識到殖民統治要想成功，殖民者就必須杜絕出現「這樣一個階層，他們擁有[土著的]血統和膚色，同時又擁有英格蘭的品味、觀點、道德和知識」；同時，殖民者必需要培養一代擁有足以自豪的「民族身份」的土著。然而，要是把盧吉的言論闡釋為對土著自治的一種無條件認可，那就是大錯特錯。要想培養前述的一代土著，環境至少要滿足這樣一個必要條件：必須在殖民者的監護之下維持某種「既有權威」，或者由殖民者維持，或者由被殖民者維持，又或由兩者共同維持。殖民者的關鍵職責是清楚地確定，土著應該在何時以何種方式達成自身的民族目標。

這樣一種精心打造的新殖民哲學反映了殖民者為維持殖民權威找理由的企圖，儘管如此，我們還是應該看到，其中包含着一個真正的觀念突破，有了這個突破，殖民主義和國族主義便更像是彼此的前提條件，不再是兩種對立的話語。這種殖民主義哲學預示了一種特殊的國族主義，理論家和實幹家都不曾在此前的帝國願景中預見這種事物。通過強調帝國主義計劃在道德方面的權威性，而不是計劃的道德優越性，盧吉為管理主義開啟了取代帝國主義的道路，但卻沒有觸動殖民權力等級秩序的基本結構。這樣的話語轉換為港督金文泰(見第五章)之類的殖民者提供了幫助，使他們可以調控自身與傳統華人權威之間的關係。這些殖民者認為，只要加以管理和引導，殖民主義與國族主義可以並存，這樣的信念也為勾結同謀者僭用殖民權力(見第六章)打下了基礎。我們不妨分析一下，這些可能性是如何從盧吉深思熟慮的殖民–教學模式當中萌發出來的。

盧吉拋棄了以課本為中心的教學方針，由此便超越了盎格魯主義者與東方主義者之間的虛假爭論。通過強調各種品性培養方法的實際效果，盧吉對一些手段進行了概念性總結，大英帝國可以通過這些手段確立並維持被殖民民眾的身份，亦即他們的臣僕地位和民族特性，同時又無需剔除其中的殖民主義因素。從被殖民民眾的政治身份當中，殖民主義可以為自身討得一個主導性的存在空間。在其名作《英屬熱帶非洲的雙重委任》(1923)當中，盧吉如是闡釋，作為殖民治理要素的現代教育將如何培育並維持土著的權力及權威體系：

> 針對意欲遵循先人生活方式的那一部分人口，教育應當擴大他們的視野，提高他們的效率和生活水準，使他們

> 更加心向政府，不能使他們不適應或不滿足於自己的生活模式……少部分人希望參與公共或市政事務，或是為政府或商業公司效力，針對這部分人，教育「應當使他們變得高效、忠誠、可靠、心滿意足——成為一群自尊自愛的土著紳士。」
>
> (Lugard 1923: 425–6, 着重後加)

依照這種「以教育促進社群整體進步」的觀念，盧吉倡導的殖民地原國族大眾教育模式甚至納入了龐大的文盲群體；然而，由於政府的殖民性質，他不得不仔細區分可行殖民教育的不同模式。盧吉聲稱，大英帝國此前就犯過這方面的錯誤，那就是不加區別地在各個殖民地推行一種十足平等主義的英語教育，這種教育使得土著錯誤地以為，自己在一個基督教王國裏享受着普遍的公民權利。殖民者對被殖民者的啟蒙進行得太快，走得也太遠，使得「喜歡幻想的種族」產生了更多的「幼稚幻想」。盧吉力圖避免一種危險的局面，那就是受過教育的土著階層與一度不容置疑的統治者展開競爭，由此危及土著社群的團結。在《英屬熱帶非洲的雙重委任》當中，他着重指明了此類危險，認為殖民者的當務之急是向土著統治者的子嗣提供教育，以便消弭此類危險(1923: ch. 21)。換句話說，只要能讓土著統治者及其後代擁有與殖民者一樣的高貴品性，西式教育就不會對任何人造成威脅，西方知識也會在殖民地土著當中順利傳播。盧吉為間接管治提出的精明教條，要義在於它的中心策略，根據這種策略，殖民者可以利用土著統治，使之成為殖民統治的一部分。這種策略興許可以解釋，對於一個被執行者稱為「帝國使命」(Lugard 1928)的教育計劃，華裔香港人付出的熱情和捐助為何比英裔香港人還多。

借支持方言教育實施控制

盧吉把教育與殖民統治聯繫在了一起，這一政策並不止於設立一所大學。其他一些殖民地的英國殖民者通過犧牲方言教育的方式來推行英語教育，結果非常糟糕，盧吉從中吸取了教訓，通常都會為方言教育提供支持，由此便擴大了殖民政府的控制範圍。正如前文所述，晚清是一個政治十分混亂的時期，保守訴求與改良訴求組成了一個極不穩定的混合體。清政府匆忙頒布了幾項有欠考慮的措施，不但沒能改良教育，反倒把清政權推到了崩潰邊緣。大量湧現的新學校既不能滿足中國民眾對新式教育的需求，也不能安撫日益壯大的改良派和革命派。諷刺的是，許多此類學校都變成了失意師生宣傳革命思想的場所(Sang 1991, 1995)。1901至1909年間，盧吉連續發佈了五項政策，詳細列明了政府對學校教育的控制權(Wang, F. 1979)。鑑於海外華人社群日益介入中國事務，中國國族主義又在這些社群當中迅速蔓延，清政府便把自己的教育規章延伸到了這些社群。香港的許多中文學校也變成了革命活動的場所(Ng 1984: ch. 6)。盧吉認識到了方言教育對於穩定殖民統治的重要意義，這方面的眼光比所有前任都要敏銳。與中國政府一樣，他也嘗試把所有的私立中文學校納入政府監管的範圍。他委派政府督學R.C.巴羅對全港三百所私立學校(多數為中文學校)進行了徹底的調查。1911年，殖民政府成立了半官方的漢文小學教育委員會，委員會的首要職責就是推廣高效的中文教育。這些政策舉措催生了巴羅報告的又一個副產品，亦即1913年的《教育則例》(Fang 1975; Ng 1984: ch. 6; *Educational Report* 1912)。該則例賦予殖民政府巨大的權力，使之得以控制私立學校的架構和課程。按照該則例給出的粗率定義，學校是「十名以上的人正在或時常接受教育的場所，無論分班與否」(Ng 1984: 110)。該則例十分嚴苛，教育司有權拒絕任何學校辦理註冊——並且有權自作主張；未註冊的學校均屬非法，面臨被迫關閉的危險。該則例給了殖民政府幾近無限的權力，這在英國是前所未有、獨一無二的事情。英國於1902年頒布的《教育法》雖然標誌着國家控制教育的開始，但卻是一部高度分權的法規。為了說明香港則例的合理性，教育司伊榮宣稱：

> 公眾有權受到政府部門所能提供的最大保護。「既然礦山和工廠必須接受監管，學校也不能例外」(威爾登主教語)……另一個理由是，政府公開表明要支持私立教育，但如果不了解私立教育的發展情況，政府的教育支出就得不到合理的控制。沒有強制性的註冊制度，政府就無法了解這方面的情況。就香港而言，還有一個理由，那就是學校往往成為非法宣傳活動的幌子。
>
> (Irving 1915: 12)

儘管《香港孖剌西報》的一名讀者把《教育則例》稱為「最為專制、最為苛刻的法規」(Hong Kong Daily Press June 13, 1913)，該則例卻得到了政府的一致通過。此外，儘管該則例是對香港一些政治活動的明顯打擊，而這些活動的主使又是共和革命黨及其領袖孫逸仙，孫逸仙的著名支持者何啟卻在立法會對則例表示了毫無保留的贊同。何啟說：

> 我衷心擁護政府將本殖民地所有學校納入監管範圍的意

> 圖——實行監管之後，至少他們可以知道，所有這些學校究竟在向本殖民地的新一代教授甚麼東西。
>
> (*Hong Kong Hansard* 1913; 轉引自Ng 1984: 110)

何啟是何福堂牧師的兒子，後者是理雅各培養的第一個華人傳教士。此外，何啟還是盧吉的香港大學計劃最有力的支持者。他的上述言論或許是一個最好的註腳，可以說明「土著紳士」一詞指的是甚麼樣的人物。

荒漠邊緣的燈塔

在香港大學的奠基典禮上，盧吉在演講中如是宣稱：

> 張伯倫先生……自稱為「帝國的傳教士」，並且要求我們「以帝國的方式思考」。既是如此，我們不妨為這所大學做一番帝國式的展望，不要把目光局限在當下。我們此時的努力，不只是為了向香港市民提供最高水準的教育設施，還為了伸出友誼之手，幫助中國教育她的子民，**使他們免於家國萬里的處境和去民族化的危險**……大英帝國的正義性體現在它的成就。只要它仍然代表着不偏不倚的公平，只要它的目標仍然是養育並教育我王治下的各個民族，以及與我王疆土接壤的民族……歷史將會記載，它建基於某種高於領土征服或國族擴張的信念……過去幾年，我適逢其會，成為了促成帝國疆界在某些方向有所擴展的卑微工具。那些歲月已成過往。**我們身處的不再是一個兼併的時代**，**而是一個發展的時代**……此外，如果本殖民地

能夠成為……華南教育進步的中心，你們就使大英帝國的立國方針得到了更為高貴的展拓，高於與領土擴張俱來的任何展拓。

(Lugard and Mody 1974: Appendix III, 着重後加)

儘管在座的有兩江總督和兩廣總督派來的幾名代表，還有中國軍隊派來的代表，盧吉仍然繼續説道：

大學的職員必須……類似於那些在喀土穆從事相近事業的人，喀土穆的學校為紀念戈登而建。在那裏，面對奴隸販子的殘虐行徑，面對經年累月的壓迫和苦難，一座英國教育中心像荒漠邊緣的燈塔一般赫然屹立，培養學生把光明與痊癒送進非洲最黑暗的處所……這所大學的畢業生……將會成為「帝國的傳教士」。他們沒有……敵視祖國既有秩序的扭曲政府理念和思想，心中充滿了真正的愛國主義精神，這種精神的唯一目標就是使祖國更加美好、更加偉大……[這個]計劃……將會成為佐證，證明英國殖民地的市民並不僅僅執著於追逐財富……香港能成為直轄殖民地當中的先行者，再次證明了大英帝國不只是一間龐大的貿易公司，而是仍然高舉着帝國責任的聖火，樂於將糧食撒在水面，不計較眼前利益，深信它必將帶來長遠的回報。

(Lugard and Mody 1974: Appendix III, 着重後加)

由前面幾段文字可以看出，盧吉時時都在展示他對英帝國主義的自豪；不過，在他這些表白當中，值得注意的是「帝國責任」對「真正的愛國主義精神」幾近天衣無縫的替代，以及在「帝國」和「傳教士」之間游刃有餘的語義轉換。

在前述場景當中，英帝國主義以英雄人物的形象出現，成功地創辦了香港大學。這一場景可以作為例證，説明世紀之交如何成為了帝國主義史上的一個分水嶺。此時，帝國主義正在從「使命」、「義務」和「託管責任」等維多利亞時代晚期理念轉向其他的一些理念，後者的支柱則是「自由邦自願結成聯邦」的理念(Thornton 1959; Eldridge 1973; Smith 1998)。在普遍流行的「道德危機」話語中，盧吉的核心創新包括兩個層面：其一，拿出一套能夠調和帝國尊嚴、英人霸權和功利主義的連貫政府哲學；其二，為帝國已去殖民猶存的新型治理開闢道路。關於英語教育危機的話語，標誌着培養品性和監管道德已經成為政府職能。出人意料的是，由於這樣的轉變，英國的帝國主義者和中國的國族主義者找到了新的共同立場。鑑於中國的國族主義者起初認為自己受到了文化帝國主義的圍攻，新的共同立場就顯得格外不同尋常。有了新的共同立場之後，間接管治和中華國族主義之間的界限便日益模糊，儘管前者本來是英國殖民者實施殖民控制的手段，後者本來是為抵抗殖民主義而生。中華民國誕生之際，革命黨卻對前述的大英帝國計劃表示了熱情支持，這是一條鮮明的證據，説明勾結共謀的殖民主義形構正在走向更清晰、更現代的形式。

在殖民當局吸納土著領袖及推行開明政府方針方面，盧吉邁出了超越理雅各的關鍵一步，後者認為帝國使命的成功有賴於英國文明的勝利，也有賴於英國文明能否完成使中國皈依基督教的道德計劃。盧吉對理雅各的背離具有重大的意義，標誌着帝國主義宗教–道德計劃的終結和世俗主義道德治理的興起。不過，這一轉變並非源自確信天下無敵的帝國主義力量。是因為大英帝國內部猖獗的道德危機，殖民主義才在盧吉治下變成了一種以開化為目標的教學法，教育也由此成為了間接殖民管治的工具。正是在這個節點，所有條件才得齊備，殖民權力才可以走向進一步的本地化、本土化乃至國族化，才能被植入開明國族主義的意識形態及民族國家的建設進程。

II

香港的居間性

第4章　殖民地知識階層的雙重身份：何啟

後殖民研究花費了大量筆墨來敍說殖民統治的一個或然後果，那便是「接觸地帶」裏那些被殖民民眾所處的模糊狀態。弗朗茨．法農發明了「黑皮膚–白面具」的著名比喻，表明他力圖釐清被殖民者可悲的分裂身份：他斷言，殖民權威居於壓倒性的主宰地位，只要被殖民者嘗試仿擬殖民者的文化，這種權威就會發揮作用。霍米．巴巴則認為，模仿行為會損害殖民權威，同時也會損害混雜化或克里奧爾化進程中的其他居間狀態，因為在這些狀態下，抵抗不僅可能，而且始終是內嵌的元素。簡言之，法農把被殖民者的模糊身份視為一種深重的苦難，巴巴則把它視為一種助長新生事物的催化劑。然而，許多批評人士已經指出，應該對這些關於殖民主義普遍影響的說法予以限定，方法則是對所論事件的具體背景進行仔細考察。舉例來說，埃拉．蘇黑特(1993)提出，我們應該區分混雜性的不同形態。她這個說法的意思是，我們應該對混雜狀態的不同類型進行語境化的考量。阿里夫．德里克把這類批評推進了一步，認為殖民話語分析不應該過分注重話語本身的決定性力量，應該把更廣泛的制度結構納入考慮範圍；他據此告誡，「不參照他們所處的意識形態及制度結構，就無法理解他們的居間性和混雜性特徵」(Dirlik 1994: 342)。

從許多方面來看，十九世紀晚期的香港都表現出了被殖民接觸地帶的文化特徵。與較早時代的香港不同，這個時代的香港有了一代受過英語教育的華人學生，後者應歸功於理雅各、軒尼詩、歐德理及其追隨者建立的英語教育體系。與此同時，洋務運動也在中國其他一些口岸城市培育了一個類似的群體；從許多方面來看，生活在這些接觸地帶的中國人都置身於殖民或半殖民的環境，身份往往成為疑問。他們會講英語或其他歐洲語言；他們具備各式各樣的西方學問，足以在特定的專業領域享有專家地位；他們擁有不同的文化觀念、抱負、品味、習慣和道德觀，這些東西可能會使他們脱離傳統的中國士人階層。他們是「印度紳士」的中國版本，用貶斥的中文習語來説則是「假洋鬼子」。然而，法農和巴巴的殖民模糊性概念雖然在某些方面派得上用場，但卻都不能為我們提供足敷應用的工具，不能幫助我們從總體上了解這些口岸城市的殖民(準確説是半殖民)格局，也不能幫助我們具體了解這些被殖民土著的政治文化心態。毫無疑問，被殖民者當中的確存在普遍的模仿西方行為，混雜化或克里奧爾化的文化形式也的確在四處滋長，但是，當時的局面遠不足以讓我們援引習用或假定的殖民者–被殖民者二元話語，據此評估這一特殊權力形構的影響。本章我將大致追隨德里克的指引，釐清這種文化政治居間性特殊模式的意識形態及制度條件，這種特殊模式有賴於勾結共謀的殖民形構，後者已經在香港落地生根，並且伸展到了香港之外。我還會闡明，這種權力形構如何在香港和中國蔓延，如何在現實及假想中參與塑造了後帝國時代的中國新秩序。我將概述後帝國時代各種相互爭競的政治願景和計劃，並以何啟為例，展示民國前夕的一條重商主義–改良主義政治路線。何啟是聲名顯赫的香港人，並在現代中國知識史上佔有顯著的位置。在揭示相關政治及文化機制的過程中，何啟的例子能讓我們牢牢把握新興華人買辦階層的興趣和世界觀，以及一個勾結共謀式殖民地知識階層在這個獨特歷史節點的主體性形構。

關於中國的研究留意到了興起於通商口岸的海濱城市民眾，並就這個群體對現代中國發展進程的影響進行了辯論。學者們對這個新興社會群體看法不一，還給它起了不同的名字：比如說，柯保安稱他們為「沿海改良派」(Cohen 1976)，周錫瑞稱他們為「城市改良精英」(Esherick 1976)，琳達．欣則在特指香港的時候稱他們為「殖民地知識階層」(Pomerantz-Zhang 1992)。這些人雖然職業各異，其中有商人、買辦、律師和翻譯，也有為政府或西方公司服務的譯員，但卻無一例外地與本地商業資產階級保持着這樣那樣的密切聯繫。華商是中國第一個感受到外國勢力激烈貿易競爭的社會群體。不過，在大清帝國因太平天國叛亂危機(1851–1864)而被迫尋求改革之前，這個新興城市群體的利益從未在政治層面得到充分體現。洋務運動為商人和改良派知識分子提供了大量的機會，使他們得以成長為原始的資產階級。李鴻章、曾國藩和左宗棠之類的儒將迅速組建了自己的幕府(智庫)，將改良派知識分子及專家招至帳下，讓他們協助興辦各種洋務，比如建設基礎工業、通訊事業、交通事業和現代化軍隊。改良運動也包括文化和教育計劃，比如旨在譯介各門西學的一些大型出版計劃。中國政府在大城市開辦了一些專門學校，還仿照西方模式建起了兵工廠、製造廠和船廠。在中國政府、個人或團體的資助下，一批批學生前往海外求學。這些改革讓許多中國人看到了希望，覺得中國接納了西方的實用技術，國族復興指日可待。此外，清政府還糾正了中國之前的孤立主義態度，採用了西方的外交慣例，比以往任何時候都更願意接受西方主導的國際法準則。

商戰與重商主義改良派

新起的改革大潮之中，香港的殖民地知識階層率先公佈了自己的改良主張，不光面向本地，還面向整個中國。舉例來說，王韜和伍廷芳都是現代中國報業的先驅；鄭觀應和何啟則是著名的批評人士，發表了自己關於改革的分析和建議(King and Clarke 1965; Cohen 1974)。華商的現有政治地位與其日益增長的經濟實力不相稱(在香港殖民地和中國都是如此)，因此他們着意推動那些能擴大商人權力的制度改革。張之洞之類的保守派官員仍然着眼於表淺的改革計劃，所涉範圍僅限於純粹的技術、工程或軍事領域，香港的殖民地知識階層卻大膽呼籲更深層次的制度改革，尤其是在政治和文化領域。這些呼聲不可避免地導向了一種願景，其要求超出了清王朝保守統治的簡單更新。

香港的殖民環境有利於本地的知識階層參與中國的改良運動，其中有幾方面的原因。説到這個問題的時候，學者們總是拈出最明顯的那個原因：也就是説，多虧了英國對香港的殖民統治，殖民地知識階層才對西方制度的好處有了更深的了解，並且可以利用這一優勢。然而，同樣真實的是，殖民結構中根深蒂固的種族歧視極大地束縛了殖民地知識階層在香港的政治發展。香港的歐裔人士曾經激烈反對聘任首位華人立法會議員伍廷芳，這件事情説明，要想在殖民框架下獲得平等待遇，受過教育的華人必須克服非常大的障礙(Pomerantz-Zhang 1992)。儘管如此，在襄助李鴻章辦理洋務之後，伍廷芳的職業生涯還是實現了迅速的飛躍。這樣的成就可為例證，表明他在殖民地獲得的精英地位——過程中時或伴隨着苦澀的經歷——完全可以與中國官員的精英地位相提並論。就這個問題來説，即使是在擔任清朝官職之後，殖民地知識精英也很少會對整個殖民體系懷恨在心；實際上，他們通常都贊同一種帝國主義觀念，亦即大不列顛是文明的樣版。他們也許對種族歧視之類的個別問題懷有怨氣，但卻從未公開質疑英國對香港的統治權。

殖民地知識階層認同西方制度及原則的優越性，堅信中國不能止步於借用西方技術，必須對相關制度進行改革，而改革必須遵循一套新的原則和觀念，這個新套路同樣來自西方，但又是傳統中國士人無法透徹了解的東西。這樣一來，殖民地知識階層倡導的便是一系列以英國的改革甚或香港的改革為母本的改革。不過，對於經濟事務，這個知識階層通常持有重商主義–國族主義的觀點，認為更大規模的中西貿易對中國有益無害，貿易帶來的利潤可以為其他的強國計劃提供支持。他們強烈地意識到，要促進商業發展，那就必須有一個強大的國家來支持並保護從事中西貿易的華商。正因如此，殖民地知識階層的改革倡議全都或隱或顯地立足於對一場激烈「商戰」的預期。對於商戰的預期促使殖民地知識階層拿出了自己的政治願景。他們主張實行廣泛的法律及司法改革，以便適應新的經濟秩序，因為他們覺得，在反對舊制度下普遍濫權現象的鬥爭中，自己是中國最需要借重的群體之一。他們認為，只有在華商得到了這些有利條件之後，作為整體的中國民眾才能打贏這場商戰。不僅如此，這個知識階層還聲稱，為了支撐這些法律及司法改革，也為了遷就受過西式教育的人士，中國政府應該改進以科舉為基礎的傳統教育制度和官吏聘任政策。

伍廷芳是殖民地知識階層的標竿人物，因為他最了解英國的法律及行政制度，並且擁有國際法和外交方面的專業知識(Pomerantz-Zhang 1992; Ng 1983)。他是一名律師，在香港受過教育，還是香港第一個獲聘立法局議員的華人。憑藉這些背景，他成了中國第一部公司法的起草人(Shin 1976; Chung 1998)；出身於香港的買辦鄭觀應在改良派當中宣傳「商戰」的口號，由此聲名鵲起(Wang 1966; Hao 1969; Wu 1975; Sigel 1976)；西格爾認為，鄭觀應「很可能是1890年代早期最有影響的改良派作家，因為他代表着通商口岸新興商人階層的立場，而在更具國族主義色彩的洋務理念得到接納和實施的過程中，這個階層扮演着最突出的角色」(Sigel 1976: 273)。唐廷樞及其族侄唐紹儀都曾在教會學校接受教育，早年當過香港政府的文員及譯員。唐廷樞後來在李鴻章帳下創辦了中國第一批輪船、採礦及紡織公司，資本則來自他在上海、廣東和香港的私人關係網。

叔侄兩人都認識到，商業活動的良性擴張有賴於強大國家的大力支持。兩人都變成了中華國族主義者，大聲疾呼廢除治外法權、收回關稅自主權，以及禁止外輪從事內河航運。除此之外，相較於為中華民族確立一個語言層面或宗教層面的嚴謹文化概念，他們遠為關注的事情是制度建設和治國之術——也就是說，建立一個懂得擴張並捍衛自身主權的高效國家。這種重商主義的主權主張受到了清政府的歡迎，長期影響着中國與前附庸國及自治藩國之間的關係。舉例來說，1880及1890年代，開平煤礦和唐胥鐵路的創辦者唐廷樞曾極力敦促清政府去爭取朝鮮事務的主導權。他的族侄唐紹儀也曾大力遊說清廷另一改良派別的首腦袁世凱，希望後者在朝鮮確立中國的帝國主義霸權，把朝鮮變成中國的保護國(Sigel 1976)。

作為一種政治構想，「商戰」的概念同時滿足了自由主義倡導者和強大國家倡導者的願望。許多中國人都覺得，歐洲帝國主義征服在香港等通商口岸取得的成功體現了一種新的世界秩序，其特徵是各國之間的商業競爭。有鑑於此，改良派最關心的事情並不是促進自由市場的發展，而是建設一個強大的國家。這樣一來，洋務運動就包含了多個領域的權力追求：市場、工業、技術和政治——這些追求同時存在，首要的動因則都是政府權力。政府權力對這些追求的深度介入使得洋務運動的技術主義願景化為泡影，而先前的保守派當初之所以拿出這種狹隘的願景，恰恰是因為整個運動始終帶有強烈的政治色彩。換言之，這些改革從來都不只是為了吸納外國技術，也不只是為了引進觀念和知識；事實上，最終的經濟改革使沿海地區的地方領袖獲得了授權，可以以恩主的身份保護並促進現代工業及軍工企業的發展(Teng and Fairbank 1954; Wright 1966; Fairbank 1978: ch. 10)。為了把這些新型經濟活動置於國家控制之下，政府推出了一種名為「官督商辦」的特殊制度，賦予特定的地方官僚巨大的權力，後者由此得以架設自己的政治關係網。改良派地方官員憑藉權術與中央政府周旋，為他們的新實業爭取特許權、壟斷權和稅賦減讓。商人則負責管理企業，並通過自己的私人關係網籌措資金，不過，官員有時也會扮演實業家的角色，籌集企業所需的部分投資(Wu 1975; Chan, W.K.K. 1977; Godley 1981)。有了此類安排，經濟投資和政治投資幾乎已經無從區分。從中國式馬克思主義的視角來看，此類安排可能會被說成是新興的中國「官僚資本主義」的要素。

商業既然嵌入政治，新興華商及華人實業家的「政治投資」熱情便與經濟投資熱情不相上下(Chung 1998: 15)。他們希望得到更大的發展空間，由此就不得不向某些方向「投資」：

舉例來說，他們不得不爭取較為寬鬆的官僚管制，或者讓官僚分享相關的利益和利潤。這些政治投資以殖民環境下的改革、知識、培訓和經驗為對象，最終轉化為各式各樣的工具，所有的工具共同構成一個重商主義計劃，中國可以藉此改進治國之術。作為當時中國國族主義的一個重要版本，這種重商主義構想至關重要，因為它發揮了顯著的作用，為垂死的大清帝國擬訂了一個主動變身為統一現代國家的計劃。中國屢次敗給歐洲的帝國主義者，又在香港及中國的其他通商口岸看到了歐洲人主導的殖民主義，這樣的時勢給人們提供了想像的空間，從很大程度上說，前述重商主義–國族主義願景就是這個想像空間的衍生產物。

君主立憲派與革命派

直到今天，前述重商主義願景的遺響依然不難察覺；不過，它的計劃和要求已被稍後繼起的中國國族主義計劃遮掩或吸納。重商主義願景的倡導者對經濟事務持有國族主義立場，並且率先發出了政治改革的呼聲，然而，他們很難為現代中國勾畫一個清晰的文化願景。這方面的困難好比一塊絆腳石，阻礙了這些意欲領導國族主義運動的買辦–商人。康有為和梁啟超之類的改良派士人推行君主立憲的改良路線，他們的文化及宗教計劃遠比重商主義者清晰；這樣一來，這些士人迅速成為了要求清政府實行改革的旗幟性人物(Cameron 1931; Fairbank and Liu 1980: ch. 7)。康梁雖然都是廣東人，與香港以及通商口岸商界的聯繫卻遠遠比不上那些重商主義者；但他們擁有淵深的國學造詣，並且忠於清廷，因此便有機會對年輕的光緒皇帝施加特殊的影響。他們以日本的明治維新為樣版，試圖把皇帝變成國家一統的象徵，以及現代中華民族國家建設計劃的一個固有元素。這些君主立憲派十分擔憂外國列強對中國的威脅，程度遠遠甚於那些主導洋務運動的官員；除此之外，他們着力強調，必須確立一個獨特的中華文化身份，由此便奉行一種強硬的文化國族主義，而這是重商主義–國族主義構想所欠缺的東西。由於以上原因，被中國人稱為「維新派」(君主立憲派)的康梁同時抨擊買辦–商人和殖民地知識階層，並且指責洋務運動的種種局限。為了對保守派的一部分文化焦慮加以利用，也為了把這些保守派拉進一個統一的國族主義啟蒙計劃，康有為嘗試重新闡釋儒家思想，希望把它改造成中國的國教，手法跟明治維新對日本神道教的改造差不多。這樣一來，中國的君主立憲派將清廷保守派官僚和外國列強同時列為攻擊目標，由此便與何啟之類的殖民地知識精英產生了衝突，與革命派也是格格不入(詳見下文)。

西方列強加緊施壓，要求清政府把中國市場的更多份額讓與西方利益集團，與此同時，華人資本越來越國際化，海外的華人資本由是大量湧入中國。大量此類資本都來自從澳大利亞或美國返鄉的移民，他們是通過此前幾十年的苦力貿易走出國門的。* 袁世凱推行的改革包括一部新的商法，該法規允許組建責任有限的合股公司，刺激了海外華人資本的回流。這種新型的資本形成方式逐漸取代了古老的官督體系(Cameron 1931)。** 廣東籍人士，尤其是原籍「四邑」(恩平、開平、新寧和新會)

* 返鄉移民資本之所以在十九世紀最後十年湧入中國，原因之一是美國和澳大利亞的排華政策(Pomerantz- Zhang 1984)。

** 1898年的百日維新雖然以失敗告終，但清廷還是被迫採納了改良派提出的大部分改革措施。1904年政府廢除了科舉考試，還頒布了一部新的商法。

及香山等縣的廣東人，在華南省份及香港的歸國移民中佔據了很大的比例。他們迅速發展成一個規模可觀的群體，藉由牢固的宗族紐帶團結起來，積極參與商業和政治(Hong 1982)。這些富商與中港兩地的政府都拉上了關係，與此同時，不少小商人、勞工和知識分子倒向了更為激進的政治立場，既反對清政府，也反對外國列強的侵略。他們組織了多次運動，抵制美貨(1905–06)和日貨(1908)；四邑籍人士在香港和中國展露的此類政治行動主義逐步催生了一條激進的國族主義路線，啟發了孫逸仙之類的革命派領袖。孫逸仙出生在廣東的香山縣，是一名醫科學生，曾經在香港學習(Cantlie and Jones 1912; Feng 1947, 1969; Ng 1985, 1986)。後來他自己承認，正是在香港的生活經歷促使他產生了領導一場革命的想法(*China Mail* February 20, 1923)。從某種意義上說，香港不單是革命活動的一個組織基地，還是辛亥革命背後種種理念的溫床(例見Lo 1961; Chan, Mary M. Y. 1963; Chan, Lau K. C. 1990; Fok 1990; Tsai 1993; Ng 1985)。

辛亥革命之前的民眾動員是中華政治國族主義的一個無可置疑的表徵，與之呼應的則是這些新興僑資財團的經濟國族主義特徵。日漸興起的國族主義高喊「收回利權」的口號，並且主張抵制洋貨，因此可以給這些財團帶來好處。正是在這種極度政治化的背景下，這些財團才得以迅速進入輪船和鐵路行業，同時大舉進軍銀行業及其他金融產業(Chung 1998)。他們的政治行動主義和雄厚實力甚至使香港殖民政府感受到了威脅：港督梅含理一度把他們稱為「少年中國黨」(Tsai 2001: 87)。*

* 四邑籍人士在文化方面也很活躍。舉例來說，他們出資組織了華人的第一個基督教青年會和第一個基督教會。基督教青年會位於東華醫院隔壁，象徵着海外華人社群與之比肩的政治及經濟勢力。他們與香港原有的華人精英階層展開了激烈的競爭(Smith 1985)。

所謂的少年中國黨與青年土耳其黨相似，後者活動的地點是近東那個同樣垂死的奧斯曼土耳其帝國。如果香港沒有哺育這樣一個「少年中國黨」，孫逸仙的辛亥革命就不可能成為現實。孫逸仙關於後帝國共和秩序的政治願景日益成熟，四邑籍人士對此予以支持，等到1911年的革命終結大清帝國的統治之後，他們會成為南方共和政府的中堅力量(Tsai 1993, 2001; Chung 1998)。推翻清王朝的辛亥革命更像是一場政變——再怎麼說，它也與1789年法國和1917年俄國的民眾革命大不相同。由於軍閥袁世凱施加的決定性壓力，宣統皇帝於1912年退位，孫逸仙成為了中華民國的臨時總統。他雖然被人們尊為國父，軍閥之間的派系鬥爭卻使他在此後十年裏沒得到多少政治實權 (Hsu 1975: 552)。

孫逸仙雖然領導革命，但卻沒有把他的激進主張與他起初在香港接觸到的重商主義–國族主義理念對立起來。與此相反，他遵循一條以議會民主和經濟自由主義為政策核心的路線，贏得的支持主要來自富裕的海外華人。正是由於這樣的聯繫，興起時間遠遠晚於孫逸仙的中國左派–馬克思主義者才認為，孫逸仙的革命不過是「舊民主主義資產階級革命」，其中既沒有民眾的參與，也沒有任何社會改革方案。

國父及其香港贊助人

殖民地知識階層中有一個重要人物，既與香港的華商有交集，又與孫逸仙有往來。此人便是何啟，孫逸仙在香港華人西醫書院的老師。何啟一度是孫逸仙的贊助人，為後者的革命活動提供了支持。不過，何啟本人從來都不是一個過於激進的人物。如此前章節所述，何啟是辛亥革命前夕香港殖民統治的核心角色之一。何啟的父親何福堂是理雅各主持的倫敦傳道會的第一位華人牧師，還是一個成功的土地投機商(Smith 1985: 130; Chan, W.K. 1991: 75, n. 3)；1890至1914年間，何啟是香港唯一的華人立法會議員。我將在本章剩餘部分專門論述這個香港的中心人物，藉此分析殖民地知識階層在這個重要歷史節點的所思所為。

何啟既是顯赫的香港華人領袖——以前的啟德國際機場便是以他(以及商人區德)的名字命名，又是大膽敢言的中國批評者。儘管如此，史家通常都是在單方面探究他的殖民地建設活動，或者是他與辛亥革命領袖之間的密切關係，沒有把兩者結合起來。* 蔡永業(1981)、趙令揚(1968)、羅香林(1961)等香港學者的著作往往側重於相當狹窄的傳記興趣；任繼愈(1958)、胡濱(1964)、熊月之(1986)等中國大陸馬克思主義史家則固守僵化的歷史決定論闡釋框架，用這個框架來硬套何啟這個人物。依照這一框架，他們把何啟解讀為純粹的改良主義思想家，為晚清的改良運動做出了適時卻微小的貢獻，評價何啟的依據則是他在中國吸收西方資產階級進步政治理念的早期階段所發揮的作用。這些著作幾乎不承認何啟與英國殖民體系的牽連；此外，他們也對何啟與孫逸仙一同從事的殖民勾結活動視而不

* 舉例來說，蔡永業撰寫的詳盡何啟傳記主要關注何啟對香港殖民治理的貢獻，尤其是在醫療事務方面的貢獻(Choa 1981)。羅香林大力讚頌孫逸仙和何啟，但卻掩飾了兩人之間的觀念互動(Lo 1961)。趙令揚的博士論文着重分析了一些文獻，但卻沒有提及何啟對於中國門戶開放政策的爭議性立場(Chiu 1968)。許政雄的近期著作只是揭示了何啟的表層政治理念，還將何啟譽為民權觀念的先驅(Xu 1992)。最後，史扶鄰關於孫逸仙的開創性研究發掘了關於何孫互動的一些十分重要的史料，但卻沒有觸及何啟的理念和思想(Schiffrin 1968)。所有這些著作構成了一份豐富而寶貴的何啟研究文獻，對這個人物的刻劃卻極不完整。

見，因為當代的馬克思主義官定史觀已經將後者小心翼翼地推崇為「革命先驅」。

早在1887年，何啟便與親密盟友胡禮垣一起發表了一些言辭激烈的文章，抨擊清政府駐英國及俄國大使曾紀澤，藉此表達自己的政治主張(Ho and Hu 1887)。在發表於甲午戰爭(1894–1895)前後的一些文章中，何啟拿出了更為詳細的改革計劃，這些文章包括《新政論議》(1894)、《新政始基》(1897)和《新政安行》(1897)。甲午海戰的慘敗震動中國之際，何啟以尖刻的批評譴責了保守思想，並對中國官員戰敗之後的仇外情緒進行了輕蔑的揶揄。何啟用英文撰寫的這些文章採用了別出心裁的手法，其形式要麼是寫給香港主要英文報紙《中國郵報》的「致編者信」，要麼就是他與中央書院老同學胡禮垣之間的私人通信。在這些文章中，何啟講明了自己作為殖民地知識階層成員的身份，全面闡述了自己的政治思想(Ho 1887; Ho and Hu 1895, 1898a, b, 1899)。當時的中國瀰漫着針對西方帝國主義侵略的國族主義怒潮，何啟卻大唱反調，讚揚外國人帶給中國的好處。他譴責腐敗無能的清政府，以及清政府加於嫌犯的非人及非法待遇，還提出了改革清政府的詳細計劃。他的計劃涉及官員任用、軍隊管理、文官薪俸、關稅財政政策和充分自治的地方議會的建設，幾乎涵蓋了所有的政策領域。他不顧蔓延全國的仇外怒火，諷刺中國嘗試對滿洲、蒙古、東突厥斯坦等周邊領土主張帝國權利的舉動，把這些舉動稱為毫無依據的傲慢自大。他寫道，清政府純屬咎由自取，因為它根本沒有展現管治這些邊遠領土所需的能力，與之相反，英國政府卻能夠有效地控制加拿大、澳大利亞和印度之類的海外疆土(Ho 1887)。

何啟對中國官僚的尖銳批評原本是寫給《中國郵報》在香

港的英文讀者看的，但卻得到了報紙主編的讚賞；他的文章很快就被譯成中文，發表在《華字日報》(*China Mail* 的中文版)上，並在中國境內廣泛傳播；上海方面也轉載了這些文章(Ho and Hu 1887)。何啟的譯者胡禮垣分外用心，不光把這些文章轉化為優美的官話中文，還對它們進行了大量的加工潤色，去除了其中的殖民式自負腔調。* 作為歷史文獻，胡禮垣的譯文或許是跨語言解讀(誤讀)的一個範例(Liu, L.H. 1995)，因為它們巧妙地隱藏了殖民性的痕跡，為何啟勾畫了一個十分愛國的形象。就關於何啟的中文出版物而言，這些譯成中文的文章通常可以幾近毫無破綻地把何啟塞進「現代華人思想家」的行列，賦予他一個率先倡導愛國改良主義政治理念的英雄形象(例見Ren 1958; Hu, B. 1964; Xiong 1986)。

歷史與國族啟蒙

除開語言轉譯的有趣問題之外，還有一個原因使得許多中文出版物略去了何啟作為殖民同謀的複雜性質，這個原因與民族國家、現代性和歷史之間的複雜關係密切相關。杜贊奇在《從國族手下拯救歷史》(1995)一書中探討了這個問題，認為「國族史務必讓有爭議的或然國族獲得一種虛假的統一性，成為一個隨時間逐漸演變的統一國族主體」(1995: 4)。** 他還指出，國族史是一種固實化的歷史，衍生於線性決定論的啟蒙歷

* 由於何啟的許多文章都是胡禮垣合撰或翻譯的，今天的讀者不易區分二人的思想，往往把二人視為一體。

** 對杜贊奇《從國族手下拯救歷史》(1995)的評述，請參見相關座談會發表在《亞洲學者通訊》第29卷第4期的論文，尤其是(Bulag 1997); (Fitzgerald 1997); (Lie 1997)。

史模式，必然會把敍述過去的其他模式排除在外，因為這種國族史——

> 允許民族國家把自身視為一種獨特的社群，可以在傳統與現代性、等級秩序與平等、帝國與國族的對立當中找到自己的位置。在這個架構內部，國族顯現為新近登場的大寫歷史至高主體，代表着一種道德及政治力量，戰勝了王朝、貴族、神權階層和滿清官僚，後面這些都被視為僅僅代表自身的歷史性存在。與它們不同，國族是一個集合性的歷史主體，必將在現代語境下的未來實現自己的命運。
>
> (Duara 1995: 4)

杜贊奇指出，正是由於對啟蒙修史模式的這種不加分析的接納，學者們才建構出了一個連續發展的中華國族主體。這一現象在二十世紀初期最為明顯，那時候，中國的知識階層接受了社會達爾文主義，聲稱生物進化論不止適用於生物學，還「為中華民族指明了道路，使之可以掙脱或超越在全球帝國主義體系當中的依賴地位」(Duara 1995: 48)。*

我不打算過多講述這個宏大的問題，即修撰中華民族史的現代計劃如何重構了中國的史學傳統(例見Dirlik 1996; Schneider,

* 唐小兵關於梁啟超的近作也揭示了梁啟超率先接納啟蒙修史模式的過程(Tang 1996)。梁啟超體現着把歷史用作國族主義政治武器的傾向，看到了歷史可以充分喚醒民眾的意識，進而把變身為現代性主體的民眾發動起來。就這方面而言，梁啟超可能是第一人。為了強調修撰國族史的政治緊迫性，他聲稱中國的傳統史籍沒能説明中華民族的形成過程，反而把國族統一體分割成了一個個君主制王朝，這種做法忽略了民眾–國族的演進過程(Liang 1901, 1902)。梁啟超呼籲發動「史界革命」，並在隨後數十年中得到了傅斯年(1928)、雷海宗(1936)及汪精衛(1905)等現代史家的贊同，儘管後面這些人政見各異。

A. 1996; Weigelin-Schwiedrzik 1996b, 1996a; Fitzgerald 1997; Lie 1997)。* 不過，就本書目的而言，何啟在中國歷史著述當中的面貌仍然是一個有趣的事例，可以揭示啟蒙修史模式——國族覺醒主題——的主宰地位如何掩蓋了現代中國的殖民性。

正如費約翰的精當敍述，「中國覺醒」並不是一個簡單的歷史敍事，而是與一種政治技術的問世相關聯，這種政治技術借助各種文化工具來「喚醒」中國民眾 (Fitzgerald 1996)。作為流派的「現代中國知識史」發揮着類似於教育及文化工具的作用，方便了人們把現代中國的思想者歸入幾個界限清晰的類別，分類依據則是他們對「中國覺醒」計劃的態度和貢獻。這一類歷史著述具有極強的政治敏感性，通常都夾雜着對當前政治局勢的評價、反思和批評，派性色彩一覽無遺。不過，儘管不同政治路線導致的分歧十分明顯，史家們還是相當一致地把一個個知識分子和政客歸入了幾個類型，從保守派到改良派再到革命派。這樣一來，他們就把現代中國史描述為一個接一個的階段，「喚醒」過程的具體形式因階段而異，各階段的變化只是進一步「修正」了喚醒中國人國族意識的方法(或者政治綱領)。這種喚醒敍事的一個原初例子是陳獨秀提出的「吾人最後

* 長期以來，歷史寫作一直有着多種多樣的風格、取向及對待經典文獻的態度。把中國的過去套進這種啟蒙模式的過程並非一帆風順。此類嘗試動手改造卷帙浩繁的中國史學文獻，導致了各種各樣的問題和異議。縱觀整個民國時期，顧頡剛對國史計劃的質疑最為有力，因為他成功闡明，中國的歷史文化當中其實存在多個可為替代的隱蔽傳統(Schneider, L. 1971)。顯而易見，此類計劃必然要求我們進行更為徹底的再分析，探究史家們如何運用各種吹毛求疵的手段來重塑卷帙浩繁的中國古代史籍，把它們融進修撰統一中華國族史的計劃。現代中國史學相關問題的總體評述請見(Crossley 1997)。另見《歷史與理論》第35卷第4期專號，尤其是(Dirlik 1996)；(Schneider, A. 1996)。德里克(1996)擴大了批評範圍，涉及現代中國史學當中的東方主義傾向。黃宗智支持經驗主義，反對以文化研究為代表的漢學方法論批評。參見(Huang 1998)。

之覺悟」，按照他的說法，現代中國所經歷的曲折道路不過是一個從「學界覺悟」到「政治覺悟」再到「倫理覺悟」的線性進程(Chen 1922: 49)。

這種「中國走向覺醒」的線性敘事立意測量中國的國族意識覺醒到了何種程度。然而，史家們往往忽略了一個事實，也就是說，這種「覺醒」修辭的始作俑者是傳教士——西方帝國主義者的同謀(例見Martin 1907)。在這個框架下，洋務運動、維新運動和革命運動並不僅僅具有年代學的意義，還標誌着一種歷史邏輯的幾個重大時刻。在過去的一個世紀當中，這種歷史邏輯漸次展開，每個時刻都承擔着各自的「應有」歷史使命，評估每個時刻的依據則是緊隨其後的歷史局面：這類史家通常會批評洋務運動倡導者，因為他們沒能看清技術–經濟改革的局限性；也會批評君主立憲派，因為他們天真地寄希望於一個無藥可救的腐朽王朝；不過，他們聲稱後者優於前者，因為後者把覺醒過程推進了一步。不同史家對具體人物的評價可能會有所不同，這個基本的「五四式」 框架卻大體維持不變，馬克思主義史學和非馬克思主義史學都以它為出發點。

一位改良主義愛國者的誕生

正是依照前述的共同評騭框架，非馬克思主義史家蕭公權才宣稱，「何啟雖然深受西方文化影響，但卻對故土懷有深刻的愛國之情，試圖以一身所學挽救中國的危機，由此便撰著文字，不斷倡言改革」(Xiao 1954: 816)。馬克思主義史家任繼愈採用了與蕭公權相似的論調，讚揚了何啟抨擊清政權的「貢獻」。他聲稱：

與其他改良主義者一樣，何啟和胡禮垣並沒有奪取政權的想法，只是希望統治者開放政權，滿足民眾的需要。他們比其他改良主義者領先一步，因為他們提出了其他人未曾齒及的「民權」或民主觀念……他們懷有明顯的反帝國主義情緒，同時又害怕帝國主義，因此便對帝國主義採取了一種妥協的立場。他們反對封建主義，但由於自身的階級局限，他們沒能發展出反封建的激進思想。

(Ren 1958; 轉引自Choa 2000: 244, 着重後加)

「覺醒」話語的關鍵主題是啟蒙中國人的心靈，讓他們擯棄清政權仍在頑固抱持的封建主義。從這種思路出發，何啟和胡禮垣向中國人宣傳「民權」觀念的努力就成了這兩個人唯一的最大貢獻。然而，為了掩飾何啟為香港殖民政府效力的事實，任繼愈不得不臆測何啟的心理狀態，以便得出何啟「害怕帝國主義」且懷有「反帝國主義情緒」的結論。換句話說，他把何啟的思想從相關語境中剝離出來，以便把它們塞進一個天衣無縫的國族主義敘事，這種敘事講的是「先覺們」走過的道路。所有的先覺排成了一個秩序井然的隊列，依次啟蒙國人，引領中國穿過最黑暗的王朝時代，迎接革命點燃的曙光。任繼愈對何啟的處理或許可以用他的馬克思主義立場來解釋：他把何啟塞進一種線性發展的敘事，為的是證明共產主義革命實屬大勢所趨，因為它是關鍵性的最後一個覺醒步驟。然而，一些非馬克思主義學者雖然詳細記述了何啟的生平，以及何啟發表的重要著作，但卻仍然不太願意接受何啟的本來面目。舉例來說，蔡榮芳在一篇文章中稱，何啟主要是一個「調和並融合了中西理念和價值」的人物(Tsai 1978)。他在另一篇文章的標題中把何啟和胡禮垣稱為「買辦思想家」，又在正文中稱兩人為「愛國買辦」(Tsai 1975)。與任繼愈的著作不同，蔡榮芳的嚴謹著述直接觸及了何啟與英國殖民主義的密切關係，但卻依然把何啟和胡禮垣譽為「國族主義者」。為了解釋何啟的言行矛盾，蔡榮芳重新定義了一些術語，並且宣稱，「愛國主義和買辦主義不一定水火不容」(Tsai 1981: 196)。此外，他還作出了如下說明：

> 買辦有幾個類型，正如「國族主義者」也有幾個類型。買辦主義有幾種程度，正如「愛國主義」也有幾種程度。某個人可能有一定程度的買辦傾向，其他人還可能有更強的買辦傾向，這取決於個體與帝國主義關連的程度和性質。此外，一個人有可能在這個場合是買辦，在那個場合又是愛國者。實際上，一個人完全可以是看似矛盾的「買辦愛國者」——他可以與帝國主義者勾結，不惜犧牲部分主權，目的則是最終建成一個足以抵抗帝國主義擴張的強大國家。
>
> (Tsai 1981: 195)

蔡榮芳大幅扭曲了國族主義或愛國主義的定義，以至於它幾乎可以等同於「對帝國主義的屈從」。這樣一來，蔡榮芳簡直是要徹底顛覆「愛國華人」的常識性定義：也就是說，捍衛中國主權、反對一切帝國主義侵略的人。不過，此處我無意爭論，愛國之舉能否隱藏在危機形勢下常有的戰術性算盤之下。真正讓人驚異的是，像何啟這樣的人物——蔡榮芳自己也承認，何啟經常言行矛盾——竟然可以輕鬆自如地隨時恢復國族主義者的身份，即使這樣的恢復可能會稀釋「國族主義者」一詞的概念性含義。更有趣的事情是，蔡榮芳竭力保住何啟的愛國主義特徵，由此便不得不消解了「買辦主義」的含義。他宣稱，「買辦一詞可以用於客觀的描述，不一定帶有貶義，其重心可以放在買辦主義……的客觀根源上」(Tsai 1981: 195)。*

蔡榮芳闡明了何啟的行為確實具有的矛盾特徵，我絕不質疑他在這方面的寶貴貢獻。我的異議只是，蔡榮芳可能錯過了機會，沒能通過何啟的事例認清現代國族主義史學的一個範式危機。遺憾的是，在分析何啟的爭議性作為的時候，蔡榮芳使用的方法是重新定義相關的術語，藉此維持值得商榷的陳舊概念體系。有些時候，矛盾修辭確實可以成為某種韋伯式的「理念型」；但我認為，學者不應該把殖民矛盾性當作混淆概念的特許狀。蔡榮芳把何啟定性為國族主義者，為此提出的唯一文本證據似乎是下面這段文字：

> 我不是沒有民族[原文如此]自尊，也崇敬我的父母之邦，但我不能昧着良心，硬說法國人已經把侵佔的領土歸還我國，因為他們已經在河內以至越南全境得逞一切所欲，而越南在許多世代之中一直是中國的藩屬……我只能如實聲明，儘管我希望看到一個足可自豪的理由，但我必須承認，要不是法國人三心二意、不願多派幾艘戰艦和幾支精銳部隊的話，我肯定會為整個中華帝國的命運憂心如焚。
>
> (Tsai 1981: 205, 着重後加)

* 從現實政治的層面來說，香港有一種令人擔憂的傾向，那就是為「曲線救國」的人物辯護。這樣的傾向允許人們毫無原則地扭曲「愛國主義」的定義。香港有這麼一句俗語：「黑社會也可以愛國。」這條警句出自九七之前一名中國官員之口，因杜琪峰執導的電影《黑社會以和為貴》(2006)而膾炙人口。

然而，在蔡榮芳的下一段引文中，何啟對中國人的稱謂卻似乎是「他們」而非「我們」。何啟說道：

> 那些希望提高自身及本民族地位的中國人，首先得找出他們國家墮落的根由，然後再對症下藥。不能把太多的希望寄託於重組你們的軍隊、擴大你們海軍的規模，或者是你們的新式碉堡和槍砲。
>
> (Ho 1887: 3, 着重後加)

前引文章刊載於《中國郵報》，後者是外國社群的喉舌，表達的通常是香港歐裔人士的觀點。作為一篇出自華人之手的評論文字，這篇文章格外冗長，抨擊的是中國駐英國及俄國使節曾紀澤發表的外交政策聲明。曾紀澤希望重新確立中國對剩餘藩屬的帝國權利，而何啟在文章中駁斥了他的主張，並且輕蔑地告誡中國「先管好自家事體」。在稍後發表的文章中文版當中，何啟甚至寫道，「只有在中國覺得自己受到了徹底整治之後，她為管好自家事體而必須做的改變才有討論的價值」(Ho and Hu 1887; 着重後加)。

毫無疑問，蔡榮芳絕不是唯一一位覺得這些矛盾言論難以調和的學者；其他一些史家也曾產生類似的衝動，打算乞靈於對何啟心理狀態的臆測。然而，他們總是傾向於排除這樣一種可能：他們極力掩飾的破綻其實衍生於他們慣用的闡釋體系，後者的基礎假設是，主宰何啟心理的是他與生俱來的華人身份。換言之，何啟身上的矛盾可能反映着一種史學國族主義，這些史家的著述也是其組成部分。這個破綻要求我們拋開國族主義範式，拿出一種不同的解讀。關於這方面的問題，福柯曾經說，「矛盾既不是有待克服的表象，也不是有待揭示的隱秘法則。它們是有待原樣描述的客體」(Foucault 1972: 151)。更好的做法並不是解釋(或是消解)矛盾，或許是如實描述矛盾形成的話語條件。就我們這個例子而言，需要消解的是關於一位「愛國買辦」的國族主義建構。*

辮子的價值：華人身份的用場

儘管此類研究全都充斥着關於何啟愛國之心的論斷，我們卻永遠無法找到確鑿的證據，無法證明他曾經為自我身份的模糊性感到苦惱。他一直自稱為英國的華人臣民，或者是「華人血統的英國臣民」。1899年，貝斯福勳爵代表英國商會聯合會考察中國各大城市及香港的時候，香港的華人領袖出席了一次相關的聚會。包括何啟在內的八名列席者給貝斯福勳爵寫了一封信，其中寫道：

> 我們認為，英國政府掌握着一股巨大的力量，這股力量至今沉睡蟄伏，未盡其用——或者是因為有意的忽視，又或是因為無人想到。這股力量就是華人無可置疑的商業頭腦。只要向華人血統的英國臣民提供適當的組織形式和更大的鼓勵，他們就能成為大不列顛在商業事務上的左膀右臂，幫助大不列顛維持她在中國的優越地位，無懼敵人的競爭和陰謀詭計。我們謹此建議，將英國的華人臣民派往中國內地，讓他們盡可能地爭取貿易機會，充當各個商會

* 在極為可讀的《香港人之香港史》(Tsai 2001)一書中，蔡榮芳雖然保留了關於何啟的矛盾修辭，但卻對親共的「愛國主義史學」提出了中肯的批評。在我看來，這更多是一個史學範式問題，不牽扯個人的政治傾向。

的**商業探子**，或是充當活生生的通訊渠道。把這些精明的商人嚴密地組織起來，指示他們在各自的貿易範圍內打探消息，必要時還可深入內陸，以及任何指定地區，這樣一來，他們就可以創造奇蹟，協助維持大不列顛的商業霸權。

(Beresford 1899: 231, 着重後加)

何啟之類的華人領袖之所以對英國華人臣民可望充任的商業探子角色如此自信，原因是華商對市場的供需狀況有着透徹的了解。他們信誓旦旦地告訴貝斯福，他們可以充當中間人，「考察那些歐洲人一去就會惹起懷疑的地方；在那些外國人一去當地人就會閉嘴的地方打探消息」(Beresford 1899: 232)。但他們強烈建議，作為中間人，他們必須保持華人面目——就算其他方面不像，外表至少要像——因為「內地華人願意和擁有華人血統及華人裝束的英國臣民交流觀點，外國人卻只能得到不情不願、小心翼翼、吞吞吐吐的回答」(Beresford 1899: 232)。

作為華人同謀之中的佼佼者，何啟還擁有自由轉換身份的便利，並且對每一種身份的使用價值瞭如指掌。事實上，前述八人向貝斯福勳爵抱怨的第一件事情就是華人文化外觀的損失。他們所説的損失是因為英國頒布了政策，在中國內地的華人臣民要想得到英國的保護，那就必須遵守外表有別的規定：比如説，他們得剪掉辮子，還得改變久已習慣的穿着方式。可想而知，前述八人是香港最顯赫的華商。他們強烈主張，成員普遍留辮子的廣大華人社群應當考慮保留華人文化特徵的好處。然而，同樣強烈的是他們發出的懇切呼籲，那就是英國應當保護華人臣民免受腐敗忌刻的滿清官員的侵害，這些華人參與公共事務的勇氣取決於他們的英國臣民身份能否得到有效的維持。

簡言之，何啟等英國華人臣民最想要的就是一種雙重身份：文化上是華人，政治上則是英國人。殖民主義心理學往往把所謂的「分裂意識」描繪為甦醒的內疚和內心的矛盾(例見Memmi 1967; Mannoni 1990)，不過，這裏的情形並不涉及甚麼分裂意識，只關係到一張穿梭於兩個世界的通行證。為了說明這張雙重身份通行證的必要性，前述八人拿出的理由是大英帝國需要擴張商業版圖，而帝國的華人臣民恰恰可以滿足這個「深入」中國內陸的需要。換句話說，這種雙文化格局只有在殖民主義條件下才能運轉良好。何啟如是總結了英國華人臣民和大英帝國之間的天作之合：

> 有了這些華裔英國臣民的支持和善意，再加上厘金[運輸稅]壁壘和其他可惡海關規條的撤除，英國的貨物就可以憑藉優越的運力供應中國市場，**英國的商業利益也將在中華帝國遍地開花**，**使整個中國徹底成為英國的勢力範圍**。由於大不列顛是一個自由貿易的民族，這樣的局面可以被視為「門户開放」的同義詞。
>
> (轉引自Beresford 1899: 232, 着重後加)

在關於中國之行的記述中，貝斯福勳爵總結了八國聯軍入侵前夕的中國局勢。聯軍入侵是為了鎮壓義和團叛亂，因為參與叛亂的中國人殺死了無數的傳教士，摧毀了許多外國產業(參見Esherick 1987)。聯軍將清朝皇帝趕出了北京，入侵的歐洲軍隊還燒毀了慈禧太后的頤和園；那時候，要不要摧毀中國的政府結構，對於歐洲列強來說只是個政治意願問題，並不是能力問題。貝斯福把他發表的中國之行報告命名為「中國之瓜分」

(Beresford 1899)，可說是時勢的一個徵兆。何啟倡導的是英國人也青睞的門戶開放路線，在為自己的主張辯解的時候，他並沒有拿出甚麼明顯帶有愛國主義色彩的理由。他只是指出，另一個選項——也就是瓜分中國——只會造成歐洲列強爭先恐後搶奪勢力範圍的局面。何啟等香港華人精英向貝斯福勳爵保證，門戶開放選項最符合大英帝國的利益，因為大英帝國擁有華人的信任，後者會幫助英國人，不幫助其他列強。門戶開放選項會實實在在地把整個中國變成英國的勢力範圍。

義和團運動造成的亂局結束之後，大清帝國仍然處於任由入侵八國宰割的地位。即使不能斷言，我們也不妨推測，英國人的克制表現正是因為聽從了何啟的建議。不過，何啟這個十分誘人的「愛國」呼籲本身就可以表明，在中國面臨當代史上最嚴峻危機的時候，香港最重要的華人之一對於中華民族的氣節有着怎樣的認識和思考。

熱心共謀者眼下的殖民主義

何啟在1898年發表的系列文章中大力倡導開明君主制，幾乎使得相關領域的所有史家把他歸入了溫和改良派的行列。然而，這樣的歸類並不意味着何啟不宣揚乃至不容忍中國發生激烈變化的前景。英國對清帝國行政權力的接管，才是他堅持不懈的要求。實際上，在撰寫呼籲改革的文章之前許久，何啟曾經協助主張革命的興中會組織第一次會議，他的學生孫逸仙是興中會的活躍分子(Tse 1924; Schiffrin 1968; Rhoads 1975; Choa 1981; Tsai 1993)。義和團叛亂於1900年爆發之後，何啟曾經與其他一些革命黨人聯手，密謀勸說兩廣總督李鴻章宣佈華南獨立。何啟的任務是爭取港督卜力(1898–1903)的贊同和支持。他們草擬了一份發給外國的宣言，名為「和平管治章程」。這份文件詳細說明了接管華南治理權的計劃，包括組建議會的提案，在外國列強監護下重組中國各級政府的提案，向外國所有商業利益開放中國的提案，以及按西方模式建立學校及司法體系的提案。由於李鴻章的猶豫不決和倫敦方面的冷淡態度，這一計劃沒能付諸實施(Schiffrin 1968: ch. 7)。

草擬前述宣言僅僅一年之前，何啟還在給貝斯福勳爵的信中公開反對了瓜分中國的選項。他本來捍衛中國的統一，如今卻轉變為煽動各省獨立，不變的則是堅持要求中國遵從大英帝國的指引。一些學者可能會把此舉解釋為意在防止中國崩潰的愛國行為，但按何啟本人的看法，這不過是盧吉的間接管治希望達成的最佳成果：同謀在主子的幫助下治理中國，效果會比西方列強自己動手要好。前述的華南獨立宣言流產之後僅僅一個月，何啟在《中國郵報》發表了一封寫給英國人的公開信，如是總結了自己的觀點：

> 你們不能只拿下北京，還要拿下那些不法的滿清官吏，以及與之勾結的拳匪首惡……你們想必都十分贊同貴國外務次長以大無畏精神提出的原則，即中國應當由中國人治理，不應遭受外國列強的瓜分。你們不願把中國變成印度，與此同時，你們切不可走向另一極端，對中國撒手不管，任由她繼續走以前的老路。
>
> (Ho 1900; 轉引自 Choa 2000: 229，着重後加)

除去上引文字中的熱情呼籲之外，今天的讀者還會驚訝不已地發現，在這封言之鑿鑿的公開信當中，何啟以多麼雄辯的方式逐條駁倒了種種謬見，因為這些謬見可能會使英國人的行動變得不那麼「有力、堅定和無畏」。遭到何啟駁斥的謬見包括：是外國傳教士的輕舉妄動激怒了天朝百姓，導致了拳匪的屠殺暴行；拳匪暴行的起因是基督教和中國古老信仰之間的深刻文化差異；中國人的怒氣是因為傳教士的宗教場所男女雜處，不符合中國的禮俗，如此等等。在逐條駁斥謬見的過程中，何啟還大費周章地解釋，西方人對中國人的這些認識是多麼地悖離事實。國族主義者會把這封公開信解讀為何啟愛國的證據，認為它為傳統地道的中國形象進行了辯護。然而，列出中國的這些「正面」形象之後，何啟卻向外國人發出了邀請，希望他們將他們的開化使命進行到底。

何啟急不可耐地駁斥了歐洲人對拳匪及其暴行的看法。他堅稱，此類偏見——今天我們可能會說它們帶有「東方主義」色彩——掩蓋了拳匪暴行的真正起因。接下來，他把矛頭指向腐敗的滿清官員和保守的士人，說他們害怕「善政的原則、改革的必要性、人身自由的權利以及[反抗]苛政[的權利]。」何啟讚揚了傳教士傳教活動的內容和誠意，因為中國人通過它們才懂得了這些原則的價值。不幸的是，這些原則嚴重地威脅到了利用民眾的愚昧和迷信來牟利的官員。在何啟看來，拳匪不過是騷動起來的未開化民眾，他們背後的主使是官員和極端保守派，比如慈禧太后及其盟友。* 何啟點出了「白人的擔子」，強烈敦促英國人接管中國的行政權，協助改革中國政府。他極力勸說英國人干預這件事情：

---

* 義和團叛亂的複雜性質可參見(Esherick 1987)。

> 你們只是在中國發財致富，但卻不做點事情來改善中國民眾的悲慘處境，會不會顯得非常自私呢？你們的宗教和文明，難道不要求你們做得更多嗎？
>
> (Ho 1900: 3, 着重後加)

何啟請求英國和美國「幫助中國民眾擺脱壓迫性腐敗政府的桎梏」(Ho 1900)。他這個願望如此強烈，以至於聯軍如果只滿足於與中國議和，他就會大失所望。何啟宣稱：

> 你們與中國政府達成了空洞的和約，索取了賠款，簽訂了新的條約，增加了幾個通商口岸，割佔了更多領土，由此已經捍衛了自己的榮譽，但如果你們從此就讓滿清政府自行其是，仍然是行不通的。
>
> (Ho 1900: 3)

何啟要求英國人不要受「生手或利益團體」的愚弄，不要相信中國需要一個強大的華人中央政府，需要紀律嚴明的龐大軍隊來充當中央政府的後盾，同時維持境內秩序。如他所說，「教導頑劣兒童使用火器，或是把危險的武器和器具塞到他們手裏，在任何時代都是既愚蠢又危險的事情」(Ho 1900: 3, 着重後加)。何啟在此處毫不掩飾地使用了殖民修辭，以成人–兒童之別來比擬英國和中國的關係。這種十分流行的殖民修辭認為個體發展可以代表種系發展，個體的成長過程反映了種族或社群的發展歷程。何啟不光把自己徹底擺進了殖民者的種族主義幻想世界，還讓自己感染了曼根所説的「教師綜合徵」(Mangan 1985: 112)：在他看來，中國人可能需要好好地接受英國公學式的紀律教育。

另一種極端論調是改革之後的中國會變得無比強大，足以威脅整個世界。何啟駁斥了這種論調，堅稱中國民眾具有愛好和平的天性，口氣很像南迪(1983)對「孩子樣」(純真可愛，易於接受有助於走向成熟的教育)和「孩子氣」(蒙昧野蠻，需要加以控制和專斷管治)所做的區分。為了打消外國列強對「黃禍」的恐懼，何啟指出，中國其實只是「孩子樣」。不過，十分有趣的是，何啟還試圖勸說英國人相信，外國列強對中國的干預是不必要的。他說：

> 不同省份的中國人各自都有幾個與眾不同的特徵，長遠看來，他們更有可能分裂成一些獨立的邦國，而不是聚合為一個龐大的國家。
>
> (Ho 1900;轉引自Choa 2000: 230)

在何啟看來，雖然中國終歸會四分五裂，幫助中國推行改革仍然是一項崇高卻艱巨的事業。為了減輕英國人對白人重擔的畏難情緒，何啟循循善誘地提醒他們，「許多有才有智的中國子民都對這件事情十分熱心」(Ho 1900; 轉引自Choa 2000: 230, 着重後加)。如我在此前章節所說，何啟曾把他關於中國崩潰的預言付諸行動，手段則是在革命黨的幫助及港督卜力的贊同下策動華南獨立。

大多數關於何啟的論著當中都沒有前面這些引文，而這些引文清晰表明，何啟對於民族、愛國主義和帝國主義的觀念迥異於現代中華國族主義史家對這些詞彙的通常定義。* 說何啟

* 只有蔡永業(1981)的何啟傳記大段引用了何啟致英國人的公開信，但仍未引用我在此處引用的許多關鍵言論。

的思想矛盾難解，等於是無視另外一種解讀，這種解讀可以幫助我們理解二十世紀的殖民史，理解這段殖民史如何催生了一種新型的殖民心態。我們不妨把這種新型心態稱為熱心同謀的殖民主義。何啟不只是英帝國主義的犧牲品，不只是一個面臨巨大心理矛盾的雙重身份持有者。與此相反，作為第一位華人新教牧師的兒子，何啟或許是盧吉所說的「土著紳士」(見第三章)的典範。何啟充分甚或過度地認同了英國的帝國主義理念，所作所為不止是體現了英國對中國的開化使命與商業目標之間的鴻溝。他對殖民主子那句令人瞠目的詰問——你們的宗教和文明，難道不要求你們做得更多嗎？——顯然不止是霍米．巴巴所說的那種回應殖民者注視的時刻(Bhabha 1984, 1994b)。他這句詰問是一聲抗議，是對殖民權威的確認和再確認；最重要的則是，這句詰問還是一次「對於宰制進程的戰略性導引」，而不是巴巴總結的那種對於強硬注視的一次「戰略性逆轉」。勾結共謀的殖民主義並不是殖民者和被殖民者的簡單二元結構。* 共謀者的殖民心態絕不是被動的矛盾心理，也不是無意識、無主體顛覆行動的話語形式；這種心態的背後是各種條件，在這些條件的作用之下，共謀主體性的形構放大了殖民者的價值觀。

共謀者的殖民主體性

巴巴的後殖民分析方法側重解析殖民話語無作者重複的

* 針對巴巴的批評，可參見(Parry 1987); (Loomba 1991); (Ahmad 1992); (Parry 1994)。阿赫默德極力攻擊巴巴的「話語偏離」。羅伯．揚則為巴巴辯護，理由是巴巴雖然側重於「[新]殖民主義的話語建構，但並未尋求取代或排除其他分析樣式」(Young 1995)。

「回溯」效應，但他顯然掩蓋了共謀者的主體性。在《後殖民與後現代》一文中，巴巴正確斷言「文化及政治身份是通過差異性進程建構的」(1994a: 175)。基於這一論斷，他接納了後殖民的差異替補特權，以便「在國族空間之內及國族之間確立並延展一個新的勾結共謀式維度」(1994a: 175)。然而，他過早地宣稱「『西方』在炮製殖民觀念的過程中遭遇了某種挫敗，甚至遭遇了無法克服的障礙」(Bhabha 1994b: 175; 着重後加)，由此便割斷了差異性進程的文化邏輯。從何啟的例子當中，我們可以看出，共謀者對殖民話語的重複並不會挫敗作為殖民性權威的西方，只會催生共謀者對殖民話語的各種不同運用。

巴巴認為，勾結共謀只是一種以文本為基礎的現象；共謀者只會以回溯的方式顯現。從這個觀點出發，他忽略了那些真正的共謀者，後者的主體性通過有意識干預的進程得到發展。共謀者借用殖民話語來定位共謀者的(同胞)他者，由此便篡取並放大了西方的權威。說到香港的曖昧殖民遺產，人們也許會受到巴巴的啟發，努力尋找殖民者和被殖民者之間的「第三者」，以便闡明香港的文化特徵。但是，如果把香港的勾結共謀式殖民主義擺到前台，我們就不應該再把「第三者」當成一個不受真實的差異性進程濡染的乾淨區域。在香港，「第三者」或「第三方」在共謀主體性建構當中的運作方式仍然要以排除、吸納或遏制他者為前提。西方「不能撒手不管」的中國，或者是以「耍弄火器的頑童」面目出現的中國，便是何啟的他者。對於作為主體的共謀者來說，差異替補政治並不意味着土著向主子作出回應，由此取代或動搖主子的權威，而是意味着土著將殖民者的權威導向他者，由此鞏固而不是削弱殖民權力。

換言之，殖民話語一方面是迫使被殖民者默然順從的文化－權力約束，一方面也允許其共謀人行使代理權。具體說來，香港殖民地知識階層所處的殖民環境並不能輕易地使他們受困於兩難的局面，也不能使他們為自己的文化身份苦惱不已。事情的真相是，這樣的殖民環境使得殖民地知識階層可以在兩種相互競爭的帝國體制之間左右逢源。* 從這個角度來看，我們也許會明白，在十九世紀最後的二十年裏，英國人之所以縱容這個知識階層，既是因為英國改變了殖民治理的策略，也是因為這個知識階層主動把自身的文化資本投入任意一個帝國體系，或是同時投入兩個帝國體系。正是這個事實把香港的殖民主義變成了一門共謀合作的產業。在這種勾結共謀式殖民形構當中，對殖民話語的創新運用不一定會構成只涉及西方和非西方的話語抵抗或宰制。習用的殖民話語可以得到形式多樣的再利用，由此確立新的差異性關係，在同一時間模糊並凸顯自我與他者之間的區別。此外，人們對這些話語的運用總是會牽涉到具體背景下的各種權力導向策略——超越了西方與非西方的嚴格分野。

我已在本章闡明，勾結共謀的殖民主義興起於十九世紀晚期及二十世紀初期，既是一種文化形構，又是一種權力形構。這兩種形構制約了國族及國際資本與觀念的新流向。從十九世紀晚期開始，勾結共謀式殖民主義的特徵不再是直接的殖民管治，而是軍事及經濟手段主宰之下的商業，牽涉到各種類型的

* 另一個例子是伍廷芳。他去倫敦的林肯學院求取律師頭銜，不只是因為他在充當法庭譯員時嚐到禍種族歧視的苦頭，由此作出了個人選擇，還與改良派官員郭嵩燾和劉錫鴻大力延攬西方法務專家有關。他為薪酬的事情苦苦爭執，最終拒絕了他們的延攬。他作為第一位華人立法會議員的殖民政府生涯始於1877年，其時正值購買土地的投機熱潮，他也參與其中。土地投機於1882年突然崩盤，致使伍廷芳債台高築，於是他再度投向了李鴻章(Shin 1976)。

殖民社會代理。其中的一個關鍵類型是殖民地知識階層，這些人不僅代表着西方帝國主義勢力的利益，而且大張旗鼓地把這種代理權轉化為一種新的意識形態，預示了一種特殊的國族主義——它可以呈現出重商主義的面目、革命的面目或是混雜的面目。由此看來，我們絕不能想當然地劃定國民的範疇。中華國族主體的統一性往往是國族主義史學的預設，但我對何啟的分析已經表明，這種統一性存在疑問。對這種統一性的史學預設往往會掩蓋勾結共謀的殖民主義及其連帶主體性的存在。如果有意重新剖析香港與中國共和革命之間的聯繫，學者就應該重估何啟這個人物。這樣的重估可望帶來對於現代中華民族的一些新穎而有益的認識。

第5章　中華文化國族主義與華南地方主義

與時下流行的「一個中國」觀念不同，地方主義其實是民國初年中國政治的一個關鍵主題，因為在蔣介石於1926年領導北伐之前，中國並沒有穩固的中央政府。從一定程度上說，持續不斷的地方紛爭是晚清政局的一種延續。華南各省基本上不受清廷的控制，各種勢力都可以把它們用作新計劃的試驗田，比如說，改良派曾嘗試在這裏建立西式體制，革命派也曾在這裏發動返鄉僑民。從這個方面來看，華南各省還是各種政治勢力爭取外國列強支持的場所。與此相反，華北各省處於傳統帝國官僚的掌控之下，因此便保持着文化和政治層面的相對統一。1911年的辛亥革命提高了華南各省的政治地位，標誌着南方勢力的崛起。在1913年出版的流行書籍《遊歷中國聞見擷要錄》當中，作者如是寫道：

> 中國人有句俗話，「新事都從廣州起」。就政治事物而言，這句俗話尤其真確。正是這座南方城市的狹窄街道醞釀了導致最近革命的種種謀劃，而在那場短暫卻富於戲劇性的鬥爭中，唱主角的也正好是廣東人。
>
> (Crow 1913: 178)

然而，華南在政治上的顯赫地位並不意味着華北傳統主導地位的終結——後者的主導地位由來已久，形成於往昔的帝國時代。宣統皇帝於1911年遜位之後的十五年裏，一直沒有一個完全合法的民國政府。袁世凱掌握着北方的幾個軍事派系，孫逸仙則把廣東佔為據點。手握雲南和廣西軍隊(名為「客軍」)的一些軍閥實際掌控着廣東，僅僅向孫逸仙表示了口頭的忠誠(MacKinnon 1973; Lary 1974; MacKinnon 1980; Sutton 1980; Lary 1985)。* 這一時期的政治特徵是大體上的南北對峙，各派系軍閥之間的軍事衝突連年不斷。面對這種形勢，知識分子致力於尋找出路，以期解決相關的政治問題，組建一個有效的中央政府來貫徹符合他們口味的共和憲法。一些人反對以強力中央權威維持中國一統的古老帝國理念，覺得聯邦制度才是中國實現真正民主的根基，因為他們認為，地方自治可以為地方民眾的參與提供便利。他們倡議把地方自治當作未來統一的預備階段，在這個階段，各省可以自行制定地方憲法。這種穩固的省級自治將會為關於聯邦制中國政府架構的磋商奠定基礎。在名為「新廣東」的小冊子當中，歐榘甲呼籲廣東自治(Ou 1981)；另一個共和革命黨人楊守仁也附和歐榘甲的觀點，在類似的著作當中倡議湖南自治(Yang, S. 1981)。此類文獻普遍使用的詞彙雖然是「自治」而非「獨立」，但卻極力倡導各省實行不受約束的地方治理，以後才通過「聯省自治」聯合起來(Li, Jiannong 1956: ch. 13; Chesneaux 1969; Schoppa 1977; Hu 1983; Li, Dajia 1986)。這些倡導聯省自治的人認為，聯邦制的中國才是進步政治的體現，並且認為，地方自治的原則與主權民享的觀念緊密相關(Duara 1995: ch. 5, 6)。

毛澤東於1920年代初期加入了湖南的獨立運動，當時他甚至提出，「中國」(中央之國)這個概念暗示着中樞掌控之下的

* 關於這段歷史和國民黨的演變，可參見(Friedman 1974)。

統一，因此是民眾苦難的根本原因(Mao 1920b, a, c; McDonald 1976)。*

華南與香港有着緊密的經濟及文化聯繫，地方自治的訴求在這個地區深入人心。舉例來説，曾任廣東都督的粵軍總司令陳炯明曾打着「粵人治粵」的旗號驅逐入侵的廣西軍隊。陳炯明是無政府主義和社會主義的熱心擁躉，但又對以民主聯邦制為基礎的中國統一有着詳細的設想(Chen, Jiongming 1928; 亦見Tung-yueh-fou-sheng 1922; Duan 1989)。在主政廣東的短暫時間裏(1912及1913年)，他實施了一些相當引人注目的改革，得到了香港居民和殖民政府的讚揚；然而，孫逸仙在滇系及桂系軍隊的幫助下趕走了他(Chan, L.K.C. 1990: 151–152)。

中國國族主義的這些地方主義或地區主義版本都沒能捱過北伐，北伐由國民黨軍隊發起，目標是把所謂的軍閥——包括孫逸仙曾經的盟友陳炯明——掃除乾淨。國民黨領導層認為，肆虐中國的一切混亂都是由這些軍閥造成。孫逸仙日益寄希望於一場新的革命，為此創立了黃埔軍校，以便建設一支布爾什維克式的軍隊。他逐步放棄了早期持有的漢人國族主義立場，不再主張滿漢分治，轉而強調權力屬於脱胎於革命黨派的國家。他重新界定了中國國族主義的目標，指出這一事業不僅屬於漢人，還屬於作為一個獨特種族的所有中國人，這個種族內部不存在無法逾越的民族差異。按照這種思路，宣揚地方差異的人等於是在為軍閥提供口實。

這樣一來，秉持中央集權主義的孫逸仙認為，中國既是一個沉睡的強權，需要高效的國家來引導它走向甦醒，又是一個

* 「中國」這個名稱是現代中國的一個辯題。改良派和革命派在這個方面抱持着不同的立場，相關評述可參見(Wang, E.1977); (Shen 1997)。

業已統一的國族主體，只待他的政黨和政府來充當它的代表(Fitzgerald 1995, 1996: ch. 3–5)。如今的孫逸仙反對有悖於統一國家需要的地方情愫；如果統一的國家尚未成為現實，就應當有一個政黨來行使權力和意志，把這樣的一個國家創造出來。孫逸仙的這一思想轉變，體現在他按照布爾什維克的模式改組了國民黨；他對蘇聯的興趣還促使他推出了一項爭議性的政策，允許共產黨員加入改組後的國民黨。在1924年1月的國民黨第一次全國代表大會上，孫逸仙表示，他不再主張「以黨治國」，轉而主張「以黨建國」(Li, Jiannong 1956: 617–618)。

孫逸仙徹底轉向中央集權主義，使得他的許多老朋友驚訝不已，尤其是海外華人、黨報報人和專業政客當中的國民黨黨員(Fitzgerald 1982)。老黨員成批脱黨，因為他們擔心，孫逸仙會把他們認定為這種新型激進國族主義的敵人，或是與帝國主義者串通一氣的軍閥，進而把他們列為打擊目標(Fitzgerald 1989)。

這股激進國族主義風潮席捲了香港，例證便是1925至1926年的省港大罷工。* 孫逸仙利用反帝國主義情緒來反對廣東的聯省自治運動領袖陳炯明，指責陳炯明背叛了辛亥革命，還與港英殖民當局沆瀣一氣(Chen, L.H. 1988; Chen, D. and Gao 1997)。**

---

* 為了抗議英籍巡捕對上海租界示威者的屠殺，國民黨內的激進勢力，包括初生的中國共產黨，組織了多次全國性的抗議和抵制活動。香港和廣東的工人都參加了隨之而來的大罷工。省港大罷工持續了一年多，極其成功地展示了動員起來的貧苦大眾的力量(Chung, L.C. 1969; Chan, M.K. 1975; Chan, Lau K.C. 1990; Yu and Liu 1995: ch. 6)。然而，這次罷工加劇了國民黨內左右兩派的矛盾，最終導致了清黨運動(Chan, Lau K.C. 1999: ch. 4, 5)。

** 從國民黨官方歷史的視角來看，陳炯明不過是一名封建軍閥。國民黨和中國共產黨的官方歷史都把1924年的廣東商團事變指為陳炯明對孫逸仙的背叛，這次事變導致孫逸仙徹底拋棄了原先的政治路線，着手發動民眾革命。然而，一些人依據新發現的歷史文獻提出了一些新闡釋，前述論斷受到了嚴重質疑。參見(Hsieh 1962); (Chen, D. and Gao 1997)。

簡言之，1920年代的激進中華國族主義打破了買辦–商人社群、歸國華僑、香港殖民當局和華南民國政權之間舊有的和諧關係，取而代之的是一種新型的勾結共謀關係，這種關係超出了前一個時期劃定的界限。

殖民傳統主義：金文泰的餘緒

晚清的革命黨以推翻清王朝的政治權力為首要奮鬥目標，與之不同，1920年代興起的中國新生代激進分子在文化層面和政治層面同樣激進，並且始終如此。他們中的一些人參加革命黨是為了實現自己的政治目標，另一些人則對政黨腐敗行為或既有政治體制提出了激進的文化批評。

使年輕知識分子從風而靡的是「五四新文化運動」倡導的文化激進主義(Chow 1960)。文化在現代國族主義政治中的角色變成了一個緊要問題，原因是1919年的抗議經歷使得學生們相信，以往的政治改良和革命皆以失敗告終，罪魁禍首是古老的中國傳統，尤其是儒家道德教條。這樣一來，年輕知識分子深信不疑，徹底重構中國文化是國族主義鬥爭必不可少的步驟。經由一系列的文學、藝術及生活方式革命，他們試圖擯棄傳統學問和古老課程。舉例來說，五四知識分子大力推廣一種新的書面文字(白話)，用以取代傳統的文言。*

循其所本，新型的中華國族主義意識形態都是從北邊引進的，同時打出了反帝國主義和反封建主義的旗號。香港華人精

* 馬建忠是第一個嘗試用拉丁語法概念描述中文的學者(Ma 1898)。1919年的五四運動之後，人們對使用白話產生了巨大的興趣。黎錦熙的《新著國語文法》影響很大(Li, Jinxi 1924)。語言學家趙元任也是白話運動的重要推動者。

英大抵都能感受到這些風潮的威脅，他們的反應是牢牢抱緊中國的傳統價值觀和學說。英國殖民當局同樣希望維持香港的現狀，於是也積極參與，幫助捍衛「中華傳統主義」(Pennycook 1998: 123)。1925至1926年的省港大罷工之後，布政司署首席文案羅旭龢對港督金文泰談到了中文學校歐洲督學的職守，強調香港政府必須小心監管中文教育，因為中文學校已經變成了「騷亂的溫床」。依照他所說的從馬來亞撿來的「經驗」，金文泰宣佈，政府不光要設置英籍督學來防止反英觀念的蔓延，還要直接干預中文課程，以便加強中國傳統教育。他寫道：

> 香港的華文教育似乎不完全符合應有標準。儒家倫理教學日益遭到忽視，生活的物質層面卻得到了過多的關注……這樣的體系應該着意強調儒家倫理，因為在中國，儒家倫理很可能是療治布爾什維克有害教條的最佳藥物，並且肯定是最有說服力的保守課程，以及最偉大的勸善力量……**把錢用來培養年輕人心中的中華民族保守觀念，不光是用得其所，還能帶來最佳的社會保障**。
>
> (CO 129/455–456; 轉引自Pennycook 1998, 着重後加)*

殖民政府迅速採納了這一政策，大力倡導尊卑、忠誠、順從等中國傳統觀念，藉此抵禦紛紛崛起的各種激進思想，包括中華國族主義及與之相對的共產主義。按照陸鴻基的記述，香港華人精英很快就與英人當局聯手，着手在香港建設保守傳統的中華性堡壘(Luk 1991: 659)。金文泰既是長期主政香港的管理者，又是理雅各創辦的士官生訓練的優秀學生，具有良好的東

* 「CO」指殖民地部檔案。

方學養。他研究中國民歌，廣東話也講得很流利，興許是在香港推廣中國傳統文化的最佳人選。按照陸鴻基的說法，他曾於1927年在總督府舉辦茶會，幾乎悉數請來了香港資望最高的一批士人——這些人擁有科舉功名，還曾在現已滅亡的大清帝國任職。這個古老士人階層的成員在共和主義的崛起過程中失去了地位，又在席捲全國的五四新文化運動中遭受了進一步的冷落，因為五四運動鼓吹「科學與民主」，要求「消滅儒家思想和封建主義」。然而，港英殖民政府不光把他們奉為上賓，還把他們視為負有重要文化使命的人物。陸鴻基如是描述金文泰會見這些資深華人士人的場面：

> 他用粵語演講歡迎這些顯要人物，稱頌中國的傳統學問和道德，極力強調華人應該珍惜祖先的學問，遵循祖先的道德準則，不要去追隨外來的時髦風尚。他邀請這些人和他一起參與向年輕一代闡發傳統學術的計劃，好讓年輕人懂得如何在全世界追隨並發揚中國的道德和學術，以便消除所有不利於外國人和華人相互理解、締結友誼的障礙。
>
> (Luk 1991: 659)

與金文泰利用中國傳統文化及學術的措施相伴隨，政府積極干預中文教育，一所新的官立中文學校由是應運而生。再後來，1935年的賓尼報告建議政府改變以英語為主導的「單線體制」，呼籲為初等中文教育提供更多的公共贊助，以便通過中文教學確立保守的道德權威。為了支撐這種雙重體制，香港大學於1927年設立了中文學院。該大學以英國的大學為樣版，設立這種學院是史無前例的事情；不過，中文學院也是一個戰略性的舉措，因為它幫助制訂了香港學校所需的中文課程。

華人傳統主義者和殖民當局達成了共謀關係，後者聘請前者在香港大學擔任有名有利、舉足輕重的職位。華人士人在那裏擔任院長、教師和圖書館員，這個圈子的高級成員甚至與校長康寧一起去周遊東南亞，為中文學院籌措資金(Lo, H. L. 1961)。在二十世紀初期，東南亞富裕華僑的捐助是中國各個教育項目的重要資金來源。陳嘉庚便是其中顯例，他在福建的通商口岸廈門斥巨資興辦了廈門大學(Yang, J.F. 1980; Yong 1987; Chen, Jiageng 1989; Li, Y. 1991; Tan 1994)。通過捐助教育項目，富裕華僑可以與中國的統治集團搭上關係。人們普遍認為，這類捐助是以往那些「政治投資者」所從事的類似活動的延續，後者捐資支持晚清的改革，或者是地下革命活動(Chung, S.P.Y. 1998)。在較早的年代，康有為之類的改良派和孫逸仙之類的革命派都曾爭取海外華人的資金支持，兩派都從這種支持當中獲得了巨大的好處。中華民國建立之後，各種教育項目得到了海外華人提供的大筆資金。然而，這類投資都是有條件的：相關的教育項目通常必須倡導特定的文化理念，這些理念可能與中國境內的流行理念一致，也有可能不一致。辛亥革命之前，康有為極力倡導把儒家思想定為國教，為的是推動在中國實行君主立憲制的計劃。諷刺的是，由於康有為的熱情鼓吹，儒家情愫深入人心的地方並不是中國大陸，主要是海外華人社群。這樣一來，到了1920年代，海外華人財團又為儒家思想開闢了渠道，使之得以重新進入中國。金文泰只是利用了這些資源來保護香港，使它免受激進中國國族主義可能帶來的損害。

我們由此看到，歷史形成的各種中華文化版本在香港展開了決鬥，因為香港是過去與未來的交會點：從大陸湧入香港的新知識分子崇奉現代主義理念，海外華人卻緊抓着據稱源自儒家的傳統根柢，一意維持中華身份。秉持西方現代主義的志士希望徹底改變整個中國的面貌，年邁的儒家學者則希望向學生傳授文言，只讓學生學習寫作古典詩詞，兩派形成了對峙。關於中華性的這些競爭性理念，致使激進的華人知識分子和華僑支持的保守教育建制發生了頗具傳奇色彩的衝突。舉例來說，接受廈門大學的教職之後，魯迅很快就與林文慶發生了尖銳的衝突，導致該校的年輕講師大批辭職(Hong 1990)。第一次造訪香港大學的時候，魯迅的怨恨依然不解，因為他親眼看到，香港已經變成了過時無用的文學風格的避難所(Abbas 1997: 112–116)。*

中華性的殖民建構

學者們普遍注意到，就印度的情形而言，區分本族文化和西方文化的訴求「伴隨着一種追求現代性的抱負，這種抱負只能用歐洲文化的後啟蒙理性主義來界定」(例見Chakrabarty 1987)。按照查特吉(1986)的看法，國族主義思想的每一個發展階段都明顯包含着這些相互矛盾的訴求。為了應對此類矛盾，國族主義思想必須在每個階段為所在民族界定一個終極的自我參照。在《國族主義思想與殖民世界》一書中，查特吉着手追溯界定印度民族自我參照的各個不同階段(Chatterjee 1986)。不過，我在此處的興趣既不是探討中華國族主義能否依據類似的一個線性階段序列，也不是探討中華民族的各種自我參照能否得到界定。與我此處的分析直接相關的問題是，在興起於海外

* 最讓他惱火的是金文泰對一首國族主義詩歌的借用，這首詩原本是為共和革命黨人反抗滿清的鬥爭而寫的，竭力提醒讀者不要忘記漢族和漢文化的輝煌(Abbas 1997: 112–116)。

及大陸的各種中華性觀念發生碰撞的過程中，現代中華國族主義的內在矛盾在哪些場合表現得最為明顯。此外我還想闡明，中華性的這些不同觀念如何與殖民權力的不同版本交織在一起。

1920年代，各種中華性版本之所以會在香港遭遇並展開競爭，原因是英國殖民當局的干預。在二十世紀頭二十年的盧吉執政時期，香港的教育機構不過是政府的工具，金文泰在1920年代推行的教育政策卻讓香港的教育走上了另外一條道路，使得香港越來越深地捲入了中國的文化和政治。金文泰執政後的香港教育體系不再遵循盧吉的模式，即在英語環境及英人指導下培養「土著紳士」，而是捲進了一場激烈的爭論，即華人身份在香港乃至中國其他地方究竟該是甚麼意思。中國大陸的年輕國族主義–現代主義者認為，中國士人的古老傳統業已過時。香港的殖民政府卻保存了這一傳統，事實上還復興了這一傳統，把它用作平息激進國族主義浪潮的工具。不過，我們不能過早地得出結論，認為從盧吉到金文泰的變化標誌着殖民者遠離了盧吉種下的帝國主義理念，原因在於，盧吉的間接管治方針也包括倡導傳統觀念的做法，只要它有利於殖民治理。金文泰只做了一個創新性的改變：香港建構中華性的基礎將會是一種中華傳統，亦即高雅士人傳統。事實上，這種高雅士人傳統是香港前所未有的事物。

金文泰倡導中國傳統道德的政策來得太晚，無法抵擋現代中華國族主義的洶湧勢頭。事後看來，這一政策不過是為英國影響中國服務的一種拙劣策略。遠為宏偉的一種策略是向中國注入一整套科技知識和人文知識，以使中國走上現代化的民族國家建設進程，與此相比，英國人的策略既怠惰又小器。美國人投入巨資為中國學生提供去美國留學的機會(Christian

Education 1922)，與之形成鮮明對比的是，香港大學在1920年代末期陷入了財政危機，原因則是英國政府無視該校校長的呼籲，不肯用庚子賠款來資助香港大學(Mellor 1980)。

金文泰離任前往馬來亞之後，傳統中文的推廣並沒有取得超出他當初計劃範圍。然而，看看中文學校在整個1930年代的大幅增長(Turnbull 1984; Wong, C.L. 1996)，我們就會發現，金文泰推廣香港中文教育的舉措產生了長期的影響。這些中文學校的中文課程堅持古老的經籍傳統，後者與五四運動催生的文學及語言迅猛革命越來越格格不入。整個民國時代，香港一直是中國傳統士人教育與新興中華國族主義並存的地點，後者在官方體制之外擁有壓倒性的影響力。由於民國政府試圖把香港的中文教育納入自己的教育體系，一些中文學校便在中國和香港同時註冊，希望分享中國學校使用的全國性中文課程(Wong, C.L. 1996: ch. 6)。將海外中文教育全部納入國族主義政府領導之下的冒進舉措激起了金文泰的激烈反應——諷刺的是，就任馬來亞總督之後，金文泰開始遏制中文教育的發展，因為他擔心中華國族主義在馬來亞發展壯大(Turnbull 1984)。這一陡然轉變清楚地表明，與以往英國殖民建制採用的其他一些東方主義策略一樣，金文泰應對東方學問的策略也完全取決於他推行殖民統治的官方使命，儘管他個人非常喜愛東方學問。不過，金文泰的理念在香港深深地紮下了根。1950年代，舊式中文課程的影響力再次得到鞏固，因為殖民政府發現，中華傳統主義思想有助於抵禦共產主義的影響，那是學校裏滋生的又一股激進主義思潮(Luk 1991)。所有這些旨在維持中華傳統主義的殖民舉措，如今都成了香港華人身份無法抹去的組成部分，因為這些舉措不光是在香港教育體系裏留下了一脈根深蒂固的舊式中文教育(其課程直至九十年代仍基本維持原樣)，還留下了一種生生不息的制度傳統，使得通過文化治理術實現的勾結共謀殖民統治可以大展拳腳。

舶來的文化國族主義

在馬來亞，英國殖民者金文泰可以用蠻力來遏制中華國族主義的蔓延，與此形成鮮明對比的是，在二十世紀上半葉，香港的文化格局漸漸由來自中國大陸的華人知識分子主導，這些人經常被統稱為「南來文人」(Wong, K.C. et al. 1998b, c)。第二次中日戰爭於1937年爆發之後，中國知識分子大批湧入香港。其中的一些人是為了逃離戰禍；另一些人則是由民國政府組織來香港重新安置的，這個安置計劃的目標是不讓他們落入敵人之手。這些流亡者帶來了自己的組織技術：出版社、報紙、雜誌，如此等等。他們突如其來地降臨香港，帶給香港一套全新的現代國族主義文化習俗，其中最重要的一項是標準化的通用中文書寫系統，白話。他們還向香港介紹了各式各樣的現代文藝表現形式，比如小説、現代戲劇和電影。由於這些機構得到了民國政府的大力支持，這些新來者便對香港現代中文文學傳統的形成做出了巨大的貢獻。幾乎是在一夜之間，香港那些雙語或英語學校培養出來的本地作家便從報紙專欄等文學創作陣地消失了。按照張正藩等人的説法，這次快速的「中原化」徹底消滅了香港發展出本地文學主體性的可能性(Wong, K.C. et al. 1998c: 21–32)。這個轉變到來之時，移居香港的中國知識分子正在沾沾自喜，因為他們迅速地把香港建設成了中國的又一個文化中心。

不過，文化景觀的這一變化對本地教育體系的影響相對較小。大批湧入的中國知識分子雖然從數量上壓倒了香港政府指派的年長士人，後者設定的整體教育架構和取向卻原封未動。然而，儘管沒有得到香港政府的支持，新來者還是設法建起了一個中文教育體系，與居於主導地位的英語教育體系並立。當然，這個體系的地位和名望並不能與那些精英英語學校相提並論。這些香港中文學校自稱為「華僑」學校，並且在中華民國的教育部註冊；但從事實上說，它們處在了兩種不同制度的夾縫之中。* 除了幾所組織較為完善的學校之外，大多數中文學校都達不到中國教學大綱的要求。它們對中文教學重視不夠，注重文言甚於白話。另一個諷刺之處在於，中文學校雖然教授國學研究所用的文言，國學在學校課程中佔據的分量卻很有限(Wong, C.L. 1996: 313–314)。實際上，白話文言之爭在中國國族主義者的香港新形象當中佔據着一個中心位置。國族主義者經常看到的是一種新舊對立的簡單二元關係，真實的情形卻比他們的認識複雜，我將在本章後文討論這個問題。

文化精英大批流亡香港，一方面提升了香港作為中國文化中心的地位，一方面也加劇了文化衝突，使得新近形成的國族身份暴露了它內在的矛盾。人們不再把香港視為一個有益於中國現代化進程的西方觀念來源，香港「又殖民又狹隘」的特性倒是成了一些中國知識分子的眼中釘，這些知識分子滿懷愛國主義激情，正在奮力鑄造一個強大的現代中華民族。

---

* 中國著名作家許地山在1935至1941年間擔任香港大學中文系主任，他對香港的兩種中文教育進行了區分：一種是遵照英國制度的華人教育；另一種是遵照中華民國制度的華僑教育(Xu, D. 1939)。

香港：政治殖民地與文化沙漠

在南來文人的眼中，香港是一個文化落後的討厭地方，因為過時的中國傳統文化在英國當局的卵翼下繼續存在，香港本地的流行文化又對闊步前進的中國國族主義文化無甚助益。這些知識分子經常把香港稱為「文化沙漠」，看不起這個島嶼的殖民氛圍和保守主義。中國知識分子的這種反帝國主義情緒大大矮化了香港的形象。這之前，中國人認為香港具有一種操控得當的進步性，孫逸仙就是從這裏汲取了靈感，進而產生了拯救中國的革命熱情。然而，到了1920年代，大多數中國人都認為，香港是一個污穢的角落，是一片尚未收復的中國領土，只能引起人們的疑慮和反感。資深香港作家盧瑋鑾蒐集了大陸作家描寫香港的一些文字，其中大多數都寫於1930年代。在這些文字當中，作家們紛紛抱怨，生活在這個「中國」城市，他們的心情是多麼地失落。他們最大的煩惱是無法與香港人自如交流，為此便感到局促不安。當時中國的著名知識分子胡適寫道：

> 家長大都希望子弟能早學英文，又都希望他們能多學一點中國文字，同時廣東人的守舊風氣又使他們迷戀中國古文，不肯徹底改用國語課本……[他]是香港中文學校的視學員……但他所顧慮的是，白話文不是廣東人的口語，廣東兒童學白話，未必比學文言更容易，也未必比學文言更有用……其實這種意思是錯的……希望他們接受中國大陸的新潮流，在思想文化上要向前走，不要向後倒退……我真不懂。因為廣州是革命策源地，為甚麼別的地方已經風起雲湧了，而革命策源地的廣東尚且守舊如此。
>
> (Hu, S. 1935: 58)

香港，實際上是包括廣州等城市在內的整個華南地區，都在中國新派知識分子眼裏呈現出了一種黯淡的形象。華南不再是國族政治革命的策源地，與此相反，它已經落後於時代，抱持着遭人詬病的文化保守主義，由此便對新一輪的革命性變化無動於衷。

然而，按照這些批評人士的看法，香港最讓人反感的地方還在別處。人們紛紛指責，與「純粹的」中華民族相比，香港人的兩性觀念和道德更為隨意，其原因是香港人的種族混雜性，例證則是香港屢見不鮮的種族通婚現象。與國民黨關係密切的作家陸丹林寫道：

> 有許多學生講英語能像英美人一樣的流利，但對於漢文幾百字的短文或一封家信也寫不通，國語也説不出一句。他們的父兄與他自己以為識講幾句英語，便估量上下古今的學問知識，都能夠通曉了。就是最高學府，他的教育，最多能培養你有知識，絕對不能使你有思想。⋯⋯在路上最礙眼簾的，在我個人是見着一個中國女子跟着一個洋人同行。這種怪現象，在香港特別多，這些好食西餐的女子，你説她是娼，有些又不是娼，你説她不是娼，有些又是娼。⋯⋯[這種女人]生了的混血種小孩子，中國不當他是國民，同時他的父親的祖國也不容易算他是國民⋯⋯做了他們母親的犧牲品罷了。
>
> (Lu 1939: 143–147)

女子失節的觀念與某地淪為殖民地的觀念產生了無法撤除的對應關係——正是殖民化造成了香港的道德墮落：

> 香港，早已是別人家的領土了……香港雖然各到各處都是中國人，香港的基礎，始終建立在我們中國人身上，但它已經缺少中國的氣息，失去中國的靈魂。……我真懷疑某一些生於香港食於香港的中國人的國籍！……從來沒有一個地方給我的印象會有香港那麼壞。這也許説得有點過火吧！但這裏某一些地方之充滿了令人作嘔的不自然的洋化和某一些地方之充滿了下賤之尤的奴化，似乎也是實情。
>
> (Tu 1939: 157–160)

這些作家對於丟失民族之魂的擔憂，當然是所有國族主義話語的題中應有之義；但就香港而言，大陸知識分子這種表達為失節比喻的普遍焦慮，與英國殖民官員對於歐亞混血兒的長期偏見達成了離奇的吻合。在香港的勾結共謀殖民背景下，文化與種族差異甚至更容易激化為兩極對立，這樣的後果常常會使華人和西方人的形象固定化。而那些歐亞混血兒，比如著名買辦何東，本身也十分警覺，急於把自己打扮成中國傳統道德、習俗和服裝品味的捍衛者(Lee 2004: ch. 3)。不過，即使對於種族通婚的古老恐懼是文化保守主義的天然盟友，1930年代晚期及以後的中華文化國族主義者卻經常更進一步，把香港的混雜性斥為香港墮落和落後的標誌。簡言之，批評人士可以用文化混雜性來解釋，香港為何會成為他們眼中的文化不毛之地。

舉例來説，在日益由大陸新移民掌控的文學圈子裏，批評人士向年輕香港作家的文風發起了一系列攻擊，説這些作家沉溺於「風花雪月」。他們猛烈抨擊這些作家所謂的幼稚寫作技巧，繼而把矛頭轉向香港的文化環境，因為他們認為，這個環境成為了美國文化及流行音樂等事物的殖民地，成為了文化上的不毛之地。其他一些批評人士為這些年輕人進行了辯護：

> 香港文藝青年之表現出新式風花雪月風氣，自然不是這裏青年人不長進，突如其來的。香港的文化生活還是一隻幼芽。北平有 了二十年的新文化運動，上海有了十數年的社會科學和新興文藝運動，香港文化生活開始了才不過僅二三年而已！有了目前這樣的成績已經可以自慰但卻不值得滿足。
>
> (Yang, G. 1940: 172)

除了傲慢的語氣之外，上引文字真正的耐人尋味之處在於，作者把香港和中國的北方城市做了對比。按照這一類批評人士的看法，與領先香港二十來年的北京和上海相比，香港的「文化生活」根本不值一提。新近形成的白話經典已經成為衡量文化成就的唯一標尺。關於文化進步的評估體系分毫不爽地把民族文化變成了現代性的同義詞；換言之，衡量文化水平的標準是文化與往昔決裂的程度。按照這套新標準，香港日益成為了中華國族主義者心目中的他者——落後、粗俗，而且殖民化。

邊緣批評「邊緣中的邊緣」

在解讀大陸作家香港印象作品集的時候，王宏志着重強調了一個巧合：這些作品大多出自上海人的手筆(Wong, W.C. et al. 1997: 62)。此外，他還指出了這些作品暗含的滬港對比。最使王宏志印象深刻的是，成為由殖民列強掌控的通商口岸之後，上海取得了飛速的發展。治外法權的存在，以及外國利益的大規模滲入，使得上海不可能逃脱外國文化和消費主義的影響，也不可能把更為開放的兩性觀念拒之門外。有鑑於此，毛澤東把中國稱為「半殖民地」，主要就是指帝國主義列強控制的那些「腐朽」城市(Mao 1939)。上海作家對香港的貶斥評論，唯一的依據只能是，香港是正式割給了英國的完全殖民地。半殖民地批評殖民地，背後其實是兩個城市的競爭故事(Lee 1995)。

按照李歐梵的形容，半殖民中國大陸的城市士人–知識分子階層抱有一種中原中心主義的心理。他們雖然樂見上海的快速發展，他們所處的邊緣地位卻重創了他們的自尊。就這個問題來説，我們不能忘了，上海尚未完全落入外國人的掌控。這樣一來，香港不僅被殖民主義推到了邊緣位置，還成了「邊緣中的邊緣」——在上海人看來，它是個居於臣虜地位的地方，完全沒有文化可言(Lee 1995)。針對香港殖民性的這種國族主義批評，其實是邊緣在批評「邊緣中的邊緣」(Wong, W.C. et al. 1997: 65)。王宏志贊同李歐梵的觀點，如是寫道：

> [他們]毫不覺察自身的邊緣性，他們一方面認同於上海的殖民統治，以這種統治所帶來的繁榮和富強而感到驕傲；另一方面又去批判香港的殖民統治，實際上，他們忘記了自己所處的位置。
>
> (Wong, W.C. et al. 1997: 65–66)

在我看來，兩個程度不同的殖民地之間的這種文化敵對，真正發人深省的並不是搶奪稀缺尊嚴的競爭(如魯迅所説，弱小者只能通過攻擊更弱小者來證明自己的力量)，而是受害者採用了一種認同殖民者的乖謬邏輯，藉此實現地位轉變，化身為一種高高在上的文化勢力——這樣的轉變是當代中華國族主義形構的關鍵成份。以下引文可以說明，救世主義的反殖民批評很容易滑入歧途，將開化使命的文化及政治邏輯改造成一種國族主義邏輯。大陸作家楊彥歧寫道：

> 至於外江佬之來香港，可說是香港之大轉機。三四年前，香港人文化程度的低落，可憐而可笑。近來外江佬替這地方帶來了文化，但處處猶反映出當地人的可笑。記得我愛說一個笑話：「他們連豬肉都不會吃；只會吃叉燒。」……他們永遠穿了黑色紮腳管子，白色的侍者的制服，與好萊塢影片中的中國茶房一模一樣。這使我明白，到底香港是外國；在外國的中國人，當然應該是這一副奴腔奴調。以前在電影中看不入眼，如今在「外國的中國」看到了事實。(所以我不怪好萊塢的影片商了。)
>
> (Yang, Y. 1983: 207)

這個「在外國的中國」形象，確實是生動地反映了香港在現代中華國族主義當中的曖昧地位。然而，這樣的地位並不只是抽象的矛盾，還反映了合法化的獵奇心態。這位作家的武斷評論既反映了中國人(上海人和香港人)不團結的事實，也反映了他對滬港民眾都是被壓迫同胞的歷史事實缺乏敏感。這位南來文人借用了西方的遊客式觀感，諷刺性地確證了中國人的被壓迫者形象——儘管中國人國族自我的話語試圖否認這種形象。與此同時，這位作家實實在在地為一種東方主義的獵奇心態提供了合法性，這種心態使中國國族主義者的目光轉向了自身內部的他者。諷刺的是，這種國族主義幻覺的基礎其實是一種殖民主義幻覺。此外，無論這種國族主義幻覺多麼離奇，它——與關於缺少民族之魂的類似話語相一致——終歸為旨在開化/歸化香港這個可悲殖民地的國民教育學提供了理由。楊彥歧與香港華人的偶遇佐證了費約翰的說法，「中華國族主義者相對自如地接受了『中國佬』這一殖民表述，並把它用作塑造『新型國民』的基礎」(Fitzgerald 1997: 61)。

毋庸置疑，當代中國的大量事例都可以揭示「國族主義者對殖民地事物的捕捉」(Fitzgerald 1996: 139)。不過，杜贊奇在最近的一次討論中國人為何一般地比印度人更願意將帝國主義意識形態的一些關鍵原則納入為自己的國族復興大計時，指出了這樣一種需要，亦即「大概地把[大寫的]他者內化為自我的一部分」，以便培養批評自我的能力(Duara 1997: 68; 亦見Fitzgerald 1997; Bulag 1997)。然而，本例所示的內化了的殖民形象駁斥了杜贊奇或許持有的樂觀看法。國族自我的批評不一定只會導向個體的內省，還可能把敵意引向仍然嵌入了自我深處的他者。就我們的例子而言，這種敵意產生於內化的恥辱，這種恥辱已經把自己變身為一種以懷舊宗法主義為特徵的國族主義教育學。作家屠仰慈強調指出：

> 上海，自然也蘊藏着數不清的罪惡，泛濫着不可遏止的窮流……但上海的某幾個方面還能夠茁長出那新的嫩芽，不像香港那樣已是一株腐朽了根幹的枯樹，……脫離了父母的撫育與督責的不幸的上海啊，我盼望你努力自愛，不要像香港這個野孩子那麼無知地墮落了。
>
> (Tu 1939: 157)

除去上文提及的「失落靈魂」和「被姦失節」形象之外，在反帝國主義成為中華國族主義修辭的主要形式之後，中華國族主義者心目中的香港形象又多了一種，那便是「漂泊兒童」。* 但是，儘管在政治上對帝國主義多所鞭撻，但「中國佬」這個殖民表述仍然陰雲不散，事實上還成為了一種空間等級秩序的基礎。依照這種等級秩序，中國王朝時代遺留下來的中原–邊陲主從關係死灰復燃。這種想像之中的空間等級秩序逐步演化為中國與香港的被殖民者之間關係的原型，催生了關於香港等待拯救的宗法主義話語。這種中原中心主義話語(大中原主義)將香港人設定為「基本上是——但又不完全是——中國人」；「漂泊兒童」或「被姦失節」的香港形象，進入了現代的中國國族主義想像，並作為對中國陽剛力量的一種考驗。根據這一想像，香港徒然擁有中國的軀殼但卻沒有中國的靈魂，所以必將毀於自身的殖民性；香港受制於一種徹底無藥可救的奴才心態，也沒有資格歸屬或選擇另一種民族性。在1930及1940年代的抗日戰爭期間，外觀與實質、表層與內核之間這種令人尷尬的反差，使得移居香港的一些中國作家憂心如焚(Cen 1938; Mu 1938; Tu 1941)。這些作家認定香港的所有華人都有責任參與抗戰，據此哀嘆香港的知識分子缺乏真正的參與熱情。然而，關於香港民眾究竟對哪個社群負有這份預設的國民責任，這些國族主義作家從不曾給出一個有條有理的解釋(Wong, W.C. et al. 1997: 55)。

顯而易見，這些作家之所以感到焦慮，根源在於香港並沒有一個關於國民身份的清晰定義。身為英國殖民權力管制之下

* 「漂泊兒童」形象的生動例證是聞一多的組詩《七子之歌》，這組詩把香港、九龍、澳門、廣州灣、台灣、大連和威海衛描繪為七個漂泊的兒童，哭喊着要求回到母親的懷抱。

的土著，香港華人卻並不十分清楚，在本島實施殖民宰制的外來勢力究竟由哪些人構成。1920年代之後發展起來的激進中國國族主義顯現出了一種普遍的傾向，試圖以一套無所不包的反帝國主義話語為包裝，向想像中的所有中國國民灌輸一種中國國民意識。儘管如此，作為一個範疇概念，「香港華人」這個稱謂並不能成為充分指定某種國民責任及忠誠的依據。「香港華人」這個聯合詞彙既可以指生活在香港的中國人，也可以指擁有中國血統的香港人。民國時期，普遍用來指稱華裔香港居民的詞彙是「華僑」(海外華人)；這個稱謂把香港華人和東南亞及其他國家的華人劃成了同一類。實際上，「華僑」這個稱謂暗暗地認同了香港的異國性質，認同的程度比「香港華人」和「華籍港人」這兩個稱謂都要大。官方使用「華僑」一詞，事實上是與當時大陸人的普遍做法相抵觸的，因為他們通常會直截了當地把香港視為中國的一部分。激進國族主義形成於民國早期，之後便開始遏制這種對異國性質的認同，這樣一來，把香港華人稱為「同胞」的做法漸漸取代了華人和華僑的指稱。* 日益流行的做法是，人們用後兩個稱謂來指涉作為「國族性」與「地方性」之間差異的中港差異。

既已知曉中華傳統主義文化和現代國族主義文化在香港發生碰撞的過程，我們不妨再提幾個重要的問題：在中國充滿衝突的國族建設進程中，香港扮演了怎樣的角色？整個民國時期，香港與中國有着怎樣的文化和政治關聯？在關於中國的國族主義想像的形成過程中，香港及中國的各種文化流向和政治動向留下了怎樣的印記？

---

* 對於親中共的左派來説，政治正確的香港華人稱謂是「同胞」；1949年後主政台灣的國民黨政府對香港華人的官定稱謂是「僑胞」。

囿於本書框架，我不可能為這些問題給出詳盡的答案。不過，我會在本章後半部分着重討論方言文學。在1930及1940年代，方言文學成為了一個影響遍及整個中國的問題。我之所以聚焦於這些關於方言文學的爭論，是因為它一度為中國和香港提供了一座理論平台，現代中華性的文化政治由此展演。我將首先說明此類方言文學爭論——亦稱「民族形式」之爭——的由來，然後再仔細考察這些爭論對香港的定位。我的目標是反駁汪暉的觀點，因為他代表着一種新近出現而且表達精微的嘗試，其目的是維護潛藏在現代中國文藝史學當中的一種現代主義–國族主義邏輯。

民族形式和地方形式：誰的方言？

1930年代，日本對華擴張的步伐日益加快，中國亟需喚起華人民眾對中國的支持，打造全民統一戰線。中國的知識分子由此面臨着新的挑戰，尤其是左翼知識分子。中國作家開始從城市向周邊區域大舉遷徙，逆轉了一個世紀以來士人日益向城市聚集的歷史潮流(Wang, H. 1998a, b)。這種遠離城市區域的動向有幾個原因：比如說，日本對中國尤其是中國城市的侵略，迫使一些中國作家逃往鄉村；中國共產黨鼓勵並組織其他一些作家前往中國的邊遠地區，在那些地方充當抗日宣傳隊。現代激進國族主義文化理念要求把白話變成中國的「通用語言」，而知識分子迅速遷出生活方式相當西化的中國城市區域，由此暴露了這個理念的一些嚴重弊病：許多中國作家被迫穿越使用各種口語的地域，途中遭遇了巨大的困難，於是便開始認識到，把握生機勃勃的地方民間文化及各種方言變體具有重要的意義。*

作為書面文字的白話是印刷文化的產物，後者的興起是因為中國的城市區域迅速發展，迎來了頻密的文化活動和顯著擴大的讀者群體。為了表明與傳統文言決裂的願望，1919年五四運動期間湧現的反傳統主義知識分子試圖使白話正式化，因此便將一些歐洲語言的語法規則應用於白話，把它變成了中華國族主義的一件重要工具。與文字改革俱來的是以新文字建設新文學的呼聲(Chow 1960; Grieder 1970: ch. 3; Fairbank 1978: ch. 8,9)。白話的擁躉拒斥老派士人的老派文言，並且宣稱，服務於新文學的新型反貴族通用文字應該簡單平實，以便充當大眾文學的工具。民國早期，由於政府教育及文化機構的強力支持，新文字和新文學都在學校課本及年輕作家的無數著作當中廣泛流行。

然而，中國境內的快速人口流動正在改變中國的文化及語言景觀。這樣的流動暴露了五四式現代–國族主義計劃的首要局限：新的書面文字始終無法觸及本國的大部分人口，因為他們身處多種多樣的地方環境，文化敏感性也各不相同。白話使用的是與文言相同的一套單字，這樣一來，文盲居多的貧苦民眾學習白話的難度並不比學習文言小多少。白話新文學以城市生活及漢族人為中心，排除了農民生活，也排除了中國為數眾多的少數民族。簡言之，儘管白話運動的倡導者不斷提倡當地語

* 按照同一思路，儘管我把香港的文言白話之爭描述為一種簡單的二元對立，更為仔細的考察卻會表明，只有在現代主義–國族主義進化論話語的狹窄範圍之內，我們才有可能從白話取代文言的程度來描述兩者之間的關係。實際上，直到中共主政中國之後，這種新近改良的中國語言才獲得了穩固的霸權地位。

原則，主張「我手寫我口」，中國卻還是沒有通用的方言。*

中國的馬克思主義者率先將白話的弊病歸咎於五四新文化運動，認為它犯下了偏重城市資產階級的錯誤。馬克思主義者試圖佔領國族主義的制高點，聲稱需要為語言改革制訂更為激進、更為政治化的路線。瞿秋白持有堅定的斯大林主義–國際主義立場，於1931年倡議發起一場新的文學革命，旨在發展民間語言及方言，甚至在不同的地區發展不同的書面文字(Qu 1932)。在著名的延安講話當中，毛澤東拋出了同樣的論調，還把它重新包裝成對於「民族形式」的追求，這種形式應該擯棄「外國教條主義」、空洞腔調和空洞教條，還應該具有生動的「中國風格和口味」。探索中國民族形式的過程引發了一系列問題，超越了瞿秋白那種慣常的馬克思主義階級批判所包含的問題，因為現代中國的知識分子第一次認識到，地方性是中華民族的重要組成部分(Mao 1938)。在此後關於民族形式和地方形式的多輪爭論中，瞿秋白和毛澤東的觀點都得到了功能可以互換的引用。

相關的各種觀點逐漸極化，形成了兩個陣營。一些人捍衛「國語的文學，文學的國語」的五四立場，批評地方及地區表達形式沾染了封建餘緒。他們對地方形式心存疑慮，堅稱這些形式只有在得到改造之後才可接受。另一方面，民間及地方形

* 口語、國民意識和國族主義之間存在密切關係，這種信念在五四運動當中表現得極為顯著；不過，這絕不是中國獨有的現象。許多晚近的國族主義問題研究者已經指出，語言國族主義是一種廣泛流行的觀念，在歐洲之外的地區影響尤其大。在中國，人們普遍認為當地語原則是國族主義的必要組成部分，認為這種模型的源頭是在歐洲。霍布斯邦(Hobsbawn 1990)質疑了這種觀念的正確性，尤其是它對歐洲的適用性。然而，正如安德森(Anderson 1983)所說，無論歐洲有沒有出現過這一類的語言國族主義，它終歸成為了歐洲國族主義的晚近追隨者借用的一種模型。參見(Anderson 1991: ch. 5)。

式的同情者卻譴責新白話正統的都市及西化性質。他們否認白話意在反對貴族的說法，認為它與古老的文言一樣貴族化；有些人甚至把白話形容為一種新的文言。人們對地方形式的興趣日益高漲，有可能助長地方及地區意識。為了應對這種形勢，潘梓年、黃繩及周揚等與中共有瓜葛的著名作家都曾在不同時期嘗試遏制這種批評，轉而重申五四運動據稱有之的現代性追求。這些作家的目的是引導爭論，免得它超出範圍遠為狹窄的大眾化問題(Huang, S. 1939; Zhou 1940; Pan 1944)。也就是如汪暉在詮釋潘梓年、黃繩及周揚等人的指導論調時所說:

> 「民族形式」內含[了]頑強的、不可動搖的普遍主義。方言和口語的運動用必須服從這種普遍主義的邏輯。……正由於此，以方言口語為特徵的『地方形式』就被納入到一種普遍語言的規範之中，盡管這種普遍語言及其規範本身尚未真正形成。
>
> (Wang, H. 1997: 372)

民族國家邏輯？

地方形式之爭是學者涉足最少的現代中國文學史研究領域之一(例外情形可見Li, Huoren 1973; Liu 1980, 1981; Dai 1982)，最近卻引起了一些學者的關注。在汪暉新近發表的相關研究當中，他試圖為一種語言上的一神論代言，方法則是把這種論調從「民族國家邏輯」當中引申出來。汪暉聲稱，如果過分強調地方性，民族國家的統一性就有崩潰之虞(Wang, H. 1997, 1998a, b)。按照他的觀點，民族國家是現代性的產物，必須服從一種普遍主義邏輯，這種邏輯要求民族國家擁有通用的國族語言，這一需要必然會把所有的地方表達形式及方言降入從屬地位。汪暉的主張並非基於某種假定具有普遍性的現代化潮流；與此不同，他嘗試把現代中文的發展置於中國自身歷史特殊性的背景之下——他指出，由於這種特殊性，中國現代語言的發展不得不與歐洲的當地語主義模型背道而馳，後者尋求書面文字和口語之間的嚴格對應。汪暉的研究試圖同時反駁德里達和柄谷行人：德里達斷言，語音中心論——即聲音和言語從本質上比書面文字更優越(或者「更自然」)——是西方的獨有特徵；柄谷行人則持相反觀點，認為作為國族語言模型的當地語主義是一個「世界各地都有，無一例外」的問題(Derrida 1974; Kojin 1996: 94; Wang, H. 1998: 26)。在汪暉看來，德里達和柄谷行人的學說都不能解釋中國的語言改革之路。儘管五四新文化的熱心擁躉一度抄襲歐洲，將一種理想化的當地語主義用作中國語言改革的模型，左翼批評在1930年代提供的矯正卻使這些熱心擁躉走上了正確的道路，這條道路導向以書面文字而非口語為基礎的國族語言。

汪暉概述了中共理論家黃繩在兩種思潮之間達成微妙平衡的嘗試：一種是五四思潮，它拒斥「陳腐過時的民間形式」，認為它們「充滿了體現為有毒語言的封建宿命論反動思想」；另一種思潮則與之相反，它拒絕認同白話，因為白話是「上流資產階級和文化階層的財產」，可能會催生一種歐化的「買辦書寫體系」(Wang, H. 1998b: 43–45)。不過，汪暉還試圖為黃繩的思路增添一些分量。他不光要讓兩者達成平衡，還把兩者視為同一次方言運動的兩個繼起階段：是五四現代主義的否定之否定。這種辯證法還激活了一條批評路線，起點是馬克思主義的階級批判，終點則是國族的當務之急。在把地方形式的爭論最終以定性為「大眾化運動」以作結這方面，胡風的文字其實更為激進和徹底：

> 大眾化不能脱離「五四」傳統，因為它始終要服從現實主義的反映生活批判生活底要求，「五四」傳統也不能抽去大眾化，因為它本質上是取向着和大眾的結合。
>
> (Hu, F. 1941: 442; 徵引自 Wang, H. 1997: 374)

胡風用他那種著名的戰鬥腔調來為黃繩等人小心翼翼的平衡嘗試定了調，聲稱「國民與大眾的文化鬥爭已經聯合起來」。應該注意的是，胡風在此完成了從馬克思主義立場向國族主義立場的一個重要轉變，將當初從馬克思主義立場出發的對五四白話文的批判忘掉。汪暉的論述似乎為這樣的轉變找到了合理性，他視之為由某種「結構性邏輯」決定的表達方式(Wang, H. 1998b: 48–49)。他附和了胡風在1940年得出的結論，認為民族形式爭論的主旨應當是大眾化。胡風將爭論的主題界定為民族形式應如何吸納地方形式，或者是汲取後者的養分，並且認為，現代書面語言和各種口語之間的差異可以得到彌補，方法則是創製一種用拼音書寫的新讀法。按照他的計劃，這兩種語言形式將會合併為一種統一的語言——一種普通話——以及一種與之對應的通用口語。由於各種方言的神話起源和現存的所有口語形式都不能成為現代中國通用語言的基礎，汪暉轉而聲稱，「堅定不移的普遍主義」邏輯不僅與國族主義的要求相符，還認為它可以和「國際主義」或「世界主義」貫通(Wang, H. 1998b: 47)。

然而，顯而易見的是，汪暉關於現代中國語言的文化史學立足於他重新搬用的一種常見的黑格爾式訴求：將歷史解讀為某種辯證邏輯的展開過程，其目標是尋求一個充分覺醒、充分實現的國族主體。汪暉或許成功地證明了中國語言國族主義的發展歷程具有某種歷史特殊性，同時卻招認了一個事實，那就是他的分析囿於一種屢見不鮮的黑格爾式歷史主義範式：事實上，這類歷史主義的基礎是複製一個話語結構，這個結構不假思索地為民族–地方關係的表述指定了一套關於中央腹地及其周邊地區的空間等級秩序。換言之，如果不假思索地把五四新文化運動留下的白話認定為中國國族主義的唯一合法參照，就有可能掩蓋各種破壞穩定的力量之間的複雜鬥爭——這些鬥爭一再催生了關於中華民族建構的其他主張。而所謂民族和地方的現有架構，其實是這些彼此競爭的主張之間長期鬥爭的歷史結果。依照這種思路，我們會發現汪暉提出的一個論點特別值得注意。汪暉認為，現代中國語言對於普遍主義的堅定信念——這可以解釋其國際主義或世界主義特徵——鮮見於歐洲或日本的當地語主義式國族主義發展歷程。然而，一旦我們認識到這一信念其實是充滿矛盾，極不穩定，就會發現它根本沒有甚麼必然性。

我將在本章下文分析，為甚麼民族與地方的概念劃分充其量只是把香港套進中國–國族主義敘事的一種嘗試。我將闡明，汪暉那套假定的民族國家「結構性邏輯」實際上壓制或排擠了關於中華民族的不同描述，以及關於中華民族歷史的多樣化理解。整個問題涉及民族與地方之間十分複雜的議價過程。1947至1948年間，方言–文學爭論在香港再次興起。為了闡明我的論點，我將述及這場為汪暉所忽略的爭論。

香港大眾文化：地方形式還是低俗形式？

毫無疑問，香港歷來是各種都市文化相互競爭的場所。城市色彩濃厚的華北現代主義文化形式植入香港，並沒有改變一個事實，即香港擁有源自華南各省的豐富民間習俗及地方藝術產品。香港的地方文化形式始終都在與各種新型的大眾消費主義形式互動，後者與大眾傳媒及各種民間文化表現形式密切相關。舉例來說，傳統的文言不單是屬於經典和精英，它已經轉向世俗和民間，並與新起的白話混雜為一種半文半白的樣式，出現在許多社會諷刺作品和情色小說當中。* 在香港，全球及地方文化的匯聚和混雜使得文化國族主義者憂心如焚。** 1937年，國族主義者對地方大眾文化的反感達到了高潮，竟至於呼籲民國政府下令禁拍粵語片，拍攝粵語片的活動主要集中在廣州和香港(Xu, F. 1937)。國族主義者認為這些粵語片品味低俗，擔心它們對社會道德造成損害；他們的呼籲在廣州和香港引發了強烈的抗議和異議。***

---

* 1930及1940年代，香港最著名的通俗作家是傑克(1900–1983)。.

** 1930年代中期及1940年代初，提到國語與各種方言之別的時候，許多作家只是在談論正在進行的新方言運動，後者試圖把各種方言規範起來。這些作家認為，這些地方運動能夠成功地打破白話的束縛。1930年代後期，方言拉丁化運動多次興起。與此相似的還有推廣世界語的運動，一些城鎮甚至出現了數千民眾上街宣傳世界語的現象(Di 1937)。然而，由於各種各樣的原因，新方言及拉丁化運動都沒有取得實質成果。

*** 1920年代以降，英國和歐洲大陸的左右兩派開始不約而同地譴責新興的大眾文化形式。其中影響最大的是利維斯(1930)、奧爾特加–加塞特(1932)和艾略特(1962)，他們發展出了一種後來被稱為「文化衰微」的學(參見Swingewood (1977)，對這一學說的批評可見Huyssen(1986)及Petro (1987))，以及當代文化研究所稱的「文化與文明」傳統，這一傳統可追溯至馬修．阿諾德(1869)及尼采等作家。按照這一學說，大眾文化的發展造成了前工業化時代那些更有生機的社群或民間文化的衰微。1930年代的中

在右翼國族主義者看來，粵語文化產品的吸引力來自於墮落殖民環境造就的低俗品味、譁眾取寵手法及色情性質。左翼國族主義者看到了拉攏大眾的重要意義，於是提出了另外一種論調：他們認為，正如廣州文化未能以本地文化抵禦消極的外來影響，香港文化也缺少一個地方形式，無法哺育健康進步的新民族形式。這樣一來，在香港的大陸左翼作家雖然熱衷於談論香港借用古老樣式並為其注入新內容的嘗試，但卻喜歡強調「消除有害文化」以至對它們進行「消毒」的重要性(Wong, K.C. et al. 1999c: 12–18)。

不是方言，是懷想不一樣的民族

作為地方形式可疑觀念的發源地之一，香港並未在民族形式論爭中扮演突出角色，儘管此類論爭的許多言論都是在香港發表的。然而，此類論爭在1947年再度高漲。抗戰高峰期的長時間靜默之後，再度興起的論爭得到了茅盾及郭沫若等中國著名文化官員的大力支持(Wong, K.C. et al. 1999b: 101–151)。中國共產黨在國共內戰高峰期採用了旨在拉攏城市中產階級及知識分子的統戰策略，有了由此而來的寬鬆環境，此類論爭才有了再度興起的可能。與以往一樣，中共的文化領袖試圖將論爭引

國知識分子顯然受到了這類精英主義批評的影響，因為艾略特和尼采等作家的作品在中國廣泛流傳。然而，針對粵語大眾文化的攻擊與人們對民間文化的懷舊情緒無甚關聯，更多是反映了一個內在的他者化進程，這個進程源於五四運動關於新型中華民族主體性的政治理念。左翼批評特別指出了粵語片的殖民——或曰「洋奴」——及封建特徵。整體而言，引發批評的並不是這些大眾文化產品的商品屬性，而是它們的意識形態內涵，批評人士認為這些內涵與其來源地有關。舉例來說，香港兒童的異國生活方式及歸國美僑導演的個人背景經常都被指責為粵語片的癥結所在。例見(Chen, C. Y. 1999)。

向大眾化的問題，壓制尋找地方文化身份的傾向。儘管如此，他們還是承認了文化表達地方特色的重要性，做出了前所罕見且顯具政治意味的讓步。

舉例來說，著名左翼作家茅盾承認，關於文學和國語的五四口號受到了帝國「大一統」和強力壓服觀念的消極影響，白話文學僅僅建基於北方語言，因此就只能被視為北方方言的文學。他進而揭示了文化競爭背後的政治邏輯，承認北方語言作為「文學語言」的主宰地位是由政治和經濟等非文學因素造成的(Mao, D. 1948)。

然而，地方作家探索地方文學的熱情衝破了這種官方認可的大眾化話語的限制，即使在中共文化領袖嘗試讓這場激烈論爭蓋棺論定之後，這種熱情仍在催生異議觀點(參見Feng and Quan 1948)。舉例來說，一位作家直言，「對許多廣東人來說，白話不過是另一種外語」(Jing 1948: 119)。這位作家再次提到了瞿秋白關於新文學革命的呼籲，提到了湧現於意大利文藝復興時期及歐洲其他國家浪漫主義時期的所謂當地語主義模式。* 瞿秋白認為，當前的方言文學運動是一種真正的當地語運動，各地新興方言文學的充分融合將會為中國帶來一種國語(Jing 1948: 125)。在依照左翼文化批評範式論述自己的多語言主義主張的時候，瞿秋白提到了蘇聯的例子：

> 方言文學不是「排它的」。它是要和別的方言文學以及普通話的文學共存共榮，攜手並進的。……在蘇聯，現在除俄羅斯語文學之外，不是還有數十種的方言文學(少數民

* 這裏的當地語模式只是一種「所謂的」存在，這一點再怎麼強調也不為過(Hobsbawm 1990; Anderson 1991)。

族的文學)麼？他們的文藝理論家或批評家，都把這個當做一種驕傲。實在，只有這種萬紫千紅的景致，才是人民的藝術和文化發達的徵象。我們為甚麼要眷戀着那種貧乏的、單色的黃土廣原或嚴冬景色呢？至於所謂「國語的統一」，現在事實上既不存在，將來的又須待各種語言的互相融合滲透，那麼此刻要拿它做理由來阻止急迫需要的方言文學，似乎是不必要的。

(Jing 1948: 125)

胡風提出的大眾化命題雖然居於壓倒性的主導地位，但我們還是可以看到，地方–民族的觀念二元論面臨着一個根本性的挑戰。左翼國族主義者反複提及文學普及的必要性，這種必要性恰恰為「地方主義者」提供了口實，使他們可以發表激烈的批評，動搖關於中華民族性質的所謂共識。一些「地方主義者」不但不承認方言文學是民族文學的構件，甚至對「方言文學」這個標籤提出了質疑。在一篇題為「取消方言文藝的稱謂」的文章中，作者宣稱：

我曾把在香港寫的潮州方言的東西寄到潮洲區去，而所得的回應是：用潮州話來寫了，為甚麼要叫做「方言」？⋯⋯第一，所謂方言文藝，承有「方言」的存在，相對地是肯定有「正言的文藝」，但「正言文藝」是那一些呢？所謂「白話文」嗎？那是北方的方言，所謂「國語」嗎？那仍是北方的方言，不過通過一紙政令的認可罷了⋯⋯第二，所謂方言，在人民之前，是難能承認的，如果承認廣州話是方言，那同時其他各地仍是方言，否則，承認其他各地的語言是「白話」那廣東的語言又何曾不是「白話」？

(Yan 1999: 131–132)

文章作者拒不接受方言文學話語的限制，要求實行一種地方主義的文化政治，不局限於將更多方言詞彙納入文學創作，也不局限於用方言撰寫文學作品；不止於此，他還徹底顛覆了關於民族–地方二元對峙的新正統理論。作者指出，廣東話和潮州話都是方言，其書面形式應該視同白話的書面形式。他把當地語主義邏輯推到了極端，由此質疑現代中國民族國家的合法性。他寫道：

在北方，大可以把方言說是「國語」毫不為怪，可是在外洋，廣東話變成代表中國的「唐山話」，(後來有人以一套做就的國語推銷出去的又當例外，我們應就一般華僑的最初觀念上出發)「唐山」即「唐國」，而且自北方話為「外江話」，語言的本位既有不同，「方」與「外」就隨此而生，「外言」北方人未必承認，「方言」南 人不能承認，理由是相同的了。……「方言」既不能成立，只認可有某某地方的話的存在，如果寫成作品，亦不是「方言文藝」而是眾所共認的正統文藝了，譬如將《紅樓夢》列入吳地的方言文藝，那不是笑話了？將《水滸傳》說是山東方言的文藝，同樣是不恰當的。

(Yan 1999: 132)

這位「地方主義」作者借用瞿秋白的新文學革命修辭的時

候，「鄉土主義即大眾化」的左翼邏輯引發了一場運動。這場運動將潮州話和廣東話變成了可資利用的地方形式，目的只是豐富所謂的全中國民族形式。然而，這場運動的影響不止於此，它還為這位作者開闢了一條蹊徑，使他可以炮製一個關於中華民族的不同歷史敘事。這位作者追溯了中國作為國族的形成時間及方式，藉此闡發自己的世界主義觀點。在他看來，關於中國——亦即「唐山」——的國族想像另有起源，無關於西化的中國城市知識分子如何模仿關於國語的虛構歐洲當地語模式，也無關於這些知識分子借用歐洲語言的語法來創製白話的舉動(Kubler 1985)。與此不同，這位作者講述的是關於中華民族起源的另一種記憶，這種記憶植根於早期移民的文化遭遇，這些移民來自出口苦力的「唐山」各省。

另一種世界主義：關於中華往昔的不同記憶

由此可見，方言文學論爭中的前述「地方主義」作者提出了一種不同於汪暉的世界主義觀點。這種另類的世界主義想像背後潛藏着關於中華民族的一種另類觀念；毫無疑問，這種中華性觀念也有別於李歐梵新近論及的上海世界主義或中國世界主義(Lee 1999)。「唐山」移民的這種世界主義經驗捱過了中國的政治及文化劇變，迥異於上海的現代主義知識分子所抱持的觀念，後者矢志創造一種以想像中的歐洲為模版的現代中國文化——一種單一的普遍主義文化，而我們應該看得出來，這種文化不過是半殖民地的仿擬產物，其根源在於這些知識分子對作為權力象徵的西方感到好奇。與這種五四知識分子的反傳統主義不同，在業已邊緣化的南方，關於大眾化的左派呼聲引出了一種關於中華國族主義的多元文化想像。移民式世界主義的這種非中原邏輯並不怎麼服從民族國家邏輯，因為後者自身也不過是殖民主義的衍生話語而已(Chatterjee 1986)；附屬於這種移民式世界主義的中華民族觀念也不是本尼迪克特·安德森所説的語言國族主義(1991)的簡單盜版。毋寧説，這種移民式世界主義呼聲忠實於當地語主義的理念，要求尊重民眾的日常語言、日常表達、日常情感及終生記憶。伴隨這種另類的國語觀念，以及來自庶民，堅持要求各種方言都參與到國族形構去的具體主張，是一種關於理想中國國家的聯邦主義雛型觀念。基於這樣一種以不同的世界主義想像為前提的另類國族主義，前述香港作者拒絕接受地方化的待遇：

> 某一地方的語言，才是人民的真正的「正言」，而合所有各地的語言，融化而成的語言，也才是中國語言的「正統」，那種語言，也才是「國語」，我們在發展這一語言的過程中，要求不要自輕，——自稱為「方言文藝」，不要自偏——以為方言文藝是地方化的東西，這些觀念，趕快拋棄，理由是充分的。
>
> (Yan 1999: 133)

為了説明現代華人民族國家建設計劃的邏輯所在，汪暉斷言，「『地方形式』和『方言土語』問題最終只能成為『民族形式』之爭的一個**從屬**問題，這一點絕非偶然」(Wang, H. 1998b: 49; 着重後加)。他以此總結自己對民族形式之爭的評估。但我想指出，並不是某種國族主義邏輯把特定的文化形式降到了從屬地位，而是這種不假思索的民族–地方對立論調把某些形式變成了另一些形式的從屬。* 簡言之，是因為排除了一種聯邦主義雛型的國族主義想像，人們才把一種當地語變成了一種屈居從屬地位的方言。

方言文學論爭並沒有持續多久。它之所以戛然而止，據信是為了適應共產主義新中國成立初期遏制地方主義的政治大勢(Jin 1998; Wong, K.C. et al. 1999b: 15–16)。1949年中華人民共和國成立之後，方言文學運動的早期倡導者回到了噤聲狀態。然而，香港的廣東方言卻在英國殖民統治之下挺過了繼起的語言統一運動和激烈語言變革，廣泛應用於各種大眾文化形式，比如漫畫、諷刺作品、言情文學、情色文學和其他一些通常受人輕蔑的文學形式，以及一些充滿意識形態色彩的藝術表現形式(Wong, K.C. et al. 1999c)。

1949年之後，現代中華文化國族主義的勢頭依然強勁。不過，儘管人們多次嘗試把國民教育引入香港，現代中華文化國族主義卻無法壓制「他者」文化形式在這個城市的威脅性存在；前者也沒能成功地將後者降入精心劃定的「地方」類別。我們不能錯誤地斷言，香港已經發展出了一個有別於中華民族整體的獨特地方身份，同樣誤導他人的說法是，香港是更為穩定的中華或西方文化的混雜產物：無論是中華身份還是西方身份，穩定的程度都不會高於香港身份。從很大程度上說，中國的現代身份都不過是歐洲國族主義矛盾話語，嫁接在古老中華帝國復興計劃的產物。1920年代，歐洲的當地語原則曾啟發中國的知識分子為全體華人創製一種國語，到了1930年代末期及

* 法國也是一個這樣的社群，相信語言統一有利於民族國家，為此便迫使各地方言為語言統一讓路。關於這種官定單一文化主義的殲滅主義政策及後果，可參見(de Certeau et al. 1975)；這篇論文的簡短英文摘要見於(Ahearne 1995: 136–142)。

1940年代，這一原則卻對國族主義者宣揚的全華普遍性構成了越來越大的威脅。從這個方面來看，香港的存在，連同中華國族主義在華南的這種綿延不止的地方主義次敘述，不僅可以證明可能會被杜贊奇視為「中華往昔碎片」 的事物確實存在——我們興許可以把這些碎片編織到一起，由此展示另類中華國族主義的種種可能性——或許更可以證明，縫合「中華國族–大眾」的必然真空是一件不可能的事情。正如拉克勞和扎克(Laclau and Zac 1994)所說，國族身份，以及任何政治身份，全部都包含着內在的構建性分裂(constitutive split)，而政治的全部意義正在於確立身份的過程：我們永遠也不該把香港與中國之間的身份政治簡單地視為地方與中央之間的爭拗(亦見Žižek 1993)。人們圍繞不同的中華往昔記憶及不同的未來願景，展開了爭論與周旋。把包括香港人在內的所有華人統一在「中國」這個浮動意符底下的，正是這些爭論吧。

第6章　文化冷戰與離散民族

二戰之後的全球政治，內容之一是許多前殖民地的去殖民化；另一方面，這一時期的全球政治還導致了持續半個世紀的冷戰。許多前殖民地都在一個嚴重分裂的世界裏取得了獨立，躋身於發達或欠發達國家的行列。這樣的形勢並不意味着這些前殖民地可以踏上自主發展之路，反倒意味着它們會產生一種新的依賴，使這個或那個全球霸主從中漁利，抑或使兩個霸主同時得利。從文化方面來看，國家獨立還為這些新近獨立的地域帶來了有關國族身份的一些難題——這些難題至今猶存。利益各方紛紛提出有關國族身份的問題，並且回顧所謂的國族歷史根源，試圖解答這些問題。然而，在冷戰的現實背景之下，這些努力不可能與全球霸權競爭撇清關係。冷戰使得一些地區和國家發生分裂，同時又促使另一些地區和國家實現統一，在現實或想像之中重劃國與國的疆界。無論如何，冷戰的影響十分深遠，遠不只是把世界變成了兩個對立的政治陣營。

1949年，中華人民共和國取得了中國大陸的控制權，並在興高采烈的反帝國主義氣氛中收回了所有的通商口岸和沿海租界，唯一的例外只有香港。然而，朝鮮戰爭(1950–1953)迅即爆發，把中國拖進了與美國的冷戰對抗；香港的去殖民化進程遭到擱置，因為中國不得不利用香港的自由港地位來突破美國施加的貿易封鎖，獲得維繫新政權所必需的外匯。此後三十年中(直至1980年代)，香港的去殖民化問題在很大程度上逃過了國際政治的仔細審視，各個陣營的戰略家轉而把香港變成了一個冷戰戰場。在避難香港的人口當中，國民黨軍隊及前國民政府其他機構的殘餘人員佔了一個相當大的比例。到達香港之後，他們與親共的左派發生了對抗，各自在香港及九龍地區佔據一些區域，不時對峙。兩個群體之間存在諸多敵意，香港的社會穩定在很大程度上受着他們的擺佈，原因是在戰後頭二十年中，兩方都在一再地組織或煽動抗議、罷工和暴亂。

冷戰是共產主義與資本主義之間一場漫長的經濟、地緣政治及意識形態鬥爭，有鑑於此，文化及意識形態戰線的對抗至少也具有與軍備競賽或地區軍事衝突同等的重要性。在當時的香港，三教九流、各行各業的華人都存在左右分野，範圍從報業機構、書店、學校、影院一直延伸到足球隊。在本章，我把冷戰作為最重要的背景，探討由此而來的關於離散中華民族的文化及政治想像。這些思潮的體現是「海外中華」之類的概念以及新儒家之類的知識界潮流，本章將分析這些思潮與爭議性冷戰文化基層建構之間的聯繫，以便揭示後者如何在香港催生了一種獨特的中華國族主義——現在看來，這種中華國族主義已經成為香港身份的一個核心要素。此外還有一個普遍的認識，即香港身份在1970年代的突顯可歸因於香港戰後嬰兒潮一代反對殖民壓迫的政治覺醒，而我會在本章質疑這一認識。我將通過香港左右兩派圍繞想像故土的前途展開的複雜話語轉換來分析「回歸中國」話語，藉此指明香港意識當中一些曾遭遮蔽的層面。我會舉例説明，香港的感性、知性及政治騷亂不光與年輕的激進主義及國族主義衝動一同興起，背後還有殖民權力本地化的因素。本章將把殖民權力本地化列為主要的母題，探討它如何影響並左右了殖民地知識階層一部分最新成員的寫作及其他活動。由這些活動可以看出，在辭舊迎新的過程中，這類人物為何能讓殖民統治盡可能平穩地延續到九七之後。

離散國族主義與文化冷戰

從某種意義上說，如果全球政治不曾為冷戰所主宰，香港和台灣都不會是今日的模樣。由於美國出手干預台灣海峽兩岸的國共衝突，香港和台灣都變成了阻止共產主義在東南亞蔓延的戰略堡壘。為了遏制共產主義在文化戰線的傳播，美元滾滾湧入東亞，為那些或可抑制激進理念滋長的學術、教育及其他文化活動提供支持(Huang, A.Y. 1996; Wu 1999: 18)。1950年代的香港有着龐大的避難人群，這個飽受戰爭、飢荒及政治壓迫之苦的人群為文化冷戰提供了易於捕獲的獵物。在香港，「綠鈔」背景的反共出版物紛紛湧現，形式從新聞刊物、文化雜誌、學校課本、兒童文學、大學報紙到圖畫周刊。1950年代以降，這類出版物幾乎佔領了普通香港民眾文化生活的每一個角落，對親共左翼文化機構此前享有的主導地位構成了嚴重挑戰。* 這類出版物大致被歸為右翼機構，其中許多都是由1949年後從大陸逃到香港的流亡知識分子編印的。

作為發放此類資助的首要美國機構，亞洲基金會為三家大出版社提供了支持：友聯、今日世界和亞洲出版社。亞洲基金會與中央情報局有關聯，今日世界則是美國新聞處的一個分支機構(Wu 1999: 18–20, n. 4)。這些機構都通過資助研習項目來向反共知識分子——無論他們是隨筆作家、哲學家還是電影導

* 最重要的左翼文化機構包括《文匯報》、《大公報》、三聯書店及商務印書館。

演——提供支持，友聯出版社還設立了研究所來蒐集共產中國的情報。相當數目的高等教育學院都聘請了流亡學者來做講師。這樣一來，香港便有了一個規模可觀的作家群體；他們在香港從事教學、研究和寫作，大量發表作品，但只有少數人能夠躋身那些得到殖民當局認可或資助的優越機構。這些作家以香港及其他地方的流亡華人為目標讀者，利用自己對中國大陸的體驗和瞭解向後者提供關於中共政權的寶貴戰略信息或分析，因為當時的中共政權實行着十分嚴厲的信息控制；事實上，當時的中華人民共和國與外部世界之間有一道名為「竹幕」的屏障。這些作家自認為是在從事「匪情研究」，儘管到頭來，接收他們信息的中國觀察人士和西方報人並不一定會寫出反共腔調與國民黨同樣刻毒的書籍和報告。

除了支持研究工作之外，友聯出版社還贊助一些政治色彩不那麼濃厚的文化活動，包括學者和作家編印的一些面向各年齡段學生的雜誌。* 為了在東亞培育服膺美國價值觀的新一代文化及政治領袖，友聯設置了為數眾多的獎學金和交流項目，為學生和學者提供去美國深造的機會。毋庸置疑，美國通過教育及學術活動對中國施加文化及政治影響，絕不是冷戰時代才開始的事情；正如本書第三章所說，早在1920年代，美國人就已經開始趕超英國人，成為在中國設立共謀合作教育項目的領頭羊。不過，由於共產中國業已變成美國的敵人，美國支持的這類活動便把離散華人社群當成了主要目標。有鑑於全球華人反共陣線在冷戰時期的價值，香港不僅為美國的冷戰政策提供了可為受眾的本地避難人群，還充當了美國實施此類政策的地理–

* 友聯贊助的刊物包括以關心政治的一般讀者為對象的《祖國》、關注文學的《人人文學》、面向大學生的《大學生活》以及面向兒童的《兒童樂園》。

戰略中心。舉例來說，友聯研究所不光為香港的私立中學編印中文課本，還為東南亞各國的中文學校編印課本。* 許多與台灣國民黨政權有關聯的反共作家也參與了香港的報刊出版。

冷戰的因由雖然是意識形態衝突，冷戰競爭的效應卻不完全局限於雙方力圖捍衛的政治理念，也不完全局限於雙方各自倡導的體制。冷戰資助為一種文化基礎建設提供了可能，就香港而言，這種基礎建設的主要作用並不是助長避難人群業已具有的強烈反共傾向，而是為流亡華人或華人移民聚居區域之間的聯繫提供了方便。這樣一來，冷戰文化深刻地影響了這些移民作為華人社群成員的自我意識，進而影響了香港華人主體性的構造。對於冷戰，左派一直有一種闡釋，這種闡釋一味強調冷戰機構的陰險性質，指責前線地區的知識分子都是秉持美國主義的意識形態呆子；不過，我將在下文的分析當中梳理香港的一些相關細節，這些細節體現了香港人如何感受及反抗冷戰效應，如何與之周旋。**

關於「海外中華」的政治想像

1950年代，美元支撐的難民出版物運轉一如冷戰宣傳機器的部件，到了1960年代，更具多樣性的種種觀點卻逐漸浮出水面。在這些較為晚近的難民出版物當中，一些評論人士倡導國

---

* 由於政治和外交方面的原因，東南亞各國的中文學校不願使用台灣的中華民國政府編印的課本。使用香港出版社編印的課本可以避開一些敏感問題。

** 舉例來說，台灣作家陳映真以激烈批評他所說的「文化殖民主義」著稱。他關注的是台灣知識分子對建制和意識形態的依賴。參見http://www.china-tide.org.tw/leftcurrent/currentpaper/change.htm；亦見(Dan 1998)，其中分析了中國大陸自1980年代以來面臨的與此相類的文化殖民主義處境。

共之外的第三條道路，另一些提議成立華人聯合政府，還有一些呼籲華人再次發起民主運動。所有這些倡議都反映了一種越來越明顯的輿情變化，即人們不光反對共產黨的獨裁統治，也反對不以共產主義理念為基礎的華人威權政體。從這個方面來看，彼此相異的觀點大量湧現，足以說明流亡知識分子群體茫然失措的程度。作家詹不羈記述了自己的心路歷程，即海外華人這種困惑重重的窘境迫使他發出呼籲，要建立一個「海外中華」來充當政治上的替代品：

> 中國共產黨自淹有大陸以來，視海外的兩千萬華僑為共黨的海外活動財產，華僑者，不過是外匯的別名。……台灣當局在嚴防「匪特」的先天恐共病上，自必兢兢然左審右查。而台灣的確也再沒有條件容許如此眾多的華僑殖民入侵。這樣，現今我們處在國外的中國籍僑胞，最多不過算是「持有台灣中國護照而無權返台的中國人」而已。台灣中國政府視我們海外華僑亦不過是「不准進入台灣的海外支持者」。而台灣政府要求我們華僑的不外是：絕對不要麻煩代表台灣政府的任何國外官員，萬事以忍為主，甚至當自己是無國籍人士亦無不可，其次最好是當地僑界每年組織幾次甚麼祝壽團、觀光團、勞軍團……等等……總之，我們不幸身為中國人，而更不幸棲留外地，當外國朋友向我們問及：「你是大陸中國人或者是台灣中國人」時，我們怎樣答覆？中國海外華僑百份之百生長於中國大陸，(台灣華僑例外)絕無可能承認自己是台灣人……其實坦白說，台灣在海外華僑的眼光看來，不過是一個比較熟悉的地理名詞，其親切程度遠遠不如香港甚至澳門，要他們

> 全心全意地去支持一個沒有真正感情的「國家」，真是談何容易？……如果我們二千萬海外華僑團結起來，真正的組成了「海外中華」，台灣政府或中共政府亦不見得會把我們怎麼樣！
>
> (Zhan 1968: 20)

各個海外華人社群這種想像之中的聯合並沒有像詹不羈期望的那樣，按照批判性民主計劃的方式開始運作。與此相反，離散華人社群這種想當然的團結總是被一種沙文式國族主義情緒所壓倒；換言之，這些社群很少致力於把全體華人的問題落實到各個具體地點，反而把地方問題扔到了邊緣位置。

舉例來說，儘管人們總是把親共傳媒和反共傳媒在香港的同時存在稱頌為香港新聞自由的證據(例見Chan et al. 1996)，香港新聞界的關注範圍卻從未超出冷戰時期的想像政治版圖。難民編印的這些反共出版物很少報導關於台灣的消息；關於台灣的消息總是一成不變地反映着台灣的大陸新移民(外省人)的視角，要不就是對國民黨政權説法的簡單重複。報導中看不到台灣本地人(本省人)的任何政治情緒，因為香港的中文報紙要麼是親國民黨的，要麼就是親共的。它們抱持着同等堅定的國族主義立場，步調一致地譴責或壓制與顛覆性台獨呼聲相關的風吹草動。從某種意義上説，香港雖然不像台灣那樣受到了國民黨的戒嚴統治，香港本地的新聞卻實實在在地接受了國民黨新聞管制機構的逐日審查。

台灣處於戒嚴統治之下，寫小説成了公開表達異議的唯一途徑。香港讀者可以閱讀台灣出版的書籍，藉此繞過新聞管制和冷戰宣傳，一窺台灣民眾的感受和思想。然而，這類文學作品總是展現着關於中國統一的空幻想像，這正是離散中華國族主義的典型特徵。此類國族主義想像明明白白地要求全體華人實現統一，與此同時，在這個想像之中的中華，各個地方的民眾卻拒絕傾聽彼此的聲音。這樣的情形通過以下事件得到了體現。1968年，台灣的國民黨當局因政治理由逮捕了作家陳映真。逮捕之後是長達數月的新聞封鎖，而香港的年輕作家岑逸飛傾慕陳映真的才華，或許還感染了陳映真小說當中的社會意識，於是便發表文章，表達了他對陳映真命運的深切擔憂(Shum 1968b)。* 按照岑逸飛的記述，剛開始的時候，他試圖號召人們支持陳映真，反對國民黨的濫行逮捕。但他漸漸灰心喪氣，因為流言說陳映真被捕的原因是支持台獨。岑逸飛認為，這些流言比逮捕本身更值得警惕；於是他記述了自己的決定，以及他為此承受的巨大痛苦：

> 儘管我們對台灣的「蔣政權」如何不滿，台灣也是絕對不能獨立的。「蔣政權」的獨裁固然要反，但台灣獨立運動，則更應該反。而當這兩種要「反」的東西混和糾纏在一起，相互發生衝突矛盾的時候，我們則寧可倒向「蔣」的一邊，也不能倒向「台獨」的一邊。
>
> (Shum 1968b: 6)

後來，岑逸飛表達了自己的寬慰心情，因為他聽說國民黨當局指控陳映真的罪名是參加共產黨，並不是支持台獨。當然，如今我們都知道，陳映真一直具有強烈的社會主義傾向，

* 岑逸飛是新儒家學者牟宗三的弟子，但在1960年代中期，他還是社會主義的熱心擁躉，長期為香港報紙撰稿，是一位十分多產的專欄作家。

一直在堅定地倡導統一，絕不是甚麼台獨擁躉。他在1960年代撰寫的小說傳遞了他對蔣家獨裁統治下的台灣社會巧妙而尖銳的批評，但卻沒能更深地打動像岑逸飛這樣的香港讀者，後者甚至缺乏最基本的必要信息，無法判斷陳映真會對台灣獨立這樣的重大問題採取甚麼立場。「獨裁也好過分裂」的國族沙文主義代表着香港華人在文化冷戰期間的國族主義立場，使得岑逸飛這樣的年輕人不願傾聽想像中的一統中華之外的聲音，儘管他尚能欣賞作家的批評才華。對於香港的年輕一代來說，冷戰構築了一種國家主義觀念框架之內的離散國族主義想像，這種想像迫使他們把自己的政治選擇限定在國共二選其一的狹窄範圍。儘管政治視野受到了這樣的局限，年輕一代依然公開宣稱，他們正在豪氣干雲地同時反抗這兩個政權，不傾向於任何一方。*

此外，離散中華國族主義還與國族主義者對冷戰勝利的感情投入密切相關。有了這樣的聯繫，全球地緣戰略思維便得以成為國族主義想像必不可少的組成部分。舉例來說，基於支持民主的冷戰修辭，著名的反共歷史學家勞思光承認，台獨運動可以被視為台灣民眾對蔣介石政權壓迫性腐敗統治的回應。但他還是毫不含糊地否定了台獨運動，認為它行不通。為了規避自己在原則方面的前後矛盾，他宣稱：

> 關心中國問題的人，固然不能不關心台灣；但台灣的命運似乎已定了。那就是：它在美國保護下及控制下，可免於

* 從一定程度上說，香港的離散中華國族主義並沒有甚麼更清晰的政治目標，不過是一致反對台灣獨立而已。在1960年代及1970年代，這個問題都曾引發香港左右兩派年輕知識分子的密切關注。例見(Panku Editorial 1970)。

> 共黨統治；如此拖下去，直到中國大陸有了新的變化時，一個新的中國政府(非共的)重新將台灣收回。如此而已。如果我這個判斷不錯，則台灣基本上只能作為一個養老避難的地方。……我對台灣的前途既有了如此的看法，所以近年來我很少談到台灣問題。我對這個養老避難的安全地帶，不感興趣；因為我尚未老，而避難則可去地方甚多。
>
> (Lao 1968: 4)

這些一廂情願的言論興許忽略了一個事實，那就是台獨運動也有美國的間接支持和默許作為基礎(Wang 1999)；不過，這些言論反映了冷戰地緣戰略思維嵌入離散國族主義話語的程度。香港的離散中華國族主義不光對自由陣營的軍事實力懷有一廂情願的期許，還與華人移民在流亡生涯中找到的神聖道德意義相一致。離散國族主義的這種道德內涵反映在起源於香港新亞書院的新儒家的話語及學術實踐當中，與後者交錯難分。

殖民地上的國族精神：新儒家

新亞書院是為安置流亡的新儒家學者而創立的。書院起初得到了國民黨政府的幫助，後來又獲得了美國的資金支持。新亞書院的學者們認為，自己的流亡生活承載着一份有待於哲學論證的特殊文化責任。新亞書院的著名新儒家學者唐君毅對他和其他人經歷的動盪進行了詩意的描繪，把它形容為一個關於「中華文化之花果飄零」的悲情故事(T'ang 1974: 1–29)。他曾以存在論的語辭提出過，所有的流亡知識分子都需要作出一個個人選擇，是去做一個堅守國族身份的真人，還是去過一種永遠疏離自我身份的生活。他把人們在艱苦流亡生涯中尋找真性的努力稱為在中國文化的長河中「靈根自植」(T'ang 1974: 30–61)。

唐君毅是新儒家的大人物。他的批判性探索，以及他拷問靈魂的自我批評，很大程度上都是冷戰形構的產物。在這一形構之內，西方勢力與流亡的華人國族主義者之間充滿了緊張與矛盾。唐君毅審視了學術依賴的悲哀現實，因為流亡的國族主義學者不得不仰仗西方資助來獲得生存空間和學術發展機會。儘管這些作家持有與西方相同的反共立場，這樣的共謀關係還是來得不情不願。流亡的華人學者和研究者日益焦慮，擔心自己失去國族身份，同時失去對學術目標的控制：他們最終認識到，自己對西方(主要是美國)學界的主要價值不過是充當提供情報的土著線人。換句話說，他們雖然懷有教導西方文化向東方文化學習的遠大抱負，* 內心卻漸漸迷茫，不知道移民知識分子能不能真正走出「匪情研究」的範疇，後者僅僅有益於冷戰的政治及軍事目標。

香港青年渴望留學美國，視之為取得美國公民身份的敲門磚。唐君毅深刻地批評了這種傾向，並且向流亡知識群體發出了一個相當勇敢的呼籲。他的批評也表明了他的不安情緒，因為管制這些青年的英國殖民主子一直計劃把新亞書院併入管控嚴格的主流教育體系(*Report of the Fulton Commission* 1963)。** 辭職

* 1958年，唐君毅、牟宗三、張君勱和徐復觀共同簽署了一份題為「為中國文化敬告世界人士宣言」的里程碑式宣言，在宣言中指出了值得西方文化學習的幾個東方智慧要素(T'ang 1974: 172–188)。

** 唐君毅、錢穆、張丕介等人於1950年移居香港，新亞書院即於是年成立。台灣的國民黨政府在此後四年中資助書院，雅禮協會及福特基金會則於1954年成為書院的首要資金來源。1963年，新亞書院、聯合書院和崇基學院合併為香港中文大學，大學採用聯邦制結構，各學院高度自治。然而，殖民政府收回了尊重此種自治的承諾，強令大學實行中央管理制度，引發

抗議殖民政府舉措之前，他向書院道別，心中極其痛苦：

> 新亞之教育目標，原是望學以為中國用。望得用而不得用，當然會痛苦；但我們如不能放棄此目標，我們亦只有承擔此痛苦，才能表現真正的新亞精神。然而如果中文大學的聯邦制不能保持，我們的新亞精神不能保持，或大家只知有國際與香港，而不知有中國，則我們將連此痛苦亦不能有，而我們的生命將只有化為麻木無生命的國際遊魂，或單純的香港順民。這才真正成了一絕對的痛苦。
>
> (T'ang 1981: 164)

數十年間，新儒家學者一直以堅持批評工具主義知識觀著稱，後者據稱是西方文化的固有內容(Chang 1976)。他們的文化保守主義與五四運動的繼承者格格不入，因為後者普遍對西方的現代性採取全盤接受的態度。新儒家的各位創始人希望為中國的國族發展另闢蹊徑：熊十力曾是重要的革命黨人，後來變身為大學者；梁漱溟則將熊十力的反現代性批評與「鄉土重建運動」(一種以儒家思想為基礎的草根社群建設運動)緊密聯繫在了一起(Alitto 1979)。一系列稀有卻英勇的傳統主義者留下了種種傳奇，而新亞書院繼承了這些傳奇，並且頂戴着「新亞精神」的歷史光環，本身也變成了一個繼起的傳奇。

多年以來，新亞精神吸納了各式各樣的理想主義思想和理念，衍生了眾多各不相同的重新詮釋，最突出的一些詮釋包括堅持反共、人文精神、中華文化精神以及一種教育理想。然

了各學院成員的抗議和批評。新亞書院激烈反對這種集權化動向，書院的一些校董會成員還辭職以示抗議(SUNACUHK 1974)。

而，香港的新儒家雖然啟迪了許多年輕學子，自身卻充滿了矛盾。與身在中國的先輩不同，香港新儒家的求知目標發生了巨大的轉變，目的是適應冷戰期間反共鬥爭的要求。新儒家以大中華文化傳統(這種傳統在很多方面都與香港文化相對立)為教學內容和關注點，因此疏離於香港社會，變成了與世隔絕的學者，沉浸於對道德主體性的純哲學追求，沒能充分兑現儒家經典強調的實踐精神。事實上，他們對西方現代性的批評軟弱無力——因為他們中很少有人甚或無人繼續批評科學或民主，而這兩樣東西正是五四運動為西化樹立的偶像。他們對新儒家學説的辯護基於這樣一種信念，亦即儒家思想可以彌補西方現代性的不足。這樣一來，他們把大部分的精力用於審視中華文化，不切實際地認為西方文化會揭示種種路徑，以便他們修正儒家哲學，使之適應西式的現代生活。* 作為冷戰宣傳隊的成員，這些新儒家激烈抨擊共產主義專制統治的勝利，力度遠遠超過了對香港殖民主義的批評。不過，他們的反共活動一方面充當了西方自由陣營的可靠工具，一方面也為他們疏離香港殖民社會的狀態提供了理由。正因如此，香港的新儒家拿不出任何實質性的社會批評，無法幫助本地學生反思自身面臨的普遍殖民性。換言之，這些新儒家沒能與收留自己的香港殖民社會建立有機的聯繫。

儘管香港新儒家的存在和發展在很大程度上取決於殖民政府的態度，但卻沒有哪個新儒家學者認為，殖民政府會真正看重新儒家的價值。這樣一來，這些新儒家學者不但質疑香港華人青年的國族歸屬，還質疑他們的道德精神，得到的官方支持

* 前述的共同宣言確立了建設民主國家的目標(T'ang 1974: 125–192)。牟宗三撰著的《政道與治道》也反映了一種重要的嘗試，即將儒家思想注入在中國建立現代西式政體的過程(Mou 1961)。

便越來越少。在冷戰對抗於1970年代開始緩和之後，官方支持減少的趨勢變得尤為明顯。既是如此，唐君毅捍衛新亞書院自治地位及新亞精神的鬥爭就只能是一場孤軍奮戰，一場對殖民東主的堂吉訶德式徒勞反抗。新儒家陷身的這種矛盾處境只能催生一條道德與認識的鴻溝，鴻溝的一邊是高尚的情操(對於想像之中的中華的懷舊嚮往)，另一邊則是努力適應香港高壓殖民現實的態度和行為。

這條明顯的鴻溝着實令人尷尬，然而，正是這條鴻溝造就了拉克勞所稱的「刻鑄認同的表皮」，新的政治身份可以通過它來浮現(Laclau and Zac 1994: 13)。1971年的釣魚島領土爭端之後，中華國族主義開始席捲香港學生，新亞書院學生劉美美寫了一封激情洋溢的公開信，引用了幾段唐君毅的道德教誨來批評新亞學者的政治緘默，並且質問，各位老師如何才能以身作則(Lau, M.M. 1971)。這封題為「哭新亞」的公開信引發了激烈的辯論，得到了許多青年出版物的報導和轉載(CSW October 1, 1971)。

劉美美對新亞精神空洞理念提出的質問迅速升溫，本地學生開始着眼於不同的政治關注和期望，據此重新評價並詮釋新亞的理念。這些學生越來越疏遠反共國族主義的觀念，並將它重新界定為反殖民國族主義的出發點。1974年，一名學生談到了自己的新認識：

> 我以為如果要實踐新亞精神，不但在學術文化上闡揚中國文化，而在現實問題，是反對殖民政府。但是二十多年來，這沒有發生。新亞的老師們對於香港青年之缺乏民族意識，一定痛心疾首，這完全是殖民政府之所為。其次是近期的學生運動，其本質上就是反對殖民政府，針對其殖

> 民地政策的，無論其背後的動力是馬克斯主義或托洛斯基主義，我認為這剛補充了新亞精神不足之處。
>
> (SUNA 1974: 33)*

冷戰形構孕育了種種矛盾，造成了學生們為老師與殖民權力共謀感到不安的局面。這樣的情形表明，流亡學者帶來香港的離散中華國族主義似乎並不是一種自洽的意識形態，更像是一篇留有創痛真空的國族敘事。這種國族主義成功地促使學生去為自己爭取一個自主的政治身份，從這個方面來看，它已經為自身的毀滅撒下了種子，因為它與殖民建制的冷戰共謀越來越讓人無法接受。作為一種關於失落的民族之根的哲學，這種流亡國族主義剛剛在香港紮下根來，跟着就開始分崩離析。由此看來，關於流亡一代創痛真空的話語不僅是一種「構成性匱乏」(從拉康的意義上說)，還是一種可以刻寫的話語，因為它提供了一個可供各種國族想像滋長的空白空間(Laclau 1990; Laclau and Zac 1994)。因此，在新儒家學者未能提供與現實前途相符的道德準則，由此便未能填補這個真空的環節。土生土長的國族主義志士便挺身而出，致力於重塑老一代國族主義學者認為他們並不具有的中華性。

重塑中華性

1968年的世界性學運風潮期間，「身份危機」這個熱門詞彙出現在了眾多面向年輕人的出版物當中。這個概念本身既讓人聯想到來自西方的許多激進觀念，也讓人聯想到老一代流亡

---

* SUNA是新亞書院學生會的英文縮寫。

知識分子的懷舊聲音。關於這股重塑中華性的衝動，最好的例證莫過於創辦文化雜誌《盤古》的一群年輕作家和藝術家。他們不光把這本新雜誌定位於文化及政治評論，還推行生活方式革新運動，組織讀者參加各種活動。* 他們以「活得更像中國人」為口號，招攬了一批大學教授、藝術家、詩人、音樂家、醫生和報人，打算創製一整套新式中華風俗，包括新年喜帖、問候語和節慶巡遊；他們甚至發明了新的節慶儀式，編排了新的民間舞蹈。參與者之一記述了他們革新生活方式的想法從何而來。他寫道：

> 包首先提及，某一個朋友曾經建議，中秋節時設計一些賀咭寄贈給朋友，他覺得這是蠻有意思的事。楊說外國的鷄尾酒會，總是有規有矩，而中國的大小宴會，都是亂七八糟。胡菊人也深有同感，他説最怕參加那些甚麼婚宴，因為這些婚宴似乎 除了飲食和打麻將以外，就沒有別的了。還有葬禮，一忽兒到教堂，一忽兒又打齋唸佛，令人莫名其妙。大家就這樣談下去，愈談愈起勁，這些亂七八糟的現象發掘得愈多，也就愈發顯得問題的嚴重性了。
>
> (Shum 1968a: 40)

這場運動同時匯聚了三個重要元素：年輕人追求現代化的衝動；傳統主義者對中華國族精神淪亡的痛惜；以及知識分子的五四式激情，這種激情使得他們立志扮演先鋒角色，為他們自稱代表的民眾制訂一套文化準則。這場文化革新運動雖然沒

* 生活方式革新運動起初是《盤古》雜誌為讀者舉辦的「盤古華年」活動。參見(Panku 1968: vol. 11)的特別報導。

有達到他們預期的目標(亦即走出少數知識分子的小圈子，發展成一場大眾運動)，但卻代表着離散國族主義轉變歷程當中的一個重要時刻。

前述運動聲言要在香港重振一種據稱不見於香港的中華性，由此便即時開闢了一片空間，在這片空間之內，香港的年輕知識分子可以想像自己處於國族復興的中心位置。關於中華的離散想像並不具體指涉任何一片中國土地，但卻產生於冷戰權力形構之內，不露痕跡地顛覆了中國與香港之間相沿成習的中心–邊緣等級關係。這一轉變深刻地影響了不久之後興起的回歸中國大運動，我將在後文予以討論。

在香港修訂文化國族主義

不過，我們不妨首先討論，這樣一種普遍的身份危機為何產生了為香港身份的崛起掃清道路的連帶效應。我將通過分析《中國學生週報》來闡明這個崛起過程當中的複雜話語周旋。《中國學生週報》是一本高中生雜誌，印行於1952至1974年間，讀者超過三萬。跟我們之前討論過的所有例證一樣，《中國學生週報》也是美元文化的產物，儘管它表面上的追求據說是現代中華國族主義的理念(Ip 1997; Wu 1999: 18)。《中國學生週報》印行了二十多年，被人們視為在此期間最成功的學生雜誌之一。* 它發行範圍廣，又為年輕人提供了瞭解各種文藝新思潮的空間，因此被本地學者譽為新一代香港文化工作者的搖籃(Xiaosi 1997)。

* 戰後頭二十年裏，包括學生會所辦報紙在內的香港學生出版物獲得了廣泛的社會承認，影響不限於校園範圍；這些出版物通過商業發行渠道售賣，其內容經常得到其他大眾媒體的報導或轉載。

其他的政治出版物往往充滿了鸚鵡學舌的反共宣傳，而《中國學生週報》以年輕的中學學生為目標讀者，這方面的內容就相對少一些。然而，在印行的頭二十年裏，它也跟其他的反共出版物一樣，炮製了同樣多的冷戰修辭，把共產中國列為徹頭徹尾的「他者」。它發表了許多聳人聽聞的報導或難民故事，編輯方針雖不像其他出版物那麼生硬，但卻還是搭建了一個屢見不鮮的天堂–地獄框架，藉此比較香港與中國大陸的優劣。1950年代初期，左派人物鼓動香港學生返回中國去深造，《中國學生週報》便刊發大量文章，勸這些學生不要受左派的「蠱惑」，並且報導了在中國學習的種種苦況(CSW August 15, 1952; September 12, 1952)。由於這一時期的大多數中文報刊都以某個黨派的方針為導向，此類火星四濺的宣傳口水戰幾乎變成了日常生活的一部分。

從這些方面來看，《中國學生週報》與我討論過的其他難民出版物並無不同。不過，其他出版物可以為成人讀者報導關於中國的所有抽象認識，無需涉及本地社會的任何方面。但《中國學生週報》針對的卻是大多出生在香港的年輕一代，因此就不能不頻繁描寫香港社會，以便拉近雜誌與年輕讀者自身體驗的距離。然而，接下來我會講到，在進行這類描寫的時候，《中國學生週報》不得不粉飾香港社會的殖民現實，把香港歸入「自由世界」的類別。從許多方面來說，1950及1960年代的香港依然是一個壓迫性的殖民社會，官方管控十分嚴厲，任何一個重要政府部門都不曾實行有效的民主選舉，儘管如此，《中國學生週報》的大多數作者卻把這個城市描繪為自由–民主陣營的一分子，一個「自由文化堡壘」(CSW August 22, 1952)。正如葉蔭聰指出的那樣，《中國學生週報》的許多作者都會用冷戰修辭的標誌性語彙來指涉香港。比如說，許多人都聲稱，《中國學生週報》本身就是「新聞自由」的例證，香港教育則是「自由教育」，而香港也是「自由世界」的一部分。所有這些說法都與他們筆下的中國大陸形成了鮮明對比，後者是一個如同地獄的環境。他們把香港說成是華人學生能呼吸到「自由空氣」的唯一一個地方，甚至說香港是最後幾個還在教授中華故國文化和歷史的地方之一(Ip 1997: 22–24)。為了闡明香港享有的「自由」，闡明中華文化在這個「自由」環境中的蓬勃發展，《中國學生週報》不僅為殖民政府及其教育政策進行辯解，並且千方百計地掩蓋殖民政權下的真實生活體驗，要不就把它們改寫成雙文化和諧社會中的生活體驗。舉例來說，1963年，《中國學生週報》的作者展開了相互辯論，論題是中文中學與英文中學並存的狀況是否可取。辯論期間，一些年輕作者指責英文中學的學生不愛國，丟了華人民眾的臉(CSW 585/1963)。* 為了反駁他們，一名英文中學學生寫了一封自白書，講述了她就讀中文小學的以往經歷，說她當時英文不好，受到了高年級同學的歧視。她寫道，她並沒有記恨同學，只是把歧視變成了同時學好英文和中文的決心。她還說，這是她肩負的一份責任，因為在與外國人交朋友的時候，她為自己的華人身份感到自豪；如此說來，英語說得好，也是華人的一種驕傲(CSW 590/1963)。《中國學生週報》的編輯迅速撰寫了一篇社論，稱讚她的決心，並且重申了香港雙語並重的重要意義，鼓勵她學好英文。這些編輯直接以中華民族尊嚴為訴求，沒有從其他的任何出發點立論。然而，他們的用意十分明顯，那就是防止這場關於國族主義的辯論得出一個反殖民主義的結論。

---

* 辯論詳情可參見(Ip 1997: 26)。

作為一本有影響的青年雜誌，以文藝為主要內容的《中國學生週報》表達了足以打動年輕讀者的強烈政治訊息，這樣的說服能力使得它可以逐步蛻變，以圖為中華國族主義拿出一種新的詮釋——這種詮釋不再把中文視為中華性的關鍵表徵。諸如前述雙語辯論的事例在《中國學生週報》為數眾多，標誌着中華文化國族主義話語在香港發生了緩慢漸進卻意義重大的轉變。幾乎是在每一個中華民國國慶日(10月10日，亦稱「雙十節」)，《中國學生週報》都會刊發文章來紀念孫逸仙的辛亥革命；另一方面，這本雜誌也以越來越大的力度來稱頌香港生活方式的特定方面。這一重心轉換的後果是減小中華文化國族主義與這個殖民城市的生活方式之間的歧異，儘管自1930年代以來，這種生活方式曾遭到中華國族主義者的猛烈抨擊(參見第五章)。

勾結共謀殖民統治的冷戰轉變

如前所述，由於西方冷戰反共活動的戰略需要，香港攤到的角色是充當阻止共產主義蔓延的前沿陣地。在這個戰略算盤當中，中華文化國族主義具有至關重要的意義；唯一的先決條件是，這個角色不能危及香港的殖民管治。這樣一來，為了逆轉中華國族主義者與英國殖民統治之間的對立態勢，各方必須打造一種新的意識形態霸權，藉以調和香港的殖民現實與民族自治願望之間的潛在衝突。因此，以《中國學生週報》為代表的新型中華文化國族主義既沒有保守的返祖傾向，也不具有反帝國主義色彩、激進色彩或是烏托邦色彩；原因在於，這種國族主義受制於為西方服務的冷戰框架。在冷戰框架之下，新派–舊派或進步–傳統的二元對立不復存在，殖民主義與國族主義之間的種種關係通通退居次席，讓位於兩大陣營關於「這邊–那邊」、「自由–獨裁」以及「我們–他們」的修辭。

根據葉蔭聰的記述，通過喚起一種香港身份，中華文化國族主義與殖民主義之間的相互遷就最終導致了一種社會保守主義。他宣稱：

> 根據法農在阿爾及利亞的經驗，本地的民族主義身份往往與殖民者連成一氣，本土主義者熱熾渴望佔據殖民者遺下的空缺。……在香港這個處境，文化民族主義者並不完全困在西方殖民者的框框裏，相反，她/他們各自在不同領域，互相配合共同建立殖民管治，文化民族主義者以「人民」「社會利益」之名，號召香港社會的團結，誕下了一個略具初形的「民間社會」，可是，這個「民間社會」遠不是對抗威權國家的反抗領域，而是服膺於殖民政權的「安定繁榮」社會秩序。
>
> (Ip 1997: 32–33;)

葉蔭聰的評述或許忽略了一個事實，即唐君毅之類的新儒家人物一度對學術(殖民)依賴提出了含蓄的批評，不過，他指明了關於香港身份的話語起初是文化冷戰形構的副產品，這一點顯然正確無誤。爆發於1960年代中期的社會動亂當中，傾向於殖民建制的香港身份觀念橫空出世。政府以高壓手段維持法律與秩序，《中國學生週報》的職員則成為了發言支持政府的第一批群體之一。他們的反應帶有十分強烈的黨派傾向，儘管雜誌編委會的部分成員曾建議組織稿件來論說動亂的社會原因，雜誌高層也只是拒絕了事(Liu 1988; Ip 1997: 28)。

殖民政府大肆宣傳「香港歸屬」，以圖淡化香港的國族主義運動，從而抑制危險的激進化潮流。正是在這個時候，《中國學生週報》的冷戰共謀意識形態遭遇了最大的考驗。有鑑於雜誌讀者紛紛表達對香港的高漲興趣，關注點發生了改變，《中國學生週報》便啟動了一個本地化進程：舉例來說，它留出了部分版面來報導社會問題和西方的學生運動，刊發有關外國文學及電影理論的介紹性文章(Lo, W.L. 1996a: 54–73)。《中國學生週報》放棄了慣常的反共方針，參與討論身份危機問題，響應了《盤古》、《展望》等其他雜誌所作的改變。教條式的反共言論逐漸消失，香港成為了《中國學生週報》關注的焦點；關於香港的詩歌、散文和小說大量湧現。在《中國學生週報》的年輕作者筆下，香港同時得到了「誇飾」和「美化」(參見Ip 1997: 31)。關於《中國學生週報》後期多種聲音並存的狀況，以及它體現的種種矛盾，盧瑋鑾在個人回憶錄中進行了總結：

> 1954 年開始，秋貞理(司馬長風)寫一種不鬩欄的專欄文字，以中國知識分子角度，向青年人宣示國家民族意識，談愛國愛鄉，談理想、學問、文化、個人修養，成為當年許多香港青年學子的學習指標。1963年，何真(戴天)寫《教師手記》，就以作為香港教師的自身所思所感為主，往往從世界文化角度，檢視反省在中西文化交接中的香港教育處境。正因為這樣，他談的不再如秋貞理的傳統，卻用新的知識來檢視本土的差距，就引起了許多指摘與批評，何

真認為這些謾罵正顯示了「他們的知識，大都關閉在一個特定的模式之中」。1969年，小思負責《路上談》，就把關注收得好窄，幾乎不再提及傳統文化，更沒有西方新知，焦點全集中在本土的青年人身上。關心的是他們生活面臨的困境，心理狀態，然後提供一些到皮不到肉的所謂解決辦法。內容針對當時的青年苦悶的問題，但又迴避了外面社會如火如荼的激烈行動，這種溫吞，表面是十分安全，實質卻另類箝制。

(Lo, W.L. 1996a: 66–67)

盧瑋鑾並不樂意接受《中國學生週報》只是冷戰爪牙的批評，但她本人就有可能見證了離散中華國族主義與讀者迅速變化的關注焦點日益隔絕的過程。前引的這一小段個人記憶是一個生動的例證，說明了《中國學生週報》的反共國族主義者對於新生香港身份的矛盾心理：一方面，他們希望看到香港特質得到保護，免遭共產主義的文化及政治侵襲；另一方面，他們也意識到，此類本地意識一旦崛起，他們自己不願批評的那些殖民社會問題必然會悉數曝光。無論是國族主義知識分子的崇高悲憫，還是陳詞濫調的現成西方理論，都不能幫助追根究底的青年一代應付真切可捫、近在眼前的殖民現實——儘管悲憫情懷和效仿西方的理論探索都是現代中華國族主義者知性實踐的典型特徵。為了跟上草根社會運動在香港紛紛爆發的形勢，後期的《中國學生週報》連篇累牘地刊發關於社會問題的文章和報導，儘管一些讀者提出批評，指責這種突然高漲的社會關注既膚淺又情緒化，而且虛情假意。事實上，鋪天蓋地的批評話語已經超過了這本文化雜誌應該保持的分寸，因為它起初的使命是充當親西方的冷戰工具。《中國學生週報》的各位編輯原本鼓勵年輕的香港讀者培養社會及文化意識，如今卻看到這種意識開始反噬自己的雜誌，面對此種局面，他們既驚訝又茫然。

從某些方面來看，在1970年代，《中國學生週報》拋出的那些更注重本地的離散國族主義話語陷入了與新儒家一樣的困境。《盤古》作者痴迷於重塑中華性，反映了想像故土的理想狀況與這些思想者疏離殖民現實的狀態之間存在一道巨大的鴻溝。與此相似，《中國學生週報》無力引領幫助香港青年認同香港的運動，反映的是老一代非左翼文化領袖遭遇了整體的失敗，無法找出一個適當的立場，讓年輕人藉以對抗香港的殖民現實。離散國族主義消亡之後，香港進入了一個充滿形形色色的社會及文化不滿情緒的時期。當時的許多人都認為，這個後來被命名為「火紅年代」的時期會成為香港殖民歷史終結的開端：難民心態已成過往；新的香港身份正在萌芽。

III

揮之不去的殖民主義

第7章　殖民權力本地化與回歸中國

時至今日，人們普遍將1970年代定性為香港發生里程碑式轉折的時期。許多人稱頌這一時期的經濟騰飛，但也有不少人指出了這一時期的文化及社會轉變。政治行動主義及激進主義在大學生當中的興起經常被人指為這些深刻變化的一個重要原因，這些變化使得戰後出生在香港的一代華人產生了新的政治觀。這一代華人對政治參與的興趣日益增長，此種情形往往被視為初生本地意識的體現。本地意識是身份危機的後果，危機的起因則是冷戰時期的非左翼離散中華國族主義未能應對十分惱人的殖民現實，後者使本地華人得不到民主參與的權利，也無法產生國族歸屬感。由此而來的結果是，1970年代的激進學潮動搖了英國對香港殖民統治的合法性，為回歸中華故國的呼聲鋪平了道路。我大致可以同意，土生香港華人是從1970年代才開始把自己視為追尋前途及獨特自我身份的歷史主體，但我不能完全肯定，1970年代的激進學潮果真達成了與過去一刀兩斷的重大「轉折」。原因之一在於，這種敍述掩蓋了離散中華國族主義與建構香港身份的各種晚近嘗試之間的連續性。此外，香港社會對煽動1967年暴亂的共產分子表達了一邊倒的憎惡情緒，到1970年代早期卻有了一群瘋狂仰慕共產中國、要求香港回歸中國的精英大學生，前述敍述並不能解釋，香港社會發生這一轉變的原因在哪裏，過程又是如何。*

*　長期以來，1967年暴亂與香港親共勢力之間的聯繫一直是一個敏感問

本章我將分析導致中港之間身份政治複雜格局的話語轉換和話語替代。我將闡明，儘管政治傾向的轉變十分急劇，我們仍然可以看出，受冷戰影響的離散中華國族主義與年輕香港精英新生的主體性之間存在顯著的連續性。要分析我所稱的「回歸話語」，首先需要審視孕育香港學生運動的戰後教育體系，因為在1960及1970年代的香港，它是阿帕度萊所說的「意識形態景觀」(Appadurai 1996)的重要組成部分。在此之後，我將透過幾個歷史細節來分析，回歸話語如何促成了香港華人知識分子的政治傾向大轉彎。本章將會說明，這次意識形態重新定向的基礎是一種新的管理主義觀念，後者支撐了認可中國的共產主義統治或香港的殖民統治的願望。與此同時，本章還要探討一個問題：早在1997年英國向中國移交香港主權之前，香港為何及如何具備了殖民權力本地化的條件。這一殖民權力本地化進程有助於解釋，中國當局重掌香港的政府權力已有十年，政治及文化意義上的解殖為何仍是一個可望而不可即的目標。

身份危機向左轉：回歸話語

多年以來，香港大學一直居於殖民精英教學體系的頂端。港大創立之後，由於中華民國的四十年政治動盪和英國對華影響的削弱，盧吉為中國培養新一代土著紳士的宏大計劃變成了一個未得完成的夢想。不過，港大——迄1964年為止，它是香港唯一的一所精英大學——始終是一片苗圃，不單為殖民政府培育忠誠的公務員，也培育醫生和律師之類的專業人員。中國

題，因此就成了研究最少的問題之一，例外可參見(Leung, K. K. 2001)；(Cheung, K. W. 2000)。

大陸的難民大量湧入，推動了香港中文學校的發展，促成了一個非正式的民間中文教育體系。然而，由於港大只從香港的英文學校招生，中文學校就成了人們心目中的二流貨色。採用雙語的香港中文大學於1964年成立，在流亡知識分子看來，此事象徵着殖民政府對中文教育的認可；他們中的一些人為香港中文大學歡呼，説它是打破英文霸權的重大步驟。成立之初的二十年裏，香港中文大學是殖民教育體系之外的唯一替代選擇，得到了香港一些中文報紙及雜誌的讚揚(Lau, J.S.M. 1971; Lee 1971; Nanbeiji 1971)。

毋庸置疑，剛開始的時候，香港中文大學並未宣稱自己是一個意在動搖殖民建制的激進機構，中大的學生也不曾表露任何反殖民情緒。與此相反，中大和港大的學生大多持有保守的政治態度。舉例來説，對於政府鎮壓1967年街頭抗議、示威及暴亂的措施，港大和中大的學生領袖都表示了支持。校園裏盛行漠視政治的風氣，對於玩世不恭和頹廢墮落的哀嘆是學生出版物的典型主題。政治懷疑主義主宰了校園，所有人都心存疑慮，認為一切政治討論都逃不脱政治煽動的影響，各個校園都受到了職業學生的滲透。這種漠視政治的立場盛行於1960年代的壓抑氛圍之下，後來卻逐漸減弱，原因是一些建制派華人社群領袖選擇了政治機會主義的路線，試圖彌合華人居民與殖民政府之間的裂痕，方式則是發起運動，呼籲政府擴大自身的中文應用，將中文認可為另一種官方語言。

社群領袖的這種自抬身價之舉無非是為了爭取社會支持，以便自己通過殖民薦舉結構往上爬，但它很快就點燃了精英大學學生的想像，因為這些學生也急於更多地參與大學管理。港大的精英學生以西方1960年代的學生運動為榜樣，開始大談特談學生在政治當中的角色。建制派華人精英要求政府認可中文的呼聲迅速得到了學生的積極支持，變身為一場更為廣泛的市民及學生運動。這場中文運動的烏合聯盟沒能讓殖民主子對這些忠誠的社會賢達更加青眼相看，因為其他一些活動分子把中文問題用作平台，試圖推進一場更壯大中華國族主義運動。中文運動雖然規模有限，但卻是香港的第一場六八年五月暴動後的社會運動，把華人身份與殖民政府擺在了對立的兩面(Hong-Kong-Affairs Group 1982; HKFS 1983)。

「海外中華」激進化？——保釣運動與火紅年代

中文運動的要求雖然相當溫和，但卻造成了一種鬧哄哄的亂局，其核心則是華人身份的模糊政治內涵。不久之後，這場運動的有限目標及願景便讓位於1970年代早期精英學生的國族主義狂熱。* 觸發這一戲劇性轉變的事件是圍繞釣魚島(尖閣諸島)的主權爭端，爭端涉及中國、台灣、日本和美國(The Seventies 1971; Kwan 1997)。** 各自聲稱代表全中國主權的兩個

---

* 關於激進學生為何出現在1967年暴亂之後，而不是暴亂期間，有一個廣為流傳的社會學幽默：受到1967年政治動亂的驚嚇，華人精英階層的子女有相當一部分都去了海外留學。他們的缺席為非精英背景的學生留下了空間，使後者得以進入香港的大學。十分諷刺的是，港大的宿舍——盧吉本想把它用作「品性培養」的工具，藉此抑制土著學生激進主義的萌發(參見第三章)——變成了國族主義抱負的溫床(Deng 1990)。在香港中文大學，對於兩種教育體系的失衡措置提供了額外的政治動因，促使學生決定把失望情緒轉化為傾向政治的能量。

** 無人居住的釣魚島/尖閣諸島位於日本與台灣之間。一些中文記載可以佐證，遠在明朝(1368–1644)，中國的官方文件及地圖就已經收入了釣魚島。甲午戰爭之後，清政府把台灣割給了日本。大約五十年之後，日本在二戰中失敗，中國收復了台灣及其鄰近島嶼。然而，一份日美條約把釣魚島列為日本琉球群島的最南端部分，而不是台灣的離島，這些島嶼由此處

政權都不打算堅決捍衛這幾個無人小島的主權，香港和台灣的華人學生卻起而抗議，儘管當時處於嚴厲管控之下的中國大陸並未作出任何回應。關於保釣運動對台灣和香港產生的長期影響，學者們至今沒有進行仔細的評估，不過，可以肯定的是：無人島嶼的未決主權問題是海外華人主張並界定「海外中華」身份的一件理想工具。它完美地象徵了離散國族主義無以名狀的創痛，為海外華人提供一個歷史角色而架搭出一個幻影式的結構。

在香港，執法機關暴力鎮壓國族主義者和學生的和平示威，致使中華國族主義者對殖民當局展開了更廣泛的批評，儘管英國政府實際上並未涉入這起領土爭端。但事件的結果卻是，由老一代反共國族主義者培養的國族主義抱負，迅速演化為反帝國主義及反殖民主義情緒，在很大程度上附和了左派的各種激進觀念，包括(與西方學生運動一樣的)無政府主義、托洛茨基主義和(由在港中共勢力推動的)毛式激進主義。雖然這些新起的激進思潮最終都沒有在香港社會紮下根來，但原有冷戰霸權的崩潰卻對本地的意識形態話語造成了無可逆轉的改變。學校的教師們對保釣運動態度冷淡，正好說明了學生們是在力圖尋找反共框架之外的新視點。之前討論學生發表《哭新亞》的時候，我們曾經提到，右翼文化國族主義者的威望已經消失殆盡。學生們把他們的緘默解釋為虛偽的表現，後來還挑釁地宣稱，身為國族主義者的老師們其實只是西方帝國主義者的同謀。

這樣的意識形態混亂催生了各種激進立場之間的激烈競

於美國的軍事控制之下。1971年，美國與日本簽訂了另一份條約，把琉球群島還給了日本，釣魚島也在其中。

爭：「社會派」(包括托洛茨基主義者、無政府主義者和自由派民主主義者)* 力圖利用不滿情緒來發起全社會的市民權利運動及勞工運動，「國粹派」卻形成了一股強大的反動員勢力，打算把運動推到相反的方向。在中共駐港青年工作的領導人暗中帶導下，「國粹派」的青年學生領袖倡導一種遠為溫和的運動，並以國族身份為唯一的關注點，利用身份危機來贏取優勢。舉例來說，他們並不通過組織本地工會或社團來大力挑戰殖民統治，反而對此類政治行動敬而遠之，他們試圖引領一場更側重文化的學生運動。「國粹派」安排了一些參觀中國的旅行，希望增強學生對共產中國的愛國意識，因為他們認為，共產中國是社會主義的前途所在。這樣一來，儘管毛澤東主義、革命及社會主義觀念是年輕精英們在這場意識形態鬥爭當中的新王牌，但起主導作用的理念卻依然是去激進化。這樣的兩面性有一個簡單的結構解釋：激進的香港並不符合中共的地緣戰略利益。** 另外更重要，無疑是年輕的精英學生領袖那種公然的政治機會主義路線。儘管如此，此種「國粹派」立場依然風行於大學校園，「國粹派」也成為了校園裏的主導派別。這樣的意識形態傾向大轉彎值得我們更仔細的審視。它起初並不以左派政治理念的面目興起，而是脱胎於本章一直在探討的離散國族主義話語空間。

---

* 這裏的「社會派」並不等於西方意義上的「社會主義者」；因此，鑑於「自由派民主主義者」一詞反映了對本地社會的關注，這類人也屬於「社會派」。

** 中共不希望看到香港走向激進，因為香港是中國通往外部世界的出口，並且能為中國掙來大量外匯。然而，中共的這種態度還有一個人們普遍接受的藉口，這個藉口潛藏在毛式語言當中：香港不能亂，因為「社會主義帝國主義分子」(蘇聯)的滲透無所不在。攻擊托派學生的時候，「國粹派」曾惡毒地指責他們是蘇聯間諜。

作為精神救贖的回歸

「回歸」修辭首見於1967年問世的《盤古》雜誌，雜誌創辦者是一群流亡的中華國族主義知識分子。1960年代中期，各種政治刊物曾圍繞這個口號進行激烈的論辯，時間遠遠早於年輕的大學生在1970年代開展的相關實踐。《盤古》雜誌懷有相當高調、範圍廣泛的政治及文化興趣，以及敏銳的理論及社會關注，面向那些聲稱留心知識分子事務、樂意承擔國族責任的知識人。《盤古》以無黨派知識文化雜誌的面目出現，把香港年紀最輕、最有活力的一批作者聚到了一起。然而，儘管港大的一些精英學生也是《盤古》的讀者，《盤古》還是跟其他的難民出版物一樣，主要在私立學院的流亡華人知識圈子裏流傳。這些私立學院構成了非主流的中文教育體系。

回歸話題標誌着《盤古》雜誌發展歷程中的一個分水嶺。部分雜誌作者提出回歸問題之後，只不過短短五年的時間，《盤古》就從一本反共雜誌變身為一本極左刊物，甚至成為了1970年代毛派親共左翼學潮的指揮所。創辦初期，《盤古》的版面充斥着難民文學作品、反共文章、西方文學理論介紹和譴責左派參與暴亂的文字；到了1972年，雜誌卻刊發了一些紅衛兵風格的文章，大肆抨擊「右派教授」、「臭知識分子」、「帝國主義走狗」和「知識買辦」(Panku Editorial 1972)。這一戲劇性變化非因編輯部發生了政變，而是源自雜誌編輯方針從1968年開始的逐步轉變，就是在那一年，回歸問題為隨後的知識潮流變化定下了基調。包錯石和陳齊合寫的一系列飽受爭議卻影響巨大的文章，再加上其他的一些文章，全都生動地體現了雜誌的意識形態轉變，轉變背後的因素則是複雜的話語替換和移置(Bao, C. 1967a, 1968; Bao, Y.M. 1968)。* 在這個過程當中，我之前討論過的「海外中華」話語逐漸變成了回歸話語。

1980及1990年代，「回歸」一詞通常只指涉英國於1997年向中國移交香港主權的進程，但在1960年代，「回歸」卻承載着遠為廣泛的哲學意味及戰略考量。在當時，回歸概念指的是一個社會及心理進程，離散華人知識分子的身份危機可以藉此得到想像之中的化解：也就是說，人們應該回歸中華文化之根。由此可見，「回歸」的概念實際上衍生於我之前討論過的「海外中華」話語。從某種意義上說，率先提出「回歸」概念的時候，包錯石和陳齊是在用它來回應唐君毅關於精神救贖的悲涼呼籲，後者的呼籲體現為「花果飄零」的意象。按照唐君毅的形容，中華文化經歷着一個在人們目前的苦難和漂泊狀態之中自我鞏固的過程。從這個方面着眼，包錯石和陳齊把唐君毅具有哲學意未的回歸的呼籲，換喻成「落葉歸根」的要求。他們煞費苦心地闡釋了「回歸」的哲學內涵，並且把這個詞彙與他們針對台獨主張的批評聯繫了在一起。他們寫道：

> 漫天動地的，人生只是一個回歸的運動，在這運動裏，每個人挾着他的鄉愁、他的貢獻、他的需要回歸到他歸屬的人間世。人生悲歡離合，都只是這派回歸之流中的浪花……
>
> 「誰是中國人？」這個問題也就是人類中甚麼人最適合把他們個人的寄托和進展——情感上的、知識上的、技能上的、物質生活上的——契合而且歸屬到一個有着特殊存在條件的——文化傳統的、物質和技術的、地理與歷史上的——中國社會。只有當這個歸屬運動受到致命的阻碍時，這些命定的中國人才

* 「包錯石」原是包奕名的筆名。

> 開始尋找代替品，才開始陷進一個個人生的 位中，去矇蔽自己歸屬的挫折。而諸如「失落」、「無援」、「分裂」、「獨立」也都只是我們不能回歸的反動。
>
> (Bao, C. 1968: 4–6)

這兩位作者喚出一種預定的中華身份，滿懷深情地大段描寫原初的紐帶，並且指出，完全是因為紐帶斷裂，流亡知識分子才產生了令人嘆惋的疏離感，以及「獨立」的虛幻追求。換言之，他們認為，台灣獨立完全是一條可悲的路線，可悲是因為它喪失了自我身份，只有藉由回歸故土的獨特過程，人們才能找回自我身份。

作為理性選擇及現代化理論應用的回歸

這種激情洋溢的道德呼籲還伴生着另外一種敍述。唐君毅懇切呼籲知識分子擔起責任，包錯石和陳齊與他真正有區別的地方在於：「回歸」還是一個理性的選擇，其依據是比較歷史社會學的冷靜分析。用他們的話來説，中國擁有輝煌的過去，因此是「一個值得效命的國家」；「現代西方文明」則擁有輝煌的現在，因此「提供了迄今為止最好的變革方向」(Bao, C. 1968: 7)。依照想像之中的社會演進模式，他們斷言，中國必須向西方學習，「以便走進現代中華文化的『初始』階段」(Bao, C. 1968: 7)。按照包錯石和陳齊的説法，這件事情並不只是與道德價值有關。他們聲稱，「這個任務的落腳點並不是民主之類的抽象理念，而是其『能動側面』——亦即社會動員」(Bao, C. 1968: 7)。因此，西方之所以體現了最好的經驗，原因在於它成功地實現了「社會融合與社會動員，因為社會復興的秘訣包括三個要素：國族主義、工業化和國民教育。」

對於現今的社會學學生來說，包錯石和陳齊提出的這個方程式似乎了無新意，隨便哪個人都可以從社會學課本當中找到它。但在1960年代，這個方程式卻為包錯石和陳齊提供了強大的修辭火力，讓他們憑此展開兩線作戰。一方面，他們動搖了傳統主義者對國族主義的保守詮釋；另一方面，他們也無情地打擊了全盤西化的倡導者，聲稱後者過早地提出了在中國實行民主制度的主張，表達的是跳過一個社會演進階段的不現實願望。包錯石和陳齊倡導一條標準的社會演進路線，主張先實現社會動員，然後才全面採納西方價值。不足為奇的是，他們重複了中國馬克思主義者的批評，指責自由派不瞭解中國的現實狀況。包陳二人宣稱，自由派都是知識買辦，對中國的危害不亞於官僚、地主和軍閥。這一輪進攻炮火有一個最為古怪的特徵，那就是完全沒有使用馬克思主義或毛澤東主義的語彙；與此相反，包陳二人借用的分析框架和用語都來自新儒家，要不就是西方的現代化理論。讀過唐君毅作品的人一定會發現，包陳二人借用了唐君毅對於學術依賴這可恥現實的批評。由於這種學術依賴，流亡知識分子向西方兜售的只能是關於中國的陳腔濫調，後者無非是「匪情研究」產業的產品。不過，對知識買辦主義發表左翼批評的時候，包陳二人還用上了進化論歷史社會學的武器，因為只有後者能提供相應的術語(社會動員水平)，讓人們據以嚴格評判共產政權的成就，進而為這個政權找到合法性。只有通過對「海外中華」話語進行這樣的改頭換面，香港的離散國族主義才能完成從右傾向左傾的轉變。顯而易見，這樣的轉變僅僅是一部分知識分子從一種政治立場向另一種政治立場的跳轉，但我們還是應該進一步考察這一左傾轉變的內容，以便瞭解其中真意。

從匪情研究到國情研究

在另一篇文章中，包錯石和陳齊懇請所有的海外華人知識分子擯棄匪情研究，着手開展新型的國情研究(Bao, C. 1967a)。與此同時，通過進一步地遠離崇高操守和道德負擔，包陳二人還不露痕跡地消解了新儒家國族精神觀念的道德權威。他們拿出一種多少帶有諷刺意味的腔調，勸說所有的海外華人學者參與國情研究，理由是後者必將成為一種時髦，具有巨大的變現價值。他們認為，探究中國發展模式的秘訣所在將會成為新的時尚，據此預言國情研究會變成一門新興的知識產業，並且試圖為它制訂一套方法論準則：

> 所謂知識，只是一切自然人文事變被符號分類化、因果化、邏輯化了的一套由已知求未知的方法系統。……尤其到了外國學會了另一套整理資料分析道理的方法學以後，我們就更應該找些中國的新材料來製造知識，不能只自謙為中國最高級北京填鴨去儘填一些舊中國事變的廢料……有德者是誰？那就是讀萬卷書行萬里路而又終於回向中國的事變去用科學方法採掘材料提鍊和知識的留學生。
>
> (Bao, C. 1967b: 35)

留學生群體的成員往往滿心愧疚，因為冷戰時期的知識依賴注定了他們的買辦地位。包錯石和陳齊針對留學生群體發出了呼籲，希望他們投身於新的國族主義學術，藉此直面東方主義–買辦情結。包陳二人的全套修辭技巧在於給流亡知識分子的職業手藝添上治療功效，手段則是重述流亡知識分子的求知慾望，將其納入一套新的知性話語，在這套話語當中，華人知識分子可以找回「失落的靈魂」，同時又無需放棄自己在西方學界積累的文化資本，也就是科學方法。到了中國，他們不僅可以尋回文化之根，還可以找到以前不曾留意的寶藏。包陳二人寫道：

> 到外國知識界去乞討的浪子突然發現自己家裏山積着知識或知識素材，本該是欣喜若狂的。不幸正因為中國留學生或準留學生反而把這片的大好園地當作出產「匪情」的荒涼沙漠，才縮出一片真空使外國學者「專家」在一知半解中以嚴肅真誠的態度作出不少誤解曲解的判斷和報導。
>
> (Bao, C. 1967b: 35)

中國擁有的待掘寶藏既可以讓人發家致富，又可以創造知識(尤其是學術形式的知識)，甚至可以改變一個人的身份。有鑑於此，包陳二人宣稱：

> 留學生或準留學生懷着西化的心，扶着西遊的勁，輕飄飄的，一生都最喜新厭舊，和「傳統」勢不戴天的……在反傳統的破舊立新上，中國大陸是中外古今最為空前的文化舞台。……現在中國留學生豈能長守西方去對鏡西化自己，因此也該使自己的知識研究東走中國大陸或台灣去驗驗西天靈茶的效，至少也該一心向東，先做點惠而不費的

國情研究。如果後來發現中國未必需要西化，而倒是留學生自己需要一點華化，既一心向東，華化起來也不會太遲。

(Bao, C. 1967b: 35–36)

對於包錯石要求回歸共產中國的呼聲，任教於香港中文大學的著名反共思想家勞思光心有不安，於是便加入了這場意識形態論爭。他撰寫了一篇答辯，肯定了包陳二人關於留學生缺乏責任意識的批評。顯而易見，許多留學生更在意如何取得外國——尤其是美國——身份，不怎麼關心故土社會。勞思光指出，這方面的批評主要適用於台灣留學生。他宣稱，與台灣學生相比，香港學生對美國身份的追逐沒有那麼狂熱，對中國的責任意識更強，並且不那麼趨奉西方的中國研究專家。然而，勞思光或許沒有認識到，他和他的反共知識分子盟友必須反擊針對知識依賴冷戰結構的批評，必須觸及其認識論基礎。要是忽略了這項任務，無異於打開一道洩洪閘，面對滾滾而來的左傾洪流，反共國族主義者再也無法守住任何道德高地。1970年代的情形正是如此，作為一種反共的道德及社會批評，離散文化國族主義日益自我削弱，最終則蛻變為一個由左派版本的現代化社會學主宰的話語範疇。

社會動員的倫理

社會學邏輯為現代化話語提供了合法性，後者又為中共全面動員中華民族的成就提供了辯詞。動員的倫理推翻了原有的冷戰價值等級秩序，這種等級秩序的內容之一是民主高於獨裁。包陳二人的論調表明，年輕的華人知識分子正在積極採納現代化社會學，用它來為中共辯解。諷刺的是，這樣的舉動恰恰出現在文化大革命甚囂塵上的1960年代中期，那時候，毛式中國的紅衛兵正在徹底否定社會學，認為它是市儈階層、資產階級和西方炮製出來的東西。此後十年中，周恩來和鄧小平都因倡導現代化計劃而遭受了政治冷落；儘管如此，火紅年代的香港學生對中國表露的好奇仍然起到了推波助瀾的作用，促使人們對新中國的發展模式產生了高漲的社會學興趣。按照預定的設計，「認識中國」將會促成「認同中國」。既已勾畫出這樣一條路線，包陳二人便認為，國情研究與愛國精神之間不應該存在任何阻隔。儘管一些海外知識分子起初只是在理性或功利動機的驅使之下研究中國，但他們最終也會傾向於其他的一些動機，後者會驅使他們去解決自身的存在困局，接納愛國主義的價值承諾。

包陳二人斷言，應該在實證研究和詮釋學研究之間架起一道橋樑。無論這種說法多麼正確、多麼有趣，他們關於知性回歸主義的謀劃都不僅僅是一場辯證綜合的特技表演；實際上，他們的謀劃還牽涉到從價值承諾向功利主義的可能轉變，亦即從愛國主義轉向工具主義。此後三十年中的場景變化正如他們所料：不久之後，海外知識分子便越來越深地認識到，回歸是一種有利可圖的時尚。

從回歸話語的認識論結構及政治結構來看，我們會發現，冷戰從來都不只是涉及意識形態衝突，實證的功用主義社會學研究也不只是服務於美國的冷戰盟友，不只是服務於反對第三世界或社會主義陣營的鬥爭。同理可知，回歸話語從來都不只是一種文化國族主義。既然唐君毅之類的新儒家文化國族主義者極力渲染一個「永遠漂泊無定的中華民族」，人們必然會拿猶太人來和海外華人做對比。事實上，在1960年代，香港的流亡華人社群對猶太人回歸所謂故土的鬥爭大加讚賞，不斷將猶太人的回歸引為口實；然而，這些社群的關注焦點並不是猶太人回歸的宗教及道德基礎，而是其實用層面，即猶太人建立並發展領土國家的過程。* 離散華人知識分子與中國之間的關係轉向了社會學層面，嚴重地動搖了哲學家們着力培育的哲學上尚無依歸的國族精神——去疆域化的離散華人精神最終自己也出現了疆域化。價值中立的社會學公理遏制了焦慮不安的批判性國族精神。舉例來說，1972年，曾在保釣運動期間遭到警方毆打的激進學生張德勝撰文反思了香港年輕一代對於中華文化的無知，以及他在權衡中國共產政權利弊時遭遇的困難(Cheung, T.S. 1972)。他最終認定這個政權利弊參半，同時又說，事實已經證明，共產主義至少可以成為一件「富國強兵」的利器。此後他得出結論，指回歸實際上有兩種，一種是行動上的回歸，另一種是精神上的回歸。在他看來，行動上的回歸要求人們作出巨大的個人犧牲，但這樣的犧牲並不能保證他們得到他人的尊敬，也不能保證他們成為真正有用的人。有鑑於此，人們可以「心安理得」地選擇在祖國之外工作。張德勝斷言，這種「心安理得」的感覺跟過去的同類感覺不一樣：人們以往設想的實際回歸如今變成了一種精神成就。

張德勝這張精明的社會學損益表體現了一種道德中立主義，然而，冷戰反共意識形態霸權的失效並不總是以這樣的立

---

* 舉例來說，學生領袖陳婉瑩等人曾發文(1968)回應包錯石的文章，批評「盤古華年」活動(參見前文所述)缺乏群眾運動精神。他們提到了社會學家艾森斯塔新近出版的《以色列社會》(Eisenstadt 1967)一書，聲稱香港人應該感到羞愧。包錯石也在另一篇長文中提到了猶太復國運動，試圖以此論證自己關於群眾動員的觀點(Bao, Y.M. 1968)。

場作為結局。香港的文化冷戰結束之後，那些更熱衷於重建破碎世界觀的人物對於知性超然的態度不只是「心安理得」而已。舉例來說，劉兆佳不辭勞苦地倡導一場英勇的現代化聖戰，希望藉此剷除阻擋中國現代化的種種障礙。他寫道：

> 要進行現代化，很多舊有的思想，制度和習慣，必得摧陷而廓清之。在這段現代化的過程中，痛苦是不能免的，也是不容我們中國人逃避的。我們中國人必須下定決心，以促成這個大目的的達成。我們也必須準備迎接一切艱難和險阻，努力把我們的國家建設成為世界上最強，最強的大國。
>
> (Lau, S.K. 1969: 17)

劉兆佳和張德勝都沒有從「行動上」(用張德勝的話來說)回歸中國。儘管如此，兩人後來都成為了香港的著名社會學家。張德勝安於精神上的回歸，有效地補充了劉兆佳那種更為激烈的集權主義論調，以及他對治國之術的興趣。各式各樣的學生及大眾出版物日益側重對中國的社會學、經濟及政治–科學分析，《展望》之類的老派反共雜誌和喪失意識形態導向的《中國學生週報》都走向了衰落。

香港的新生代激進分子認為中國大陸的共產黨政權在現代化方面取得了「顯著成就」(諷刺的是，在1970年代，「現代化」依然是中共政權眼裏的異端詞彙)，由此對它產生了全新的的信仰。秉持這種信仰，他們很快就把劉述先和勞思光之類的老一代反共人物列為頭號敵人，後者曾倡導最為不切實際的「第三條道路」(Luo 1972; Zhao 1972)。《盤古》雜誌轉向極左，向劉述先、勞思光等人發起了對人不對事的刻毒攻擊，指責這些人的反共立場不僅是過時的封建事物，還帶有買辦性質的洋奴特徵，並且聲稱，這些人和這些人的思想都應該成為革命對象。然而，無產階級文化大革命在香港衍生的這個可悲版本其壽不永。左派的文化-國族狂熱沒能延續到1976年之後，因為「四人幫」於是年垮台，使得激進的火紅年代整體終結。香港精英學生在這個年代產生的——充其量也只能說是次要的——激進理想主義傾向遭受了沉重打擊，因為在極左分子倒台之後，毛時代的醜陋現實紛紛浮出水面，致使祖國的理想化形象在突然之間分崩離析；學生運動本來是以激進理想主義風潮為靈感來源，至此便迅速平息。與意識形態崩解俱來的是一種茫然失措的局面；不過，這種局面留下的道德真空很快就被新生代的新起熱情所填補，這一次的對象是中共在鄧小平領導下重新啟動的現代化計劃。無論是香港的激進分子，還是老一代的建制派保守人物，全都心急火燎地想要加入這個計劃。

然而，這樣的左搖右擺並不只與意識形態有關；實際上，只要對激進話語作一番仔細的考量，我們就會發現，這些年輕的前激進分子早就為自己的右轉行動提前做好了話語方面的有效準備，原因在於，他們對紅色中國的接納似乎既有助於實現他們對強大國家的渴望，也有助於實現他們的烏托邦理想。激進主義本身開始消退之後，它包含的這個實用層面就比以前明顯得多。如今，香港的左派身份越來越指涉個體的親中立場，而不是個體對任何進步理念的認同；人們往往把一代人的激進過往用作個人的政治資本，也就是說，用作本人長期愛國的證明。* 取代理想主義的是社會學家所說的時代精神：國族-集權

* 借助此類愛國履歷，許多前激進分子如今都成了香港特別行政區統治集團的核心成員。

主義外加管理主義。顯在的冷戰意識形態競爭漸漸停息之時，這些理念浮出水面；正是在流亡知識分子的國族精神和道德痛苦歸於消亡的時候，新的中華愛國主義逐步成形。國族主義的這一重構過程説明了一個事實，也就是説，激進主義的高漲和反殖民修辭的風行並沒有為香港帶來一個真正的解殖進程。我們能在1970年代看到的只是一個決定性的轉變，這一轉變把殖民權力的本地化擺到了意識形態的前台。劉兆佳一直致力於把理論上的統一延伸到跨越香港殖民及後殖民時代的治理術層面，並且拿出了一套社會–政治話語，搶先為這樣的轉變做了準備。

以管理主義轉化殖民主義

劉兆佳是一個政治社會學家，曾在香港大學和美國求學，一度是活躍於公共傳媒的政論家，於2002年成為香港特別行政區政府的政治顧問，回歸後並加入特區政府成為中央政策組的首席顧問。在我看來，劉兆佳是後殖民時代香港殖民權力本地化的標準範例，原因在於，他的政治參與和學術著作提供了再有力不過的證據，反映了他連貫程度或許無人可及的兩線奮鬥：第一，把英國殖民統治在香港取得的所謂成功變成一個嚴格的理論及社會學問題；第二，把他從英國殖民統治當中提煉出來的見識應用於一些核心方略，後者的實用功能將在香港逐步淡出英國殖民主義統治的時期顯現出來。

毋庸置疑，如果「解殖」一詞指的是為土著所受殖民宰制劃上句號的努力和進程，體現於劉兆佳事例的殖民權力本地化就不能等同於解殖。英國對香港殖民統治的終結，幾乎完全是中英兩國政府之間秘密外交交易的後果。在九七主權移交之前的漫長過渡時期裏，中英雙方大肆宣揚的是強調「平穩過渡」的壓倒性政治修辭，而不是終結殖民主義的文化及政治需求。正因如此，在中英簽署交還香港的聯合聲明的時候，劉兆佳對總結殖民統治成功之道的興趣贏得了突出的地位。

劉兆佳的思想譜系可追溯至我們之前討論過的一些殖民地知識階層成員，比如何啟和伍廷芳；不過，他不曾擁護大英帝國的開化理念，因此就沒有以英帝國主義辯護人的姿態上場。與何啟一樣，劉兆佳也展現了希望中國走向強大的愛國精神；正如此前章節所引，從他年輕時代的著作中可以窺見一個關心社會的學生，這樣的學生在1960及1970年代的香港比比皆是。但是，劉兆佳的愛國衝動通常都埋藏在高不可攀的社會科學術語之下，他成熟時期的名作也充滿了此類術語。在奠基之作《香港的社會與政治》(1982)當中，劉兆佳聲稱破解了香港的成功秘訣，並且就此提出了一個理論框架，這個框架涉及香港的政治和社會，但卻被批評人士斥為過於笨拙。這個框架的核心概念是功利家庭主義，首見於他較早的一篇討論戰後中國來港移民態度取向的論文。劉兆佳繼承了冷戰時代東亞學術的遺緒，後者以李馬援及白魯恂為代表。這些人斷言家庭主義涵蓋了華人的基本文化及心理特質，全都把「家庭」視為華人的首要社會單元。劉兆佳引用得自問卷調查的數據，宣稱香港華人已經發展出了功利家庭主義這一社會變體，不同於老一套的傳統華人家庭主義。他認為功利家庭主義是「傳統家庭主義對香港工業化城市殖民社會的適應」(Lau 1981: 201)，不但不會阻礙現代化，實際上還會推動現代化，因為這一變體具有功利特性，可以保證香港華人一味專注於物質福利的追求。換言之，用不着功利個人主義，也用不着受新教工作倫理驅策的韋伯式企業家，香港華人可以沿自己的路線走向理想的經濟成功。

此外，劉兆佳趕上了當時的時髦，加入了探究東亞經濟奇蹟的大軍，但卻不只是在簡單地重複關於經濟發展有賴於文化貢獻的陳腔濫調，後者無一例外地以中國的儒家–家庭主義倫理為口實。與此不同，劉兆佳另有政治目標。他在自己的著作中指出，香港華人專注於實利主義和功利主義的追求，因此便經常眼光向內，只希望不受打擾地自行其是。劉兆佳把這種內傾的孤立態度視為普遍流行於香港的獨特政治文化的一個關鍵要素，並且用它來解釋，香港為何能擁有他眼中的長期政治穩定。他聲稱，在戰後難民人口大量湧入香港的時候，這樣的穩定表現得尤其明顯。基於這些論述，劉兆佳提出了另一個概念，亦即「低度整合的社會政治制度」，用這個概念來描述據說是政治與社會「相互隔絕」的香港。

香港民眾的這種缺乏階級意識、目光短淺的實利主義者形象，讓人想起劉易斯提出的「貧窮文化」概念(Lewis 1959)，後者曾在1960年代引發熱議。不過，劉易斯和劉兆佳之間有着顯著的區別，因為劉兆佳探討的這種文化已經脱離貧窮，劉易斯説的卻是一種使窮人逃不出貧困循環的文化。事實上，賓菲特也曾在關於意大利城市的研究中探討小農移民的家庭主義文化，並且從中發現了一種「不在道德規範下的家庭主義」文化(Banfield 1958)。奇怪的是，劉兆佳從未在自己的著作中承認劉易斯或賓菲特的貢獻，轉而聲稱功利家庭主義是香港獨有的事物，求助於香港特質的一個新變體(Lau, S.K. 1982: 182)。另一個有趣之處在於，賓菲特和劉易斯都指出了鄉下人不適應城市生活的狀況，劉兆佳版本的家庭主義性格卻具有促進殖民主義和現代化的功能。他宣稱：

> 香港華人社會可以被視作一個內向、自足和原子主義的社會，人們政治冷漠，很難在政治上動員起來。這一個社會是一個隔絕在一旁的官僚政體完美的**配搭**。兩者之間的共存與及相互迴避提供了一條線索，讓我們解釋香港的政治穩定。
>
> (Lau, S.K. 1982: 68; ；羅永生譯，着重後加)

丘延亮(1997)批評了劉兆佳關於華人家庭的陳詞濫調，以及他對調查數據的依賴。在丘延亮看來，現代漢學家對華人家庭的執迷只能產生一個作用，那就是掩蓋社會和政治因素。丘延亮寫道：

> 在炮製關於香港的「實證」知識的當代進程中，政治活動的歷史遭到了掩蓋，制止或阻礙了當前政治運動的發展。自稱研究「去政治化」的學者集削足適履的事後歸因、明知故問和自衛式辯解於一身，顯然是完成了他們自身的去政治化。在這個進程中，他們的研究對象和研究目標遭到了去社會化。此外，作為一種必然的結果，研究對象根本意識不到其他的選擇。
>
> (Chiu 1997: 307)

關於丘延亮對劉兆佳的總體評判，我沒有不同意見。我只是認為，丘延亮對於劉兆佳自我去政治化的解讀也許有一點牽強，因為劉兆佳的研究，包括他的方法論在內，從來不曾為這個殖民奇蹟提供一個純文化主義的敍述。與此相反，劉兆佳的理論話語帶有再明顯不過的政治目標——興許是太過明顯，以至於丘延亮無法質問劉兆佳，後者的研究對象能不能擁有解讀中華自我的其他方式。換句話說，劉兆佳並沒有依照冷戰時期中國研究的潮流來把文化視作自然之物，藉此掩蓋政治因素，因為他認為，香港的政治文化從來都不是一件抽離於殖民建制語境的純文化事物。他的慣常做法是從關於民眾態度的調查數據當中直接提取自己的方略，其中充滿了政治–建制背景的直白描述。他首先指出：

> 香港的華人社會是一個大雜絆，當中有受不同族群、地域、方言和意識形態認同所分裂的中國人，他們彼此猜忌，香港社會是他們互相適應的產物，同時他們也有急切需要去應付一個快速工業化社會誕生的陣痛。
>
> (Lau, S.K. 1982: 67；羅永生譯，着重後加)

劉兆佳把香港理解為一個由華人各族裔混合而成的社會，喚起了殖民者關於無力自治的難馴土著的古老想像。接下來，他悄悄引入了一個政治論點，以便解決自己的社會學問題：正是得力於殖民統治，香港才能推進自身的快速工業化，進而把業已分割的中國人團結到一起，由此看來，殖民主義似乎是中國人主動申請的東西。他據此斷言，香港華人具有順從英國殖民者的潛藏傾向。在解釋殖民政府所享有的合法性的時候，他宣稱：

> 那裏有某種先天的殖民權威性質。首先，中國人很自然地就會把他們把權威看成是「既定的」，並從屬於一個宇宙秩序的觀念轉移到他們的殖民主人身上。
>
> (Lau, S.K. 1988: 20；羅永生譯)

丘延亮一針見血地指出，劉兆佳關於華人天生政治冷漠的論斷並不是甚麼新發現。它幾乎完全附和了《本地行政制度工作組報告》(1967)的論調，後者由殖民政府編制，時間剛好在1967年左翼勞工及市民暴亂爆發之前。該報告如是評述華人的政治觀：「民眾必須對統治者寄予完全的信任和信賴，只有在政權未能提供社群有權享有的和平、秩序及安全條件時才可以起而反對」(轉引自Chiu 1997: 295)。同樣的政治冷漠華人形象也見於邁因納斯(1975)和金耀基(1972)的著作；後者致力於闡明類似的東方主義華人形象，比劉兆佳更貼近東亞資本主義的文化主義範式，時間也比劉兆佳早了將近十年。但在我看來，劉兆佳所撰文本的問題與傳統的文化主義者所撰文本不同——用蘭登的話來說(1993)，後者可稱為「東方主義的經驗主義者」。劉兆佳堅持主張香港特質，尤其是在涉及管治下城市生活及香港都市結構的時候。簡言之，只需仔細解讀劉兆佳的文本，我們就會發現，在他的經驗數據展示和概念雜耍背後，其實是一種特殊的都市–政治想像。憑藉這種想像，他為香港的成功殖民統治勾畫了一幅幻影式的鳥瞰全景。

都市社會與去政治化

劉兆佳強調，在他就香港的殖民現代性進行理論建構的時候，香港的都市格局發揮了重要作用：

> 首先，香港和其他發展中國家不同的地方在於香港只有一個微不足道的鄉郊，但在發展中國家，都市和鄉郊部門的巨大對比是一個高度不穩定的因素……其次，都市社會的地理流動和社會控制的寬鬆令得延續以傳統原則來維持的華人家族不可能，因而容許功利型的家庭主義成長……第

三，作為一個地方政府，每當公眾對都市服務的需求出現，這些需求也會屬於一種政府和有組織的群體之間的衝突大部分可以避免的性質。這是因為都市服務都是可以分割成瑣碎的部分，不利於形成有廣泛基礎的提出訴求的群體。

(Lau, S.K. 1982: 180–181)

在劉兆佳看來，政治上自我約束(儘管經濟上顯然並非如此)的香港都市削弱了自身與傳統華人家庭主義的聯繫，後者被他視為一個不利於現代經濟發展的因素。然而，如果缺少了殖民政府對城市生活的管理，徹底的國民性改造仍然不會成功，而劉兆佳之類的許多作家都把這種國民性歸因於長期而普遍的鄉村生活。劉兆佳認為：

都市服務訴求的非意識形態性令得它們可以用實務的行政解決辦法去處理。都市服務訴求的細碎化令得在一個廣大地理範圍內聚合訴求很困難。因此，它們可以被官僚機構**輕易地處理**，特別是這些需求在香港其實是那麼低度。香港的都市性質有助於務實、臨時和見招拆招的解決問題方法。

(Lau, S.K. 1982: 181；羅永生譯，着重後加)

劉兆佳認定都市問題具有這種零碎性質，這對他提出的管理主義框架至關重要。他指出，只有香港這樣的小規模城市社會才能把市民的需求降到最低，對這些需求的回應也才能構成「周邊政治」。這種非正式及非制度化的政治只允許漸進的細微改變，由此便可以避免官僚政體與華人社會發生更充分的整合；劉兆佳斷言，這樣的整合不利於政治穩定。他宣稱：

> 透過選擇執行或不執行法律規則，用勸説、妥協、吸納、討價還價、哄騙，仗勢威脅或者訂定一些潛規則，政府可以避免正式改組殖民地的政治結構。因為非正式的讓步往往是私下進行，而且也是高度地多種多樣，以及以個人為單位，這些讓步通常不會匯集成一些改變體系的力量。
>
> (Lau, S.K. 1982: 169；羅永生譯)

劉兆佳這種相當特異的都市生活設想興許與都市社會學的教條相左；然而，作為一種敍述工具，它為一種想像圖景提供了基本要素，在這一圖景中，對於落後鄉村的敵意與落後而動盪的中國形象相呼應。劉兆佳把香港的殖民體系界定為一個都市體系，藉此總結後冷戰時代殖民統治的種種合理性，並把這些合理性重構為一套運用巧妙的管治技術，本地的權力追求者可以藉此使殖民權力本地化，或是再次僭用殖民權力。然而，殖民權力的本地化還要求劉兆佳重新安排慣常的東方主義陳腔老調。於是他放棄了保守、混亂、神秘東方與現代、法治、理性西方的東方主義二元對立，轉而採用另一種內在於東方主義的二元論，一端是保守、鄉土、難以駕馭的中國，另一端則是現代、都市、兢兢業業的香港。這一套新的對比本來就有整體的冷戰現代化話語作為鋪墊，如今又在劉兆佳的筆下得到重述，納入了為殖民主義開解的辯詞。諸多冷戰宣傳都曾不斷地提醒香港，不要忘了自身作為穩定都市的現狀；劉兆佳對於香港現代化的理論建構則進一步加強了一種觀念，即殖民管治是某種神奇藥物的基本配料，華人社會必須服用這種藥物，否則就不能擺脱落後專制的鄉村傳統。劉兆佳把一個小城市的治理等同於「遊説、折衷、討價還價、哄騙」等政治把戲，這些都是不民主的殖民政府普遍使用的策略。這樣一來，手段巧妙的劉兆佳不光為殖民管治找到了合法性，還斷言它是香港華人都市–市民身份的必要條件。按照劉兆佳的描繪，阻擋現代化的鄉村障礙已經讓位於一個小規模的官僚政府，而後者之所以能保持微小的規模，原因正在於它是一個地位超然的殖民政權。完全是依靠這種體制，香港才避開了地方主義、族裔衝突以及政治需求高漲之類的鄉村夢魘。簡言之，劉兆佳認為，香港同時擁有殖民地和都市的地位，從結構上決定了香港得天獨厚，與其他的殖民地或欠發達地區不同。

無論如何，劉兆佳顯然不打算提出一套自洽的都市研究理論，只打算重述二元對立的殖民主義老調，由此便不得不圍着都市的概念兜圈子。然而，劉兆佳提出的反烏托邦都市版本與他對傳統中國社會的家庭主義價值的讚賞格格不入。他一度以相當懷舊的腔調表達了自己的焦慮，對華人社會正在經歷的解體過程發出了警告。在寫於1980年代早期的一篇文章中，他告誡人們警惕「工業化過程、商業發展、生活水平的提升以及都市化、西化」(Lau, S.K. 1983: 552–553)。他還堅稱，這些問題應該由政府負責應對，因為它們提出的主要要求是加速擴展政府服務。然而，無論政府對這些問題的應對如何有效，它們都會破壞劉兆佳為香港開出的殖民–政治藥方，因為照他的說法，這些問題會腐蝕香港政體與社會之間的所謂微妙平衡。

事實上，「政體與社會互相分隔」的說法，或者是「低度整合的社會政治制度」這個較比笨拙的新術語，正是劉兆佳為香港創製的神話式基本概念；他一再把這個神話用作香港殖民統治的口實，說殖民統治是支撐「去政治化避風港」的砥柱，無論關於香港的嚴肅歷史研究(參見第一章所引)已經在多大程度上證明了這個老套神話的虛妄。毋庸置疑，劉兆佳並不是編造此類虛假神話的第一人。在早期的著作當中，金耀基曾經使用另一個新術語——「行政吸納政治」——來描述殖民政權的運作。金耀基對比了香港的殖民統治和費正清所說的「共治制度」，後者可追溯至中國在漫長歷史中形成的一種漫長的異族統治傳統。看起來，劉兆佳、金耀基和費正清共享着一些同出一源的術語和概念。不過，從當前的目的起見，我們應當批判性地審視他們之間的微妙差異。

按照白露(1997)的分析，費正清的史學敍述催生了一種觀念上的根本歧異，歧異的一方是合於理性、全體統一卻處於靜態的西方，另一方則是始終處於分裂狀態和邊緣地位的中國；然而，費正清把中國和西方列為兩個「內部易碎、外部離散、具有邊界和紋理的固定」實體，而不是由殖民關係統合的世界體系的組成部分，由此限定了他的文本不會指涉殖民主義。費正清據此認為，半殖民通商口岸的格局不過是一種可悲的雜燴文化，身處這種文化的雙方在平等的條件下同謀共治。這種二元融合的邏輯使得費正清可以繞開殖民權力關係這個關鍵問題，在修辭層面玩弄共生、二元共治和雙邊主義之類的文字遊戲(Barlow 1997a: 391–393)。白露認為，費正清的概念體系是冷戰時代中國研究的必要條件，因為後者總是試圖抹去殖民主義的痕跡。白露對費正清的批評也適用於金耀基，例證便是金耀基提出了「行政吸納政治」的技術概念，這個概念具有抹除殖民主義的相同效果。

不過，劉兆佳的思想值得更進一步的分析。在白露看來，劉兆佳無疑繼承了以李馬援、白魯恂和費正清為主要奠基者的冷戰時代中國研究傳統。然而，就劉兆佳的例子而論，有趣的事情並不是他鞏固了這一冷戰時代漢學霸權的基本教義(雖然他確實這麼做了)，而是他為這種霸權加上了一層管理主義的包裝——這層包裝使得他可以超越模糊而略顯浪漫的共治概念，後者最適合西方人對於通商口岸勾結共謀式統治的懷舊嚮往。依照白露的看法，如果説整個冷戰時代中國研究領域的主要問題在於把中國視為非殖民國家，由此抹除了中國的(半)殖民主義面貌，作為後殖民時代本地精英的代表，金耀基和劉兆佳的研究則脱離了費正清的軌道，走上了一條相反的路線：金劉二人並沒有通過否認殖民主義的存在來抹除殖民主義，而是採用了一套不同的術語，以便對殖民經驗和殖民制度進行中性化處理，進而公開認可殖民經驗和殖民制度的價值。白露把費正清的研究定性為一種現代話語，這種話語始終以語詞中心的二元對立體系為基礎，其根本始終是對「他者化」關係的刻劃，這一定性無疑是正確的。就此而論，費正清並不能控制這類「他者化」敍述的推演。這樣的遺產清晰地體現在了劉兆佳圍繞都市–鄉村軸心重構殖民統治下自我–他者關係的嘗試當中——他嘗試利用內化於香港政體的東方主義焦慮，以便重新認可殖民等級秩序的價值。劉兆佳的管理主義轉折至關重要，有助於終結老套的殖民主義幻想，開啟一個新的時代，這個時代的特徵並不是被殖民土著贏得了獨立或自治，而是殖民權力的本土化或本地化。不難理解的是，劉兆佳的著作包含了一個概念遊戲，這個遊戲以他的管理主義–馬基雅維里式願景為出發點，完全不受制於實證主義的知識範式，也不受制於一個前後一致的文化主義論題本身所需的種種條件。他最關心的是毋寧是拿出一套社會及文化工程機制，以便把所有變量置於本地化殖民權力的管治之下。

殖民者(們)的宏大政治設計

1980年代初期，關於一個瓦解大都市的可怕想像一度促使劉兆佳以改革者的身份發言，批評1980年綠皮書倡議的本地行政改革不但範圍有限，而且沒有實效(Lau, S.K. 1983: 562)。他轉而提出了自己的倡議，仔細分析了如何恢復家庭主義華人社會的自我約制能力，如何以現代外貌取代業已枯萎的傳統中介組織。為了實現這一目標，他建議香港社會勇敢承擔有限政治化的適度風險。他寫道：

> 在政府與人民之間加插一個中間層份一定會是非政治化的，因為比較起來，吸納一班數目有限的地方領袖進入政治過程，會比控制一大群不可控的群眾容易。
>
> (Lau, S.K. 1981: 883；羅永生譯)

這段文字完美地反映了1980年代初期至中期本地行政改革的精神。換句話說，殖民政府啟動這些改革的時間，恰恰是英國對香港實施殖民統治的倒數第二個年代。劉兆佳那時已經成為殖民當局的非官方顧問，這樣一來，他的理論就給這些改革籠上了一層陰影——即使不涉及實際運作的考量，至少也是理念層面的陰影。有限改革反映了晚期殖民政府的保守傾向，它以蹣跚的步調推出了一種世所罕見的事物，也就是繁瑣累贅且有欠平等的「功能組別制度」。改革者們不再依賴源自功利家庭主義的自發支持，試圖讓政府與社會實現更好的相互融合；但是，這種方法刺激了利益團體(例如各種專業、界別及其他遊說團體)的發展，使得新生的市民社會發生分裂，分化出各種功能類別。所有這些改革的動因無非是一種延續殖民治理策略的衝動：吸納精英，絕不走向民主。這樣的設計浸透了關於土著永無自治能力的殖民主義假設。由於全面的民主選舉改革不見踪影，在過去數十年中成為政治組織的各種功能團體便爭先恐後地擠進狹窄的功能組別分類，以圖爭取立法會或其他政治實體的席位。社會各界經歷了如此快速的政治化進程，使得香港在九七之後依然受困於分而治之的古老殖民格局。與此同時，香港既無法求助於一個有能力遏制界別政治需求高漲態勢的正式殖民主子，也無法求助於一種能將社會需求有效納入政府的議會民主及政黨制度。

1980年代後期，英國對香港的殖民統治行將終結，劉兆佳撰寫了多篇頗有影響的文章，以圖在新近組成的中方權力機構中為自己鋪設新的青雲之路。這些文章使他聲名鵲起，中國當局便把他招至旗下，讓他為起草基本法出謀劃策(Lau, S.K. 1988)。他擴展了香港華人政治馴順的論點，向中方兜售了一套關於未來後殖民管治工作的新理念。劉兆佳依然秉持社會應該盡量利用殖民治理術的主張，但卻放下了先前關於城市現代化的矛盾論斷，提議組建一個匯聚新老權力精英的新管治聯盟，由這個聯盟來管治九七之後的香港。他自以為領會了香港政治文化的精義，因此便更加坦白地表露了他的分析背後的管理主義慾望。他在一篇文章當中總結説，只有「跟隨着香港的發展，政體與社會的關係，才能更有技巧地處理」(Lau, S.K. 1988: 117; 着重後加)。在香港過渡年代晚期的政治效忠轉變潮流當中，相較於同一領域許多學者的説辭，劉兆佳對殖民主義的隱晦辯解顯得不那麼招人反感。由此可見，劉兆佳之所以能贏得學術聲望，是因為他用中立的分析語言來構建香港理論，任何人都可以透過這種語言來觀察並總結香港。劉兆佳努力説服支持他的讀者，殖民經驗具有可移置性，他在這方面取得了巨大的成功，可以解釋中方當局何以如此欣然地接受了他的主張。九七之後生效的《基本法》規定了一種政治制度，這種制度不允許香港市民享有普選之類的基本自由民主權利；但自九七以來，《基本法》已經有選擇地摻入了各種累贅專斷的代表及吸納形式，意在迎合顯貴人物的需要。事實業已證明這種制度是個災難，例子便是董建華任特首期間香港市民反對《國家安全條例草案》(第二十三條立法問題)的大規模示威。這次危機集中體現了香港的解殖需求，其程度遠遠超出劉兆佳之流的預計。

再殖民化的國族大計

儘管關於九七香港「回歸」祖國的國族主義修辭甚囂塵上，公共話語卻執迷於在北京和以前的英國殖民主子之間進行對比。舉例來説，韋安仕(Vines 1998)毫不猶豫地把香港定性為「中國的新殖民地」。身為香港的新主子，中華人民共和國的領袖們經常表露出原封保存殖民管治體系的強烈興趣，相形之下，從英國殖民罪惡下「解放」香港同胞(如老式的國族主義濫調所説)的興趣則要小得多。中華人民共和國的領袖急於瞭解香港殖民管治的秘訣，這一事實本身就説明了中華國族主義現代化計劃固有的諷刺和焦慮。從這個角度來看，相關主題值得我們再次探究。鑑於中華國族主義在上個世紀已經有過喪失道德吸引力的經歷，對於當前政治現實的重新歸納便是題中應有之義。江士林和丘延亮指出：

> 殖民者既已騰出管控空間，殖民式便完成本地化，落入某一階層被殖民民眾的掌握。依託於核心國家帝國式權力、原初權力及延續性權力的位置結構，被宰制民眾當中的宰制者與其附庸之間形成了一種次帝國式關係。
>
> (Johnson and Chiu 2000: 1, 羅永生譯)

丘延亮還把「次帝國式」定義為「在被殖民的同時尋求殖民」(Chiu 2000: 104)。毋庸置疑，我們不能把次帝國式視為帝國式的簡單等價物，因為帝國式——無論在之前還是以後——必然會以特定的方式蓋過每一種次帝國式關係的歷史質地(historicity)。由此可見，既然針對帝國主義的慣常批評往往聚焦於經濟剝削或依賴，因而無法解釋香港在當前的次帝國式新秩序下所處的從屬地位，我們或許可以審視內嵌於整體象徵性秩序的一種心理現實，藉此解釋香港的特殊(後)殖民問題。

司空見慣的說法是，撇開了與中國之間的關係，香港就無法存在。反過來，我們也可以看出，中國，尤其是統治中國的共產黨，必須向世界證明自己能夠成功地吸納香港，要不然就行不通。鑑於中國急於完成一個國族主義–次帝國式計劃，收回以往的中國政權在恥辱條件下「喪失」的土地，我們不妨把香港描述為中國不可或缺的「他者」——等待收復及再殖民化的他者。由此可見，這一秩序背後的話語及象徵邏輯或許與解構傾向(即白露所說的抹除殖民現實)無甚關聯，而是更有關於一種戀物傾向：也就是說，對於香港，中國不得不同時拒斥但亦肯定香港，當中包括它的殖民主義。

轉化為政治及文化邏輯之後，這樣的次帝國式戀物心理便顯現為一個二難選擇，即中國應否放棄香港賴以形成的殖民性。毫無疑問，對香港進行徹底的中國式改造——也就是説，對香港的政治及文化自治施加嚴苛的限制——可以證明「中國人」能夠憑一己之力制服並宰制一個城市，或者證明中國有能力洗清自身的殖民恥辱。然而，如此一來，香港所擁有的特質——生機勃勃的都市生活、世界主義導向及已有的現代性——便有毀滅之虞。反過來，如果允許香港追求英國殖民統治曾經傳授卻拒絕實行的西方自由理念，又有可能觸發真正解殖需求。這樣的自治需求將會危及家長式新主子的心理穩定，後者本來就苦於一種偏執的妄想，覺得外人(西方勢力)會再次慫恿「歸來」的孩子走出家門。

這個二難選擇集中反映了中國官員在九七迅速臨近之時流露的焦慮，這種焦慮的最佳例證則是中國改革派領袖李瑞環使用的一個比喻。李瑞環警告共產黨內的強硬派，如果錯誤地處理香港事務，就有可能在無意之中摧毀香港。他把香港及其價值比喻為使得宜興茶壺素負盛名的茶垢：只有門外漢才會購買一個珍貴的古董茶壺，但卻把帶來獨特茶香的茶垢洗擦掉。由保持茶壺清潔的下意識衝動所造成的夢魘場景暗示着一種十分真切的可能性：為了證明國族主義的勝利，強硬派可能會做過了頭，急不可耐地把中華人民共和國的制度及管治方式引入香港。李瑞環的比喻興許是一種鋭利而婉轉的批評，針對的是中華人民共和國的左派教條主義者。儘管如此，他的比喻仍然標誌着中國那些不光彩的慾望，眷戀着中國在光榮的「天朝大同」時期錯失的殖民經驗。

茶壺比喻的影響範圍，可能會超出1980及1990年代的過渡期政治。作為經由殖民主義通往西方現代性的門戶，香港具有太過重要的價值，絕不能犧牲於中國的現代性追求。香港是個脆弱茶壺的比喻，正好道出了中國那種國族主義–次帝國式想像的幻夢性質和雙刃特性。香港只要保持着有用茶壺的面目，就可以繼續為中國服務，反過來，破碎的茶壺則意味着一場可怕的災難。因此，當前的再殖民化大計，亦即以新殖民者取代舊殖民者的過程，便顯得更為複雜，因為中國那種勝利者的復仇心理還伴有一個自卑情結，由此便常常把香港視為一個威脅。* 按照路沙度的描述，所謂的「帝國主義懷舊病」指的是一種拿回自己曾參與破壞的東西的慾望(Bammer 1995)。就中國而言，針對香港的破壞衝動和反破壞衝動同時在發生作用；對於殖民遺產，中國的態度可謂愛恨交加。

在北京方面看來，衡量香港愛國情懷的標準並不在於香港市民是否參與保釣運動，而在於香港能否把關於香港殖民統治的全部經驗傳授給新的統治者。** 在這種時或曖昧不清、重疊反覆的殖民化大計中，本地精英的定位卻並不是那麼矛盾曖昧。我們完全可以說，劉兆佳的行動和立場與鄭觀應、何啟及其他殖民地知識階層成員並無二致：一個世紀之前，何啟等人向官方提供政治建議，藉此實現自己的政治宏圖。不過，如果說鄭觀應和何啟關於完美治國術和高等文明的大聲疾呼還屬於開明思想的類別，劉兆佳卻建議殖民式政府以各種技術及技巧來維繫香港本地華人的政治順從，由此可能會淪為「穆查卓」的同類——後者是指整治其他印第安人、幫助白人屠殺其他印第安

---

* 人們傾向於把主權移交過程視為再殖民化，最明顯的體現是籌備委員會提議恢復已據《人權法案》修訂的一些以往法律。這一舉措的目的是確保新成立的特別行政區政府掌握以往殖民當局享有的廣泛行政權力。

** 中國的「統戰」吸納政策比英國人的類似策略更為廣泛。中國當局設置了香港事務顧問及特區事務顧問之類的職務，以此吸納效忠分子。這些歸化精英有很多都曾效命於殖民政府，本地批評人士諷刺他們是「舊電池」。

人、利用本地知識和技能來求取殖民者認可的印第安人(Taussig 1992; Chiu 2000)。江士林和丘延亮宣稱，作為同謀者的極端類型，穆查卓「並不是殖民者的無聲工具，而是一類主動迎合的代理人，利用殖民者提供的文化資本來開闢一個代理區域、一個控制野蠻大眾的空間」(Johnson and Chiu 2000: 2)。香港本地精英竭力改變自己的政治效忠對象，從先前的反共或親英立場轉向北京方面行將到來的宰制，這樣的轉變形成了一股廣泛的潮流，劉兆佳不過是其中一例而已。這股潮流在學術界的體現，與其他社會領域同樣明顯。

次帝國主義對勾結同謀者的需求與帝國主義一樣大，李瑞環的茶垢比喻則不指名地點出了「穆查卓」存在的必要性。通過無數次使用積澱下來的茶垢，只有品鑑行家才懂得珍而重之；沒有經驗的主子需要熟練專家的幫助，以便培養優良品味。這種技巧依賴可以解釋，作為殖民管治專家的理念，管理主義為何必須在惡名昭彰的殖民主義與家長式國族主義之間左搖右擺，新的非殖民權力又為何會走上顯具殖民性的路線。這樣一來，管理主義政治話語為(所謂)行政主導治理的後九七神聖方針奠定了基礎，並且為香港提供了一套翻譯腳本，以便重新搬演老一套的勾結共謀殖民統治大戲。

第8章　北進殖民主義：重塑香港華人

對於大多數香港市民來說，香港以往對西方列強的殖民順從並沒有剝奪他們的中華國族身份成長變化的空間。殖民主義和中華國族主義的共同演進，以及國族主義治理術和殖民治理術之間的連續性，諸如此類的種種情形使兩者在許多方面都變得幾無二致。由此可見，以屢見不鮮的簡單二元對立術語為面目的批評學術根本不敷應用，無法捕捉香港及中國透露的複雜殖民性，因為宰制和抵抗總是發生在變化多端的殖民權力迷陣之內。這樣的形容尤其適合於今天的現實，因為橫跨中港兩地的國族主義及現代化修辭通常是兩地當權者的共謀產物。諷刺的是，這個新當權集團時或引用的反殖民修辭往往只是一個幌子，其目的是遮掩繼續行使本地化殖民權力的事實。

雪上加霜的是，對於假定類型不假思索的循環運用反過來助長了老一套的想像或幻覺，往往會扼殺公眾的政治討論和反思。有些人希望超越慣常的概念二元論，或者是駁倒特定的本質主義論調，比如從後殖民主義或後結構主義借來的某些觀念，然而，就連這些人劃分的類型也面臨着遭到盜用或錯置的危險，作用也許只是把殖民性的曖昧路徑神秘化。臨近九七之時，國族主義宣傳在香港氾濫成災，把北京當局吹捧為香港前途的最佳保障。英國當局也抓住這個機會，為自身的帝國主義漫長歷史描繪一個仁善的最後形象。兩方都延續了各自的帝國主義或反帝國主義歷史版本，以此作為漠視本地政治及文化需求的口實。

在臨近主權移交的關鍵過渡時期，香港市民越來越關注自身的政治權利和文化身份。但他們被人拒之門外，無法參與相關的政治進程，無法與當時及未來的當權者就他們偏愛的生活方式的形式及結構展開協商。使他們的處境更為艱難的是，九七問題對獨立或批判性的思維及政治實踐形成了興許過於強大的壓制，因為人們執迷於國際政治，使得這些批判性政治實踐處於十分邊緣的地位，無力應對剝削與宰制的日常現實——矛盾之處在於，這種現實正是衍生於勾結共謀殖民權力格局的深層結構。無論是在主流大眾媒體、學術界和顯要政客圈子，還是在打扮成民間組織的(中共)黨國爪牙機構，政治思考和辯論都在框定的「九七話語」範圍之內發生了嚴重變形，這種話語以十分荒謬的方式把所有類型的希望、想像和政治貶低為兩個(帝國)政權之間的爭鬥、陰謀和詭計。殖民權力複雜的共謀性質，以及香港殖民主義的勾結共謀特性，通通被埋葬在全新的全球及地區權力格局之下；促成這些新型權力結構的則是以各種方式來撼動並重塑現有空間實體及其相互關係的進程和潮流。

在過渡年代晚期，為了脱出一些陳舊概念框架——不幸的是，這些框架得到了九七話語的鞏固——的窠臼，香港的批判性知性實踐力圖通過文化批評來發起一些難逞英雄的鬥爭，以便消解處於霸權地位，為當權派和忠誠反對派所共同分享的香港自我形象。本章我將從1996年——主權移交之前的那一年——出版的《香港文化研究》專輯當中選取幾個例子，藉此闡明後殖民時代的這類文化政治。這本專輯引發了香港學界內外的關注和討論，其中的文章是對「九七政治」那種令人窒息的政治及學術氛圍的回應。在這種氛圍之下，已被排除在任何有意義的政治協商之外的香港民眾每天都要遭受中華國族主義空洞修辭和英國偽善言論的狂轟濫炸。文章作者抨擊將某些批評框架未經反思就移植到過渡時期香港，因為這些框架並不足以應付香港的殖民性的難題。這些秉持批判精神和異見立場的年輕作者雖然無法造成與國家元首、政府高官或本地政治領袖相當的影響，但卻提供了一些新的見解，有助於我們認識香港的殖民性——不光是它的過往，還有它不斷變化的面目。

反對邊緣性、打倒混雜性、棄絕居間性

我從《香港文化研究》當中選出來分析的第一篇文章是葉蔭聰的《邊緣與混雜的幽靈》。在這篇文章中，葉蔭聰批評了把香港界定為混雜產物的武斷觀點，因為它毫無依據地把香港的說成一個無助的受害者，或者是一個受困於邊緣地位的地方。他針對的是詩人梁秉鈞，後者把香港形容為一個沒有屬於自己的故事的地方；在這個地方，敘說本地故事的嘗試幾乎都以失敗告終，最後都只能重複來自其他地方的故事。在梁秉鈞看來，香港的故事只能是一個「處在其他宏大敘事夾縫之中」的故事，結果就總是把香港說成一個異國情調、稀奇古怪或者把香港「他者化」(Ip 1997)。雖然這種關於邊緣性的說法基本上呼應着本地批評人士的普遍不滿情緒，使他們反感的是南來文人強加給香港的文化定型，但葉蔭聰卻不能接受這種自稱位居邊緣的說法，儘管他也承認，大陸人的傲慢態度確實存在。他反駁說，「就算南來文人勾畫了一張誤導性的過時文化地圖，這張充斥着邊緣性自我標註的文化地圖也比它好不到哪裏去」(Ip 1997: 46)。

葉蔭聰還以電影學者丘靜美的著作為例，批評把中港關係簡單定性為自我–他者關係的二元論錯覺。在關於香港電影如何呈現中國大陸的研究中，丘靜美談到因為政治上回歸中國以致前途未卜的一種集體焦慮。以《省港旗兵》(麥當雄執導的1984年影片)的跨境犯罪主題為切入點，丘靜美闡發了她對九七政治焦慮的分析，試圖藉此描畫香港和中國不穩定的身份認同(Yau 1994)。她用這部電影來佐證香港和中國之間的浮動的心理動態，但葉蔭聰卻指出，這種分析的基礎仍是一種不假思索的二元假設：亦即「發達」社會和「欠發達」社會之間的對立。葉蔭聰批評丘靜美在無意之中墮入了一種文化濫調，後者總是通過一系列的經濟發展差別來界定香港和中國。由此而帶引出來關於香港及中國的陳腐形象並不局限於往往激起恐懼大陸人心理的「跨境犯罪」類型片，更普遍流行於把中國「家鄉」說得充滿慈愛的「懷舊」文藝。

這樣一來，不管是作為一個危險的暴力源頭，還是作為一片寧靜而落後的田園樂土，中國形象始終走不出一個由現代化話語界定的自我–他者結構。換句話說，中國被一成不變地框定為一個本質化的他者，其經濟上的落後局面與香港的發達形成了對比。為了脫離這種可能與現代化話語形成共謀的二元濫調，葉蔭聰呼籲採用一種修正的解讀/審視策略，以便重新梳理香港與中國之間的權力關係。

共犯的後殖民主義？

葉蔭聰拷問了此類身份建構論述所使用的中央–邊緣空間佈局，繼而批評了「居間性」的概念，後者在當時頗有影響的周蕾著作當中表現得尤為顯著，視香港為「第三空間」的理論命題也是由她提出(Chow 1992)。葉蔭聰贊同周蕾對中華國族主義的批評，因為她正確地點出了「本土主義」的危險。她看到，對正宗本土價值及視點的渴望只不過是想像中的受害者自傷自憐的藉口。但與此同時，葉蔭聰反對周蕾把香港美化為兩個殖民者之間的「第三空間」，因為這種論點的錯誤與周蕾指責他人犯有的錯誤並無不同。

無可置疑的是，周蕾既拒絕恢復國族正宗的本土主義衝動所造成的封閉心態，也拒絕簡單維持無益的後現代混雜性的那股天真。她充分領會文化寫作作為自我書寫的政治內涵。她對香港的自我書寫充滿了政治自覺，認為至關重要的事情是摒棄一種幻想，以為再次露頭的國族主義就是香港的後殖民性。按照周蕾的說法，香港的文化表達強調一種夾縫之中的居間性，體現了在國族主義和後現代之外尋找「第三空間」的追求。基於這一論斷，周蕾擬訂了一個自我書寫的文化計劃，這一計劃清楚地意識到回歸本土過往已經是不可能的事情，因而要透徹地了解自身的混雜性。這種文化上的自我肯定不只是有益於香港：周蕾認為，香港可以成為中國的榜樣，因為這個城市是後殖民意識的代表。以後殖民性為現代性的這個真理，不幸還沒有進入許多中國大陸知識分子的思想視野，因為他們依然受制於國族及本土主義的幻覺。周蕾寫道：

> 作為一個殖民地，香港不就是中國的未來都市生活的範例嗎？如果我們接受只有在後殖民時代中，中國城市的現代性(正如其他非西方城市的現代性一樣)才能最明確地被界定這個說法，那麼香港在過去一百五十年間，其實已經走

> 在「中國」意識裏的「中國」現代化最前線了。而現代性與後殖民關係密切這個現實，在中國大陸卻一直被「鄉土」、「民族」這些幻象所壓抑。
>
> (Chow 1992: 158)

周蕾曾嘗試通過某種方法來界定這種「後殖民意識」，使之與許多中國大陸知識分子據稱抱有的「關於『西方』的天真幻想」相區別，儘管如此，葉蔭聰卻對這種界定方法的技術內涵感到不安。葉蔭聰寫道：

> 周蕾提出這個觀點作為理解香港「這個第三空間的關鍵」的第一個問題，香港儼然是一個先鋒，走在中國現代化的前方，而中國正是糾纏在鄉土與民族之中，相反，香港則「一直在扮演着後殖民意識醒覺及其 昧性的模範」，這種意識現在才在部分中國知識份子言論中浮現，周蕾流露出一種現代化論者的觀點，跟戰後以美國為主的現代化理論一般，以美國作為現代化的「樣板」，去衡量各地的社會的發展程度，去推行美國中心的現代化「樣板戲」，現在周蕾只不過換了香港這個招牌，加上「後殖民」這個註腳，完全漠視了複雜的殖民關係。
>
> (Ip 1997: 46)

如果後殖民性只意味着對現代化的變形版本給予辯解，而不是對殖民關係進行深刻的反思，那麼，我們就會再次掉進黑格爾式目的論的陷阱，將所有他者納入為自我的建構過程。由此可見，周蕾版本的後殖民文化政治不過是現代化話語的又一種變奏，自1970年代以來，香港本地的新生代精英一直受困於這種話語(參見第六章)。這個版本試圖構建一個香港身份，出發點則是香港在兩個宰制政權之下雙重受害的形象。問題在於，這個構建過程遺漏了「他者」的所有痕跡。有鑑於「過渡政治」當中沒有本地聲音的現實，周蕾的雙重受害概念實際上並不符合後殖民批評人士的「既不–也不」語法。周蕾還提出了關於「兩個殖民者之間」的第三空間的概念，實際上，這個概念把她自己對想像受害的本土主義策略的批評變成了笑柄。葉蔭聰在文章中如是發問：如果說作為國族主義/本土主義實體的中國具有本質化的固定特性，因此便易於解構，那香港又為何能逃脫類似的後殖民解構？假設香港如她所說，並沒有徹底淪為殖民城市，而只是居間的一個空間，那麼先抨擊一下中國人，接下來抨擊一下英國人的這種評論策略，也是倫理上不可靠的。葉蔭聰認為，這種自傷自憐的形象是漏洞百出的。他在自己的文章末尾呼籲，應當揭開被唐寧思描述為「在本地化進程中的殖民主義」(Thomas 1994)的各種複雜交纏的殖民關係。葉蔭聰指出，只有藉由這樣的具體分析，我們才不至於誤入歧途，亦即: 雖然擯棄了關於殖民對抗的摩尼教式的正邪二分，但卻僅僅代之以與本地文化政治及鬥爭無甚關連的、去語境化的後殖民主義觀念。此類分析如果不與變動中的(新)殖民性的潛在狀況聯繫起來，不但有可能助長殖民主義只是與外來宰制有關的觀念，由此而忽略了在建構後殖民自我的過程中，「他者」又是如何被建構及扭曲的。這種的話，這種後殖民主義，就有危險變成一種「共犯的後殖民主義」(Ip 1997: 50)。

　　為了使文化批評觸及政治語境，葉蔭聰在文章末尾指出，香港的大眾傳媒把香港的受害者形象轉移到了在中國的香港小資本家頭上。這些小資本家的工廠雖然因勞動條件惡劣而臭名昭著，但他們卻總是能逃脱責任，因為香港媒體通常把他們形容為遭受「落後」中國官僚體制欺凌和恐嚇的受害者。葉蔭聰舉出的例證是華南一家港資工廠發生的嚴重火災，那場火災造成了大量傷亡。充斥香港媒體的是一大堆煽情的報導，着力描繪這些香港投資人的商業冒險是多麼地英勇，風險又是多麼地巨大——他們好比是新一代的白人定居者，在依然蠻荒的中國開疆拓土。這種無助而勤勉的小商人形象與政治上無權無勢的香港形象彼此呼應，幾乎使得疏忽大意變成了合理的行為。由此看來，「新聞自由」只局限於對香港投資人在中國實施的血汗工廠式剝削進行一帶而過的報導。這種明目張膽的責任逃避之所以成為可能，先決條件是人們普遍認為，香港一直是受害者，迷失在一片居間地帶，兩邊都是「他者」政權。葉蔭聰由此得出結論，文化批評人士如果繼續搬用這種居間受害的濫調，渲染這種為香港掙來錯誤同情的虛假處境，實屬乖張悖理。

大眾文學中的北進殖民主義

在針對廣受歡迎的女性小說作家梁鳳儀的批評中，孔誥烽進一步探討了共犯式後殖民主義的問題。他從梁鳳儀的大量作品中選出了幾本小說，分析了這些小說的敍述，據此在題為《初探北進殖民主義》(Hung 1997)的文章中剖析了北進殖民主義的意識形態結構。身為「才女」作家當中的一顆新星，梁鳳儀的優勝之處不在於文學技巧，而在於她關注香港商圈生活及慾望的獨特視點。梁鳳儀經常被譽為「財經小說」這個新小說類型的開創者，在她的想像世界裏成功地融合了三個意識形態主題：「愛國」、「愛港」和「愛資本」。她小說裏的主角全都是商界大亨，經歷了各種各樣的考驗和起伏，最後則作出了留在香港的「正確」選擇。浪漫、人生奮鬥(尤其是商界女性的人生奮鬥)、輝煌或心碎的時刻，種種元素都統一於一個歷史性政治變遷的背景，主要的舞台則是商界。梁鳳儀的小說讀起來像是作家本人這類女強人的自傳，同時卻試圖成為敍寫香港故事的史詩，反映紅色資本新貴的感覺和情愫。這群新貴構成了親北京的政治陣營，中國當局誇獎他們真正做到了「愛國愛港」。「愛國愛港」是個標籤，適用於中國當局認為足夠忠誠、能夠在香港捍衛並支持中國官方政策的人。這些人擁有愛國同胞的美譽，因此得到了各式各樣的政治地位，從而承擔着實現鄧小平「港人治港」輝煌大計的責任。然而，這些人其實更像是一個跨境資產階層，而不是一群本地資本家。與受過教育的中產階級不同，他們並不面臨身份選擇的兩難困境，儘管他們當中的大多數人要麼是把子女送到了國外，要麼就持有西方國家簽發的護照。

梁鳳儀的小說表達了這個新興階層的時代精神與國族立場，逐利動機與愛國忠誠在這個階層實現了天衣無縫的融合。在她的小說世界裏，角色對中國或香港增資的決定幾乎無一例外地被譽為愛國情懷的產物，或者是(重新)找到華人尊嚴的結果。九七迫近的未卜形勢不過是此類愛國精神及身份意識覺醒的一道背景而已。但我們必須留意，這些小說並不只是在重複包含於英勇個人犧牲故事的國族主義熟悉主題，這一主題源自1950年代晚期的愛國華僑歸國大潮，那時候，毛澤東的社會主義實驗實實在在地打動了全球各地及社會各階層的無數顆愛國之心。與此不同，小說中對此類愛國行為的每一次稱揚無一例外地伴隨着對中國自身過往的輕蔑，以及同樣熱情的香港讚歌，歌頌的對象則是香港奇蹟般的資本主義發展。在她的小説裏，許多角色都曾在早年經受政治動盪和極端主義運動的磨難，後來則非法移居香港，或者是移民海外。到最後，梁鳳儀筆下的男女主角全都成功地變身為商界大亨，昂首闊步地穿梭於香港、中國乃至西方世界。

在她抱負最為遠大的政治寓言《醉紅塵》當中，梁鳳儀圍繞一個混血角色編織了一段傳奇。這個角色是個棄兒，誕生於十九世紀早期的一段幾無可能且以悲劇收場的跨種族婚姻(Leung, F.Y. 1990)。藉由我們在之前章節討論過的「漂泊兒童」形象，梁鳳儀為受害主題提供了一個變體。身為中英歷史衝突導致的政治強姦所孕育的私生子，這個名為「魏念祖」的主人公終生都受到歧視。「魏念祖」通過艱苦的奮鬥取得了成功，搖身變成了主宰一個龐大商業帝國的船王。對於「魏念祖」來説，這一商業成功不僅帶來了金錢回報，還帶來了中國和英屬香港政府都認可的顯赫政治地位。憑藉雄厚的財力和連接兩種文化及兩個政府的獨特優勢，「魏念祖」成為了事實上的「南方霸主」。對這個故事的泛泛解讀可能會讓讀者看到董建華的影子，因為後者正是船王變身的香港特首，但孔誥烽沒有這麼做，而是藉此揭示了北進殖民主義的心理結構，這種殖民主義在前台政治當中表現得十分隱晦，在文化領域卻有清楚的表現。孔誥烽指出，這個政治寓言體現的是一種社會幻想，集合了私生子的創痛經歷及其勝利回歸的成就。純粹的投機被不分皂白地讚譽為個人奮鬥，欺詐也被認可為成功捷徑。通過不擇手段的努力，私生子身份帶來的詛咒最終變成了福佑。「魏念祖」的雙重身份不再意味着自我分裂，反倒諷刺地保障了一條通往兩個權力中心的優越途徑，關於種族通婚的詆毀由此成為了謊言。如果按孔誥烽的思路把這部小說解讀為政治寓言，我們就會從中看到，一個想像之中的香港是如何開篇，又是如何煞尾。梁鳳儀夢想一個商業帝國，這個帝國同時充當着中國和香港兩個世界的中心，並且用一個英雄把這兩個世界連接起來，只有他能在兩個世界之間自由闊步。

我們在梁鳳儀小說中看到的不是香港悲慘淪落的形象，反倒是一種沙文式的自我肯定。這個膨脹的自我絕不需要向國族主權搖尾乞憐，懇求後者為香港的「生活方式」提供生存空間。與此相反，在新品種的香港紅色資本家看來，遼闊的中國內地是一個無限廣大的空間，一片等待資本主義殖民征服的處女地。在這個想像的商業帝國當中，地方性、民族性和全球公民身份都是可以議價的術語，人們可以在自我與他者、過去與現在、物質利益與精神救贖之間自由穿梭。這一切的基礎，則是精明刻苦的香港特質。對香港身份的肯定附帶着對帝國慾望的確認。資本大亨把自己想像成帶動中國現代化的引擎，因此就完全有理由把忠誠從英國殖民主子轉向新的殖民主子，而梁鳳儀的小說也不失時機地為他們提供了一種新的愛國主義。不過，他們無法想像一種與他們對商業成功的宗教式信仰相矛盾的愛國主義——他們不得不把「愛錢」定義為「愛國」，把「愛國」定義為「愛錢」。我們由此看到，曾流行於1970年代的那種傳奇式商業大亨再度湧現，唯一的區別在於，如今的傳奇英雄都擁有顯赫的中國關係和政治勢力。人們傳誦他們勤勉敬業、高瞻遠矚、善用機會的故事，同時稱頌他們結交政治恩主及盟友的技巧。香港這些模範市民的新增美德如今被總結為「政治智慧」一詞，意思就是長袖善舞、八面玲瓏。

巧言令色由此成為了後理想主義的最高倫理，在香港唱主角的都是些見風使舵的人物。用後殖民批評的語言來說，香港這種非同一般的混雜政治將會衍生一個混雜的移置空間，與其純粹、固定、孤立的先例形成對比。正因如此，關於不斷變化的活力香港的故事才可以和關於停滯不變卻可親可愛的中國的歷史敍述並存，兩者才可以在梁鳳儀的想像世界中同時得到肯定。對於新興的「紅色資本家」來說，這樣的現實政治取代了他們對共產主義的曾有敵意，以及他們對英國殖民政權的眷戀——他們曾經十分眷戀殖民政權，竟至於率先出來勸說中國不要收回香港。依託作為慈母的中國，香港獲得了作為「聖子」的自我認同，這樣的「母子」想像其實逆轉了之前討論過的「漂泊兒童」想像——在後一種想像中，中華國族主義者把香港視為一個淒慘墮落的城市，失去了(祖國)母親的關愛。而在梁鳳儀的幻想世界中，這種根深蒂固的想像得到了翻天覆地的改寫，以至於母愛實現了戲劇性的回歸。母親越來越老，雖然長着一副可怕的暴君面孔，心裏卻總是充滿了深情。(祖國)母親既貧窮又落後(只等着更多的投資來幫她走出困窮)，如今已經張開擁抱的雙臂，迎接她「歸來」兒子的愛，後者已經憑藉手中的財富獲得了力量和獨立。兒子的雄性資本力量——也就是新生代顯貴的自負與傲慢——生動地體現在了梁鳳儀的小說當中，只不過是潛藏在關於港式愛國主義的克里奧爾化修辭背後而已。

愛國資本主義的福音

毋庸置疑，這一類香港故事原初版本所包含的意識形態內涵並沒有藏匿在人們的意識之外，也不是甚麼必須通過超然的心理分析來解讀的東西。恰恰相反，它直白地表現在香港的日常生活之中。按照孔誥烽的看法，在落後中國面前的這種沙文式驕矜十分普遍，以至於成為了廣泛流行的一種支配性階級意識形態，同時體現了仇恨與抱負、焦慮與自滿。從流行歌曲《我至叻》的歌詞當中，我們可以看到一種輕飄飄的優越感，因為它無恥地吹捧了香港商人跨境撈快錢的本事。這樣的驕矜從來都不是一個民粹主義問題，原因在於，就連最高雅、最尖銳的政治批評也無一例外地充滿了同一種香港民眾自我形象，亦即「成功的」經濟動物。即使是中共政權最苛刻的質疑者，也能夠從中國各城市及其他更落後處所的所有商業標誌中辨識出一種香港文化，藉此找到安慰。

這樣一來，香港的北進殖民主義成功上路，變身為一種悄悄蔓延的開化使命，缺少的只是教堂和神職人員，儘管毋庸置疑，這一使命並不缺少傳教士乃至十字軍，尤其是在能夠得到政權認可的時候。從這個角度來看，北進殖民主義顯然不是外部強加給香港的東西，而是由來已久、持續演進的勾結共謀的殖民主義文化形構所衍生的一個變體，或說是一個新生側面，其源頭可追溯至香港殖民時代的初期。作為這門世俗宗教的一名吹鼓手，梁鳳儀充滿了個人的使命感，並以自己的生活和工作為例證，傳播這種「愛國資本主義」的福音。她的書在中國市場大量銷售，贏得了社會各個階層——從普通民眾到當權文學機構——的讚賞。她成功地建起了龐大的關係網，同時籠絡了中國政府駐香港的權力機關(比如新華社)和北京的文化當局，以及中國許多省份的相關機構。仰仗她那些官僚老友，她的書不僅被譽為高質量的文學作品，還被人直截了當地視為財經指南，服務於蓬勃發展的投機性中國金融市場(Qinjiayuan 1992)。

梁鳳儀雖然比何啟晚了將近一個世紀，她的大行其道卻還是讓人想起何啟，想起何啟所在的時代。那時候，中國的讀者瘋狂仰慕從更加「進步的西方外部世界」舶來的任何事物，香港則起到了「門戶」的作用(至今猶然)。那時候，何啟為報紙撰寫的文章首先在香港發表，很快就被譯介到上海，造成洛陽紙貴的局面(參見第四章)。梁鳳儀的流行絕不只是「鐵桿粉絲」現象的又一個例子，因為它很快就有了教學法的內涵：她的書倍受推崇，被人視為中國讀者臨陣磨槍汲取「西學」的又一個源泉。

只不過，時至今日，如果不與中國的政權機器相勾結，這一類的市場英雄兒女便不再有興旺發達的可能。梁鳳儀成名之時，正值鄧小平1992年南巡講話，後者助長了此類熱情，明明白白地為資本主義道路開了綠燈。也是在這一時間，官方開始把收回香港作為一項政治任務，意在統一全國上下的思想，壓制八九之後的政治動盪。正是在這個時刻，梁鳳儀作為愛國成功作家的偶像地位得到了中共改革派的推舉。中國官員說她象徵着中國開放政策的成功，體現了現政權領導下的文化繁榮，更是「一國兩制」政策切實可行的鮮活證據。除了書籍大賣之外，連她自己也變成了一件熱門消費品，同時體現了個人成功和香港成就的奇蹟。她集香港魅力與愛國情懷於一身，成為了一個幻想對象，象徵着現代性和愛國國族身份的成功雜交。

梁鳳儀現象的宗教式內涵體現於種種事件，比如說，瘋狂的民眾在中國各地的書店門外排隊爭搶她的簽名，有時竟至於擠破窗子。梁鳳儀總是在自己的文章中表達對中國讀者的感謝，但卻從未忘記鄭重其事地告誡他們，要改變不守紀律、缺乏效率和不文明的作風(Leung, F.Y. 1992)。孔誥烽指出，她總是直言不諱地拿兩方來做對比，一方是大陸作派，一方是香港民眾據稱擁有的勤勉、快速、高效和禮貌作派。為了給她意欲開化(或者說殖民化)的民眾帶來福音，她總是在結尾表達她期待中國更加美好的願望，倡議一步一步地學習「香港的做事方式」。由此可見，梁鳳儀現象顯然是一個標誌，說明香港已經修復了受損的形象——儘管在過去的一些年裏，左右兩派的中華文化國族主義者依然在對香港大加撻伐——再次成為了孫逸仙可以汲取靈感的那種地方。當年，孫逸仙正是從香港獲得了靈感，決意通過學習其「生活方式」來改造並重塑一個新的中國。

居間者的文化帝國主義

對許多人來說，孔誥烽在《香港文化研究》當中的分析會讓人想起關於文化帝國主義的老式馬克思主義理論。不過，這當中另有玄機：情形不僅僅是應歸咎於西方強加的消費模式或生活方式的一種局面，即文化帝國主義造成了品味趨同和審美判斷標準化。與此不同，梁鳳儀小說主人公所代表的帝國主義者/土著對峙，早已藉由香港的居間地位得到了調停，幫助了西式勤勉/工業文化與華人民族身份之間的折衷。那分裂的帝國主義者/土著不過是劉兆佳所說的那種漫畫式經濟人，亦即「功利家庭主義者」的變體(參見第七章)。每當兩者呈現為對立的兩極，帝國主義和本土主義之間的辯證就會發生，使得香港以「第三項目」的面目出現，但這個項目並不是一個可為替代的別處，而僅僅是一個讓新的主權從新一輪的地區商業競爭當中崛起的時刻。本土傳統與西方現代性分別被實體化，繼而被超越，以便為香港騰出一個空間。倘若如孔誥烽所說，這種敍述當中處處散佈着老一套的帝國修辭，那麼，這些修辭其實是體現帝國幻想的梁鳳儀作品不可或缺的佐料，並且是土著心靈「安然」共享的事物。

孔誥烽對梁鳳儀北進殖民主義的批評最終表明，這種殖民主義與葉蔭聰提出的邊緣性及混雜性話語存在關聯。儘管兩者看似是關於香港的兩種不同描述(一種刻劃恐懼和焦慮，另一種刻劃優越感和傲慢)，孔誥烽卻把它們視為同一枚硬幣的兩面，都產生於把中國列為本質化「他者」的心理進程。借助斯普爾對於帝國修辭的歸納，以及他關於各種殖民想像相互共謀勾結的論點(Spurr 1993)，孔誥烽堅稱，香港的受害者形象與香港的沙文主義之間存在默契。中產階級的政治無權處境刺激了它把氣勢洶洶的中國列為不祥「他者」的慾望；另一方面，中產階級對失去自由及文化身份的恐懼也助長他們的愚昧無知，並較為進取的北進資本家提供了藉口，讓他們得以隱瞞從中國掘金的野心。這樣的恐懼有助於他們逃避責任，維持令人髮指的剝削，對中國實施文化及經濟殖民——因為香港已經把自身確立為中國走向現代化的榜樣。不過，我們不妨徹底挑明，這當中的驅動力既不是甚麼陰謀，也不是某種必然產生效果的虛假意識。與此相反，這個特殊的「紅色資本家」階層在意識形態上的主導權，實乃一項各種因素湊合而成的文化霸權計劃，當中成份包括各種後八九恐懼的副產品。這些恐懼出現在社會的各個階層，共同構成了支持鄧小平推行保守資本主義改革政策的共識。關於九七的末日話語將所有社會對立納入一個末日預言，並把保障香港自治列為最高的政治目標。但諷刺地，這種趨勢卻為反動派的反彈提供了基礎。在過渡年代晚期，九七話語失去了1980年代曾有的提升政治意識的潛力，變成了一個政治上的禁行標誌。一些跨國資本部門雖然傾向於不向中國俯首稱臣，但也不願跨出官方為九七話語劃定的範圍，也就是說，不能倒向英國或中國政權之外的任何方面。由此而來的結果是香港社會的進一步去政治化，因為僅剩的政治已被限定在國際外交的狹小範圍之內。

因此，要肯定香港的利益、聲音和身份，唯一的選擇似乎是基於過往經濟「成就」的文化自誇。把恐懼變成自負之後，這種(後)殖民政治的心理經濟有了一種非比尋常的作用機制：中國同化於香港文化及資本主義「生活方式」的程度越深越廣，香港公眾就越能克服對於前途的焦慮。結果並不是一些後殖民批評人士慣常假定的局面，亦即殖民者和被殖民者變得你我難分，而是一個殖民計劃，諷刺的是，這個計劃的動因恰恰是為中國這民族國家掙來終於終結了殖民主義此浮名的衝動。

全球化與北進殖民主義

葉蔭聰和孔誥烽的批評都闡發了香港中華性的變動政治，試圖藉此詮釋香港及中國變動的政治及文化景觀。然而，如果不把這些變化置於東亞快速崛起、發展主義理念在東亞普遍流行的背景之下，我們就無法勾勒一幅更為全面的圖景。這幅圖景的要素之一是國族主義自尊與歌頌全球盛世的組合。我們正在討論的專輯裏還有一篇譚萬基撰寫的文章，題為「沒有陌生人的世界」。這篇文章對地緣文化政治進行了推演，藉此剖析全球資本主義的多元文化主義修辭(Tam 1997)。譚萬基分析了香港的跨國連鎖時裝店佐丹奴推出的一系列電視廣告，進而批評一種多元文化主義把戲：以「沒有陌生人的世界」為宣傳口號的廣告。譚萬基認為，這種貝納通(Benetton)風格的跨文化對話虛幻展示之所以成為可能，是因為多元主義的隨大流生活方式大行其道。這則廣告勾畫了一幅全球和諧的景象，把分隔遙遠的各大洲居民形象同時呈現在一個親切友善、活力四射的視覺環境中，這個環境又附屬於某個神秘的多元文化仙境。然而，按照譚萬基的看法，廣告中膚色各異的民眾歡聚一堂的場景，美國搖滾、中國二胡和巴西桑巴等音樂主題的混合，以及足球與民間舞蹈的奇妙交融，不但沒能起到倡導多文化和諧的作用，反而帶有濃重的意識形態色彩，因為它們僅僅出現在一個特定的框架之內，這個框架的功用是給城市觀眾提供便利，讓他們舒舒服服地審視鄉村的陌生人。輕鬆愉快的田園景象既標誌着文化差異，也指涉同質的傳統、不變的純真。結果卻並不像一個多種文化及生活方式各如其是的生活空間，倒像是一個上演文化轉變大戲的空虛舞台。

按照譚萬基的分析，廣告中的年輕時裝模特擁有多文化的現代外表，始終朦朧的背景則影射破敗凋敝的往昔，兩者之間的對比重申了一個關於現代化的神話，即它試圖在感性層面保存暗啞寧靜的鄉村空間的人情味。簡單隨意的佐丹奴服飾催動的生活和喜悅並不能使生活變得簡單，只能助長商品化的潮流。無論這則廣告有着怎樣的本源和意識形態傾向，它傳達的訊息始終是，在這個多文化資本主義的象徵性宇宙當中，消費的欲求與動力生生不息。即使是對立的政治信仰，人們也只會視之為有待轉化的陌生文化或外來文化。廣告中的香港樂隊唱起了《國際歌》，廣告提供的卻不只是一種在想像中制服可怕政權的欣喜，還有一份當代全球化消費主義革命進軍的隱喻宣言。幾乎是在同一時刻，所有這些文化碎片被改造得既陌生又熟悉，無非是一些等着被人塞進商品流通攪拌機的浮動意符而已。唯一的新產品是混雜文化，佐丹奴服飾的香港現成設計正是這種文化的典型代表。

譚萬基對全球化話語及後殖民主義批評的剖析，用意並不是倡導粗糙的本土主義立場，或是針對資本主義的馬克思主義批評。他這些文字表明，我們既不能把香港描繪為本地土著的一片溫馨故土，也不能把它描繪為離散民眾的一塊跳板。實際上，香港是一個政治及文化地位不斷嬗變的社群，一座受困於多種權力及慾望遊戲的城市，雖然偶爾可以把諷刺、混雜或戲仿用作逃生出口，這些出口卻隨時可能被變造為文化藩籬。

由此可見，選擇從來都不局限於以下兩種：一是尋求自我肯定，一是進行玩世不恭的自我戲仿，直至自我消失(參見Abbas 1997)。我在上文引述的幾篇專輯文章都是對一套政治濫調的及時剖析，意在為自我反思和社會實踐開闢一些空間。它們刻劃的香港並沒有徒勞地渴望一個屬於自己的獨特身份，也沒有在媒體權力的全球性的條紋狀空間中追尋一個完整的形象。香港不會將自身的身份危機看成是僅是一個難題這麼簡單，解決之道也不是在全球文化等級秩序之內被賦與一個數字序號(比如「第三」空間)(周蕾Rey Chow)，或是採用一種邏輯倒錯的方法(比如「非空間」)(阿巴斯Abbas)。在這種關於身份政治的遊戲中，人們輸掉的只會是相關身份的冗餘、殘渣或是與身份認同連在一起的「他者」。

錯置的後殖民主義，抑或女性化的殖民主義？

1970年代以降，知識分子的文化國族主義逐漸消亡，激進的政治批評日益式微，學術界由此成為了管理主義的一統天下。此種情形造成了一種十分窒悶的知性氛圍，文化批評很少表現為具有理論活力的學術探索。有鑑於這樣的背景，「北進殖民主義」專輯做出的回應可謂格外熱烈。專輯的各位作者從一個未得界定的模糊發言立場出發，投身於某種介於當前事務政治批評與學術研究之間的工作，儘管這項工作不一定可以計入他們的「學術賬單」。回應這一專輯的讀者當中，不少人都表達了對「理論旅行」及「具體性錯置」問題的擔憂，因為「北進殖民主義」話語似乎一再借用了西方學界開發的「後××」流行詞彙。正因如此，李小良的困惑並不是一個孤例，使他困惑的則是專輯中往往沒有節制的理論運用和無止解構的姿態。他質疑大量「移置」後殖民文獻術語的做法是否適當，還質疑這些作者對於(據稱源自福柯的)經典式「問題化」策略的普遍依賴。李小良主張把香港正面運用為一個抵抗毀滅性解構的發言立場，呼籲對源自西方學界的整套後殖民話語進行問題化分析(Li 1997)。他指出，這樣的顛覆或許能更多地揭示，使用此類「後××」話語來分析香港的時候，會面臨怎樣的困境和歧義。

與李小良不同，郭少棠似乎走向了另一個極端。他不擔心各種「後××」理論的適用性(因為他從未質疑，香港是否已進入後工業及後現代時期)，但卻擔心，這個「發達」卻文化獨特的香港是否仍能在建設「文化中國」(杜維明)的計劃中佔據一席之地(Kwok 1997; Tu 1999)。他的擔憂表明，離散國族主義對於宏大「文化中國」的幻影式想像依然陰魂不散。他的不安情緒體現於他的焦慮，擔心作為整體的香港心態將會左右為難，無法應對宰制當局提出的日益矛盾的要求。一方面，中國官方機構觸角所及的所有場所都在歌頌同胞情誼；另一方面，同一些中方權力機構又對香港民眾發出了嚴厲的警告，不得「干涉」大陸的政治事務——亦即俗話所說的「井水不犯河水」。郭少棠憐憫香港在這些自相矛盾的愛國要求之下的兩難處境，認為「北進殖民主義」的論述站不住腳。因此他另闢蹊徑，把香港定性為一個受困於普遍精神分裂的地方(Kwok 1997)。

史書美響應了李小良的看法，認為針對「邊緣性」和「居間性」的批評可能受到了西方後殖民主義學術話語的強烈影響，甚至可能是對後者的簡單模仿(Shih 1997)。史書美懷疑，若不是因為九七大限，以及後殖民主義語言的流行態勢，人們還會不會就關於香港的話語和敍述展開如此激烈的辯論。此類辯論的參與者雖然滿懷新奇理念，本身卻可能諷刺地成為了這個短暫時刻——受制於十分具體的歷史、文化及話語壓力的一個暫時存在——的囚徒。這樣看來，人們很難確定，此類討論是否真的開闢了一個自主的話語空間。史書美引導讀者去審視北進殖民主義論述所謂的「阿喀琉斯之踵」，即這種論述有可能與依然存在於中國大陸的官方「左派」保守主義形成共謀關係。她點出了中共極左分子的指責，後者把來自港台的文化進口貨斥為「文化帝國主義」。她堅稱，這種觀念正在再次贏得一部分中國知識分子的支持。從新近的一些事件可以看出，有關人權及民主的理念經常被視為這種「文化帝國主義侵略」的組成部分。史書美指出，一些中國知識分子傾向於採納特定的後殖民理論立場，這些人可能與當局認可的國族主義——包括與文化大革命期間的極左分子相似的仇外態度——存在十分微妙的聯繫，並且要求專輯的各位作者反思，他們的北進殖民主義論述如何才能遠離這樣的危險處境。

史書美進而提出了一個相關論點，涉及專輯所忽略的性別維度。她指出，面對來自香港的北進殖民主義，大男子主義的中國「大陸中心」沙文主義可能不會輕易讓步。史書美如是寫道：

> 如果把同化等同於女性化，我們又可以問另外一個問題：誰能保障大陸十億人口都被動地甘於同化或女性化，將文化主權乖乖交給北進殖民文化？如果，如南地(Ashis Nandy)所説，殖民的結果卻是引發極度男性化(Hypermasculinity)的本土反應，而在大陸中原意識的語境中，這種極度男性化的情況會不會輕易就轉換成對北進殖民文化的反叛？由此可知，北進殖民想像並非一個確切鞏固的權利實體，如果它是一種殖民意識，它本身份卻大多是軟性、甚或女性化了的、以退為進或以柔尅剛的殖民意識，和一般晚期資本主義時期新殖民經濟的張狂程度，無與倫比。那麼，這到底是不是殖民意識？到底香港文化夠不夠資格成為殖民文化？
>
> (Shih 1997: 157)

史書美傾向於把中國大陸及香港的文化權利結構描繪為層次眾多、難以觸知的模糊事物，並且指出，使中國同化於香港文化的論述存在誇大之嫌，也許僅僅是對九七焦慮的一種幻覺式反應。

我在此處大段引述史書美的評論，原因是她的評論構成了幾個富於啟示性的重要論點。她着重指明了跨境話語政治可能產生的作用或反作用，這一點無疑是正確的。此外，她對性別維度的強調也可謂切中肯綮。不過，史書美雖然大談「第二次工業分水嶺」、「靈活積累模式」和「後福特主義」之類的理論，她對自己所說的「張狂」經濟的認識終歸有點兒過於粗略，無法在快速變化的東亞經濟背景下捕捉中港相對力量的任何實質，而東亞經濟或可定性為同時具有「晚期資本主義」及「新殖民」的性質。顯而易見，史書美只對經濟問題進行了一帶而過的分析，但我認為，經濟其實是一個至關重要的問題。要對這本專輯提出建設性的批評，我們就必須認清，專輯意欲闡明的論點恰恰是新殖民關係具有靈活可變、普遍滲透乃至詭計多端的特性；也就是說，專輯的論點恰恰是它們具有「以退為進」和「以柔克剛」的能力(正如史書美的精當形容)。此外，如果說附帶於此類全球資本積累靈活模式的「新」殖民宰制形式必須表現出一種微妙的文化敏感性，因此就必須用上一副女性化的面目，不也是合乎邏輯的嗎？簡言之，香港文化的「女性化」面目，豈不正好可以幫「她」在身陷其中的殖民關係面前假扮天真？性別和性徵在經濟、剝削性勞動關係、指揮控制鏈條及投資結構等等事物內部同時發揮着劃分界限和確立等級的作用，如果不首先瞭解這些作用，我們如何能確定某種文化的性別和性徵？讀者們或許會發現，許寶強和任海對這些問題的回應發人深省。

捨棄地緣政治，抑或警惕飛去來式殖民主義？

借助布羅代爾歷史資本主義學說的宏大概念模型，許寶強指出，把香港地區用作資本代理人象徵的做法值得商榷(Hui 1997)。許寶強把「資本主義」劃分為三個分析層次：物質生活、市場經濟，然後才是「資本主義」。他繼而指出，「資本主義」這個層次始終都可以跟隨地理位置發生改變。經濟活動代理人可以獲得壟斷地位帶來的優勢，始終都在追逐政治權力，以便保護自身利益。與此不同，市場經濟則相對透明，要接受公平契約及準則的約束。「北進殖民主義」概念把司法–政治地位明確的空間實體(亦即國家或城市)預設為有效的分析單元，因此便存在瑕疵，原因是它無助於我們全面瞭解資本主義的跨地區運作。這一概念不光對給定地理區域內部的固有歧異進行了同質化處理，還傾向於掩蓋權力壟斷和資本壟斷之間的有用區別，同時掩蓋透明且相對公平的市場交易。出現在中國的香港文化完全可以同時含有兩地的要素。

許寶強的分析提醒我們對資本主義進行更加細緻的分析，還告誡我們不要草率地接受空間二分法，確實是有用而且及時。不過，他的分析暗含着一條建議，要求用只在全球或漫長歷史層面才有意義的分析來取代地方性的地緣政治分析，由此便有可能從整體上抹殺殖民主義學說的批評價值，並在具體層面抹殺中港之間宰制–從屬分析的批評價值。與許寶強不同，任海的回應是拿出一個地方針對性強得多的分析，藉此闡明受空間制約的文化及經濟宰制所包含的複雜關係(Ren 1997)。然而，這些宰制關係不光是通過空間行使，還以空間為表現形式。空間差異並不具有先驗性，而是由資本和權力的流動確立的。儘管如此，與殖民主義的經典案例不同，各地在既定空間秩序之內形成的新生等級關係並非簡單地建基於源自明確地點的力量。它不能在跨國企業之外運作，也不能超出民族國家的範圍。不同於全球化的簡單模式，資本的跨國流轉並沒有把民族國家變成固定的地方性受體，使之只能被動地響應金錢關係不受空間制約的權力。與此相反，中國大型跨國公司香港中旅國際投資有限公司的案例表明(參見下文)，跨國資本和民族國家可以相互為用。今時今日，任何跨國企業都可以扮演雙重角色，同時充當民族國家的代理和「外國」事物的掮客。它的運作邏輯不會使跨國資本貶損國族主義之類的文化歸屬感，或者是貶損民族國家的權力，本身也不會削弱主觀或客觀的空間等級關係。

作為國家的代理人，香港中旅在中港兩地的旅遊業投入巨資，並在香港的文化及藝術領域扮演着活躍角色，由此得以在十分世俗的層面推廣各種文化及休閒活動，向香港大眾灌輸中華愛國主義。在香港，它是宏偉「統戰」計劃(中國國家機關發明的術語)的組成部分，意在爭取香港「同胞」支持香港回歸中國。它千方百計地改進包括中共宣傳在內的大陸文化及政治表達形式，以便減少香港民眾對它們的抵觸心理。然而，作為一家追逐利潤的公司，香港中旅還把中國的風光、文化乃至民族特色作為純粹的商品來發賣。香港中旅採納迪士尼的作派，把民族特色和文化變成了展品和狂歡節項目。它在深圳擁有幾個主題公園，其中有為大陸遊客重新包裝的一些微縮「世界」，也有為「外國」* 遊客準備的多文化中國友好形象。(任海提醒我們留意這樣一個事實：這樣的佈置其實主要服務於男性遊客，因為文化村裏的大部分民族代表都是女性，為的是方便男性攝影師。)香港中旅向以香港人為主的遊客群體兜售一個特殊的中國形象，促成並放大了東方主義的男性獵奇品味，並且斥資為造訪深圳的大陸遊客編織了一個仙境，誘使他們相信，自己已經站在了精彩現代世界的大門口。** 跟中國的其他跨國資

* 即使在主權移交之後，香港人依然被視為文化及經濟上的「外國」人，政治上或許更是如此。

** 1993年，佛羅里達也有了一個抄襲深圳民族園的「錦繡中華」。該公園同樣是香港中旅的產業，並由香港中旅運營。

本一樣，香港中旅的資本在香港也以「中資」的身份運作，享有特殊的政治及經濟待遇；但在中國大陸，香港中旅不僅為香港擁有的外國技術及投資渠道充當掮客，還發展出一門巨大的知識產業，造就了對於「香港經驗」的物神崇拜，使香港成為中華土壤上的一片現代性「聖地」。可想而知，大陸的幹部和群眾都渴望參加無休無止的香港朝聖之旅。香港中旅的特權地位體現於一個事實，即它在大陸是法律認可的「外資」。在這種跨國資本主義的交纏結構中，香港不僅是一個地理實體，還是一個象徵符號，代表着先進經驗，以及資本、機會甚至「真理」的源頭。她的「外國特性」往往得到「全體中國人」的保存、借用和模仿。從這個方面來看，我們就可以理解，中華愛國主義的鞏固為何沒有造成對香港的否定，宣揚國族主義的國家利益又為何可以與跨國資本的活動並行不悖。有鑑於此，任海指出，「資本家階層北進」是個模糊不清的概念，因為北上的不光是香港的資本家。在中國政府的支持下，中資也可以沿着飛去來器的軌跡，取道香港「北上」。

顯而易見，我們在香港遭遇的空間政治十分複雜，遠遠超出了關於殖民主義的傳統認識為我們限定的想像範圍。然而，就連任海的分析也沒能避免把空間用作宰制工具的做法。如果說十六世紀的初生殖民主義主要表現為經由地緣政治進程實現的軍事及經濟宰制，如果說二十世紀末期的我們依然遠未找到放棄「殖民性」概念的理由，依然要把它用作有效的權力分析範疇，那麼，我們對地緣政治又有多少瞭解呢？以往的觀念把整個世界描繪為一個單一卻分層的世界體系，放棄這幅過於規整的圖景之後，我們具體分析每一個地方，為每一個地方指定序數編號，或是剖析每一種地方性的性別，深信這一類的地方特徵馬賽克拼圖可以讓我們輕鬆觸及文化及政治特殊性，這樣的做法，算不算更為公允？此外，我們熱衷於描述眼花繚亂的後殖民地方性景觀，這樣的痴迷會不會繼續蒙蔽我們，使我們無法認識繪圖目光本身所包含的權力和慾望？無論答案如何，我們都可以看出，文化進程與政治地理和地理政治密不可分。果真如此的話，同時考量空間政治及其對文化政治的影響，以及文化政治及其對空間政治的影響，豈不是文化分析者應有的責任？許寶強和任海或許是正確的，因為他們採用了多維視角來觀察宰制權力的流動，進而要求對參與殖民進程的各色代理進行更清楚的界定；然而，不分青紅皂白地將權力宰制降低為與具體地點無關的全球資本主義，豈不是同樣消極的政治逃避？反過來，如果說作為意符流動的文化進程已經被空間分佈的資本及製造進程攪得一塌糊塗，捍衛「文化主權」的信念豈不是十分天真？如果我們不深入探究我們的文化想像如何在空間運作——也就是說，我們如何認知全球性、國族性和地方性，也不深入探究這些想像和空間力量如何建構我們的社會及政治關係，但卻徑直給我們的殖民主義研究打上「後」的標籤，豈不是有失草率？

結論：重建殖民權力的理論

早在1953年，約翰・加拉格和羅納德・羅賓遜(Gallagher and Robinson 1953)就在《自由貿易的帝國主義》一文中批評了包括馬克思主義在內的經典帝國主義理論，認為它們都帶有歐洲中心立場，試圖只以歐洲的形勢來解釋殖民帝國的崛起。將近二十年後，羅賓遜在提交牛津帝國主義研討會的一篇論文裏詳細闡發了這一批評。他在這篇題為「歐洲帝國主義的非歐基礎：勾結共謀理論概述」(Robinson 1972)的論文中寫道：

> 他們的分析主要源自初始原則而非經驗觀察，今天看來似乎只是關於歐洲社會的一些觀念向外投射的產物，而不是關於真實帝國進程的系統理論。他們的分析都是一些模型，把帝國建構過程簡單地認定為歐洲工業化政治經濟體所起的一種作用。這些舊理論假定所有的能動因素都出自歐洲，從定義上排除了同樣重要的非歐因素，其基礎不過是一種巨大的錯覺而已。
>
> (Robinson 1972: 118)

羅賓遜由此認為，所有的帝國主義新理論都必須納入對歐洲帝國主義「非歐基礎」的考量，「非歐基礎」則是指歐洲人和土著之間的勾結或非勾結關係。他寫道：

> 修正的帝國主義理論模型必須建基於對各種勾結共謀式安排的性質及作用機制的研究，因為在帝國主義衝擊到來之時，外來的歐洲人和非歐土著正是通過各種勾結共謀式安排實現了合作。
>
> (Robinson 1972: 118)

羅賓遜之所以關注與非歐土著的勾結共謀式安排，原因是他最關心一個問題，即歐洲為何能以如此低廉的代價和如此少量的軍隊統治世界各地的大片區域。他堅稱，資本主義制度的帝國主義傾向並不是一種任何時間都存在的本性，但當這種制度表現出帝國主義傾向的時候，帝國主義的程度就在很大程度上取決於衛星國家的政治及社會條件。他拒絕歐洲中心的解釋，相反他認為「只有在外來權力轉化為本地政治經濟條件的情況下，宰制才行得通」(Robinson 1972: 119)。

羅賓遜是研究帝國主義歷史的一位十分多產的史家，然而，當前的後殖民文化批評學界很少提及他的名字和著作。* 時下的後殖民研究已經遠遠走出了列寧和希法亨等人開闢的路線，不再對帝國主義進行經濟主義–馬克思主義分析，儘管如此，學界還是極少響應羅賓遜的呼籲，起而考察「外來權力轉化為本地政治經濟條件」的方式，更難得遵照羅賓遜的思路，把帝國主義理解為「其受害者的勾結或非勾結行為所起的一種作用——不僅是歐洲擴張的作用，也是本地政治的作用」(Robinson 1972: 118, 着重後加)。** 換言之，儘管霍米．巴巴之

* 我所見的唯一例外或許是愛德華．賽義德的論文《勾結、獨立與解放》，這篇論文見於他的《文化與帝國主義》一書(Said 1993)。

** 羅納德．羅賓遜和約翰．加拉格把現代日本的崛起歷程詮釋為一段成功建立勾結共謀的歷史，日本的勾結共謀把「西方擴張的力量轉化成了本地的

類的後殖民主義研究者有意探究，當殖民話語內部根深蒂固的含糊性被揭露，殖民者–被殖民者的二元建構因而被挑戰，但對這些混雜性和含糊性進行唯物主義描述的嘗試卻仍然是少之又少。這樣一來，文化混雜性雖然引起了學者們的注意，但卻往往被框定為土著自覺挑戰、侵蝕並取代帝國文化知識權力的後果，而不是本地政治或勾結共謀式機制運作的一些側面。

得益於羅賓遜關於帝國主義的修正理論，本書第一部分描述了各種制度因素的形成過程，這些因素共同構成了1842至1911年間形成於香港及周邊地區的勾結共謀體系。傳教團體與殖民政府之間的關係，以及華人準自治機構和香港大學之類的組織，本身就是一個殖民權力形構的產物，這個形構從殖民時代早期開始逐步成形。這些組織匯合成了一種十分有效的權力格局，使英國人得以在香港施行穩定的殖民統治。

不過，我對這一勾結共謀式體系進行考察，目的並不是提供一個案例分析，藉此說明如何在東亞語境下更好地認識英帝國主義的歷史，進而提出一種「帝國主義新理論」。換句話說，我的分析無意仿效羅賓遜的做法，着手探究「歐洲帝國主義的非歐基礎」。與羅賓遜不同，我關注的是此類勾結共謀式機制的本地變形，意在引入對中國殖民經驗的重估，尤其要重估的是，殖民主義文化經驗的這個被忽略了的維度，如何連繫到日後出現的華人身份認同政治。

本書第二部分考察了香港在文化及意識形態夾縫之中的各種表現。不過，為了超越香港身處東西文化夾縫的陳腐觀念，

政治條件」，而「中國的勾結共謀機制只在表層發揮了作用」(Robinson 1972: 127)。除了羅賓遜和加拉格之外，歐斯特哈默(Osterhammel 1997)和布魯克(Brook 2005)也以相當大的興趣探究了勾結共謀行為在殖民主義歷史中的角色。

我首先重估了關於著名勾結者兼思想者何啟的歷史敘述，藉此展示香港的居間性。通過分析這名勾結者的殖民「主體性」的複雜構成，這部分內容挑戰了人們往往持有的假設，即中華身份具有穩定不變的特性。不同於那些執迷於探討殖民遭遇心理機制的後殖民研究，何啟的事例可以表明，殖民遭遇始終包含着戰略上的計較和考慮——這些算盤不僅是為了幫助「被殖民者」開闢賴以生存的有限文化空間，還為了充實並挪用外來的殖民計劃，以便為本地的殖民計劃服務。此類戰略算盤及周旋所產生的後果具有重大的意義，不僅是對西方的帝國計劃而言。在其上的是，這些共謀構作的殖民計劃，實有對形形色色的文化及政治宰制給予框定和塗上顏色的功效，而國族主義和本土政治往往都是針對這些宰制形式而起。

正如我們不能把勾結共謀式殖民主義簡單地理解為旨在維持西方殖民主子專享權力的一套機制，同樣道理，本地的殖民主義經驗也從來不是僅僅包含單一的反帝國/反殖民政治目標。自我東方化、內生殖民主義、互不相同的國族統一想像、依託不同外國勢力的派別之間的內戰，凡此種種，在很大程度上都是同一個連續進程的結果，這些進程造就了種種殖民差異。我們不能認為此類殖民差異標誌着殖民者與被殖民者之間的鴻溝，而應當把它們視作藉由各種編碼及疆域化技術實現的不同等級關係不斷擴散分化的圖像。正因如此，國族及亞國族政治都以這樣那樣的方式與殖民權力交纏在一起，無一例外。

各種殖民性疊加於中華國族主義及亞國族政治，還以另一些方式釀成了各種文化及政治的居間性；這種情形造成了深遠的影響，在民國時期和共產時期都有清楚的體現。一方面，相關研究業已表明，孫逸仙的辛亥革命與推進一個勾結共謀殖民計劃的嘗試密不可分，該計劃的目標是在西方列強監護之下使古老的中華帝國實現「現代化」；另一方面，國民黨時代晚期和中共時代都曾出現走向布爾什維克式黨國的轉變，但這樣的轉變卻沒有把殖民主義及勾結共謀的做法擠到邊緣地位。改頭換面的勾結共謀行為有了一些新的形式，比如港督金文泰對中華國族主義的積極挪用；文化冷戰則為美國和國民黨提供了機會，使它們得以打造種種共謀機制。國民黨雖然退到了台灣，但在後二戰時代初期，它依然在香港擁有巨大的文化影響力。

所有這些變遷都沒有撼動殖民主義在香港的重要政治地位，勾結共謀政治也不曾向歷次的中華國族主義運動低頭，儘管國共黨爭經常都打着意識形態鬥爭的招牌。大陸承受的悲劇性共產統治促成了冷戰勾結，後者又為香港殖民統治經驗的重估與修訂搭好了舞台。離散中華國族主義在當時的香港蓬勃興起，並且利用香港的特殊位置來壯大自身，因為殖民經驗可以在香港得到肯定、辯護、提煉及重新包裝。結果是勾結共謀的殖民主義死灰復燃，雖然說相當矛盾，但它是以正面的形象出現。新一代的勾結共謀者為殖民主義打造了這一正面形象，儘管他們起初曾受到激進社會主義及國族主義理念的「召喚」。

殖民統治倡導者釋放的能量，以及中華國族主義熱情引發的能量，兩者之間的換位與交流可以解釋，關於意識形態鬥爭的冷戰修辭為何會迅速失去位置。取而代之的是現代化管理主義話語，早在1970年代的年輕激進理想主義終結之前，這種話語即已深入人心。以文中論及的一些社會學家為代表的新生代精英，忠於他們要歸屬於一個強大華人國家的抱負，就正如他們也崇奉殖民統治術及治理技術一樣。他們積極參與權力形構的翻新，以便繼續在香港施行殖民式管治。他們都附屬於一個意識形態劇本，同一個劇本後來催生了自我誇大的香港身份，這個身份大張旗鼓地把九七香港「回歸」中國變成了一個契機，以圖實施「北進殖民主義」的未名計劃。

本書第三部分不僅闡明了香港身份的蛻變階段和起落變遷，還從勾結共謀式殖民主義形構演變過程的角度解釋了這些變化的原因。由於香港的勾結共謀殖民主義，關於被殖民自我的殖民想像得以不斷翻新，不斷得到重新挪用。這一想像在九七臨近之時的重新搬演提供了一個古怪的劇本，在這個劇本中，往往被視為理所當然的各種殖民主義時空參照受到了質疑。

在香港再思後殖民理論

毋庸置疑，過去二十年中興起的後殖民研究已經超越了先前的批評路線，不再認為殖民主義只是帝國主義國家實現政治及經濟野心的工具。殖民的過往對後殖民的現在形成了頑固的心理控制，催生了曼諾尼所稱的「殖民心理學」研究(Mannoni 1990)。賽義德深入探究了殖民主義的文化遺產，進而指出，知識與價值的殖民等級秩序依然存在(Said 1989)。他們的研究引領本尼塔 · 帕里(Parry 1987)對殖民權力的「強壓」及「誘引」側面進行了區分；阿西斯 · 南迪(Nandy 1983)也指出了「軍國式」及「文明式」帝國主義之間的區別。毫無疑問，他們拓寬了關於後殖民社會的研究視野，觸及了前人所忽略的殖民主義文化維度，使人們得以審視直接的帝國主義宰制發生前後的對象及知識等級體系。此外，他們還幫助揭示了殖民者與被殖民者之間的共生關係。然而，此類共生關係的全部意涵迄今沒有得到徹底的探究，因為人們仍然把殖民權力(無論是文化方面、政治方面還是經濟方面的權力)視為殖民者的專屬物。

與此相似，後殖民文化政治在很大程度上仍然囿於一個相當狹隘的視野，經常把反殖民的國族主義政治列為後殖民政治的唯一選擇。斯圖亞特·霍爾擯棄了關於殖民權力的這種國族主義觀念，敦促我們把殖民權力重新歸納為超出民族國家框架的一些被移置的去中心矢量。霍爾指出：

> 要認識殖民化……不能只考慮殖民者與被殖民者之間的垂直關係，還要考慮到，權力關係的這些形式及其他形式如何在另一套矢量——跨越民族國家邊界的橫向聯繫，以及民族國家模型無法解釋的全球/地方交互關係——的作用之下發生了移置和去中心化。我們必須通過這種方法來認識殖民化，當時如此，現在也只能如此。
>
> (Hall 1996: 250)

本書意在闡明，中國、香港及西方列強之間的橫向聯繫可以被歸納為一個「勾結共謀殖民主義」形構的組成部分，關於中華性的各種觀念都在這個形構之內構建，與之相應的身份政治也在這個形構之內接受考驗。民族國家模型解釋不了此類殖民權力格局，如果不從理論上質疑關於中港位置及身份的種種想當然假定，這樣的格局就會成為無法理解的東西。

唐寧思(Thomas 1994)令人信服地指出，從來不曾有過單一的殖民統治話語，有的只是因地而異的各種殖民計劃。有鑑於此，我們可以借用羅納德·羅賓遜的「自由貿易的帝國主義」概念來描述殖民主義制訂的一個附帶計劃，而不是帝國主義的一個特定階段。然而，此類帝國主義計劃的文化意涵很少有人探究，在致力於將後殖民文化批評引入東亞語境的眾多學術探索當中，這樣的遺漏表現得格外明顯。人們有一種危險的傾向，往往對不同地方的殖民經驗進行普遍化處理，不去認真探究這種帝國/殖民計劃獨特格局的特殊性，結果則往往是不假思索地作出關於一個殖民宰制普遍模式的種種假定。已成濫調的中國愛國主義話語在香港日益流行，人們很容易在其中找到這樣的假定，而在那些試圖確立香港特質及身份的話語當中，這樣的假定也是屢見不鮮。而以香港為對象的當代後殖民批評人士其實也難辭其咎，尤其是因為他們沒能另闢蹊徑，擺脫這樣的勾結共謀的殖民/國族話語，後者把複雜的殖民經驗一概納入「西方影響」的籠統概念。他們傾向於把香港吹捧為後殖民居間性的一個典範，但卻未能直面由此而來的身份政治的種種局限。

從理論上說，如果不首先宣稱，香港和中國(以及它們的勾結共謀網絡)都在殖民現實的夾縫空間中取得了各自的地方身份，我們就不能像周蕾(1992)那樣，把香港的位置概括為「夾縫」。我在這方面的研究已經表明，此類後殖民研究無力應對香港的複雜文化政治，它的缺陷在臨近九七之時表現得十分明顯，可想而知，在後九七的將來多半也是如此。這些後殖民理論家之所以馬失前蹄，原因是他們無意之中充當了同謀，幫助重申了已成慣例的殖民主義宏大敘事——以及與之對應的反殖民國族主義——的時間排序，未曾充分地關注長期影響香港的(各種)帝國主義計劃及(各種)殖民主義的特殊性。

一些反對後殖民主義的批評人士同樣沒能認識到，必須從共謀話語各各不同的時空參照的角度來理解殖民現實。舉例來說，克瓦米·安東尼·阿皮亞批評後殖民性，稱之為「買辦知識階層的條件」(Appiah 1996)；阿里夫·德里克(Dirlik 1994,

2000)極力貶斥後殖民分析，認為它無非是「後現代主義的子嗣」及沒有歷史的「文化主義」，反映的是「接觸地帶」離散知識分子的興趣，原因是他們普遍漠視新舊帝國主義的政治經濟學。艾賈茲．阿赫默德(Ahmad 1992)也提出了學術實踐與其產地之間的關係問題，手法則是抨擊後殖民理論家，因為他們都生活在條件優越的第一世界都市學術圈，並在那裏從事理論工作。不過，圍繞「後殖民性」概念有效性展開的爭論似乎基於一個假定，即「殖民性」的意義和內涵已經有了充分的共識。殖民主義及其經驗似乎已經是一個清晰透徹的單一現象，曖昧之處完全是後殖民批評家造成的後果。然而，事實似乎並非如此。德里克和艾賈茲對歷史及政治經濟學維度的強調無疑是正確的，但他們都沒有對自己認定的主要攻擊目標進行足夠的理論概括。

舉例來說，艾賈茲．阿赫默德把都市學術圈指為偏頗後殖民理論的主要產地，由此便有暗中抬舉非西方學術機構之嫌。與此相似，德里克認定後殖民文化批評必然產生於世界資本主義體系中的「接觸地帶」空間位置，此舉實際上與他試圖攻擊的目標形成了共謀，使得此類地帶被固實化為與內部及外部複雜文化政治及其他政治無關的「地方」。簡言之，他不假思索地使用了「接觸地帶」這個地理比喻，恰恰使得此類「地帶」——比如香港——及其周邊的政治鬥爭無法得到歷史化的充分描述。他的策略還有一個惡果，那就是忽略勾結共謀式機制那些更為微妙的運作，以及勾結者的乖張行為和心理機制。參與到勾結共謀的殖民主義計劃中去的，很可能就是那些免於被艾賈茲．阿赫默德的「產地還原主義」沒有列為攻擊目標的「非西方」學術機構及人物。

啟發眾多後殖民研究學人的弗朗茨·法農堅稱，應當揭示殖民主義心理經濟如何中介着社會及體制層面上那些建築在物質上及歷史上的不平等權力關係 (Fanon 1965, 1990)。這個觀點無疑是正確的。然而，儘管在不同語境下表現出來的殖民化效果都有其歷史質地，但這並不意味着我們可以簡單地重演與產地還原主義伴生的歷史決定論，因為兩者都脱胎於對殖民權力不洽當的理論認識，也欠缺關於此類殖民權力形式的實證說明。這反映出，一方面是對於殖民化的各種效果評估不足；另一方面，殖民及後殖民分析關於時間和空間的一些未經審視的假定其實充滿局限。

阿皮亞(Appiah 1992)界定了殖民主義和殖民性之間的區別，而我建議把這一界定的暗含意義略加推展，以便駁斥將各種殖民化效應悉數塞進一個籠統殖民主義概念的傾向。換言之，在將殖民主義、進而後殖民性進行理論概括之前，(後)殖民分析應當更仔細地審視殖民性的多樣化構成，或說是構建殖民權力的多種效應及格局。在此基礎上，我們應當對殖民權力進行整合的歷史文化研究，這種研究理應超越德里克(Dirlik 2000)所說的文化主義–歷史決定論之間的對立。

空間關係與殖民權力

要去除殖民及後殖民分析當中的歷史決定論、二元框架和相應的產地還原主義，我們需要完成兩個任務：其一，在評估或預設任何殖民宰制結構之前，應重新評估殖民權力的性質；其二，擯棄殖民主義及國族主義話語的辯證法結構，因為在這種辯證法結構中，空間不過是一種限定並割裂普遍歷史進程的消極特殊性。由此可見，我們需要的是將殖民權力重新理論化為一種空間權力。

要重新將殖民權力理論化，最好的起點莫過於福柯的理論。福柯是後殖民批評人士最為推崇的人物之一，但在大多數情況下，他對權力瀰散性質的強調都沒有得到後殖民評論家的認真對待，此種局面實在是後殖民研究的奇恥大辱；時至今日，學者們還是經常把殖民權力視為此地宰制彼地的一種功能。就賽義德的東方主義論述而言，福柯對權力–知識綜合體的分析也只是導向了針對西方學術機構的一種政治及認識論批評。這些研究無一例外地認定，殖民權力最終是由殖民者執掌，作用是禁止、封殺或阻礙被殖民者的自治。然而，正如福柯所說，關於權力壓迫性的這種「負面」描述十分危險，因為從事實上看，針對此類壓迫性權力的批評可能是其譴責對象所在歷史網絡的一部分。就我們的情形而言，針對「壓迫性」殖民權力的(國族主義)反殖民批評可能是——事實上，相關研究已經證明它的確是——殖民權力所在歷史網絡的一部分。真正需要進一步明確的是殖民權力歷史網絡的形構，殖民主義者和國族主義者正是在這個網絡之內交疊相織。為了辨析這一殖民權力網絡，我們還應當同時揭示認識論上的共謀和制度上的勾結，因為兩者總是交錯難分。

將殖民權力描述為一系列「網狀」關係，這樣的另類理論概括從福柯那裏汲取了靈感，後者認為權力從來都不是由某個個體或機構持有或佔有的事物，而是一種只能通過行使來實現的事物，一種存在於流轉之中並產生地方效應的事物。由此可見，作為各種力量的一種戰略部署，殖民權力始終都是在地的，顯現在每一個在地處境當中，但卻從來不會只在一個特定的殖民者身上落地生根。福柯還告訴我們，權力最擅長藉由其臣僕的勾結行為來實現自我瀰散(Foucault 1980)。涉入權力網絡的個體「不僅是權力的被動或順服目標，還是權力得以扣連伸展的要素。換句話説，個體好比權力的工具，而不是權力的着力點」(Foucault 1980: 98)。因此，殖民權力如何在不同空間及領域轉移、部署及瀰散的問題，與它所能產生的各種效應同樣重要。從這個角度來看，關於殖民權力的歷史文化研究應當探究殖民權力以往及將來的流轉戰術和戰略，還應當把範圍從殖民者的各種策略延伸到被殖民者的文化及政治勾結行為。換言之，這種研究不僅要釐清殖民者的「統治意願」如何變化，還要釐清，殖民權力指定的想像空間之內的各種自我表達，如何促成或限定了殖民者與被殖民者之間在話語方面及非話語方面的共謀合作。有鑑於此，至關重要的任務是認清受制於此類權力關係的各種對象及身份如何表達自我，同時探究殖民文化形式如何深深植入了關於主體性的話語及組織建構過程，這些主體性已然捲入了文化殖民性當中。

本書闡明了華人勾結共謀關係與殖民主義在香港及其周邊地區相互交纏、相互制約的狀況，試圖打破關於中國和香港的既有殖民主義及國族主義歷史敍述，充分揭露兩者合謀共享的歷史主義時間排序方式。本書還重新詮釋了關於東方及東南亞殖民主義的一些記憶和事件，方法則是以香港為節點，探究殖民權力如何在一個特異形構之下施展，這一形構以勾結共謀的機制的反複嬗變為特徵。這樣一來，本書闡明了，在「自由貿易的帝國主義」之下維繫並發展的殖民權力並不局限於某個特定地區或機構，而是在附帶產生的各種勾結共謀式關係及機制逐漸成形的過程中瀰散各處。要充分領會這種權力的空間性，我們只能從譜系上追溯一些現存或以往的機制，因為殖民經驗的歷史主義時間排序及殖民空間的固實化已經遺忘了這些機制的存在。此類觀念具有種種局限(實際上可以說是「死胡同」)，可以從我們難以從理論上解釋「內生殖民主義」和「次帝國主義」之類的現象。具諷刺意味的是，本書論及的「北進殖民主義」提供了又一個實例，證明當前的概念體系不足以描述或解釋殖民權力的所有的可能形式、機制、變形和變異。正如本書所述，我們很難把香港界定為中國的一個亞國族「地方」，這樣的困難進一步說明，我們需要對殖民權力的時間性和空間性進行重新理論化。

最近，高士柏(Grossberg 1996)以德勒茲和瓜塔里的理論為基礎，構建了一個他稱之為空間唯物主義的替代理論框架，以圖突破仍然困擾後殖民或文化研究的身份政治僵局及歷史主義。要解決把時間置於空間之上的現代問題，文化研究必須注重語境。不過，高士柏還試圖超越把「語境」界定為地方或地方性的狹隘觀念，他要求審視地方是如何建構，歸屬、身份(及差異)和經驗的觀念又如何聯繫到地方及空間的關係。他的理論指明了藉由地方及空間生成過程實現的文化生產，又將現實定義為一種不可約化為單一維度的事物，而是由種種力線之間的關係所構成的多重性集合體或裝置。按照他的空間唯物主義，空間的定義是「生成的環境」。現實不是歷史問題，而是取向、方向、進入和退出問題，牽涉到製造「真實」的「生成物的地理」、「多重性語用」和「權力的地圖」(Grossberg 1996: 180)。

借助高士柏關於權力空間性的新理論框架，我們可以把殖民主義的各種效應理解為殖民現實的一種形構，這一形構由多種力量造成，本身又可以產出多種力量。從如此的一種「機器式的」——而不是「機械的」、「有機的」或「主觀的」——殖民現實觀，我們或許更能理解，殖民權力是如何以一種沒有主體性的能動性來發揮作用。高士柏的方法論把「真實」視為「生成」，亦即不同乃至對立的術語之間的轉變，從這種方法論往下推演，我們興許還可以得出關於殖民關係的另一種認識——一種不同於慣常的殖民者–被殖民者對峙關係。

高士柏保留了按(作為表達形式的)「機器」類型劃分的全球化「較老」形式和「較新」形式，說明它們之間的時間差別。至於我們應不應當遵從他這個主張，仍然是一個有待商榷的問題，因為在我看來，不同的「機器」類型往往同時存在。但我認為，通過將殖民現實理解為居間狀況(或說是生成物會橫過的「環境」)來延展高士柏的理論，無疑會有所補益。它足以幫助我們認清「勾結共謀式」關係的意義，以及勾結者的居間面目：沒有主體性的臣僕，沒有身份的個體。

不同於將香港定義為殖民主義與國族中國夾縫中的「居間」空間(周蕾)的那些無果嘗試，殖民現實的「機器式」觀念將把香港和中國同時視為勾結共謀殖民主義的產物和生產者，而勾結共謀殖民主義正是本書論題。通過分析勾結者——從盧阿貴、何啟、孫逸仙到劉兆佳的一類人——的各種色彩，我們或許可以得到一個更有成效的視角，勝於那些一味關注「『接觸地帶』離散知識分子」、「雙文化精英」或「沿海改良派」的研究，後者是後費正清時代中國史學著述當中屢見不鮮的東西(例見Cohen 1970, 1974)。這些勾結者在殖民文化「譯本」中——或者如斯圖亞特．霍爾所説，在「文化嫁接」過程中——承擔着多種多樣的角色和功能，我們不能偷工減料，認為這些角色和功能反映着一個預定的階級立場，或是取決於這些人(出發或前往的)「地方」，而應當把它們視為特定殖民環境及殖民權力格局的產物。由此可見，我們需要深入探究的並不是個別人物和個人傳記，而是勾結者與各個殖民或國族主義政權之間的各種共謀組織、機制和實踐。我們應當把它們視為深層殖民性的一些側面，這些殖民性對後殖民國家的地方身份形構及權力格局施加着至今未得闡明的影響。

容我冒昧假定，這樣的角度將會提供一個新的切入點，由此而來的後殖民史學也會超越共謀的歷史主義，以及與之相伴的關於空間權力的天真觀念。只有不再把空間視為一種僅僅有助於界定殖民(或國族)歷史的被動特殊性，關於地方和空間的各種被壓制敍述才能為我們開啟新的可能性，使我們得以全面瞭解殖民主義計劃與國族主義計劃之間的多重交互關係。我打算再次申明貫穿全書的論點，以此為本書作結：對於批判性知性實踐來説，重估揮之不去的「殖民」餘緒——「國族」的內外都有它的身影——是一件至關緊要的事情，因為它可以幫助我們推進一種更積極、更腳踏實地的文化批評。由於對殖民權力空間性的新認識是遏制對「在地性」的輕率否定的必要條件，在當前吹捧或譴責「全球性」的熱潮中，後者的結局往往是對「跨國性」/「國際性」的過早稱揚，以及對「在地性」的冷嘲熱諷。這種犬儒立場往往源自評論家急於要對一切暗指固定性或本源的概念進行解構或去本質化處理的焦慮。然而，如此的一種犬儒態度，不但有可能複製在香港那種典型的殖民地政治冷漠，實際上還會造成理論上的自我阻窒。也就是説，它剛好止步於本應成為全新知性探索起點的地方。原因在於，既然你已經正確地領會到，「在地」無關於某種出於天真假設的正宗性，那就應該勇於斷言，「在地」永遠同時具有相應的「超越在地」。因為你應該知道，作為「跨國性」/「國際性」基礎的「國族性」，也不是一種理所當然的東西。有鑑於此，徹底揭露「國族性」和「跨國性」/「國際性」的殖民成份是我們早就應該完成的一件任務，其目的是去除虛假的國族/地方或全球/地方二元論，這些二元論仍在阻礙我們成功地開展真正在地化的批評。簡言之，如果要在香港重新思考「在地」，把它列為有政治介入意義的知性實踐的一個領域，我們不僅需要與香港的中華性保持可供批判和反思的距離，容許人們可以將這種中華性多樣化乃至否定掉，更需要認真考量香港華人繁雜班駁的殖民構建。

鳴　謝

本書是在筆者於2002年向悉尼科技大學提交的文化研究博士論文的基礎上進一步發展出來的。我要在這裏向論文指導老師Stephen Muecke教授多年來在學術上的指引致謝。沒有他亦師亦友的幫助與提攜，這項研究實不可能完成。我也要向閱讀過我論文初稿，並在關鍵的階段曾提供精闢意見和改進建議的墨美姬(Meaghan Morris)教授道謝。他們廣博的學術視野、知識分子的熱忱及珍貴的耐心大大加強了我對文化研究的興趣，這項研究的成果實要歸功於他們。除此之外，我也要向香港大學出版社匿名的書稿評審人建設性的批評致謝。

在本研究進行期間，嶺南大學文化研究系的同事們曾以不同方式給予我支持和鼓勵。我要特別多謝陳清僑、許寶強、劉健芝、陳順馨，他們朋友的情誼與協作精神，不斷地鼓舞着我完成研究。嶺南大學於2001年四月到八月期間給予筆者學術休假，對完成此項研究十分重要。在悉尼學習期間，鍾秀梅給予我各種幫忙，我也要衷誠道謝。

筆者還要向1994–1997年間香港中文大學香港文化研究計劃下認識的一班研究人員致意。那些研究工作小組會議中與葉蔭聰、孔誥烽、譚萬基、盧思騁、司徒薇及其他參與者之間富有啟發性的討論，大大地激發了我對文化研究的興趣。

我也要多謝崇基學院圖書館、聯合書院香港資料庫、中文大學圖書館、悉尼大學Fisher圖書館、以及2005年夏天我在澳洲國立大學訪問期間人文研究中心的職員致謝，因為他們都曾在筆者搜尋資料期間，提供過友善和熱情的協助。

在研究期間，我的家人給予我無限的愛護與支持，只能無言感激。

本書部分章節，曾以不同方式在其他地方發表過，包括：第一章的某些部分曾發表於 *Human Rights Global Focus*, 2006,3,1, pp. 5–14；第七章某些部分曾發表於 Kuan-Hsing Chen (1998) (ed.) *Trajectories. Inter-Asia Cultural Studies*, London: Routledge, pp. 109–121; 第八章的初稿曾發表於 *Positions. East Asia Cultures Critique*, 2000, 8, 1, pp. 201–233; 而本書第二章則於去年全文被收錄入Carrol, J. & Mak, Chi-kwan (2014) *Critical Readings on the Modern History of Hong Kong*, Leiden & Boston: Brill, pp. 777–808.

參考書目

Abbreviations

CO 129: Great Britain. Colonial Office Records. Series CO 129. Governor's Dispatches and Replies from the Secretary of State for the Colonies. 1841–1913.

Documentations

Colonial Office Records, Series 129

The Conception and foundation of the University of Hong Kong: Miscellaneous documents, 1908–1913. (1974) Hong Kong: University of Hong Kong.

British Board of Education (1915) *Educational Systems of the Chief Colonies Not Possessing Responsible Government*, London: Broad of Education.

Hong Kong Sessional Papers, 1884–1914

Report of the Committee on Education, 1902. (1902) Hong Kong: Hong Kong Government.

Report of the Chinese Studies Committee, 1953. (1953) Hong Kong: Hong Kong Government.

Report of the Education Commission appointed by His Excellency Sir John Pope Hennessy, K.C.M.G... to consider certain questions connected with Education in Hong Kong, 1882. (1883) Hong Kong: Hong Kong Government.

Report of the Fulton Commission, 1963. (1963) Hong Kong: Hong Kong Government.

Report of the Special Committee Appointed to Advise on the Teaching of Chinese. (1932) Hong Kong: University of Hong Kong.

Christian Education in China: The Report of the China Educational Commission of 1921–1922 (1922). Shanghai.

Report on the Central School. Hong Kong Government Gazette. (1867) Hong Kong: Hong Kong Government.

Newspapers and School Magazine

Catholic Post Secondary (Shu Hui) (Hong Kong Federation of Catholic Students publication) 1969–1974 (incomplete).

China Mail, 1895–1903 (incomplete).

Chung-chi Student Press (Chong Ji xue sheng bao), 1969–1972 (incomplete).

Chinese Student Weekly (Zhongguo xue sheng zhou bao), 1952–1972 (incomplete).

CU Students (The Chinese University of Hong Kong student publication), 1970–1985 (incomplete).

The Federation (Hong Kong Federation of Students publication), 1966–1970 (incomplete). Jianhuang, 1960–1973 (incomplete).

New Asia Student Magazine (Xin Ya xue sheng bao), 1966–1972 (incomplete) Panku, 1967–1973 (incomplete).

Undergrad (The University of Hong Kong Student Union publication), 1963–1974 (incomplete).

The Yellow Dragon (The Queen's College publication), 1903–1909 (incomplete).

Books, Articles and Dissertations

Abbas, Ackbar (1996) *Cultural Studies on a Postculture*, The Second International Symposium on Cultural Criticism "Cultural Politics of Cosmopolitanism: Critiques of Modernity in the Non-Western Context", The Chinese University of Hong Kong, Hong Kong, 4–6 January 1996.

Abbas, Ackbar (1997) *Hong Kong. Culture and the Politics of Disappearance*, Hong Kong: Hong Kong University Press.

Acton, T. A. (1981) 'Education As A By-Product of Fish Marketing', *Journal of the Hong Kong Branch of the Royal Asiatic Society*, 21, pp. 120–43.

Ahearne, Jeremy (1995) *Michel de Certeau. Interpretation and Its Other*, Cambridge: Polity Press.

Ahmad, Aijaz (1992) *In Theory: Classes, Nations, Literatures*, Oxford: Oxford University Press.

Ahmad, Aijaz (1995) 'Postcolonialism: What's in a Name?' in Roman DeLaCampa, et al. (eds.) *Late Imperial Culture*, London: Verso.

Alitto, Guy (1979) *The Last Confucian: Liang Shu-ming and the Chinese Dilemma of modernity*, Berkeley: University of California Press.

Anderson, Benedict (1991) *Imagined Communities: Reflections on the Origins and Spread of Nationalism*, London: Verso.

Ang, Ien (1993) 'The Differential Politics of Chineseness' *Communal/Plural*, 1, pp. 17–26.

Ang, Ien (1998) 'Can One Say No to Chineseness? Pushing the Limits of the Diasporic Paradigm' *Boundary* 2, 25, 3, pp. 223–42.

Ang, Ien (2001) *On Not Speaking Chinese: Living Between Asia and the West*, London: Routledge.

Appadurai, Arjun (1996) *Modernity at Large. Cultural Dimensions of Globalization*, London University of Minnesota Press.

Appiah, Kwame Anthony (1992) *In My Father's House: Africa in the Philosophy of Culture*, London Methuen.

Appiah, Kwame Anthony (1996) 'Is the Post- in Postmodernism the Post- in Postcolonial?' in Padmini Mongia (ed.) *Contemporary Postcolonial Theory. A Reader*, London: Arnold, pp. 55–71.

Arensmeyer, Elliott C. (1979) British Merchant Enterprise and the Chinese Coolie Labour Trade 1850–1874, unpublished PhD dissertation, University of Hawaii.

Arnold, Matthew (1869) *Culture and Anarchy*, New Haven: Yale University Press.

Ashcroft, Bill, et al. (1995) 'General Introduction', in Bill Ashcroft, et al. (eds.) *The Post-Colonial Studies Reader*, London: Routledge, pp. 1–4.

Ball, Stephen J. (1983) 'Imperialism, Social Control and the Colonial Curriculum in Africa', *Journal of Curriculum Studies*, 15, 3, pp. 237–63.

Bammer, A. (1995) 'Xenophobia, Xenophilia, and No Place to Rest', in G. Brinker-Gabler (ed.) *Encountering the other(s). Studies in Literature, History, and Culture*, Albany: SUNY Press.

Banfield, Edward C. (1958) *The Moral Basis of a Backward Society*, New York: Free Press.

Bao, Cuoshi (1967a) 'Yan jiu quan zhong guo. cong fei qing dao guo qing (Studying China: from the Studies of the Bandit Regime to the Studies of the Nation) Part I', *Panku*, 8, pp. 24–8.

Bao, Cuoshi (1967b) 'Yan jiu quan zhong guo. cong fei qing dao guo qing (Studying China: from the Studies of the Bandit Regime to the Studies of the Nation), Part II', *Panku*, 9, pp. 31–7.

Bao, Cuoshi (1968) 'Hai wai zhong guo ren de fen lie, hui gui yu fan du (Separation, Return and Anti-independence of the Overseas Chinese)', *Panku*, 10, pp. 2–16.

Bao, Yiming (1968) 'Morality of Mobilization in Democratic Society. Majority, Minority and Intellectuals', *Ming Pao Monthly*, pp. 2–13.

Barker, Kathleen E. (1996) *Change and Continuity. A History of St. Stephen's Girls' College, Hong Kong, 1906–1996*, Hong Kong: St. Stephen's Girls' College.

Barker, Kathleen E. (1996) *Change and Continuity. A History of St. Stephens Girls College Hong Kong 1906–1996*, Hong Kong: St. Stephen's Girls College.

Barlow, Tani E. (ed.)(1997) *Formations of Colonial Modernity in East Asia*, Durham: Duke University Press.

Barlow, Tani E. (1997a) 'Colonialism Career in Postwar China Studies' in Barlow, Tani E. (ed.) *Formations of Colonial Modernity in East Asia*, Durham: Duke University Press, pp. 373–412.

Barnett, Suzanne Wilson (1972) 'Protestant Expansion and Chinese Views of the West', *Modern Asian Studies*, 6, 2, pp. 129–49.

Barnett, Suzanne Wilson (1973) Practical Evangelism: Protestant Missions and the Introduction of Western Civilization into China, 1820–1850. unpublished PhD dissertation, Harvard University.

Barnett, Suzanne Wilson (1976) 'National Image: Missionaries and Some Conceptual Ingredients of Late Ch'ing Reform', in P.A. Cohen and J. E. Schrecker (eds.) *Reform in Nineteenth-Century China*, New York: East Asia Research Centre, Harvard University.

Barnett, Suzanne Wilson and John K. Fairbank (eds.) (1984) *Christianity in China: Early Protestant Missionary Writings*, Cambridge, Mass.: Harvard University Press.

Bays, Daniel H. (1978) *China Enters the Twentieth Century: Chang Chih tung and the Issues of a New Age, 1895–1905*, Ann Arbor, MI: University of Michigan Press.

Beattie, Hilary J. (1969) 'Protestant Missions and Opium in China, 1858–1895', *Papers on China 22A*, pp. 104–33.

Beeching, Jack (1975) *The Chinese Opium Wars*, London: Hutchinson.

Bennett, A. A. (1967) *John Fryer: The Introduction of Western Science and Technology into Nineteenth Century China*, Cambridge, Mass.: East Asian Research Center, Harvard University.

Bentley, M. (ed.) (1997) *Companion to Historiography*, London: Routledge.

Beresford (1899) *The Break-up of China*, London: Harper & Brothers.

Berwick, John (1986) Chhatrasamaj: the Social and Political Significance of the Student Community in Bengal c.1870–1922. unpublished PhD dissertation, University of Sydney.

Best, G. P. A. (1956) 'The Religious Difficulties of National Education in England, 1800–1870', *Cambridge Historical Journal*, 7, pp. 155–73.

Bhabha, Homi (1984) 'Of Mimicry and Man: The Ambivalence of Colonial Discourse', October 28, pp. 125–33.

Bhabha, Homi (1986) 'The Other Question: Difference, Discrimination and the Discourse of Colonialism', in Francis Barker, et al. (eds.) *Literature, Politics and Theory*, London Methuen.

Bhabha, Homi (1994a) 'Signs Taken for Wonders: Questions of Ambivalence and Authority under a Tree Outside Delhi, May 1817', in *The Location of Culture*, London: Routledge.

Bhabha, Homi (1994b) 'The Postcolonial and the Postmodern', in *The Location of Culture*, London: Routledge.

Bhabha, Homi (1994c) *The Location of Culture*, London: Routledge.

Bickley, Gillian (1997) *The Golden Needle: The Biography of Frederick Stewart (1836–1889)*, Hong Kong: David C. Lam Institute for East-West Studies, Hong Kong Baptist University.

Bickley, Gillian (2002) *The Development of Education in Hong Kong 1841–1897: as Revealed by the Early Education Reports of the Hong Kong Government 1848–1896*, Hong Kong: Chinese University of Hong Kong.

Blaut, James Morris (1993) *The Colonizer's Model of The World: Geographical Diffusionism and Eurocentric History*, New York: Guilford Press.

Bohr, Paul R (1972) *Famine in China and the Missionary: Timothy Richard as Relief Administrator and Advocate of National Reform, 1876–1884*, Cambridge, Mass.: East Asian Research Centre Harvard University.

Boorman, Howard L. (1968) *Biographical Dictionary of Republican China*, New York: Columbia University Press.

Breckenridge Carol A. and Peter van der Veer (1993) *Orientalism and the Postcolonial Predicament. Perspectives on South Asia*, Philadelphia: University of Pennsylvania Press.

Bredon, Juliet (1909) *Sir Robert Hart and the Romance of a Great Career*, New York: Hutchinson.

Brook, Timothy and Bob Tadashi Wakabayashi (eds.) (2000) *Opium Regimes: China, Britain, and Japan, 1839–1952*, Berkeley: University of California Press.

Brook, Timothy (2005) *Collaboration: Japanese Agents and Local Elites in Wartime China*, Cambridge Mass.: Harvard.

Brown, Rajeswary Ampalavanar (1994) *Capital and Entrepreneur in South-East Asia*, New York St. Martin's Press.

Bulag, Uradyn E. (1997) 'Mongols, Buddhism, and Modernity', *Bulletin of Concerned Asian Scholars*, 29, 4, pp. 62–5.

Butenhoff, Linda (1999) *Social Movements and Political Reform in Hong Kong*, London: Praeger. Cameron, Meribeth E. (1931) *The Reform Movement in China, 1898–1912*, Stanford: Stanford University Press.

Campbell, Persia Crawford (1923) *Chinese Coolie Emigration to Countries within the British Empire*, London: Cass.

Cantile, James and C. Sheridan Jones (1912) *Sun Yat Sen and the Awakening of China*, New York Fleming H. Revell Co.

Carroll, John M. (1997) 'Colonialism and Collaboration: Chinese Subjects and the Making of British Hong Kong', *China Information*, 12, 1–2, pp. 12–35.

Carroll, John M. (1999) 'Chinese Collaboration in the Making of British Hong Kong', in Tak-Wing Ngo (ed.) *Hong Kong's History. State and Society under Colonial Rule*, London: Routledge, pp. 13–29.

Carroll, John M. (2005) *Edges of Empires*, Cambridge, Mass.: Harvard University Press.

Cell, John Whitson (1970) *Title British Colonial Administration in the Mid-Nineteenth Century. The Policy-Making Process*, New Haven: Yale University Press.

Cen, Qiao (1938) 'Guan yu xiang gang de wen hua ren (Concerning Hong Kong's intellectuals)' *Da Zhong Ri Bao*, 14 September.

Chakrabarty, Dipesh (1987) 'Towards a Discourse on Nationalism', *Economic and Political Weekly* (Delhi), 11 July, pp. 1137.

Chakrabarty, Dipesh (2000) *Provincializing Europe. Postcolonial Thought and Historical Difference*, Princeton: Princeton University Press.

Chambers, Iain and Lidia Curti (eds.) (1996) *The Post-Colonial Question*, London: Routledge.

Chan, Elaine (2002) 'Beyond Pedagogy: Language and Identity in Post-Colonial Hong Kong', *British Journal of Sociology of Education*, 23, 2, pp. 271–86.

Chan, Joseph Man, et al. (1996) *Hong Kong Journalists in Transition*, Hong Kong: Hong Kong Institute of Asia-Pacific Studies, the Chinese University of Hong Kong.

Chan, Wellington K.K. (1977) *Merchants, Mandarins, and Modern Enterprise in Late Ch'ing China*, Cambridge: Harvard University East Asian Research Center.

Chan, Lau Kit-ching (1990) *China, Britain, and Hong Kong, 1895–1945*, Hong Kong: Chinese University Press.

Chan, Lau Kit-ching (1999) *From Nothing to Nothing: The Chinese Communist Movement and Hong Kong, 1921–1936*, New York: St. Martin's Press.

Chan, Ming Kou (1975) Labor and Empire: The Chinese Labor Movement in the Canton Delta, 1895–1927. unpublished PhD dissertation, Stanford University.

Chan, Ming Kou (1979) 'A Tale of Two Cites: Canton and Hong Kong' in Dilip Basu (ed.) *The Rise and Growth of the Colonial Port Cities in Asia*, Santa Cruz., Calif.: Center for South Pacific Studies, University of California.

Chan, Ming Kou (ed.) (1994) *Precarious Balance: Hong Kong Between china and Britain, 1842–1992*, Armonk, NY: M.E. Sharpe.

Chan, Ming Kou (1995) 'All in the Family: The Hong Kong-Guangdong Link in Historical Perspective', in Alvin Y. So (ed.) *The Hong Kong-Guangdong Link: Partnership in Flux Armonk*, NY: M.E. Sharpe, pp. 31–63.

Chan, Mary Man Yue (1963) Chinese Revolutionaries in Hong Kong, unpublished Master Thesis University of Hong Kong.

Chan, Stephen Ching-kiu (ed.) (1997) *Shen fen ren tong yu gong gong wen hua: wen hua yan jiu lun wen ji (Identity and Public Culture: Essays of Cultural Studies)*, Hong Kong: Oxford University Press.

Chan, Stephen Ching-kiu (ed.) (1997) *Wen hua xiang xiang yu yi shi xing tai: dang dai Xianggang wen hua zheng zhi lun ping (Cultural Imaginary and Ideology: Contemporary Hong Kong Culture and Politics Review)*, Hong Kong: Oxford University Press.

Chan, Wai Kwan (1991) *The Making of Hong Kong Society: Three Studies of Class Formation in Early Hong Kong*, Oxford: Clarendon Press.

Chan, Wellington K. K. (1977) *Merchant, Mandarins, and Modern Enterprise in Late Ch'ing China*, Cambridge, M.A.: East Asian research Centre, Harvard University.

Chan, Yuen Ying, et al. (1968) 'Di yi kuai shi tou wo men dui hui gui yun dong de yi xie jian yi (The First Stone: A Few Suggestions in Response to the Return Movement)', *Panku*, 13, pp. 48–52.

Chang, Hao (1971) *Liang Ch'i-ch'ao and Intellectual Transition in China, 1890–1907*, Cambridge Mass.: Harvard University Press.

Chang, Hao (1976) 'New Confucianism and the Intellectual Crisis Contemporary China', in Charlotte Furth (ed.) *The Limits of Change: Essays on Conservative Alternatives in Republican China*, Cambridge, Mass.: Harvard University Press.

Chang, Hao (1987) *Chinese Intellectuals in Crisis: Search for Order and Meaning (1890–1911)*, Berkeley: University of California Press.

Chang, Pin-tsun (1991) 'The First Chinese Diaspora in Southeast Asia in the Fifteenth Century' in Roderich Ptak and Dietmar Rothermund (eds.) *Emporia, Commodities and entrepreneurs in Asian Maritime Trade, C. 1400–1750*, Stuttgart: Franz Steiner Verlag, pp. 23–4l.

Chatterjee, Partha (1986) *Nationalist Thought and the Colonial World: A Derivative Discourse*, London: Zed Books.

Chatterjee, Partha (1993) *The Nation and Its Fragments. Colonial and Postcolonial Histories*, New Jersey: Princeton University Press.

Chen, Canyun (1999) 'Guan yu yue yu dian ying de ji ge wen ti (A few Problems Concerning Cantonese Movies)', in Kai Chi Wong, et al. (eds.) *Guo gong nei zhan shi qi Xianggang wen xue zi liao xuan: 1945–1949 (Research Materials of Hong Kong Literature in the KMT-CCP Civil War)*, Hong Kong: Tian di tu shu, pp. 200–6.

Chen, Duxiu (1922) 'Wu ren zui hou zhi zi jiao (Our last awakening)', in *Duxiu wen cun (Collected Works of Chen Duxiu)*, Shanghai: Ya dong tu shu guan. Erich Auerbach and Invention of Man 229

Chen, Da (1990) *Nanyang hua qiao yu Min Yue she hui (Chinese Migrants in Nanyang and the Fujian and Guangdong)*, Shanghai: Shanghai Shu Dian.

Chen, Dingyan and Zonglu Gao (1997) *Yi zong xian dai shi shi da fan an: Chen Jiongming yu Sun Zhongshan, Jiang Jieshi de en yuan zhen xiang (A Re-interpretation of a case in Modern Chinese History: Chen Jiong Ming, Sun Yat Sen and Chiang Kai Shek)*, Hong Kong: Berlind Investment Ltd.

Chen, Jiongming (1928) *Zhongguo tong yi chu yi (A Proposal for Chinese Unification)*, S.l.: S.n .

Chen, Jiageng (1989) *Chen Jiageng jiao yu wen ji (Essays of Education by Tan Kah Kee)*, Fuzhou Fujian jiao yu chu ban she.

Chen, Kuan-Hsing (1998) *Trajectories: Inter-Asia Cultural Studies*, London: Routledge.

Chen, Kuan-Hsing (1998) 'Introduction: The Decolonizing Question', in Kuan-

Hsing Chen (ed.) *Trajectories: Inter-Asia Cultural Studies*, London: Routledge, pp. 1–53.

Chen, Leslie H. (1988) *A Collection of Historical Materials for a Biography of Chen Chiungming* [1878–1933]. Alexandria, VA.

Cheng, Tung Choy (1949) The Education of Overseas Chinese — A Comparative Study of Hong Kong Singapore and the East Indies, unpublished MA Thesis, London University.

Cheng, Tung Choy (1969) 'Chinese Unofficial Members of the Legislative and Executive Councils in Hong Kong up to 1941', *Journal of the Hong Kong Branch of the Royal Asiatic Society*, 9, pp. 7–30.

Chere, Lewis M. (1980) 'The Hong Kong Riots of October 1884: Evidence for Chinese Nationalism?' *Journal of the Hong Kong Branch of the Royal Asiatic Society*, 20, pp. 54–65.

Chesneaux, Jean (1969) 'The Federalist Movement in China, 1920–3', in Jack Gray (ed.) *Modern China's Search for a Political Form*, London: Oxford University Press.

Chesneaux, Jean and Le Barbier, Francoise and Bergere, Marie-Claire (1977) *China from the 1911 Revolution to Liberation*, New York: Pantheon Books.

Cheung, Ka Wai (2000) *Xianggang liu qi bao dong nei qing (Inside Story of 1967 Riot in Hong Kong)*, Hong Kong: Pacific Century Press.

Cheung, Tak Shing (1972) 'Xiang gang zhong guo qing nian dui zhong gong de ren shi yu ren tong (Hong Kong Chinese Youngsters' Cognizance of and Identification with Communist China)', *Panku*, 50, pp. 49–53.

Chirol, Valentine (1910) *Indian Unrest*, London: Macmillan.

Chirot, Daniel and Anthony Reid (1997) *Essential Outsiders: Chinese and Jews in the Modern Transformation of Southeast Asia and Central Europe*, Seattle: University of Washington Press.

Chiu, Fred Y. L. (1997) 'Politics and the Body Social in Colonial Hong Kong' in Tani E. Barlow (ed.) *Formation of Colonial Modernity in East Asia*, Durham, N.C.: Duke University Press

Chiu, Fred Y. L. (1996) Rearing Tigers: Politics and the Body of the Social in Colonial Hong Kong, The Second International Symposium on Cultural Criticism "Cultural Politics of Cosmopolitanism: Critiques of Modernity in the Non-Western Context", The Chinese University of Hong Kong, Hong Kong, 4–6 January, 1996.

Chiu, Ling Yeong (1968) The Life and Thoughts of Sir Kai Ho Kai, unpublished PhD dissertation University of Sydney.

Choa, G. H. (1981) *The Life and Times of Sir Kai Ho Kai. A Prominent Figure in Nineteenth-Century Hong Kong*, Hong Kong: The Chinese University Press.

Choi, Alex H. (1999) 'State-Business Relations and Industrial Restructuring', in Tak-Wing Ngo (ed.) *Hong Kong's History. State and Society under Colonial Rule*, London: Routledge.

Choi, Po King (1990) 'A Search for Cultural Identity: The Students' Movement of the Early Seventies', in Anthony Sweeting (ed.) *Differences and Identities: Educational Argument in Later Twentieth Century Hong Kong*, Hong Kong: Faculty of Education, University of Hong Kong,.

Choi, Po King (1990) 'From Dependence to Self-Sufficiency: Rise of the Indigenous Culture of Hong Kong, 1945–1989', *Asian Culture*.

Chow, Lo Sai (1987) Ho Kai and Lim Boon Keng: A Comparative Study of Tripartite Loyalty of Colonial Chinese Elite, 1895–1912, unpublished MA Thesis, University of Hong Kong.

Chow, Rey (1992) 'Between Colonizers: Hong Kong's Postcolonial Self-Writing in the 1990s' *Diaspora*, 2, 2, pp. 151–70.

Chow, Rey (1993) *Writing Diaspora: Tactics of Intervention in Contemporary Cultural Studies*, Bloomington: Indiana University Press.

Chow, Rey (1993) 'Things, Common/Places, Passages of the Port City: On Hong Kong and Hong Kong Author Leung Ping Kwan', *Differences: A Journal of Feminist Cultural Studies*, 5 3, pp. 179–204.

Chow, Rey (1997) 'Can One Say No to China?' *New Literary History*, 28, 1, pp. 147–51.

Chow, Rey (1998) 'King Kong in Hong Kong: Watching the 'Handover' from the USA', *Social Text*, 16, 2, pp. 1998.

Chow, Rey (1998) 'Introduction: On Chineseness as a Theoretical Problem' *Boundary* 2, 25, 3 pp. 1–24.

Chow, Tse Tsung (1960) *The May Fourth Movement: Intellectual Revolution in Modern China*, Cambridge, MA.: Harvard University Press.

Chun, Allen (1996) 'Fuck Chineseness: On the Ambiguities of Ethnicity as Culture as Identity', *Boundary* 2, 23, 2, pp. 111–38.

Chun, Allen (2000) 'Colonial "Govern-Mentality" in Transition: Hong Kong as Imperial Object and Subject', *Cultural Studies*, 14, 3–4, pp. 430–61.

Chung, Lu Cee (1969) A Study of the 1925–26 Canton-Hong Kong Strike-Boycott. unpublished MA thesis, University of Hong Kong.

Chung, Stephanie Po Yin (1998) *Chinese business groups in Hong Kong and political change in South China, 1900–25*, Basingstoke, England: Macmillan Press.

Clyde, Paul H. and Burton F. Beers (1966) *The Far East: A History of the Western Impact and the Eastern Response (1830–1965)*, New Jersey: Prentice-Hall.

Clifford, James (1997) *Routes: Travel and Translation in the Late Twentieth Century*, Cambridge Harvard University Press.

Cohen, Paul A. (1961) 'The Anti-Christian Tradition in China', *Journal of Asian Studies*, 20, 2, pp. 169–75.

Cohen, Paul A. (1962) 'Some Sources of Antimissionary Sentiment During the Late Ch'ing', *Journal of the China Society*, 2, pp. 4–9.

Cohen, Paul A. (1963) *China and Christianity: the Missionary Movement and the Growth of Chinese Antiforeignism, 1860–1870*, Cambridge, Mass.: Harvard University Press.

Cohen, Paul A. (1970) 'A New Class in China's Treaty Ports: the Rise of the Compradoremerchants', *Business History Review*, 44, 4, pp. 446–59.

Cohen, Paul A. (1974) *Between Tradition to Modernity: Wang T'ao and Reform in Late Ch'ing China*, Cambridge, Mass.: Harvard University Press.

Cohen, Paul A. (1974) 'Littoral and Hinterland in Nineteenth-Century China: the "Christian" Reformers', in John K. Fairbank (ed.) *The Missionary Enterprise in China and America*, Cambridge, Mass.: Harvard University Press.

Cohen, Paul A. (1976) 'The New Coastal Reformers', in P. A. Cohen and J. E. Schrecker (eds.) *Reform in Nineteenth-Century China*, New York: East Asia Research Centre, Harvard University, pp. 255–64.

Cohen, Paul A. (1978) 'Christian Missions and Their Impact to 1900', in John K. Fairbank (ed.) *The Cambridge History of China*, Cambridge: Cambridge University Press, vol. 10: Late Ch'ing 1800–1911, Part 1.

Cohen, Paul A. (1984) *Discovering History in China*, New York: Columbia University Press.

Cohen, Paul A. and J. E. Schrecker (eds.) (1976) *Reform in Nineteenth Century China*, Cambridge Mass.: Harvard University Press.

Commerce, Hong Kong General Chamber of (1928) *Hong Kong University as an Imperial Asset*, Hong Kong: South China Morning Post, Ltd.

Coolidge, Mary (1909) *The Chinese Immigration*, New York: Henry Holt.

Cooper, John (1970) *Colony in Conflict: the Hong Kong Disturbances May 1967–January 1968*, Hong Kong: Swindon Book Company.

Costin, W. C. (1937) *Great Britain and China, 1833–1860*, Oxford: Oxford University Press.

Crisswell, Colin (1979) 'Hong Kong: The New Territories "War"', *Orientations*, 10, 2, pp. 41–5.

Crisswell, Colin N. and Mike Watson (1982) *The Royal Hong Kong Police, 1841–1945*, Hong Kong Macmillan.

Crocker, W. R. (1936) *Nigeria: A Critique of British Colonial Administration*, London: Allen and Unwin.

Crossley, Pamela Kyle (1997) 'The Historiography of Modern China', in M. Bentley (ed.) *Companion to Historiography*, London: Routledge.

Crow, Carl (1913) *The Travellers' Handbook for China*, Shanghai: Hwai-mei.

Crowley, James (ed.) (1970) *Modern East Asia: Essays in Interpretation*, New York: Harcourt, Brace & World.

Curtis, Stanley James (1967) *History of Education in Great Britain*, London: University Tutorial Press.

Curtis, Stanley James and M.E.A. Boultwood (1966) *An Introductory History of English Education since 1800*, London: University Tutorial Press.

Dai, Shaoyao (1982) 'Min zu xing shi lun zheng zai ren shi (A Reconsideration of the "National Forms" Debates)', *Chongqing Normal College Journal*, 2.

Dan, Yang (1998) *Hui gui de lu tu: ji Wen-qi de shi wu feng xin (Journey of Return)*, Taipei: Ren jian chu ban she.

Dawson, Raymond (1967) *The Chinese Chameleon: An Analysis of European Conceptions of Chinese Civilization*, London: Oxford University Press.

de Certeau, Michel (1988) *The Writing of History*, New York: Columbia University Press.

de Certeau, Michel, et al. (1975) *Une politique de la langue (The Politics of Language)*, Paris Gallimard.

Deng, Guang Yi (1990) *Xiang gang da xue ming yuan tang er si zhou nian ji nian te kan (A Special for the Twentieth Anniversary of Old Hall)*, Hong Kong: Ming yuan tang er shi zhou nian qing zhu ji ji nian huo dong chou wei hui.

Deng, Kaisong and Xiaomin Lu (1997) *Yue Gang guan xi shi: 1840–1984 (Relations between Canton and Hong Kong: 1840–1984)*, Hong Kong: Qi lin shu ye.

Department, Education (1953) *Report of the Chinese Studies Committee*, Hong Kong: Hong Kong Government.

Derrida, Jacques (1974) *Of Grammatology*, Baltimore: John Hopkins University Press.

Di, Yuan (1937) 'Hua nan yu wen yun dong lun (On the Language Movements in Southern China)' in Kai Chi Wong, et al. (eds.) *Zao qi Xianggang xin wen xue zuo pin xuan (Collection of Works of the Early Hong Kong New Literature)*, Hong Kong: Tain di tu shu, pp. 318–22.

Dikotter, Frank (1992) *The Discourse of Race in Modern China*, Hong Kong: Hong Kong University Press.

Dirlik, Arif (1975) 'The Ideological Foundations of the New Life Movement: A Study in Counterrevolution', *Journal of Asian Studies*, 34, 4, pp. 945–80.

Dirlik, Arif (1994) 'The Postcolonial Aura: Third World Criticism in the Age of Global Capitalism', *Critical Inquiry*, 20, pp. 328–56.

Dirlik, Arif (1995) 'Confucius in the Borderlands: Global Capitalism and the Reinvention of Confucianism', *Boundary* 2, 22, 3, pp. 229–73.

Dirlik, Arif (1996) 'Reversals, Ironies, Hegemonies. Notes on the Contemporary Historiography of Modern China', *Modern China*, 22, 3, pp. 243–84.

Dirlik, Arif (1996) 'Chinese History and the Question of Orientalism', *History and Theory*, 35, 4 pp. 96–118.

Dirlik, Arif (1997) 'Critical Reflections on "Chinese Capitalism" as a Paradigm' *Identities: Global Studies in Culture and Power*, 3, 3, pp. 303–30.

Dirlik, Arif (2000) 'Is there History After Eurocentrism? Globalism, Postcolonialism, and the Disavowal of History', in Dirlik, A., et al. (eds.) *History After the Three Worlds*, Oxford Rowman & Littlefild Publishers.

Dirlik, A., et al. (eds.) (2000) *History After the Three Worlds*, Oxford: Rowman & Littlefild Publishers.

Dittmer, Lowell and Samuel Kim (eds.) (1993) *China's Quest for National Identity*, London Cornell University Press.

Douw, Leo, et al. (1999) *Qioxiang Ties: Interdisciplinary Approaches to 'Cultural Capitalism' in South China*, Kegan Paul International in association with International Institute for Asian Studies.

Duan, Yunzhang (1989) *Chen jiong ming de yi sheng (The Life of Chen Jiong Ming)*, Zheng Zhou He nan ren min.

Duara, Prasenjit (1993) 'De-constructing the Chinese Nation', *The Australian Journal of Chinese Affairs*, 30, pp. 1–26.

Duara, Prasenjit (1995) *Rescuing History from the Nation: Questioning Narratives of Modern China*, Chicago: University of Chicago Press.

Duara, Prasenjit (1997) 'A Response', *Bulletin of Concerned Asian Scholars*, 29, 4, pp. 67–8.

Duara, Prasenjit (1998) 'Why Is History Antitheoretical?' *Modern China*, 24, 2, pp. 105–20.

Eastman, Lloyd E. (1968) 'Political Reformism in China before the Sino-Japanese War', *Journal of Asian Studies*, 27, 4, pp. 695–710.

Eisenstadt, S. N. (1967) *Israeli society*, London: Weidenfeld & Nicolson.

Eitel, Ernest John (1877) 'Chinese Studies and Oriental Interpretation in the Colony of Hong Kong', *China Review*, 6, pp. 1–13.

Eitel, Ernest John (1890–1891) 'Materials for a History of Education in Hong Kong', *China Review*, 19, pp. 308–24 & 335–68.

Eitel, Ernest John (1895) *Europe in China: the History of Hongkong from the Beginning to the Year 1882*, London: Luzac & Co.

Eldridge, C. C. (1973) *England's mission; the imperial idea in the age of Gladstone and Disraeli, 1868–1880*, London: Macmillan.

Eliot, Charles (1907) *Letters from the Far East*, London: Arnold.

Eliot, Thomas Stearns (1962) *Notes Towards a Definition of Culture*, London: Faber.

Emerson, Rupert (1964) *Malaysia, A Study in Direct and Indirect Rule*, Kuala Lumpur: University of Malaya Press.

Endacott, George B. (1958) 'Europe in China, by E.J. Eitel: the Man and His Work', *Journal of Oriental Studies*, 4, pp. 41–63.

Endacott, George B. (1962a) *A Biographical Sketch-Book of Early Hong Kong*, Singapore: D. Moore for Eastern Universities Press.

Endacott, George B. (1962b) 'The Beginners', in Brian Harrison (ed.) *University of Hong Kong. The First 50 Years, 1911–1961*, Hong Kong: Cathay Press.

Endacott, George B. (1964a) *A History of Hong Kong*, Hong Kong: Oxford University Press.

Endacott, George B. (1964b) *Government and People in Hong Kong, 1841–1962*, Hong Kong: Hong Kong University Press.

Endacott, George B. (1964c) *An Eastern Entrepot*, London: Her Majesty's Stationery Office.

Esherick, Joseph W. (1976) *Reform and Revolution in China: The 1911 Revolution in Hunan and Hubei*, Berkeley: University of California Press.

Esherick, Joseph W. (1972) 'Harvard on China: The Apologetics of Imperialism', *Bulletin of Concerned Asian Scholars*, 4, 4, pp. 9–16.

Esherick, Joseph W. (1987) *The Origins of the Boxer Uprising*, Berkeley: University of California Press.

Evans, Dafydd Emrys (1970) 'Chinatown in Hong Kong: The Beginning of Taipingshan', *Journal of the Hong Kong Branch of the Royal Asiatic Society*, 10, pp. 69–78.

Evans, Grant and Siu Mi Tam (eds.) (1997) *Hong Kong. The Anthropology of a Chinese Metropolis*, Hong Kong: Curzon Press.

Fairbank, John K. (1953) *Trade and Diplomacy on the China Coast: The Opening of the Treaty Ports 1842–1854*, Cambridge, Mass.: Harvard University Press.

Fairbank, John K. (ed.) (1957) *Chinese Thought and Institutions*, Chicago: University of Chicago Press.

Fairbank, John K. (ed.) (1974) *The Missionary Enterprise in China and America*, Cambridge, Mass. Harvard University Press.

Fairbank, John K. (ed.) (1978a) *Cambridge History of China*, Cambridge: Cambridge University Press. Vol. 10: Late Ch'ing, Part 1.

Fairbank, John K. (ed.) (1978b) *Cambridge History of China*, Cambridge: Cambridge University Press. Vol. 12, Republican China, Part. 1.

Fairbank, John K. and Kwang-ching Liu (eds.) (1980) *Cambridge History of China*, Cambridge Cambridge University Press. Vol. 10: Late Ch'ing, Part 2.

Fairbank, John K. and James Peck (1970) 'An Exchange', *Bulletin of Concerned Asian Scholars*, 2 3, pp. 51–4.

Fairbank, John K., et al. (1965) *East Asia: The Modern Transformation*, Boston: Houghton Mifflin.

Fang, Meixian (1975) *Xianggang zao qi jiao yu fa zhan shi (History of Education in Early Hong Kong)*, Hong Kong: Zhongguo xue she.

Fanon, Frantz (1965) *A Dying Colonialism*, New York: Grove Press.

Fanon, Frantz (1968) *Black Skin, White Masks*, New York: Grove Press.

Fanon, Frantz (1990) *The Wretched of the Earth*, Harmondsworth: Penguin.

Faure, David (1986) *The Structure of Chinese rural Society: Lineage and Village in the Eastern New Territories*, Hong Kong: Oxford University Press.

Faure, David (2003) *Colonialism and the Hong Kong Mentality*, Centre of Asian Studies, The University of Hong Kong.

Featherstone, W. T. (1930) *The Diocesan Boys School and Orphanage, HongKong: the History and Records, 1869 to 1929*, Hong Kong: the School.

Feng, Naichao and Lin Quan (1948) 'Fang yan wen ti lun zheng zong jie (A Concluding Remark on the Debates over the issues of Dialect)', in Kai Chi Wong, et al. (eds.) *Guo gong nei zhan shi qi Xianggang ben di yu nan lai wen ren zuo pin xuan: 1945–1949 (Collection of works by Hong Kong's Local and South-settled Writers in the KMT-CCP Civil War, 1945–1949)*, Hong Kong Tan di tu shu.

Feng, Ziyou (1928–1930) *Zhong hua min guo kai kuo qian ge ming shi (A History of Revolutionary Activities before the Establishment of the Republic of China)*, Shanghai: Ko ming shih pien chi she.

Feng, Ziyou (1947) *Hua qiao ge ming kai guo shi (History of the Revolution and the Overseas Chinese)* Shanghai: Shang wu yin shu kuan.

Feng, Ziyou (1969) *Ge ming yi shi (Reminiscence of the Revolution)*, Taipei: Shang wu yin shu kuan.

Feuerwerker, Albert (1958) *China's Early Industrialization: Sheng Hsuan-huai, 1844–1916, and Mandarin Enterprise*, Cambridge, Mass.: Harvard University Press.

Feuerwerker, Albert (1995) *The Chinese economy, 1870–1949*, Ann Arbor: Center for Chinese Studies, The University of Michigan.

Feuerwerker, Albert, et al. (eds.) (1967) *Approaches to Modern Chinese History*, Berkeley University of California Press.

Fincher, John H. (1981) *Chinese Democracy: The Self-Government Movement in Local, Provincial and National Politics, 1905–1914*, New York: St. Martin's Press.

Fitzgerald, John (1982) 'A Rival to Mass and Military Politics: Parliamentary Politics and the Guomindan, 1919–1925', Papers on *Far Eastern History*, 25.

Fitzgerald, John (ed.) (1989) *The Nationalists and Chinese Society, 1923–1937: A Symposium*, Melbourne: Melbourne University History Monographs.

Fitzgerald, John (1989) 'The Irony of the Chinese Revolution: The Nationalists and Chinese Society, 1923–1927', in John Fitzgerald (ed.) *The Nationalists and the Chinese Society, 1923–1937: A Symposium*, Melbourne: Melbourne University Monographs.

Fitzgerald, John (1990) 'The Misconceived Revolution: State and Society in China's Nationalist Revolution, 1923–26', *The Journal of Asian Studies*, 49, 2, pp. 323–43.

Fitzgerald, John (1995) 'The Nationless State: The Search for a Nation in Modern Chinese Nationalism', *The Australian Journal of Chinese Affairs*, 33, pp. 75–104.

Fitzgerald, John (1996) *Awakening China: Politics, Culture, and Class in the National Revolution*, Stanford, California: Stanford University Press.

Fitzgerald, John (1997) 'Chinese, Dogs and the State that Stands on Two Legs', *Bulletin of Concerned Asian Scholars*, 29, 4, pp. 54–61.

Fitzgerald, Stephen (1972) *China and the Overseas Chinese: A Study of Peking's Changing Policy 1949–1970*, Cambridge: Cambridge University Press.

Fitzpatrick, J. F. J. (1924) 'Nigeria's Curse. The Native Administration', *The National Review* LXXXIV, 502, pp. 517–24.

Fok, K. C. (1990) *Lectures on Hong Kong History: Hong Kong's Role in Modern Chinese History*, Hong Kong: The Commercial Press.

Folsom, Kenneth E. (1968) *Friends, Guests, and Colleagues: the 'Mu-fu' System in the Late Ch'ing Period*, Berkeley: University of California Press.

Forsythe, Sidney A. (1971) *An American Missionary Community in China, 1895–1905*, Cambridge Mass.: Harvard University Press.

Foucault, Michel (1972) *The Archaeology of Knowledge*, New York: Pantheon Books.

Foucault, Michel (1980) *Power/Knowledge: Selected Interviews and Other Writings, 1972–1977*, Hertfordshire: Harvester Press.

Foucault, Michel (1991) 'Governmentality', in Graham Burchell, et al. (eds.) *The Foucault Effect. Studies in Governmentality: with Two Lectures by and an interview with Michel Foucault*, Chicago University of Chicago Press.

Franke, Wolfgang (1960) *The Reform and Abolition of the Traditional Chinese Examination System*, Cambridge, Mass.: Centre for East Asian Studies, Harvard University.

Freedman, Maurice (1958) *Lineage Organization in Southeastern China*, London: Athlone.

Freedman, Maurice (1966) *Chinese Lineage and Society: Fukien and Kwangtung*, London: Athlone.

Friedman, Edward (1974) *Backward Toward Revolution, The Chinese Revolutionary Party*, Berkeley University of California.

Friedman, Edward and Mark Seldon (eds.) (1971) *America's Asia: Dissenting Essays on Asian-American Relations*, New York: Vintage Books.

Fu, Sinian (1928) 'Zhongguo lishi fenqizhi yanjiu (Researches in the Periodization of Chinese History)', in *Fu Si Nian Quan Ji*, Taipei: Lian jing chu ban shi ye, Vol. 4, pp. 176–85.

Gallagher, John and Ronald Robinson (1953) 'The Imperialism of Free Trade', *Economic History Review*, March, pp. 5–6.

Gandhi, Leela (1998) *Postcolonial Theory. A Critical Introduction*, St Leonards: Allen & Unwin.

Gao, Xin and Xizhe Zhang (eds.) (1963) *Hua qiao shi lun ji (Collected Essays on History of Overseas Chinese)*, Taipei: Kuo fang yen chiu yuan.

Garrett, Shirley (1970) *Social Reformers in Urban China: the Chinese Y.M.C.A., 1895–1926*, Cambridge, Mass.: Harvard University Press.

Gasster, Michael (1969) *Chinese Intellectuals and the Revolution of 1911: the Birth of Modern Chinese Radicalism*, Seattle: University of Washington Press.

Gedalecia, D. (1974) 'Excursion into Substance and Function: The Development of the t'i-yung Paradigm in Chu Hsi', *Philosophy East and West*, 24, pp. 443–52.

Gellner, Ernest (1983) *Nations and Nationalism*, Oxford,: Blackwell.

Gellner, Ernest (1997) *Nationalism, Washington Square*, N.Y.: New York University Press.

Giles, Herbert (1915) *Confucianism and Its Rivals*, London: Williams and Norgate.

Girardot, Norman J. (2002) *The Victorian Translation of China. James Legg's Oriental Pilgrimage*, Berkeley: University of California Press.

Godley, Michael R. (1981) *The Mandarin-Capitalists from Nanyang, Overseas Chinese Enterprises in the Modernization of China*, Cambridge, Mass.: Harvard University Press.

Gray, Jack (ed.) (1969) *Modern China's Search for a Political Form*, London: Oxford University Press.

Gregg, Alice H. (1946) *China and Educational Autonomy: the Changing Role of the Protestant Educational Missionary in China, 1807–1937*, Syracuse, NY: Syracuse University Press.

Grieder, Jerome B. (1970) *Hu Shih and the Chinese Renaissance: Liberalism in the Chinese Revolution*, Cambridge, Mass.: Harvard University Press.

Grossberg, Lawrence (1996) 'The Space of Culture, the Power of Space' in Chambers, Iain and Lidia Curti (eds.) *The Post-Colonial Question*, London: Routledge.

Grossberg, Lawrence (1997) 'Cultural studies, Modern Logics, and Theories of Globalisation' in Angela McRobbie (ed.) *Back to Reality? Social Experience and Cultural Studies*, New York Manchester University Press, pp. 7–35.

Gu, Changgang (1991) *Chuanjiaoshi yu jindai zhongguo (Missionaries and Modern China)*, Shanghai Shanghai Remen Publisher.

Guldin, Gregory Eliyu (1997) 'Hong Kong Ethnicity of Folk Models and Change', in Grant Evans and Siu Mi Tam (eds.) *Hong Kong. The Anthropology of a Chinese Metropolis*, Hong Kong: Curzon Press.

Gutzlaff, Karl Friedrich August (1838) *China Opened, or, a Display of the Topography, History Customs, Manners, arts, Manufactures, Commerce, Literature, Religion, Jurisprudence, etc. of the Chinese Empire*, London: Smith, Elder and Co.

Hall, Stuart (1991) 'Old and New Identities, Old and New Ethnicities', in Anthony D. King (ed.) *Culture, Globalization and the World-System*, London: Macmillan.

Hall, Stuart (1996) 'When was "the Post-Colonial"? Thinking at the Limit', in Chambers, Iain and Lidia Curti (eds.) *The Post-Colonial Question*, London: Routledge.

Hamilton, Gary (ed.) (1991) *Business Networks and Economic Development in East and Southeast Asia*, Hong Kong: Centre of Asian Studies, University of Hong Kong.

Hamilton, Gary (1999) "Hong Kong and the Rise of Capitalism in Asia" in Hamilton, Gary (ed.) *Cosmopolitan Capitalists: Hong Kong and the Chinese Diaspora at the End of the 20th Century*, Seattle: University of Washington Press.

Hamilton, Gary (ed.) (1999) *Cosmopolitan Capitalists: Hong Kong and the Chinese Diaspora at the End of the 20th Century*, Seattle: University of Washington Press.

Hao, Yen Ping (1969) 'Cheng Kuan Ying: The Comprador as Reformer', *Journal of Asian Studies* 29, 1, pp. 15–22.

Hao, Yen Ping (1970) *The Comprador in Nineteenth Century China: Bridge between East and West*, Cambridge, Mass.: Harvard University Press.

Hao, Yen Ping (1986) *The Commercial Revolution in Nineteenth-Century China: the Rise of Sino-Western Mercantile Capitalism*, Berkeley: University of California Press.

Harris, Peter (1978) *Hong Kong. A study in Bureaucratic Politics*, Hong Kong: Heinemann Asia.

Harris, Paul W. (1986) Missionaries, Martyrs, and Modernizers: Autobiography and Reform Thought in American Protestant Missions. unpublished PhD dissertation, University of Michigan.

Harrison, Brian (ed.) (1962) *University of Hong Kong. The First 50 Years , 1911–1961*, Hong Kong Cathay Press.

Harrison, Brian (1979) *Waiting for China: The Anglo-Chinese College at Malacca, 1818–1843, and Early Nineteenth-Century Missions*, Hong Kong: Hong Kong University Press.

Harrison, James Pinckney (1972) *The Long March to Power: A History of the Chinese Communist Party, 1921–72*, New York & Washington, D.C.: Praeger.

Haslewood, Hugh Lyttleton (1930) *Child Slavery in Hong Kong: The Mui Tsai System*, London Sheldon Press.

Hayes, James (1977) *The Hong Kong Regions 1850–1911: Institutions and Leaderships in Town and Countryside*, Hamden: Archon.

Hayes, James (1985) 'Forward', in Carl Smith(ed.) *Chinese Christians: Elites, Middlemen, and the Church in Hong Kong*, Hong Kong: Oxford University Press.

Headrick, Daniel R. (1981) *The Tools of Empire: Technology and European Imperialism in the Nineteenth Century*, New York: Oxford University Press.

Hechter, Michael (2000) *Containing Nationalism*, Oxford: Oxford University Press.

Hicks, G. (1993) *Chinese Remittances in Southeast Asia, 1910–1940*, Singapore: Select Books.

Ho, Kai (1887) 'To the Editor of The China Mail', *China Mail*, February 12.

Ho, Kai (1898) 'Quan xue pian shu hou (A Review of Exhortation to Study)', in *Hu Yinan xiansheng quanji (Complete Works of Hu Liyuan)*, Hong Kong: Hu shi shu zhai.

Ho, Kai (1900) 'An Open Letter to the Situation to John Bull', *China Mail*, August 22.

Ho, Kai and Liyuan Hu (1887) 'Zenglun shuhou (A Review of Tseng Jize's article)', in *Hu Yinan xiansheng quanji (Complete Works of Hu Liyuan)*, Hong Kong: Hu shi shu zhai, juan 3–4.

Ho, Kai and Liyuan Hu (1895) 'Xinzheng lunyi (Discourse on the New Government)', in *Hu Yinan xiansheng quanji (Complete Works of Hu Liyuan)*, Hong Kong: Hu shi shu zhai, juan 4–6.

Ho, Kai and Liyuan Hu (1898) 'Xinzheng an xing (The Practice of New Government)', in *Hu Yinan xiansheng quanji (Complete Works of Hu Liyuan)*, China: Ju zhen lou, juan 10–2.

Ho, Kai and Liyuan Hu (1898) 'Xinzheng shiji (Foundations of the New Government)', in *Hu Yinan xiansheng quanji (Complete Works of Hu Liyuan)*, Hong Kong: Hu shi shu zhai, juan 7–9.

Ho, Kai and Liyuan Hu (1898) 'Kangshuo shuhou (A Review of Kang Youwei's Speech)', in *Hu Yinan xiansheng quanji (Complete Works of Hu Liyuan)*, Hong Kong: Hu shi shu zhai, juan 13–4.

Ho, Kai and Liyuan Hu (1899) 'Quanxue pian shuhou (Review of the Exhortation to Learning)' in *Hu Yinan xiansheng quanji (Complete Works of Hu Liyuan)*, Hong Kong: Hu shi shu zhai juan 15–8.

Ho, Kai and Liyuan Hu (1899) 'Xinzheng biantong (Accommodations of the New Government)' in *Hu Yinan xiansheng quanji (Complete Works of Hu Liyuan)*, Hong Kong: Hu shi shu zhai juan 19–22.

Ho, Kai and Wei Yuk (1899) 'Letter to Rear-Admiral Lord Charles Beresford, C.B., M.P.', in Charles Beresford (ed.) *The Break-up of China*, New York: Harper and Row.

Ho, Ping-ti and Tang Tsou (eds.) (1968) *China in Crisis*, Chicago: University of Chicago Press.

Hobsbawn, Eric (1990) *Nations and Nationalism since 1780*, Cambridge: Cambridge University Press.

Hong, Sisi (1982) *Xin hai ge ming yu Hua qiao (The 1911 Revolution and Overseas Chinese)*, Beijing Ren min chu ban she.

Hong, Sanxiong (1993) *Feng huo du juan cheng: Qi liang nian dai tai da xue sheng yun dong (Saga of the Cuckoo City: Student Movement of University of Taiwan in the 1970s)*, Taipei: Zi li wan bao.

Hong, Yonghong (1990) *Xiamen da xue xiao shi (History of the University of Amoy)*, Xiamen Xiamen University Press.

Hong-Kong-Affairs-Group (eds.) (1982) *Xue yun chun qiu (Vicissitudes of Student Movement)*, Hong Kong: Yuan dong shi wu ping lun she.

Hong Kong Federation of Students (1983) *Xiang gang xue sheng yun dong hui gu (Retrospection of Student Movements in Hong Kong)*, Hong Kong: Wide Angle Press

Hong Kong Research Project (1974) *Hong Kong. A Case to Answer*, London: The Research Project.

Hornell, William Woodward (1925) *The University of Hong Kong: Its Origin and Growth*, Hong Kong: Ye Olde Printerie.

Hsieh, Winston (1962) The Ideas and Ideals of a Warlord: Ch'en Chiung-ming. Papers on China. East Asia Research Center, Harvard University. 16, 198–251.

Hsu, Immanuel C. Y. (1975) *The Rise of Modern China*, New York: Oxford University Press.

Hu, Bin (1964) *Zhongguo jin dai gai liang zhu yi si xiang (Reformism in Modern China)*, Beijing Zhonghua shu ju.

Hu, Chunhui (1983) *Min chu de di fang zhu yi yu lian sheng zi zhi (Localism and Federal Selfgovernment in Early Republican China)*, Taipei: Zheng zhong shu ju.

Hu, Feng (1941) *Lun min tsu hsing shih wen ti (On the question of National Forms)*, Chung Ching Hsueh shu chu pan she.

Hu, Liyuan (1917) *Hu Yinan xiansheng quanji (Complete Works of Hu Liyuan)*, Hong Kong: Hu shi shu zhai.

Hu, Shih (1935) 'Nan you za yi (Memories of the Tour to the South)', in Wai Luen Lo (ed.) *Xiangang de Youyu (Hong Kong's Melancholy)*, Hong Kong: Huafeng Bookstore, pp. 55–61.

Huang, Ao Yun (1996) *Xianggang wen xue de fa zhan yu ping jia (The Development and Evaluation of Hong Kong Literature)*, Hong Kong: Qiu hai tang wen hua qi ye.

Huang, Philip C. C. (1998) 'Theory and the Study of Modern Chinese History: Four Traps and a Question', *Modern China*, 24, 2, pp. 183–208.

Huang, Philip C. C. (2000) 'Biculturality in Modern China and in Chinese Studies', *Modern China*, 26, 1, pp. 3–31.

Huang, Sheng (1939) 'Min zu xing shi yu yu yan wen ti (National Forms and the Language Issue)' *Da Gong Bao*, 15 December.

Hughes, Richard (1976) *Borrowed Place Borrowed Time: Hong Kong and Its Many Faces*, London Andre Deutsch.

Hui, Po Keung (1997a) 'Shi jie zi ben zhu yi xia de bei jin xiang xiang (The 'Northbound Imaginary' under Global Capitalism)', in Stephen Ching-kiu Chan (ed.) *Wen hua xiang xiang yu yi shi xing tai: dang dai Xianggang wen hua zheng zhi lun ping (Cultural Imaginary and Ideology Contemporary Hong Kong Culture and Politics Review)*, Hong Kong: Oxford University Press pp. 115–25.

Hui, Po Keung (1997b) 'The Development of Hong Kong Chinese Business in the Mid-19th to Early 20th Century: A Transnational Perspective', *China Information*, 12, 1–2, pp. 114–34.

Hui, Po Keung (1999) 'Comprador Politics and Middleman Capitalism', in Tak-Wing Ngo (ed.) *Hong Kong's History. State and Society under Colonial Rule*, London: Routledge, pp. 30–45.

Hung, Ho Fung (1997) 'Qian nian de ya po, qian nian de fan kang (A Thousand Years of Domination. A Thousand Years of Resistance: The Tanka People in Tai O Before and After Colonialism)' in Wing Sang Law (ed.) *Shui de cheng shi?: zhan hou Xianggang de gong min wen hua yu zheng zhi lun shu (Whose City? Post-War Hong Kong's Civic Cultures and Political Discourses)*, Hong Kong: Oxford University Press, pp. 113–40.

Hung, Ho Fung (1997) 'Chu tan bei jin zhi min zhu yi (Preliminary Exploration of Northbound Colonialism)', in Stephen Ching-kiu Chan (ed.) *Wen hua xiang xiang yu yi shi xing tai: dang dai Xianggang wen hua zheng zhi lun ping (Cultural Imaginary and Ideology: Contemporary Hong Kong Culture and Politics Review)*, Hong Kong: Oxford University Press, pp. 53–88.

Hunter, Ian (1988) *Culture and Government: The Emergence of Literary Education*, Basingstoke Macmillan Press.

Hunter, Ian (1994) *Rethinking the School: Subjectivity, Bureaucracy, Criticism*, St. Leonards, N.S.W. Allen & Unwin.

Hutchinson, John (1994) *Modern Nationalism*, London: Fontana Press.

Huyssen, Andreas (1986) *After the Great Divide: Modernism, Mass Culture, Postmodernism*, Basingstoke, Hampshire: Macmillan Press.

Hyatt, Irwin T., Jr. (1963) 'Protestant Missions in china (1877–1890): the Institutionalization of Good Works', *Papers on China*, 17, pp. 67–100.

Ip, Iam Chong (1997) 'Bian yuan yu hun za de you ling (Phantom of Marginality and Hybridity On the 'Hong Kong Identity' in Cultural Criticism)', in Stephen Ching-kiu Chan (ed.) *Wen hua xiang xiang yu yi shi xing tai: dang dai Xianggang wen hua zheng zhi lun ping (Cultural Imaginary and Ideology: Contemporary Hong Kong Culture and Politics Review)*, Hong Kong Oxford University Press, pp. 31–52.

Ip, Iam Chong (1997) 'Yi zhong bu he shi yi de pi pan (An 'Untimely' Critique. Criticisms and Rejoinder)', in Stephen Ching-kiu Chan (ed.) *Wen hua xiang xiang yu yi shi xing tai: dang dai Xianggang wen hua zheng zhi lun ping (Cultural Imaginary and Ideology: Contemporary Hong Kong Culture and Politics Review)*, Hong Kong: Oxford University Press, pp. 117–81.

Ip, Iam Chong (1997) 'Ben di ren cong na li lai (Where does the "Hong Kongese" come from?)' in Wing Sang Law (ed.) *Shui de cheng shi?: zhan hou Xianggang de gong min wen hua yu zheng zhi lun shu (Whose City? Post-War Hong Kong's Civic Cultures and Political Discourses)*, Hong Kong: Oxford University Press, pp. 13–38.

Irick, Robert L. (1982) *Ch'ing policy toward the coolie trade, 1847–1878*, Taipei: Chinese Materials Center.

Irving, Edward Alexander (1915) 'Education Systems of Hong Kong', in The British Board of Education (ed.) *Educational Systems of the Chief Crown Colonies Not Possessing Responsible Government*, London: pp. 1–70.

Irving, Edward Alexander (1986) *Educational Systems of the Chief Crown Colonies and Possessions of the Training of Native Races*, Part 3, London: Wyman and Sons, Ltd.

Jansen, Marius B. (1992) *China in the Tokugawa World*, Cambridge, MA: Harvard University Press.

Jaschok, Maria and Suzanne Miers (eds.) (1994) *Women and Chinese Patriarchy: Submission Servitude and Escape*, Hong Kong: Hong Kong University Press.

Jayapalen, N. (2000) *History of education in India*, New Delhi: Atlantic Publishers.

Jensen, Lionel M. (1997) *Manufacturing Confucianism. Chinese Traditions and Universal Civilization*, Durham, NC: Duke University Press.

Jin, Yaoru (1998) *Zhong gong Xianggang zheng ce bi wen shi lu: Jin Yaoru wu shi nian xiang jiang yi wang (Witnesses of the Confidential CCP's Hong Kong Policies: Jin Yao Ru's Memoir of Hong Kong's 50 Years)*, Hong Kong: Tian yuan shu wu.

Jing, Wen (1948) 'Fang yan wen xue shi lun (A thesis on Dialect Literature)', in Kai Chi Wong, et al. (eds.) *Guo gong nei zhan shi qi Xianggang ben di yu nan lai wen ren zuo pin xuan: 1945–1949 (Collection of works by Hong Kong's Local and South-settled Writers in the KMT-CCP Civil War 1945–1949)*, Hong Kong: Tian di tu shu, pp. 114–28.

Johnson, Marshall and Chiu, Y. L. Fred (2000) 'Guest Editors' Introduction' positions. *East Asia Cultures Critique*, 8, 1, pp. 1–7.

Kang, Youwei (1985) *Ou zhou shi yi guo you ji er zhong (Travel-writings of the Journey in eleven European countries)*, Chang Sha: Yue Lu.

Kang, Youwei (1995) *Da Tong Shu (The Book of Great Harmony)*, Shanghai: Shanghai gu ji chu ban she.

Kani, Kiroaki (1967) *A General Survey of the Boat People in Hong Kong, Hong Kong: Southeast Asia Studies Sections*, New Asia Research Institute, Chinese University of Hong Kong.

Kedourie, Elie (1966) *Nationalism*, London: Hutchinson.

Kedourie, Elie (ed.) (1970) *Nationalism in Asia and Africa*, London: Weidenfeld and Nicolson.

Kershaw, Roger (2001) *Monarchy in South-East Asia: the Faces of Tradition in Transition*, London Routledge.

Kershaw, Roger (2001) *Monarchy in South-East Asia: the Faces of Tradition in Transition*, London Routledge.

King, Ambrose Y. C. (1972) *The Political Culture of Kwun Tong: a Chinese Community in Hong Kong*, Hong Kong: Chinese University of Hong Kong.

King, Ambrose Y. C. (1973) *The Administrative Absorption of Politics in Hong Kong, with Special Emphasis on the City District Officer Scheme*, Hong Kong: Social Research Centre, Chinese University of Hong Kong.

King, Ambrose Y. C. and Rance P. L. Lee (1981) *Social Life and Development in Hong Kong*, Hong Kong: The Chinese University Press.

King, Frank H. H. (1988–1990) *The History of the Hong Kong and Shanghai Banking Corporation*, Cambridge: Cambridge University Press.

King, Frank H. H. and Prescott Clarke (1965) *A Research Guide to China Coast Newspapers, 1822–1911*, Cambridge, Mass.: East Asian Research Center, Harvard University.

Kohn, Hans (1946) *The Idea of Nationalism*, New York: Macmillan.

Kojin, Karatani (1996) 'Nationalism and Ecriture', *Xue Ren (The Scholar)*, 9.

Kopf, David (1969) *British Orientalism and the Bengal renaissance: the dynamics of Indian modernization, 1773–1835*, Berkeley: University of California Press.

Ku, Hung Ting (1994) *Dong nan Ya Hua qiao de ren tong wen ti. Malaixiya pian (Problems of Identities of Overseas Chinese in Southeast Asia)*, Taipei: Lian Jing chu ban she.

Kuan, Hsin Chi and Siu Kai Lau (1979) Development and the Resuscitation of Rural Leadership in Hong Kong: the case of Neo-Indirect-Rule. Occasional Paper, No.81, The Chinese University of Hong Kong Social Research Centre. Hong Kong, Social Research Centre, Chinese University of Hong Kong.

Kubler, Cornelius C. (1985) *Bai hua wen Ou hua yu fa zhi yan jiu (A study of Europeanized grammar in modern written Chinese)*, Taipei: Student Books Co.

Kwan, San San (1997) 'The Diaoyu Islands', *Arena*, 8, pp. 29–37.

Kwok, Siu Tong (1997) 'Wu bian de lun shu (Borderless Discourses. From Cultural China to the Post-colonial Reflections)', in Stephen Ching-kiu Chan (ed.) *Wen hua xiang xiang yu yi shi xing tai: dang dai Xianggang wen hua zheng zhi lun ping (Cultural Imaginary and Ideology Contemporary Hong Kong Culture and Politics Review)*, Hong Kong: Oxford University Press pp. 159–76.

Laclau, Ernesto (1990) *New Reflections on the Revolution of Our Time*, London: Verso.

Laclau, Ernesto and Lilian Zac (1994) 'Minding the Gap: The Subject of Politics', in Ernesto Laclau (ed.) *The Making of Political Identities*, Hong Kong: Verso, pp. 11–39.

Lam, Wai Man (2004) *Understanding the Political Culture of Hong Kong –The Paradox of Activism and Depoliticization*, New York: M. E. Sharpe.

Lao, Siguang (1968) 'Cong tai wan wen ti tan hai wai hua ren de hui gui (From Taiwan issue to the "Return" of the Overseas Chinese)', *Jianghuang*, 156, pp. 14–5.

Lary, Diana (1974) *Region and Nation: the Kwangsi Clique in Chinese Politics, 1925–1937*, Cambridge Cambridge University Press.

Lary, Diana (1985) *Warlord Soldiers, Chinese Common Soldiers*, Cambridge: Cambridge University Press.

Latourette, Kenneth Scott (1929) *A History of Christian Missions in China*, London: Society for Promoting Christian Knowledge.

Lau, Joseph Siu Ming (1971) 'Cong xing ma kan zhong wen da xue (Considering CUHK from Singapore and Malaysia)', *Nanbeiji*, 18, 8–9.

Lau, Mei Mei (1971) 'Gei xin ya shu yuen xiao chang ji ge wei shi chang de gong kai xin (An Open Letter to the President and All Teachers of New Asia College)', *Xin Ya Xue Sheng Bao (New Asia Students)*, 10 September.

Lau, Siu Kai (1969) 'Zhong guo chuan tong jing ji si xiang ji zhi du de te zheng (Features of Chinese Traditional Economic Thoughts and Economic System. On the Obstacles to Modernization)', *Panku*, 27, pp. 14–7.

Lau, Siu Kai (1980) Social Accommodation of Politics: The case of the Young Hong Kong Workers. Occasional Paper, No.89, The Chinese University of Hong Kong Social Research Centre.

Lau, Siu Kai (1981) 'Utilitarianistic Familism: The Basis of Political Stability' in King and Lee (eds.) *Social Life and Development in Hong Kong*, pp. 195–216.

Lau, Siu Kai (1981) 'The Government, Intermediate Organizations, and Grass-roots Politics in Hong Kong', *Asian Survey*, 21, 8, pp. 865–84.

Lau, Siu Kai (1982) *Society and Politics in Hong Kong*, Hong Kong: The Chinese University Press.

Lau, Siu Kai (1983) 'Social Change, Bureaucratic Rule, and Emergent Political Issues in Hong Kong', *World Politics*, 35, 4, pp. 544–62.

Lau, Siu Kai (1988) *Xianggang de zheng zhi gai ge yu zheng zhi fa zhan (Reform of Political System and Political Development in Hong Kong)*, Hong Kong: Wide Angle Press.

Lau, Siu Kai (1990) 'Institutions without Leaders: the Hong Kong Chinese View of Political Leadership', *Pacific Affairs*, vol.63, 63, 2, pp. 191–209.

Lau, Siu Kai and Kuan Hsin Chi (1988) *The Ethos of the Hong Kong Chinese*, Hong Kong: The Chinese University Press.

Law, Wing Sang (1997) *Shui de cheng shi?: zhan hou Xianggang de gong min wen hua yu zheng zhi lun shu (Whose City? Post-War Hong Kong's Civic Cultures and Political Discourses)*, Hong Kong: Oxford University Press.

Law, Wing Sang (1998) 'Managerializing Colonialism', in Kuan Hsing Chen (ed.) *Trajectories. Inter-Asia Cultural Studies*, London: Routledge, pp. 109–21.

Law, Wing Sang (2000) 'Northbound Colonialism: A Politics of Post-PC Hong Kong', *Positions. East Asia Cultures Critique*, 8, 1, pp. 201–33.

Law, Wing Sang (2006) 'The Violence of time and memory undercover: Hong Kong's Infernal Affairs', *Inter-Asia Cultural Studies*, 7, 3, pp. 381–400.

Lawson, Stephanie (1996) *Tradition versus democracy in the South Pacific: Fiji, Tonga, and Western Samoa*, Cambridge: Cambridge University Press.

Leavis, Frank Raymond (1930) *Mass Civilization and Minority*, London: Heffer.

Lee, Gregory Benjamin (ed.) (1993) *Chinese Writing and Exile*, Chicago: Centre for East Asian Studies, University of Chicago.

Lee, Ka Kui (1991) Yichang 'shen' huo 'shangdai' da zhenglun - zaoqim laihau xinjiao jiaoshi duiyu 'God' yici da fanyi yu jieshi (1807–1877) (Controversies over the term 'Shen' or 'Shangdi': Early Protestant Missionaries' Translation and Interpretation of the term 'God'. unpublished MPhil Thesis, Chinese University of Hong Kong.

Lee, Leo Ou Fan (1971) 'Wo dui zhong wen da xue de guan gan i (My Impressions of CUHK)', *Nanbeiji*, 18, pp. 10–3.

Lee, Leo Ou Fan (1994) 'On the Margins of Chinese Discourse: Some Personal Thoughts on the Cultural Meaning of the Periphery' in Tu, Wei Ming (ed.) (1994) *The Living Tree: the Changing Meaning of Being Chinese Today*, Stanford, Calif.: Stanford University Press.

Lee, Leo Ou Fan (1995) 'Xiang gang wen hua de bian yuan xing chu tan (A Preliminary Exploration of the "Marginality" of Hong Kong Culture)', *Today Literary Magazine*, 28, pp. 75–80.

Lee, Leo Ou Fan (1999) *Shanghai Modern: the Flowering of a New Urban Culture in China, 1930–1945*, Cambridge, Mass.: Harvard University.

Lee, Vicky (2004) *Being Eurasian: Memories Across Racial Divides*, Hong Kong: Hong Kong University Press.

Legge, James (1859) *The Land of Sinim: A Sermon Preached in the Tabernacle, Moorfields, at the Sixty-Fifth Anniversary of the London Missionary Society*, London: John Snow.

Legge, James (1971) 'The Colony of Hong Kong', China Review (1874), Vol. 3, reprinted in *Journalof the Hong Kong Branch of the Royal Asiatic Society*, 11, pp. 172–93.

Lei, Haizong (1936) 'Duandai wenti yu Zhongguo lishi di fenqi (The Problem of Periodization and the Division of Chinese History)', in Zun Peng Bao, et al. (eds.) *Zhongguo Jindaishi Luncong Taipei: Zhengzhong shuju*, pp. 271–305.

Lethbridge, Henry J. (1970) 'Hong Kong Cadets, 1862–1941', *Journal of the Hong Kong Branch of the Royal Asiatic Society*, 10, pp. 36–8.

Lethbridge, Henry J. (1972) 'The Evolutions of a Chinese Voluntary Association in Hong Kong The Po Leung Kuk', *Journal of Oriental Studies*, 1972, 10.

Lethbridge, Henry J. (1973) 'A Chinese Association in Hong Kong, the Tung Wah', *Asian Studies* 1, 10, pp. 144–58.

Lethbridge, Henry J. (1978) *Hong Kong: Stability and Change: A Collection of Essays*, Hong Kong Oxford University Press.

Leung, Fung Yee (1990) *Zui hong chen (Drunk in the Red Dust)*, Hong Kong: Qinjiayuan Press.

Leung, Fung Yee (1992) *Ren ren you lei bu qing dan (Nobody Sheds Easy Tears)*, Hong Kong Qinjiayuan.

Leung, Ka Keun, et al. (2001) *Bao dong mi xin (The Secrets of the Riots)*, Hong Kong: ET Press.

Leung, Wing Sze (1997) The Historical Formation of 'Bilingual Intellectual Identity' in Hong Kong: The Case of Language Educational Policy, Paper presented at The Third International Conference on Cultural Criticisms: Culture, Media and the Public, The Chinese University of Hong Kong, Hong Kong, 8–12, January.

Leung, Yuen Sang (1983) 'Some Found It, Some Lost It –Legge and the Three Chinese Boys from Malacca', *Asian Culture*, 1, pp. 55–9.

Leung, Yuen Sang (1988) 'Shijiu shiji mo xinjiapo de ruxue yundong (The Confucianism Movement in the Nineteenth Century)', *Asian Culture*, 11, pp. 3–13.

Levenson, Joseph R. (1958–1964) *Confucian China and its Modern Fate*, London: Routledge and Paul.

Levenson, Joseph R. (1959) *Liang Ch'i Ch'ao and the Mind of Modern China*, Berkeley: University of California Press.

Lewis, Oscar (1959) *Five Families*, New York: Basic Books.

Li, Changfu (1937) *Zhongguo zhi min shi (History of Chinese Colonialism)*, Shanghai: Shang Wu Yin Shu Guan (Commercial Press).

Li, Dajia (1986) *Min guo chu nian de lian sheng zi zhi yun dong (The Federal Self-government Movement in the Early Republic)*, Taipei: Hong wen guan chu ban she.

Li, Huoren (1973) 'Min zu xing shi wen yi lun zheng (The Debates on "National Forms in Literature and Art")', *Wenjin*, 1.

Li, Jinxi (ed.) (1924) *Xin zhu guo yu wen fa (New Grammar of National Language)*, Shanghai: Shang wu yin shu guan.

Li, Jinwei (1948) *Xianggang bainian shi (Centenary History of Hong Kong)*, Hong Kong: Nan zhong bian yi chu ban she.

Li, Jiannong (1956) *Zhongguo jin bai nian zheng zhi shi (Chinese Political History of the Last Hundred Years)*, Taipei: Commercial Press.

Li, Jiayuan (1989) *Xiang gang bao ye za tan (Hong Kong Newspapers)*, Hong Kong: Joint Publishing Co.

Li, Siu Leung (1997) 'Bei jin xiang xiang de duan xiang (Fragments of Thinking on "Northbound Imaginary")', in Stephen Ching-kiu Chan (ed.) *Wen hua xiang xiang yu yi shi xing tai: dang dai Xianggang wen hua zheng zhi lun ping (Cultural Imaginary and Ideology: Contemporary Hong Kong Culture and Politics Review)*, Hong Kong: Oxford University Press, pp. 103-13.

Li, Yuanjin (1991) *Lin wen qing de si xiang: Zhong xi wen hua de hui liu yu mao dun (The thought of Lim Boon Keng: convergency and contradiction between Chinese and western culture)*, Singapore Singapore Asian Studies Society.

Li, Yuanjin (2001) *Dong xi wen hua de zhuang ji yu Xin Hua zhi shi fen zi de san zhong hui ying: Qiu Shuyuan, Lin Wenqing, Song Wangxiang de bi jiao yan jiu (Responding to Eastern and Western Cultures in Singapore: A Comparative Study of Khoo Seok Wan, Lim Bong Keng and Song Ong Siang)*, Singapore: Department of Chinese, Singapore National University.

Liang, Qichao (1900) 'Zhongguo jiruo suyuan lun (On the Source of China's Weakness', in *Collected Essays from the Ice-Drinker's Studio*, Shanghai: Zhonghua shu ju, vol. 2, coll. 5, pp. 12–42.

Liang, Qichao (1901) 'Zhongguoshi xulun (A Systematic Discussion of Chinese History)', in Zhi Jun Lin(ed.) *Yinbingshi wenji (Collected Essays from an Ice-Drinker's Studio)*, Taipei: Taiwan Zhonghua shuju, 3, pp. 1–12.

Liang, Qichao (1902) 'Xinshixue (New History)', in Zhijun Lin (ed.) *Yinbingshi wenji (Collected Essays from an Ice-Drinker's Studio)*, Taipei: Taiwan Zhonghua shuju, 4, pp. 1–33.

Liang, Qichao (1904) 'Zhongguo zhi min ba da wei ren zhuan (Biographies of eight famous Chinese colonizers)', *Xin Min Ye Bao*, 3, 15.

Liang, Qichao (1959) *Wuxu zhengbian ji (A History of the Coup d'etat of 1898)*, Taipei: Zhonghua.

Liang, Qichao (1985) *Xin da lu you ji (Travel Notes of the New Continent)*, Chang Sha: Yue Lu.

Liao, Kuang Sheng (1984) *Antiforeignism and Modernization in China, 1860–1980. Linkage between Domestic Polities and Foreign Policy*, Hong Kong: The Chinese University Press.

Lie, John (1997) 'Rummaging through the Dustbin of History', *Bulletin of Concerned Asian Scholars*, 29, 4, pp. 66–7.

Lim, Linda Y.C. and L.A. Peter Gosling (eds.) (1983) *The Chinese in Southeast Asia*, Singapore andAnn Arbor: Maruzen and University of Michigan, Centre for South and Southeast Asian Studies.

Lin, Angel M.Y. (2005) 'Critical, Transdisciplinary Perspectives on Language-in-Education Policy and Practice in Postcolonial Contexts: The Case of Hong Kong' in Angel M.Y. Lin & Peter Martin (eds.) *Decolonization, Globalization. Language-in-education Policy and Practice*, Toronto: Multilingual Matters, pp. 38–54.

Lin, Yusheng (1979) *The Crisis of Chinese Consciousness: Radical Antitraditionalism in the May Fourth Era*, Madison: University of Wisconsin Press.

Lin, Zixun (1976) *Zhongguo liu xue jiao yu shi: 1847–1975 (History of Chinese Students Studying Abroad: 1847–1975)*, Taipei: Huagang chu ban.

Liu, Jixuan and Shicheng Shu (1990) *Zhonghua Min Zu Tuo Zhi Nanyang Shi (History of Colonization of Southeast Asia by the Chinese)*, Shanghai: Shanghai Shu Dian.

Liu, Kwang-ching (1960) 'Early Christian Colleges in China', *Journal of Asian Studies*, 20, 1, pp. 71–8.

Liu, Kwang-ching (1963) *Americans and Chinese: A Historical Essay and A Bibliography*, Cambridge Mass.: Harvard University Press.

Liu, Kwang-ching (ed.) (1966) *American Missionaries in China: Papers from Harvard Seminars*, Cambridge, Mass.: Harvard University Press.

Liu, Kwang-ching (1967) 'Li Hung Chang in Chihli: the Emergence of a Policy, 1870–1875', in Albert Feuerwerker, et al. (eds.) *Approaches to Modern Chinese History*, Berkeley: University of California Press.

Liu, Kwang-ching (1968) 'Nineteenth-century China: the Disintegration of the Old Order and the Impact of the West', in Ping-ti Ho and Tang Tsou (eds.) *China in Crisis*, Chicago University of Chicago Press.

Liu, Kwang-ching (1970) 'The Confucian as Patriot and Pragmatist: Li Hung-chang's Formative Years, 1823–1866', *Harvard Journal of Asiatic Studies*, 30, pp. 14–22.

Liu, Kwang-ching (1976) 'Politics, Intellectual Outlook and Reform: the T'ung-wen Kuan Controversy of 1867', in Paul A. Cohen and J. E. Schrecker (eds.) *Reform in Nineteenth Century China*, Cambridge, Mass.: Harvard University Press.

Liu, Lydia He. (1995) *Translingual practice: Literature, National Culture, and Translated Modernity - China, 1900–1937*, Stanford, Calif.: Stanford University Press.

Liu, Shu Yong (1997) 'Hong Kong: A survey of its political and economic development over the past 150 years', *China Quarterly*, 151, p. 583.

Liu, Tailong (1980) 'Guan yu ming zu xing shi lun zheng (On Debates of National Forms)', *Xue Shu Lun Tan*, 3.

Liu, Tailong (1981) 'Shi tan ming zu xing shi lun zheng de ping jia zhong de ji ge wen ti (Exploring Several Questions Regarding the Evaluation of the National Forms Debate)', *Zhong guo xian dai wen xue yan jiu cong kan (Studies in Modern Chinese Literature Series)*, 1.

Liu, Yaoquan (1988) 'Zhong guo xue sheng zhou bao hui gu (Chinese Students Weekly in Retrospect)', *Bo Yi Yue Kan*, 14.

Lo, Chi Kin (ed.) (1984) *Min zhu Xianggang tan suo (In Search of a Democratic Hong Kong)*, Hong Kong: Twilight Books.

Lo, Hsiang Lin (1961) *Xianggang yu Zhong xi wen hua zhi jiao liu (Hong Kong and Cultural Exchanges Between the East and the West)*, Hong Kong: Zhongguo xue she.

Lo, Wai Luen (1981) The literary activities of Chinese writers in Hong Kong, 1937–1941. unpublished MPhil thesis, University of Hong Kong.

Lo, Wai Luen (1983) *Xiangang de Youyu (Hong Kong's Melancholy)*, Hong Kong: Huafeng Bookstore.

Lo, Wai Luen (1987a) *Kang ri shi qi xianggang de wen yi huo dong (Cultural Activities in Hong Kong during the Anti-Japanese War)*, Hong Kong: S.n.

Lo, Wai Luen (1987b) *Xianggang wen zong : Nei di zuo jia nan lai ji qi wen hua huo dong (Traces of Hong Kong Literature: The Southward Migration of Mainland Writers and their Cultural Activities)*, Hong Kong: Hua Han.

Lo, Wai Luen (1996a) *Xianggang gu shi: ge ren hui yi yu wen xue si kao (Hong Kong Story: Personal Memoir and the Thinking on Literature)*, Hong Kong: Oxford University Press.

Lo, Wai Luen (1996b) 'Xiang gang wen xue yan jiu de ji ge wen ti (A few Questions of Hong Kong Literary Studies)', in Wai Luen Lo (ed.) *Xianggang gu shi: ge ren hui yi yu wen xue si kao (Hong Kong Story: Personal Memoir and the Thinking on Literature)*, Hong Kong: Oxford University Press, pp. 129–45.

Lo, Wai Luen (1996c) 'Qing nian de dao hang zhe. cong zhong xue sheng zhou bao (Guides of the Youth. From Secondary School Students to Chinese Students Weekly', in Wai Luen Lo (ed.) *Xianggang gu shi: ge ren hui yi yu wen xue si kao (Hong Kong Story: Personal Memoir and the Thinking on Literature)*, Hong Kong: Oxford University Press, pp. 46–53.

Lobscheid, W. (1859) *Few Notices on the Extent of Chinese Education and the Government Schools of Hong Kong*, Hong Kong: China Mail Office.

Lodwick, Kathleen L. (1996) *Crusaders Against Opium: Protestant Missionaries in China, 1874–1917*, Lexington, KY: University Press of Kentucky.

Loomba, Ania (1991) 'Overworlding the "Third Word"', in P. Williams and L. Chrisman (eds.) *Colonial Discourse and Postcolonial Theory: A Reader*, New York: Columbia University Press.

Lu, Danlin (1939) 'Shanghai ren yan zhong de xiang gang (Hong Kong in the eyes of the Shanghainese)', in Wai Luen Lo (ed.) *Xiangang de Youyu (Hong Kong Melancholy)*, Hong Kong: Huafeng Bookstore, pp. 143–47.

Ludden, David (1993) 'Orientalist Empiricism: Transformations of Colonial Knowledge' in Breckenridge Carol A. and Peter van der Veer (1993) *Orientalism and the Postcolonial Predicament. Perspectives on South Asia*, Philadelphia: University of Pennsylvania Press, pp. 250–78.

Lugard, Frederick John Dealtry (1906) *Political Memoranda, Revision of Instructions to Political Officers on Subjects Chiefly Political and Administrative 1913–1918*, London: F. Cass.

Lugard, Frederick John Dealtry (1910) *Hong Kong University: Objects, History, Present Position and Prospects, with appendices containing estimates of revenue and expenditure, and plans of buildings etc.*, Hong Kong: Noronha.

Lugard, Frederick John Dealtry (1914) *Education in the Colony and Southern Provinces of Nigeria*, Lagos: S.n.

Lugard, Frederick John Dealtry (1923) *Dual Mandate in British Tropical Africa.*

Lugard, Frederick John Dealtry (1928) *Hong Kong University as An Imperial Asset*, Hong Kong South China Morning Post.

Lui, Tai Lok and Stephen W. K. Chiu (2000) 'Introduction –Changing Political Opportunities and the Shaping of Collective Action Social Movements in Hong Kong', in Tai Lok Lui and Stephen W. K. Chiu (eds.) *The Dynamics of Social Movement in Hong Kong*, Hong Kong: Hong Kong University Press,, pp.

Lui, Tai Lok and Stephen W. K. Chiu (2000) 'Introduction –Changing Political Opportunities and the Shaping of Collective Action: Social Movements in Hong Kong', in Tai Lok Lui and Stephen W. K. Chiu (eds.) *The Dynamics of Social Movement in Hong Kong*, Hong Kong: Hong Kong University Press.

Lui, Tai Lok and Thomas W.P. Wong (1992) *From One Brand of Politics to One*

Brand of Political Culture, Hong Kong: Hong Kong Institute of Asia-Pacific Studies, The Chinese University of Hong Kong.

Luk, Bernard Hung Kay (1991) 'Chinese Culture in the Hong Kong Curriculum', *Comparative Education Review*, 35, 4, pp. 650–68.

Lun, Alice Ngai Ha (1967) Educational Policy and the Public Response in Hong Kong, unpublished MA Thesis, University of Hong Kong.

Luo, Xiesong (1972) 'Liu Shu Xian xiang sheng yu tang guo (Mr. Liu Shusheng and Candies)' *Panku*, 47, pp. 79–83.

Lutz, Jessie Gregory (1971) *China and the Christian colleges, 1850–1950*, Ithaca: Cornell University Press.

Lutz, Jessie Gregory (1987) 'The Missionary-Diplomat Karl Gutzlaff and the Opium War', in Proceedings of the First International Symposium on church and State in China: Past and Present Taipei: Department of History, Tamkang University.

Ma, Eric Kit Wai (2001) 'Dian shi bu si (Television will not die)', in Chun Hung Ng and Chi Wai Cheung (eds.) *Yue du xiang gang pu ji wen hua (Reading Hong Kong Popular Culture)*, Hong Kong: Oxford University Press.

Ma, Jianzhong (1898) *Ma shi wen tong (Ma's General Linguistic)*, Shanghai: Shang wu yin shu guan.

Macaulay, Thomas Babington (1835) 'Minute on Indian Education', in T. Pinney and J. Clive (eds.) *Thomas Babington Macaulay*, Chicago: The University of Chicago Press, pp. 237–51.

Mackie, J.A.C. (1989) 'Chinese Businessmen and the Rise of Southeast Asian Capitalism' Solidarity (Manila), 123, Special Issue on the *Chinese in Southeast Asia*.

MacKinnon, Stephen R. (1973) 'The Peiyang Army, Yuan Shikai, and the origins of Modern Chinese Warlordism', *Journal of Asian Studies*, 32, pp. 405–23.

MacKinnon, Stephen R. (1980) *Power and Politics in Late Imperial China: Yuan Shikai in Beijing and in Tianjin 1901–1908*, Berkeley: University of California Press.

Mamdani, Mahmood (1996) *Citizen and subject: Contemporary Africa and the Legacy of Late Colonialism*, Princeton, N.J.: Princeton University Press.

Mangan, J. A. (1985) *The Games Ethic and Imperialism: Aspects of the Diffusion of an Ideal*, Harmondsworth: Viking.

Mangan, J. A. (ed.) (1988) *'Benefits Bestowed'? Education and British Imperialism.*, Manchester Manchester University Press.

Mannoni, Octave (1990) *Prospero and Caliban: the Psychology of Colonization*, Ann Arbor University of Michigan Press.

Mao, Dun (1948) 'Za tan fang yan wen xue (A Few Thoughts on Dialect Literature)', in Kai Chi Wong, et al. (eds.) *Guo gong nei zhan shi qi Xianggang wen xue zi liao xuan: 1945–1949 (Research Materials of Hong Kong Literature in the KMT-CCP Civil War)*, Hong Kong: Tian di tu shu, pp. 110–14.

Mao, Zedong (1920) 'Hunan shou Zhongguozhi lei yi lishi ji xianzhuang zhengmingzhi (Hunan is Burdened by China: Historical and Contemporary Evidence)', in Mao Zedong wenxian ziliao yanjiuhui (ed.) *Mao Zedongji bujuan (Supplementary Volumes to Mao Zedong's Collected Writings)*, Tokyo: Zozosha, vol. 1., pp. 225–7.

Mao, Zedong (1920) 'Hunan jianshe wentidi genben wenti –Hunan gongheguo (The Basic Issue in Hunan's Reconstruction –The Republic of Hunan)', in Mao Zedong wenxian ziliao yanjiuhui (ed.) *Mao Zedonji bujuan (Supplementary Volumes to Mao Zedong's Collected Writings*, Tokyo: Zozosha, vol. 1., pp. 217–9.

Mao, Zedong (1920) 'You "hunan geming zhengfu" zhaoji "Hunan renmin xianfa huiyi" zhiding "Hunan xianfa" yi jianshe "Xin Hunan" zhi jianyi (Proposal for the "Revolutionary Government of Hunan" to Convene a "Hunan People's Constitutional Convention" to Enact a "Hunan Constitution" in order to Establish a "New Hunan")', in Mao Zedong wenxian ziliao yanjiuhui (ed.) *Mao Zedonji bujuan (Supplementary Volumes to Mao Zedong's Collected Writings*, Tokyo: Zozosha, vol. 1., pp. 239–45.

Mao, Zedong (1938) 'The Role of the Chinese Communist Party in the National War', in *Selected Works*, New York: International Publishers.

Mao, Zedong (1939) 'xin min zhu zhu yi lun (On New Democracy)', in *Mao Tse-tung hsuan chi (Collected Works of Mao Zedong)*, Beijing: Ren min chu pan she.

Martin, W.A.P. (1907) *The Awakening of China*, New York: Doubleday, Page and Company.

Mathews, Gordon (1996) 'Names and Identities in the Hong Kong Cultural Supermarket' *Dialectical Anthropology*, 21, pp. 399–419.

Mathews, Gordon (1997) 'Culture, State, and Market in the Shaping of Hong Kong's Chinese Identity', *The Hong Kong Anthropologist*, 11, pp. 22–46.

Mathews, Gordon (1997) 'Heunggongyahn: On the Past, Present, and Future of Hong Kong Identity', *Bulletin of Concerned Asian Scholars*, 29, 3, pp. 3–13.

Mathews, Gordon (1999) *A Collision of Discourses. Japanese and Hong Kong Chinese during the Diaoyu/Senkaku Islands Crisis*, Hong Kong: Hong Kong Institute of Asia-Pacific Studies Chinese University of Hong Kong.

McCoed, Edward A. (1993) *The Power of the Gun, the Emergence of Modern Chinese,* Warlordism Berkeley: University of California Press.

McDonald, Angus W., Jr. (1976) 'Mao Tse-tung and the Hunan Self-government Movement 1920: An Introduction and Five Translations', *China Quarterly*, 68, pp. 751–77.

McNair, Harley Farnsworth (1925) *The Chinese Abroad, Their Position and Protection: A Study in International Law and Practice*, Shanghai: Commercial Press.

Mei, June (1979) 'Socioeconomic Origins of Emigration: Guangdong to California, 1850–1882', *Modern China*, 5, 4, pp. 463–501.

Meisner, Maurice (1967) *Li Ta-chao and the origins of Chinese Marxism*, Cambridge, Mass.: Harvard University Press.

Mellor, Bernard (1980) *The University of Hong Kong. An Informal History*, Hong Kong: Hong Kong University Press.

Mellor, Bernard (1992) *Lugard in Hong Kong. Empires, Education and a Governor at Work, 1907*, Hong Kong: Hong Kong University Press.

Memmi, Albert (1967) *The Colonizer and the Colonized*, Boston: Beacon Press.

Memmi, Albert (1968) *Dominated Man: Notes Towards A Portrait*, London: Orion Press.

Metzger, Thomas A. (1968) 'Review of Kenneth E. Folsom, Friends, Guests, and Colleagues: the mu-fu System in the Late Ch'ing Period', *Harvard Journal of Asiatic Studies*, 29, pp. 315–20.

Metzger, Thomas A. (1973) *The Internal Organization of Ch'ing Bureaucracy: Legal, Normative, and Communication Aspects*, Cambridge, Mass.: Harvard University Press.

Michigan Papers in Chinese Studies (1969) *The Chinese Economy, ca. 1870–1911*. Ann Arbor.

Miller, Stuart C. (1974) 'Ends and Means: Missionary Justification of Force in Nineteenth Century China', in John K. Fairbank (ed.) *The Missionary Enterprise in China and America*, Cambridge, Mass.: Harvard University Press.

Milne, R. G. (1843) *Sinim: A Plea for China; A discourse Delivered in Providence Chapel, Whitehaven*, London: John Snow.

Min, Tu Ki (1989) *National Polity and Local Power: The Transformation of late Imperial China*, Cambridge, Mass.: Council on East Asian Studies, Harvard University.

Miners, N. J. (1975) *The Government and Politics of Hong Kong*, Hong Kong: Oxford University Press.

Miners, N. J. (1983) 'The Hong Kong Government Opium Monopoly, 1914–1941', *The Journal of Imperial and Commonwealth History*, 11, 3, pp. 275–99.

Mommsen, Wolfgang J. and Jurgen Osterhammel (eds.) (1986) *Imperialism and After: Continuities and Discontinuities*, London: German Historical Institute.

Morris, Jan (1997) *Hong Kong*, London: Penguin Books.

Mou, Zongsan (1961) *Zheng dao yu zhi dao (The Political Way and Governing Way)*, Taipei: Guang wen shu ju.

Mu, Shiying (1938) 'Ying di guo de qian shao: xiang gang (The frontier of British Empire: Hong Kong)', *Yu Zhou Feng*, 61, pp. 88–91.

Munn, Christopher (1999) 'The Criminal Trial Under Early Colonial Rule', in Tak-Wing Ngo (ed.) *Hong Kong's History. State and Society under Colonial Rule*, London: Routledge.

Munn, Christopher (2000) 'The Hong Kong Opium Revenue, 1845–1885', in Timothy Brook and Bob Tadashi Wakabayashi (eds.) *Opium regimes : China, Britain, and Japan, 1839–1952*, Berkeley: University of California Press.

Munn, Christopher (2000a) 'Colonialism "in a Chinese atmosphere": the Caldwell affair and the perils of collaboration in early colonial Hong Kong' in Robert Bickers and Christian Henriot (eds.) *New Frontiers. Imperialism's New Communities in East Asia, 1842–1953*, pp. 12–37.

Munn, Christopher (2001) *Anglo-China: Chinese people and British Rule in Hong Kong, 1841–1870*, London: Curzon Press.

Murphey, Rhoads (1970) *The Treaty-Ports and China's Modernization: What Went Wrong?* Ann Arbor: Center for Chinese Studies, University of Michigan.

Murphey, Rhoads (1976) *The Outsiders: the Western Experience in India and China*, Ann Arbor University of Michigan Press.

Nanbeiji (1971) 'Zhong wen da xue yu she hui liang xin (CUHK and Social Conscience)', *Nanbeiji* 1, 7 pp. 13

Nam Pak Hong (1979) 'The Nam Pak Hong Commercial Association of Hong Kong', *Journal of the Hong Kong Branch of the Royal Asiatic Society*, 19, pp. 216–26.

Nandy, Ashis (1983) *The Intimate Enemy*, Delhi: Oxford University Press.

Neill, Stephen (1966) *Colonialism and Christian Missions*, New York: McGraw-Hill Publishing Co.

Ng, Chun Hung (2001) 'Xun zhao xiang gang ben tu yi shi (Searching Hong Kong Local Consciousness)', in Chun Hung Ng and Chi Wai Cheung (eds.) *Yue du xiang gang pu ji wen hua (Reading Hong Kong Popular Culture)*, Hong Kong: Oxford University Press.

Ng, Chin Keong (1983) *Trade and Society: The Amoy Network on the China Coast, 1683–1735*, Singapore: Singapore University Press.

Ng, Lun Ngai Ha (1976) Development of Government Education for the Chinese in Hong Kong. unpublished PhD dissertation, University of Minnesota.

Ng, Lun Ngai Ha (1983) 'The Role of Hong Kong Educated Chinese in the Shaping of Modern China', *Modern Asian Studies*, 17, 1, pp. 137–67.

Ng, Lun Ngai Ha (1984) *Interactions of East and West. Development of Public Education in Early Hong Kong*, Hong Kong: The Chinese University of Hong Kong.

Ng, Lun Ngai Ha (1985) 'The Making of a Revolutionary –Hong Kong in the Shaping of Sun Yat-sen's Early Political Thought', *The Journal of the Institute of Chinese Studies of the Chinese University of Hong Kong*, 16, pp. 111–31.

Ng, Lun Ngai Ha (1986) *Sun Zhongshan zai Gang Ao yu hai wai huo dong shi ji (Historical traces of Sun Yat-sen's activities in Hong Kong, Macao, and overseas)*, Canton: Zhongshan da xue Sun Zhongshan yan jiu suo.

Ngo, Tak Wing (ed.) (1999) *Hong Kong's History. State and Society under Colonial Rule, Asia's Transformations*. London: Routledge.

Norton-Kyshe, James W. (1971) *The History of the Laws and Courts of Hong Kong from the Earliest Period to 1898*, Hong Kong: Vetch and Lee.

Nurullah, Syed and J. P. Naik (1951) *A History of Education in India*, Bombay: Macmillan.

Ortega y Gasset, Jose (1932) *The Revolt of the Masses*, New York: Norton.

Osterhammel, Jurgen (1997) *Colonialism: A Theoretical Overview*, Princeton: Marcus Wiener.

Ou, Qujia (1981) 'Xin Guangdong (New Guangdong)', in Yufa Zhang (ed.) *Wan Qing ge ming wen xue (Revolutionary Literature in Late Qing)*, Taipei: Jing shi shu ju.

Ong, Aihwa & Donald M. Nonini (eds.) (1997) *Ungrounded Empires: The Cultural Politics of Modern Chinese Transnationalism*, New York: Routledge.

Panku Editorial (1970) 'Declaration against "Taiwan Independence"', *Panku*, 31, p. 1.

Panku Editorial (1972) 'Declaration of War to all Devil and Demonic Opinions', *Panku*, 44, pp. 1–5.

Pan, Ling (ed.) (1998) *Hai wai Hua ren bai ke quan shu (Encyclopedia of the Chinese overseas)*, Hong Kong: Joint Publishing Co.

Pan, Zinian (1944) 'Lun wen yi de min zu xing shi (On National forms in Literature and the Arts)' *Wen XueYue Bao (Literature Monthly)*, 1, 2.

Parry, Benita (1987) 'Problems in Current Theories of Colonial Discourse', *Oxford Literary Review*, 9, 1–2, pp. 27–58.

Parry, Benita (1994) 'Signs of Our Times: Discussion of Homi Bhabha's Location of Culture' *Third Text*, 28–9, pp. 1–24.

Peck, James (1969) 'The Roots of Rhetoric: The Professional ideology of America's China Watchers', *Bulletin of Concerned Asian Scholars*, 2, 1, pp. 59–69.

Pelcovits, Nathan Albert (1948) *Old China Hands and the Foreign Office*, New York: Octagon Books.

Pennycook, Alastair (1994.) *The Cultural Politics of English as an International Language*, New York: Longman.

Pennycook, Alastair (1998) *English and the Discourses of Colonialism*, New York: Routledge.

Perham, Margery Freda (1934) 'A Re-statement of Indirect Rule', *Africa*, 7, pp. 321–3.

Perham, Margery Freda (1956) *Lugard. The Years of Adventure, 1858–1898*, Hamden, C.T.: Archon Books.

Perham, Margery Freda (1968) *Lugard. The Years of Authority, 1898–1945*, Hamden, Connecticut Archon Books.

Petro, Patrice (1987) 'Modernity and Mass Culture in Weimar', *New German Critique*, 40, pp. 115–46.

Pfister, Lauren F. (1990) 'Some New dimensions in the Study of the Works of James Legge (1815–1897): Part 1', *Sino-Western Cultural Relation (16th–18th centuries)*, 12.

Pfister, Lauren F. (1991) 'Some New dimensions in the Study of the Works of James Legge (1815–1897): Part 2', *Sino-Western Cultural Relation (16th–18th centuries)*, 12.

Pfister, Lauren F. (1993) 'Clues to the Life and Academic Achievements of One of the Most Famous Nineteenth Century European Sinologist –James Legge (A.D. 1815–1897)', *Journal of the Hong Kong Branch of the Royal Asiatic Society*, 30.

Pfister, Lauren F. (1998) 'The Legacy of James Legge', *International Bulletin of Missionary Research* 22, 2, pp. 77–82.

Pinney, Thomas and John Clive (eds.) (1972) *Thomas Babington Macaulay. Selected Writings*. Chicago: The University of Chicago Press.

Pomerantz-Zhang, Linda (1984) 'The Chinese Bourgeoisie and the anti-Chinese Movement in the United States, 1850–1905', *Amerasia Journal*, 11, 1, pp. 1–30.

Pomerantz-Zheng, Linda (1992) *Wu Tingfang (1842–1922). Reform and Modernization in Modern Chinese History*, Hong Kong: Hong Kong University Press.

Postiglione, G. A. and Julian Y. M. Leung (eds.) (1992) *Education and Society in Hong Kong: Toward One Country and Two Systems*, Hong Kong: Hong Kong University Press.

Ptak, Roderich and mar Rothermund (eds.) (1991) *Emporia, Commodities and Entrepreneurs in Asian Maritime Trade, C. 1400–1750*, Stuttgart: Franz Steiner Verlag.

Purcell, Victor (1936) *Problems of Chinese Education*, London: Kegan Paul.

Purcell, Victor (1965) *The Chinese in Southeast Asia*, London: Oxford University Press.

Qinjiayuan (1992) *Hai xia liang an de liang feng yi (Leung Fung Yee in both Taiwan and Mainland)*, Hong Kong: Qinjiayuan.

Qu, Qiubai (1932) *Qu Qiubai xuan ji (Collected Works of Qu Qiu Bai)*, Hong Kong: Shen-chou tu shu.

Rabushka, Alvin (1973) *The Changing Face of Hong Kong: New Departures in Public Policy*, Washington, DC: American Enterprise for Public Policy Research.

Rabushka, Alvin (1979) *Hong Kong: a study in economic freedom*, Chicago: Graduate School of Business, University of Chicago.

Reid, Anthony (1990) 'The Seventeenth Century Crisis in South-East Asia', *Modern Asian Studies*, 24, pp. 652–4.

Reid, Anthony (1996) 'Flows and Seepages in the Long-term Chinese Interaction with Southeast Asia', in A. Reid (ed.) *Sojourners and Settlers –Histories of Southeast Asia and the Chinese*, Sydney: ASAA/Allen & Unwin.

Reischauer, Edwin O. (1955) *Wanted: An Asian Policy*, New York: Knopf.

Ren, Hai (1997) 'Xiang gang yu zhong guo da lu zhi jian de kua guo zi ben zhu yi (Cross-National Capitalism Between Hong Kong and Mainland China)', in Stephen Ching-kiu Chan (ed.) *Wen hua xiang xiang yu yi shi xing tai: dang dai Xianggang wen hua zheng zhi lun ping (Cultural Imaginary and Ideology: Contemporary Hong Kong Culture and Politics Review)*, Hong Kong Oxford University Press, pp. 127-50.

Ren, Jiyu (1958) *Zhongguo jin dai si xiang shi lun wen ji (Collection of Essays on Modern Chinese Thoughts)*, Shanghai: Shanghai ren min chu ban she.

Reynolds, Douglas R. (1993) *China, 1898–1912. The Xinzheng Revolution and Japan*, Cambridge Mass.: Council on East Asian Studies, Harvard University.

Rhoads, Edward J. M. (1975) *China's Republican Revolution: The Case of Kwangtung*, Cambridge Harvard University Press.

Richard, Timothy (1916) *Forty-five Years in China: Reminiscences*, New York: Frederick A. Stokes.

Ride, Lindsay (1957) *Robert Morrison: The Scholar and the Man*, Hong Kong: Hong Kong University Press.

Roach (1986) *A History of Secondary Education in England, 1800–1870*, London: Longman.

Roberts, Moss and David Horowitz (1971) 'Politics and Knowledge: An Unorthodox History of Modern China Studies', *Bulletin of Concerned Asian Scholars*, 3, 3–4, Special Supplement Modern China Studies, pp. 91–168.

Robinson, Ronald (1972) 'Non-European Foundations of European Imperialism: Sketch for a Theory of Collaboration', in Robert B. and Owen Sutcliffe, Edward Roger John (eds.) *Studies in the Theories of Imperialism*, London: Longman.

Robinson, Ronald, et al. (1981) *Africa and the Victorians: the Official Mind of Imperialism*, London Macmillan Press.

Said, Edward (1989) 'Representing the Colonized: Anthropology's Interlocutors', *Critical Inquiry*, 15, 2, pp. 205–25.

Said, Edward (1993) 'Collaboration, Independence, and Liberation' in *Culture And Imperialism*, New York: Knopf.

Saneto, Keishu, et al. (1982) *Zhongguo ren liu xue Riben shi*, Hong Kong: Chinese University Press.

Sang, Bing (1991) *Wan Qing xue tang xue sheng yu she hui bian qian (Schools in Late Qing: Students and Social Change)*, Taipei: dao he chu ban she.

Sang, Bing (1995) *Qing mo xin zhi shi jie de she tuan yu huo dong (Communities and Activities of the New Intelligentsia in Late Qing)*, Beijing: san lian shu dian.

Saunders, Frances Stonor (1999) *Who paid the piper? : the CIA and the cultural Cold War*, London Granta Books.

Sayer, G. R. (1937) *Hong Kong: Birth, Adolescence and Coming of Age*, Oxford: Oxford University Press.

Schiffrin, Harold (1968) *Sun Yat-sen and the Origins of the Chinese Revolution*, Berkeley: University of California Press.

Schiller, Herbert (1969) *Mass Communications and American Empire*, New York: A. M. Kelley.

Schiller, Herbert (1976) *Communication and Cultural Domination*, New York: International Arts and Sciences Press.

Schlesinger, Arthur (1974) 'The Missionary Enterprise and Theories of Imperialism', in John K. Fairbank (ed.) *The Missionary Enterprise in China and America*, Cambridge, Mass.: Harvard University Press.

Schlyter, Herman (1946) *Karl Gutzlaff, A Missionary in China*, Copenhagen: C. W. K. Gleerup.

Schneider, Axel (1996) 'Between Dao and History: Two Chinese Historians in Search of A Modern Identity for China', *History and Theory*, 35, 4, pp. 54–73.

Schneider, Laurence A. (1971) *Ku Chieh-kang and China's New History: Nationalism and the Quest for Alternative Traditions*, Berkeley: University of California Press.

Schoppa, R. Keith (1977) 'Province and Nation: The Chekiang Provincial Autonomy Movement 1917–1927', *Journal of Asian Studies*, 36, 4, pp. 661–74.

Schwartz, Benjamin (1964) *In Search of Wealth and Power. Yen Fu and the West*, Cambridge Harvard University Press.

Scott, Ian (1989) *Political Change and the Crisis of Legitimacy in Hong Kong*, Hawaii: University of Hawaii Press.

Seal, Anil (1968) *The Emergence of Indian Nationalism: Competition and Collaboration in the Later Nineteenth Century*, London: Cambridge University Press.

Seton-Watson, Hugh (1977) *Nations and States: An enquiry into the Origins of Nations and the Politics of Nationalism*, Boulder, CO.: Westview Press.

Seventies, The (ed.) (1971) *Diaoyutai shi jian zhen xiang (The Truth of the Diaoyu Incident)*, Hong Kong: The Seventies.

Shen, Sungchiao (1997) 'The Myth of Huang-ti (Yellow Emperor) and the Construction of Chinese Nationhood in Late Qing', *Taiwan: A Radical Quarterly in Social Studies*, 28, pp. 1–77.

Shen, Sungchiao and Y. S. Sechin Chi'en (1999) Delimiting China: Discourses of "Guomin" and the Construction of Chinese Nationality in Late Qing, The Conference on Nationalism: The East Asia Experience, Academia Sinica, Taipei

Sheridan, James E. (1975) *China in Disintegration: The Republican Era in Chinese History, 1912–1949*, New York: Free Press.

Shih, Shumei (1997) 'Bei jin xiang xiang de wen ti (Problems of "Northbound Imaginary": Politics of Cultural Identity in Hong Kong)', in Stephen Ching-kiu Chan (ed.) *Wen hua xiang xiang yu yi shi xing tai: dang dai Xianggang wen hua zheng zhi lun ping (Cultural Imaginary and Ideology Contemporary Hong Kong Culture and Politics Review)*, Hong Kong: Oxford University Press pp. 151–8.

Shin, Linda P. (1976) 'Wu T'ing-fang: A Member of a Colonial Elite as Coastal Reformer', in P. A. Cohen and J. E. Schrecker (eds.) *Reform in Nineteenth Century China*, Cambridge, Mass. Harvard University Press, pp. 265–71.

Shu, Xincheng (1927) *Jin dai Zhongguo liu xue shi (History of Overseas Education in Modern Chinese)*, Shanghai: Zhonghua shu ju.

Shum, Yat Fei (1968) 'The Origin of Panku Nianhua', *Panku*, 11, pp. 40–1.

Shum, Yat Fei (1968) 'Tai wan jue dui bu neng du li. cong chen ying zhen bei ju shi jian shuo qi (Taiwan Can Never Go Independent)', *Panku*, 18, pp. 1–9

Sigel, Louis T. (1976) 'Foreign Policy Interests and Activities of the Treaty-Port Chinese Community', in P. A. Cohen and J. E. Schrecker (eds.) *Reform in Nineteenth-Century China* New York: East Asian Research Centre, Harvard University, pp. 272–81.

Sinn, Elizabeth (1982) 'The Strike and Riot of 1884–A Hong Kong Perspective', *Journal of the Hong Kong Branch of the Royal Asiatic Society*, 22, pp. 65–98.

Sinn, Elizabeth (1982) Materials for Historical Research: Source Materials on the Tung Wah Hospital, 1870–1941: The Case of a Historical Institution. The Hong Kong Studies Seminar Program, the University of Hong Kong, 1–41. October, 1982

Sinn, Elizabeth (1989) *Power and Charity: the Early History of the Tung Wah Hospital*, Hong Kong Oxford University Press.

Sinn, Elizabeth (1990) 'A History of Regional Associations in Pre-War Hong Kong', in Elizabeth Sinn (ed.) *Between East and West. Aspects of Social and Political Development in Hong Kong*, Hong Kong: Centre of Asian Studies, University of Hong Kong.

Sinn, Elizabeth (1990) *Between East and West: Aspects of Social and Political*

Development in Hong Kong, Hong Kong: Centre of Asian Studies, University of Hong Kong.

Sinn, Elizabeth (1995) 'Emigration from Hong Kong before 1941: General Trends', in Ronald Skeldon (ed.) *Emigration from Hong Kong –Tendencies and Impacts*, Hong Kong: The Chinese University of Hong Kong, pp. 11–34.

Sinn, Elizabeth (1997) 'Xin Xi Guxiang: A Study of Regional Associations as a Bonding Mechanism in the Chinese Diaspora. The Hong Kong Experience', *Modern Asian Studies* 31, 2, pp. 375-97.

Siu, Helen (1993) 'Cultural Identity and the Politics of Difference in South China', *Daedalus* 122, 2.

Smith, Carl (1970) 'The Chinese Settlement of British Hong Kong', *Chung Chi Journal*, 48, pp. 26–32.

Smith, Carl (1971) 'The Emergence of a Chinese Elite in Hong Kong', *Journal of the Hong Kong Branch of the Royal Asiatic Society*, 11, pp. 74–115.

Smith, Carl (1975) 'English-Educated Chinese elites in Nineteenth-Century Hong Kong', in Marjorie Topley (ed.) *Hong Kong, the Interactions of Traditions and Life in the Towns*, Hong Kong: Hong Kong Branch of the Royal Asiatic Society, pp. 65–96.

Smith, Carl (1981) 'The Chinese Church, Labour, Elites and the Mui Tsai Question in the 1920s', *Journal of the Hong Kong Branch of the Royal Asiatic Society*, 21, pp. 91–113.

Smith, Carl (1985) *Chinese Christians: Elites, Middlemen, and the Church in Hong Kong*, Hong Kong: Oxford University Press.

Smith, Carl (1995) *A Sense of History: Studies in the Social and Urban History of Hong Kong*, Hong Kong: Hong Kong Educational Publishing Co.

Smith, Richard J. (1976) 'Foreign Training and China's Self-Strengthening: the Case of Feng- Huang-shan, 1864–1873', *Modern Asian Studies*, 10, 1, pp. 83–111.

Smith, Simon C. (1998) *British Imperialism, 1750–1970*, Cambridge: Cambridge University Press.

So, Kwan Sai (1950) Western Influence and the Chinese Reform Movement of 1898. unpublished PhD dissertation, University of Wisconsin.

Song, Ong Siang (1984) *One hundred years' history of the Chinese in Singapore*, Singapore: Oxford University Press.

Spelman, Douglas G. (1969) 'Christianity in Chinese: The Protestant Term Question', *Papers on China*, 22A, pp.

Spence, Jonathan D. (1969) *The China Helpers: Western Advisers in China, 1620–1920*, London Bodley Head.

Spence, Jonathan D. (1974) 'The American Missionary Endeavour, 1830–1910', in Z. Bowers and Elizabeth F. Purcell (eds.) *Medicine and Society in China*, New York: Josiah Macy, Jr. Foundation.

Spurr, David (1993) *The Rhetoric of Empire: Colonial Discourse in Journalism, Travel Writing, and Imperial Administration*, London: Duke University Press.

Steinberg, David Joel (1987) *In Search of Southeast Asia: A Modern History*, Honolulu: University of Hawaii Press.

Stewart, Frederick (1866) 'Report of the Headmaster and Inspector of Schools for 1865', *Hong Kong Government Gazette*, pp.

Stokes, Gwenneth (1962) *Queen's College, 1862–1962*, Hong Kong: S.n.

Su, Xiaokang and Luxiang Wang (1988) *He shang (River Elegy)*, Hong Kong: Zhongguo tu shu kan xing she.

Sun, Yat-sen (1923) 'Geming sixiang zhi chansheng (The Birth of Revolutionary Thought)', in Yat Sen Sun (ed.) *Guo fu quan ji (Complete Works of Sun Yat Sen)*, Taipei: Zhongguo guo min dang zhong yang wei yuan hui dang shi wei yuan hui.

Sun, Yat-sen (1973) *Guo fu quan ji (Complete Works of Sun Yat Sen)*, Taipei: Zhongguo guo min dang zhong yang wei yuan hui dang shi wei yuan hui.

SUNA (ed.) (1974) *Xin Ya shu yuan er shi wu zhou nian ji nian te kan (A Special for the 25 Anniversary of New Asia College)*, Hong Kong: Student Union, New Asia College, CUHK.

Suryadinata, Leo (ed.) (1995) *Southeast Asian Chinese and China. The Politico-Economic Dimension*, Singapore: Times Academic Press.

Sutcliffe, Robert B. and Edward R. J. Owen (eds.) (1972) *Studies In the Theory of Imperialism*, London: Longman.

Sutton, Donald S. (1980) *Provincial Militarism and the Chinese Republic: the Yunnan Army, 1905–25*, Ann Arbor: University of Michigan Press.

Sweeting, Anthony (1990) 'Controversy Over the Re-Opening of The University of Hong Kong 1942–1948', in Elizabeth Sinn (ed.) *Between East and West. Aspects of Social and Political Development in Hong Kong*, Hong Kong: Centre of Asian Studies, University of Hong Kong.

Sweeting, Anthony (1990) *Education in Hong Kong, Pre–1841 to 1941*, Hong Kong: Hong Kong University Press.

Sweeting, Anthony (1992) 'Hong Kong Education within Historical Processes', in G. A. and Leung Postiglione, Julian Y. M. (ed.) *Education and Society in Hong Kong. Toward One Country and Two Systems*, Hong Kong: Hong Kong University Press.

Sweeting, Anthony (1993) *A Phoenix Transformed: The Reconstruction of Education in Post-War Hong Kong*, Hong Kong: Oxford University Press.

Swingewood, Alan (1977) *The Myth of Mass Culture*, London: Macmillan.

Tam, Man Kei (1997) 'Mei you mo sheng ren de shi jie (The World without Strangers: The Global Map of Giordano)', in Stephen Ching-kiu Chan (ed.)

Wen hua xiang xiang yu yi shi xing tai dang dai Xianggang wen hua zheng zhi lun ping (Cultural Imaginary and Ideology: Contemporary Hong Kong Culture and Politics Review), Hong Kong: Oxford University Press, pp. 89–102.

Tambiah, S. J. (1986) *Sri Lanka: Ethnic Fratricide and the Dismantling of Democracy*, Chicago University of Chicago Press.

Tan, Bian (1956) *Wan qing de bai hua wen yun dong (Baihua Movement in Late Qing)*, Wuhan: Hubei ren min chu ban she.

Tan, Kah Kee (1994) *Nan qiao hui yi lu (The Memoirs of Tan Kah Kee)*, Taipei: Long wen chu ban she.

T'ang, Chun-I (1974) *Shuo Zhonghua min zu zhi hua guo piao ling (The Dispersing Flowers and The Withering Fruits of the Chinese Nation)*, Taipei: San min shu ju.

T'ang, Chun-I (1981) 'Xin ya de guo qu xian zai yu jiang lai (The Past, Present and Future of New Asia College)', in Xin Ya yan jiu suo (ed.) *Xin ya jiao yu (New Asia Education)*, Hong Kong Xin Ya yan jiu suo.

Tang, Xiaobing (1996) *Global Space and the Nationalist Discourse of Modernity: the Historical Thinking of Liang Qichao*, Stanford: Stanford University Press.

Tate, D.J.M. (1979) *The Making of Modern South-East Asia*, Kuala Lumpur: Oxford University Press.

Taussig, Michael (1992) 'Culture of Terror, Space of Death' in Dirks, Nicholas B. (ed.) *Colonialism and Culture*, Ann Arbor: University of Michigan Press, pp. 135–73.

Taylor, W. C. (1835) 'On the Present State and Future Prospects of Oriental Literature, viewed in connexion with the Royal Asiatic Society: read 6th December 1834', *Journal of the Royal Asiatic Society of Great Britain and Ireland*, 2, pp. 8–9.

Teng, Ssu Yu and John K. Fairbank (1954) *China's Response to the West. A Documentary Survey 1839–1923*, Cambridge, Massachusetts: Harvard University Press.

Thomas, Nicolas (1994) *Colonialism's Culture: Anthropology, Travel, and Government*, Cambridge Polity.

Thornton, A. P. (1959) *The Imperial Idea and Its Enemies: A Study in British Power*, London Macmillan Press.

Ting, Joseph Sun Pao (1989) Xianggang zaoqi zhi huaren shehui, 1841–1870 (Early Chinese community in Hong Kong, 1841–1870). unpublished PhD dissertation, University of Hong Kong.

Tomlinson, John (1991) *Cultural Imperialism: A Critical Introduction*, New York: Pinter Publisher.

Townsend, James (1992) 'Chinese Nationalism', *The Australian Journal of Chinese Affairs*, 27, pp. 97–130.

Trocki, Carl A. (1990) *Opium and empire: Chinese society in colonial Singapore, 1800–1910*, Ithaca Cornell University Press.

Trocki, Carl A. (1999) *Opium, Empire and the Global Political Economy –A Study of the Asian Opium Trade 1750–1950*, London: Routledge.

Tsai, Jungfang (1975) Comprador Ideologists in Modern China: Ho Kai (Ho Ch'i. 1859–1914) and Hu Lin-Yuan (1847–1916). unpublished PhD dissertation, University of California at Los Angeles.

Tsai, Jungfang (1978) 'Syncretism in the Reformist Thought of Ho Kai (Ho Ch'i, 1859–1914) and Hu Li-yuan (1847–1916)', *Asian Profile*, 6, 1, pp. 19–33.

Tsai, Jungfang (1981) 'The Predicament of the Comprador Ideologists', *Modern China*, 7, 2, pp. 191–225.

Tsai, Jungfang (1984) 'The 1884 Hong Kong Insurrection: Anti-Imperialist Popular Protest During the Sino-French War', *Bulletin of Concerned Asian Scholars*, 16, 1, pp. 2–14.

Tsai, Jungfang (1993) *Hong Kong in Chinese History. Community and Social Unrest in the British Colony, 1842–1913*, New York: Columbia University Press.

Tsai, Jungfang (1994) 'From Antiforeignism to Popular Nationalism: Hong Kong Between China and Britain, 1839–1911', in Ming Kou Chan (ed.) *Precarious Balance: Hong Kong Between China and Britain, 1842–1992*, Armonk, NY: M.E. Sharpe, pp. 9–26.

Tsai, Jungfang (2001) *Xianggang ren zhi Xianggang shi, 1841–1945 (The Hong Kong people's history of Hong Kong, 1841–1945)*, Hong Kong: Oxford University Press.

Tsang, Steve Y.S. (ed.) (1995) *Government and Politics. A Documentary History of Hong Kong Government and Politics*, Hong Kong: Hong Kong University Press.

Tse, Tsantai (1924) *The Chinese Republic. Secret History of the Chinese Revolution*, Hong Kong SCMP.

Tseng, Marquis Jize (1887) 'China. The Sleep and the Awakening', *Asiatic Quarterly Review*, 3 pp. 1–10.

Tsien, Tsuen Hsuin (1954) 'Western Impact on China through Translation', *Far Eastern Quarterly* 13, pp. 305–27.

Tu, Wei Ming (ed.) (1991) *The Triadic Chord: Confucian Ethics, Industrial East Asia and Max Weber Proceedings of the 1987 Singapore Conference on Confucian Ethics and the Modernisation of Industrial East Asia*, Singapore: Institute of East Asian Philosophies.

Tu, Wei Ming (ed.) (1994) *The Living Tree: the Changing Meaning of Being Chinese Today*, Stanford Calif.: Stanford University Press.

Tu, Wei Ming (1999) *Wen hua Zhongguo de ren zhi yu guan huai (The Understanding and Care of Cultural China)*, Taibei Xian Banqiao Shi, Taiwan: Dao xiang chu ban she.

Tu, Yangci (1939) 'Ji huai shanghai (My passion to Shanghai)', in Wai Luen Lo(ed.) *Xiangang de Youyu (Hong Kong's Melancholy)*, Hong Kong: Huafeng Bookstore,, pp. 157-60.

Tu, Yangci (1941) 'Ou zhan bian dong zhong de xiang gang (Hong Kong in the European War)', *Yu Zhou Feng*, 104, pp. 225–6

Tung-yueh-fou-sheng (1922) *Chen Jiongming li shi (History of Chen Jiongming)*, S.l.: Chung cheng hsueh she.

Turnbull, C. M. (1984) 'Sir Cecil Clementi and Malaya: The Hong Kong Connection', *Journal of Oriental Studies*, 22, 1, pp. 33–60.

Uchida, Naosaku (1959) *The Overseas Chinese*, Stanford: Hoover Institution, Stanford University.

Unger, Jonathan (ed.) (1996) *Chinese Nationalism*, Armonk, NY: M.E. Sharpe.

Vines, Stephen (1998) *Hong Kong. China's New Colony*, London: Aurum Press.

Viswanathan, Gauri (1987) 'The Beginnings of English Literary Study in British India', *Oxford Literary Review*, 9, 1–2, pp. 2–26.

Viswanathan, Gauri (1990) *Masks of Conquest: Literary Study and British Rule in India*, London Faber and Faber.

von Gumpach, Baron Johannes (1872) *The Burlingame Mission: A Political Disclosure*, Shanghai S.n.

Waldron, Arthur (1991) 'The Warlord: Twentieth-Century Chinese Understandings of Violence Militarism, and Imperialism', *American Historical Review*, 96, 4, pp. 1073–100.

Wang, Ching Yu (1984) 'Birth of a Chinese Bourgeoisie: A Tentative Discussion', *Chinese Studies in History*, 17, 4, pp. 27–48.

Wang, Ermin (1966) 'Shangzhan guannian yu zhongshang sixiang (The idea of commercial warfare and the importance attached to commerce)', *Zhongyang yanjiuyuan jindaishi yanjiusuo jikan* 5, pp. 1–91.

Wang, Ermin (1969) *Wan Qing zheng zhi si xiang shi lun (Studies on the History of Political Thought in Late Ch'ing Times)*, Taipei: Taiwan xue sheng shu ju.

Wang, Ermin (1977) *Zhongguo jin dai si xiang shi lun (Essays on Modern Chinese Thoughts)*, Taipei Hua shi chu ban she.

Wang, Ermin (1977) *Zhongguo mingcheng suyuan ji qi jindai quan shi (The Origins of the Name of China and its Modern Interpretations)*, Taipei: Hua shi chu ban she.

Wang, Fengjie (1979) *Zhongguo jiao yu shi (History of Education in China)*, Taipei: Guo li bian yi guan.

Wang, Gungwu (1981a) 'The Opening of Relations between China and Malacca, 1403–1405' in *Community and Nation: Essays on Southeast Asia and the Chinese*, Singapore: ASAA/Heinemann, pp. 81–96.

Wang, Gungwu (1981b) 'China and Southeast Asia, 1402–1424', in *Community and Nation: Essays on Southeast Asia and the Chinese*, Singapore: ASAA/Heinemann, pp. 58–96.

Wang, Gungwu (1981c) *Community and Nation: Essays on Southeast Asia and the Chinese*, Singapore: ASAA/Heinemann.

Wang, Gungwu (1985) 'External China as a New Policy Area', *Pacific Affairs*, 58, 1, pp. 28–43.

Wang, Gungwu (1989) Lu Xun, Lim Boon Keng and Confucianism. Papers on Far Eastern History. Australian National University.39, 75–91.

Wang, Gungwu (1991) *China and the Chinese Overseas*, Singapore: Times Academic Press.

Wang, Gungwu (1995) 'The Southeast Asian Chinese and the Development of China', in Leo Suryadinata (ed.) *Southeast Asian Chinese and China. The Politico-Economic Dimension*, Singapore: Times Academic Press.

Wang, Hui (1997) 'Local Form, Dialects and the Discussion on 'National Form' in the War of Resistance Against Japan', in *Wang Hui zi xuan ji (Wang Hui: Self-Selected Essays)*, Kwangsi Kwangsi Normal University Press.

Wang, Hui (1998) 'Local Forms, Vernacular Dialects and the War of Resistance Against Japan The "National Forms" Debate. Part 1', *UTS Review*, 4, 1, pp. 25–41.

Wang, Hui (1998) 'Local Forms, Vernacular Dialects and the War of Resistance Against Japan The "National Forms" Debate. Part 2', *UTS Review*, 4, 2, pp. 27–56.

Wang, Jingwei (1905) 'Minzudi guomin (Citizens of a Nation)', in Nan Zhang and Renzhi Wang (eds.) *Xin hai ge ming qian shi nian jian shi lun xuan ji (A collection of Discussions of Issues in the Ten Years before the 1911 Revolution)*, Hong Kong: Sanlian shudian (1962), pp. 82–114.

Wang, Mei Ling T. (1999) *The Dust That Never Settles: The Taiwan Independence Campaign and U.S.-China Relations*, Lanham: University Press of America.

Wang, Y. C. (1966) *Chinese Intellectuals and the West, 1872–1949*, Chapel Hill: University of North Carolina Press.

Ward, Barbara E. (1954) 'A Hong Kong Fishing Village', *Journal of Oriental Studies*, 1, 1, pp. 195–214.

Wardle, David (1976) *English Popular Education, 1780–1975*, Cambridge: University Press.

Warren, Bill (1980) *Imperialism: Pioneer of Capitalism*, London: New Left Books.

Watson, Rubie (1985) *Inequality Among Brothers: Class and Kinship in South China*, Cambridge Cambridge University Press.

Weigelin-Schwiedrzik, Susanne (1996) '*On Shi and Lun:* Toward a Typology of Historiography in the PRC', 35, 4, pp. 74–95.

Weigelin-Schwiedrzik, Susanne (1996) 'Introduction', *History and Theory*, 35, 4, pp. 1–4.
Welsh, Frank (1994) *A History of Hong Kong*, London: HarperCollins Publishers.
Wesley-Smith, Peter "Anti-Chinese Legislation in Hong Kong" in Ming K. Chan (ed.) (1994) *Precarious Balance: Hong Kong Between China and Britain*, Armonk, N.Y.: M.E. Sharpe.
White, Lynn and Cheng Li (1993) 'China Coast Identities: Regional, National, and Global', in Lowell Dittmer and Samuel Kim (eds.) *China's Quest for National Identity*, London: Cornell University Press.
Whitehead, Clive (1988) 'British Colonial Education Policy: A Synonym for Cultural Imperialism?' in J. A. Mangan (ed.) "Benefits Bestowed"? *Education and British Imperialism*, Manchester: Manchester University Press.
Wong, Chia Lok (1996) *Xianggang Zhong wen jiao yu fa zhan shi (A History of the Development of Chinese Education in Hong Kong)*, Hong Kong: Joint Publishing Co.
Wong, Kai Chi, et al. (1996) *Xianggang wen xue da shi nian biao (1948–1969) (Chronology of Hong Kong Literary Activities)*, Hong Kong: Humanities Research Institute, CUHK.
Wong, Kai Chi, et al. (eds.) (1998) *Zhui ji Xianggang wen xue (Searching Hong Kong Literature)*, Hong Kong: Tian di tu shu.
Wong, Kai Chi, et al. (eds.) (1998) *Zao qi Xianggang xin wen xue zi liao xuan: 1927–1941 (Research Materials of the Early Hong Kong New Literature)*, Hong Kong: Tian di tu shu.
Wong, Kai Chi, et al. (eds.) (1998) *Zao qi Xianggang xin wen xue zuo pin xuan, 1927–1941 (Collection of Works of the Early Hong Kong New Literature)*, Hong Kong: Tian di tu shu.
Wong, Kai Chi, et al. (eds.) (1999) *Guo gong nei zhan shi qi Xianggang ben di yu nan lai wen ren zuo pin xuan: 1945–1949 (Collection of works by Hong Kong's Local and South-settled Writers in the KMT-CCP Civil War, 1945–1949)*, Hong Kong: Tian di tu shu.
Wong, Kai Chi, et al. (eds.) (1999) *Guo gong nei zhan shi qi Xianggang wen xue zi liao xuan: 1945–1949 (Research Materials of Hong Kong Literature in the KMT-CCP Civil War)*, Hong Kong Tian di tu shu.
Wong, Kai Chi, et al. (1999) 'Editors' Report', in *Guo gong nei zhan shi qi Xianggang wen xue zi liao xuan: 1945–1949 (Research Materials of Hong Kong Literature in the KMT-CCP Civil War)*, Hong Kong: Tian di tu shu, pp. 3–22.
Wong, Kan Seng (1995) 'The Ethnic Chinese in Southeast Asia and China', in Leo Suryadinata (ed.) *Southeast Asian Chinese and China. The Politico-Economic Dimension*, Singapore: Times Academic Press.

Wong, Man Kong (1996) *James Legge. A Pioneer at Crossroads*, Hong Kong: Hong Kong Educational Publishing Co.

Wong, Thomas W. P. (1992) 'Personal Experience and Social Ideology: Thematization and Theorization in Social Indicators Studies.' in S. K. Lau (ed.) *Indicators of Social Development Hong Kong 1990, Hong Kong: Hong Kong Institute of Asia-Pacific Studies*, Chinese University of Hong Kong, pp. 205-37.

Wong, Wang Chi (1991) *Politics and Literature in Shanghai: The Chinese League of Left-Wing Writers 1930–1936*, Manchester: Manchester University.

Wong, Wang Chi (1997) *Li shi de ou ran: cong Xianggang kan Zhongguo xian dai wen xue shi (Historical Contingencies: A Study of Modern Chinese Literary Histories in Hong Kong)*, Hong Kong: Oxford University Press.

Wong, Wang Chi (2000) *Li shi de chen zhong: cong Xianggang kan Zhongguo da lu de Xianggang shi lun shu (The Burden of History. A Hong Kong Perspective of the Mainland Discourse of Hong Kong History)*, Hong Kong: Oxford University Press.

Wong, Wang Chi, et al. (ed.) (1997) *Fou xiang Xianggang: li shi, wen hua, wei lai (Hong Kong Unimagined History, Culture and the Future)*, Taipei: Mei tian.

Woronoff, Jon (1980) *Hong Kong: Capitalist Paradise*, Hong Kong: Heinemann Asia.

Wright, Arnold (ed.) (1908) *Twentieth Century Impressions of Hong Kong. Shanghai and other Treaty Ports of China*, London: Lloyds Greater Britain publishing company.

Wright, Mary (1966) *The Last Stand of Chinese Conservatism: The T'ung-chih Restoration, 1862–1874*, New York: Atheneum.

Wright, Stanley F. (1950) *Hart and the Chinese Customs*, Belfast: Wm. Mullan.

Wu, Chang Chuan (1975) *Cheng Kuan-ying, a Case Study of Merchant Participation in the Chinese Self-Strengthening Movement (1878–1884)*, Ann Arbor: University Microfilm.

Wu, Xuanren (ed.) (1998) *Xianggang qi shi nian dai qing nian kan wu hui gu zhuan ji (Youth Publications in the Seventies Hong Kong: Review Essays)*, Hong Kong: Ce hua zu he.

Wu, Xuanren (1999) *Xianggang liu qi shi nian dai wen she yun dong zheng li ji yan jiu (Researches on the Literary Society Movement in the 1960s and 1970s Hong Kong)*, Hong Kong: Lin shi shi zheng ju gong gong tu shu guan.

Xiao, Gongquan (1954) *Zhongguo zheng zhi si xiang shi (History of Chinese Political Thoughts)*, Taipei: Zhong hua wen hua chu ban shi ye wei yuan hui.

Xiaosi (1997) *Jiu lu xing ren: Zhongguo xue sheng zhou bao wen ji (Passengers of an Old Alley Collected Essays of the Chinese Students Weekly)*, Hong Kong: Ci wen hua.

Xiong, Yuezhi (1986) *Zhongguo jin dai min zhu si xiang shii (History of Democracy in Modern China)*, Shanghai: Shanghai ren min chu ban she.

Xiong, Yuezhi (1994) *Xi xue dong jian yu wan Qing she hui (The dissemination of Western learning and the late Qing society)*, Shanghai: Shanghai ren min chu ban she.

Xu, Dishan (1939) 'Yi nian lai de xiang gang jiao yu ji qi zhang wang (Hong Kong education in this year and its prospect)', in Wai Luen Lo (ed.) *Xiangang de Youyu (Hong Kong's Melancholy)*, Hong Kong: Huafeng Bookstore.

Xu, Fei (1937) '*Yin tan za cao (Weeds in Cinema)*', in Kai Chi Wong, et al. (eds.) *Zao qi Xianggang xin wen xue zuo pin xuan (Collection of Works of the Early Hong Kong New Literature)*, Hong Kong: Tian di tu shu, 1, pp. 322–24.

Xu, Naixiang (ed.) (1986) *Wen xue de min zu xing shi tao tun zi liao (Documents from the Discussion on National Forms in Literature*, Guangxi: Guangxi People's Press.

Xu, Zhengxiong (1992) *Qing mo min quan si xiang de fa than yu qi yi (The Development and Differences of the thoughts of People's Rights in Late Qing)*, Taipei: Wen shi zhe.

Yan, Suzhi (1999) 'Qu xiaofang yan wen yi de cheng wei (Abolishing the name of "Dialect Literature and Arts")', in Kai Chi Wong, et al. (eds.) *Guo gong nei than shi qi Xianggang wen xue zi liao xuan: 1945–1949 (Research Materials of Hong Kong Literature in the KMT-CCP Civil War)*, Hong Kong: Tian di tu shu, pp. 131–3.

Yang, Gang (1940) 'Fan xin shi feng hua xue yue (Against New Sentimentalism)', in Kai Chi Wong, et al. (eds.) *Zao qi Xianggang xin wen xue zi liao xuan: 1927–1941 (Research Materials of the Early Hong Kong New Literature)*, Hong Kong: Tian di tu shu, pp, 169–73.

Yang, Jin Fa (1980) *Zhan qian de Chen Jiageng yan tun shi iiao yu fen xi (Tan Kah Kee in Pre-War Singapore)*, Singapore: Xinjiapo Nanyang xue hui.

Yang, Shouren (1981) 'Xin Hunan (New Hunan)', in Yufa Zhang (ed.) *Wan Qing ge ming wen xue (Revolutionary Literature in late Qing)*, Taipei: Jing shi shu ju, pp. 64–105.

Yanqi (1983) 'Xiang gang ban nian (Half-a-year in Hong Kong)', in Wai Luen Lo (ed.) *Xiangang de Youyu (Hong Kong's Melancholy)*, Hong Kong: Huafeng Bookstore, pp. 207–11.

Yau, Esther (1994) 'Border Crossing: Mainland China's Presence in Hong Kong Cinema', in Nick Browne, et al. (eds.) *New Chinese Cinemas: Forms, Identities, Politics*, New York: Cambridge University Press.

Yen, Ching Huang (1970) 'Ch'ing Sale of Honours and the Chinese Leadership in Singapore and Malaya, 1877–1912', *Journal of Southeast Asian Studies* 1, 2, pp. 20–32.

Yen, Ching Huang (1976) *The Overseas Chinese and the 1911 Revolution*, Oxford: Oxford University Press.

Yen, Ching Huang (1985) *Coolies and Mandarins: China's Protection of the Overseas Chinese During the Late Ch'ing Period (1851–1921)*, Singapore: Singapore University Press.

Yesi (1996) *Xianggang wen hua kong jian yu wen xue (Cultural Space and Literature of Hong Kong)*, Hong Kong: Qing wen shu wu.

Yong, C. F. (1987) *Tan Kah-Kee: The Making of an Overseas Chinese Legend*, Singapore: Oxford University Press.

Young, Ernest P. (1977) *The Presidency ef Yuan Shih K'ai: Liberalism and Dictatorship in Early Republican China*, Ann Arbor: University of Michigan Press.

Young, John D. (1996) Identity in Flux: Nationalism and Chinese Culture in British Hong Kong, 1946–1996. Paper presented to the American Historical Association Annual Meeting, Atlanta, Georgia, January 4–7.

Young, Robert (1995) *Colonial Desire: Hybridity in Theory, Culture and Race*, London: Routledge.

Yu, Shengwu and Cunkuan Liu (eds.) (1994) *Shijiu shiji de Xianggang (Nineteenth-century Hong Kong)*, Beijing: Zhonghua shuju.

Yu, Shengwu and Shuyong Liu (1995) *20 shi ji de Xianggang (Twentieth-century Hong Kong)*, Hong Kong: Qi lin shu ye.

Yuandong-Shiwu-Pinglunshe (ed.) (1982) *Xue yun chun qiu: Xianggang xue sheng yun dong (Student Movement of Hong Kong)*, Hong Kong: Yuan dong shi wu ping lun she.

Zhan, Buji (1968) 'Jian li hai wai zhong hua zou yi (Suggestion for an Overseas China)', *Jianghuang*, 157, p. 20.

Zhang, Yufa (1981) *Wan Qing ge ming wen xue (Revolutionary Literature in Late Qing)*, Taipei: Jing shi shu ju.

Zhao, Ming (1972) 'Mei You de di san giao lu (There Is No Such Thing As The Third Way)', *Panku*, 47, pp. 77–8.

Zheng, Zhengfan (1969) *Jin liu shi nian lai Nanyang Hua qiao jiao yu shi (Educational History of Overseas Chinese in Nanyang in the Last Sixty Years)*, Taipei: Zhong yang wen wu gong ying she.

Zhou, Yang (1940) 'Dui jiu xing shi li yong zai wen xue shang de yi ge kan fa (An Opinion on the Use of Old Forms in Literature)', *Zhong Guo Wen Hua (Chinese Culture)*, 1, 1.

Žižek, Slavoj (1993) *Tarrying With The Negative. Kant, Hegel and the Critique of Ideology*, Durham: Duke University Press.

Žižek, Siavoj (1993) 'Enjoy the Nation as Yourself', in Slavoj Žižek (ed.) *Tarrying With The Negative. Kant, Hegel, and the Critique of Ideology*, Durham: Duke University Press.